Kugane Maruyama | illustration by so-bin
마루야마 쿠가네 지음 김완 옮김

OVERLORD 「2」 The dark warrior

칠흑의 전사

2

오버로드

Contents **목차**

Prologue

나자릭 지하대분묘 최고 지배자의 집무실은 호화롭다.

실내의 모든 세간에는 섬세한 장식이 가미되어 품위와 희소성을 풍긴다. 바닥에는 부드럽고 푹신푹신한 선홍색 융단을 깔아 걸어도 소리가 나지 않는다. 방 가장 안쪽 벽에는 각기 다른 문양을 수놓은 깃발을 엇갈려 걸어놓았다. 집무용 책상은 관록이 느껴지는 흑단 재질이었다.

그 앞의 검은 가죽 의자에 이 방의 주인이 앉아 있다.

빛을 빨아들이는 것 같은 칠흑빛 로브를 입은 그 인물을 한 마디로 표현한다면 '죽음의 마왕'.

장식을 걸치지 않은 머리는 살점도 가죽도 없는 해골. 공허한 눈구멍에 깃든 빨간 불꽃에는 거무스름한 것이 섞여 있다.

그는 과거에는 모몬가라는 이름이었으나, 현재는 길드 그 자체의 이름인 '아인즈 울 고운' 임을 자칭하는 사나이였다.

아인즈는 뼈밖에 없는 손을 깍지 끼고 있었다. 각 손가락에 낀 아홉 개의 반지가 〈영속광Continual Light〉 마법으로 자아낸 빛을 반사해 반짝였다.

"이거야 원……. 앞으로는 어떻게 해야 한다."

〈Dive Massively Multiplayer Online Role Playing Game〉

이라 불리는, 가상세계에서 현실처럼 플레이할 수 있는 체감형 게임 '위그드라실YGGDRASIL'의 서비스 마지막 날, 알 수 없는 현상이 일어나 게임 캐릭터의 모습——해골 같은 형태——으로 미지의 이세계에 날아온 후로 8일 정도가 지났다.

그동안 거성(居城) 나자릭 지하대분묘의 상황과 부하들의 성향을 둘러보며, 이곳이 게임 세계였을 때와 크게 다르지 않다는 사실을 깨달은 아인즈는 다음 단계로 나아가야겠다는 판단을 내렸다.

"모든 것은 아인즈 님의 뜻대로."

실내에 조용히 서 있던 한 미녀가 아인즈의 중얼거림에 반응해 말했다.

순백색 드레스를 입은, 나무랄 데 없는 절세의 미녀. 살포시 미소를 띤 얼굴은 여신과도 같으며, 드레스와 정반대의 대비를 이루는 흑발은 풍성하게 늘어져 허리 언저리까지 닿았다.

그러나 그녀는 인간이 아니다. 세로로 갈라진 금색 동공을 가졌으며, 좌우 관자놀이 언저리에서는 산양을 연상케 하는 굵은 뿔이 구부러지면서 앞으로 튀어나왔다. 게다가 허리에도 발치를 감추듯 칠흑의 날개가 달려 있다.

"그래, 알베도. 너의 충성심은 나도 기쁘게 생각한다."

그녀가 바로 나자릭 지하대분묘 수호자 총책임자 '알베도'. 모두 일곱 명이 존재하는 계층수호자를 총괄하는 NPC(Non Player Character)였다.

과거 아인즈가 길드 멤버들과 함께 만들어낸 나자릭 지하대분묘. 그리고 그곳에서 일할 부하로 설정했던 NPC들은 이제 자아를 지녔으며 아인즈에게 충성을 맹세하고 있다.

그것은 기쁜 일인 반면, 원래는 일개 회사원에 불과했던 아인즈에게 큰 부담을 주었다. 수많은 부하들 앞에서는 주인으로서 행동하고 조직 또한 원활하게 운영해야만 한다는 지배자의 책무가 있기 때문이다.

특히 주위에 펼쳐진 것은 미지의 이세계이며, 정보라곤 조금도 없다는 점이 가장 큰 문제였다.

"……그럼 다음 보고는?"

"여기 있사옵니다, 아인즈 님."

그녀가 제출한 종이다발을 손에 들고, 만년필로 적힌 동글동글한 문자를 훑어보았다.

제6층 계층수호자 아우라 벨라 피오라가 작성한 보고서였다.

아직까지 아인즈와 같은 위그드라실 출신 플레이어와는 마주치지 않았으며, 단서도 발견하지 못했음. 나자릭 지하대분묘 부근에 펼쳐진 대삼림 내의 조사는 숲 끝에서 발견한 산맥 기슭 호수까지 순조로이 진행 중. 그런 내용이었다.

아인즈는 고개를 한 번 끄덕였다. ——가장 경계했던 다른 플레이어와의 조우가 없다는 데에 안도하며.

"알았다. 아우라 부대는 이대로 명령을 수행하라 전하라."

"알겠사옵——."

그때 조용히 문을 두드리는 소리가 몇 차례 들렸다. 알베도는 아인즈의 표정을 살핀 후 고개를 숙이고 문으로 향했다. 방문객을 확인하곤 그것이 누구인지를 알린다.

"샤르티아가 면회를 청하였사옵니다."

"샤르티아가? 상관없다, 들라 하라."

아인즈의 허락에, 스커트 부분이 크게 부푼 칠흑의 볼 가운을 걸친 열네 살 정도 되는 소녀가 우아하게 들어왔다. 백랍 같은 피부의 소유자이며 절세라는 수식어가 잘 어울리는 고운 얼굴. 긴 은발이 발걸음에 맞춰 찰랑거렸으며 외견 연령에 어울리지 않을 만큼 부푼 가슴 또한 크게 흔들렸다.

그녀가 바로 제1층부터 제3층을 수호하는 계층수호자, '진조 True Vampire' 샤르티아 블러드폴른이다.

"아인즈 님, 기체후 일향만강하시옵는지요."

"너도 잘 지냈느냐, 샤르티아. 그래, 내 방을 찾아온 이유는 무엇이지?"

"그야 물론 아인즈 님의 아름다운 모습을 보고자 함이사와요."

뼈밖에 없는 아인즈의 머리에는 표정 또한 존재하지 않지만, 대신 공허한 눈구멍 안쪽에 깃든 진홍색 빛이 몇 차례 깜빡거렸다.

쓸데없는 아부는 관두라고 말하려다 아인즈는 그 말을 집어삼켰다. 정욕에 흐리멍덩해진 샤르티아의 진홍색 눈동자를 곁눈질로 바라보던 알베도의 웃음이 서서히 변하는 것을 알아차렸기 때문이다.

미소임에는 틀림없다. 아름다움은 조금도 흐트러지지 않았다. 그러나 그것은 더 이상 웃음이라 부를 수 없는, 악귀의 표정이었다.

그러나 아인즈는 안도를 느꼈다. 그 시선이 향한 곳은 샤르티아이지 아인즈가 아니니까.

"그렇다면 만족했겠군요. 물러나세요, 샤르티아. 나와 아인즈 님은 나자릭 지하대분묘의 장래에 관해 상담하던 중이었으니. 방해하지 말아주시겠어요? 둘만의 소중한 행위를."

"……우선 본론으로 들어가기 전에 인사를 드리는 것이 기본 아닌가요? 못쓰겠사와요, 한물 간 아줌마는. 유통기한이 지나서 그런가, 조바심 내긴."

"……보존료를 처발라서 유통기한이 없어진 음식은 독과 다를 바 없지 않을까? 그보다는 그나마 안전하겠지?"

"…………식중독균을 만만하게 보면 곤란하사와요. 때로는 감염증까지 일으키니까요."

"…………그 전에 먹을 데나 있나? 하기야 식품 디스플레이에는 요란하게 신경을 쓰는 모양이지만 실제는…… 안 그래?"

"………………디스플레이가 어쩌고 어째? 죽을래?"

"………………누가 유통기한이 지나, 짜샤?"

아인즈 앞에서 두 미녀가 나란히, 도저히 형용할 수 없는 표정을 짓는다. 1억 년의 사랑도 차게 식을 것 같은 그런 표정을.

아인즈는 머리를 쥐어뜯고 싶은 충동을 참으며, 처참하고 치열한 전투가 시작되기 전에 끼어들었다.

"두 사람 모두 유치한 장난은 그만두어라."

그 순간 두 사람은 동시에 존명의 뜻을 보이며 꽃이 피어나는 듯한 만면의 미소를 지었다. 이제는 조금 전의 무시무시한 무언가는 찾아볼 수도 없는 순정하고도 가련한 여인들만이 있을 뿐이었다. 언데드가 되어 큰 감정의 작용이 있으면 즉시 가라앉게 된 아인즈조차 지레 겁을 먹을 만한 표정 변화였다.

'여자는 무섭구나……. 아니야, 이 두 사람만 특별히 그런 게 분

명해…….'

이 두 사람의 대립은 연적이라는 데 기인한 것이다.

아인즈는 알베도와 샤르티아 두 사람의 사랑을 받고 있다. 절세의 미녀들에게. 여기에 기뻐하지 않을 남자가 어디 있을까.

그러나 아인즈는 이를 곧이곧대로 받아들일 수가 없었다. 특히 시체애착증이라는 성벽을 가진 샤르티아는 '아름다운 형상의 골격은 그야말로 신이 빚어낸 듯한 조형' 이라고 촉촉한 목소리로 아인즈의 귓가에 속삭였다. 샤르티아의 입장에서야 사랑의—— 혹은 칭송의 말일지도 모르지만, 태어나서 처음으로 칭찬을 들은 외모가 골격이라는 데에 아인즈가 충격을 받은 것은 며칠 전의 그리운 추억이었다.

아인즈는 그런 사소한 일을 머리에서 떨쳐내고 다시 물었다.

"다시 묻겠다. 무슨 용무로 왔느냐, 샤르티아."

"예. 이제부터 군명(君命)을 받들어 세바스와 합류하고자 하사옵니다. 앞으로 당분간은, 당분간이지만, 나자릭으로 귀환하기 어려울진대, 인사를 드리고자 하사옵니다."

아인즈는 샤르티아에게 내렸던 지령을 떠올리고 고개를 끄덕였다.

"알았다. 부디 방심하지 말고 임무를 수행한 후 무사히 돌아오거라, 샤르티아."

"예!"

낭랑한 목소리가 울려 퍼졌다.

"그만 물러나도 좋다, 샤르티아. 그리고 퇴실하면서 데미우르고스를 이곳으로 부르도록, 나베랄이나 엔토마에게 전해다오. 다음

작전에 대해 이야기하고 싶은 것이 있다고."

"알겠사나이다, 아인즈 님."

1장 두 명의 모험자

Chapter 1 | Two venturers

1

리 에스티제 왕국의 도시 에 란텔은 이웃나라인 바하루스 제국 및 슬레인 법국과의 경계에 해당하는 요충지이며, 삼중 성벽에 에워싸여 외견 그대로 성새도시라는 이름을 얻었다.

이런 도시는 각 성벽으로 나뉜 구역마다 특색을 띠게 마련이다.

가장 바깥에 위치한 성벽의 내부는 왕국군의 주둔지로 이용되기 때문에 군사 계통의 설비가 있다.

가장 안쪽 구역은 도시의 중추기능인 행정 관련 시설과 병량을 보관하는 창고 등의 각종 병참 시설이 있으므로 항상 경비가 엄중하다.

그리고 두 구역의 사이는 시민을 위한 지역이었다. 도시라는 이름을 들었을 때 가장 먼저 머리에 떠오르는 영상이야말로 이 구역에 있는 것이다.

그런 구역의 곳곳에 존재하는 광장 중에서도 가장 커 중앙 광장으로 불리는 장소에는 수많은 가게가 열려, 온갖 채소와 조리된 식료품 같은 다채로운 상품을 볼 수 있다.

북적거리는 인파 속에서 가게 주인은 길을 오가는 사람들에게 힘찬 목소리로 말을 걸며 장사에 여념이 없다. 나이 든 부인은 상인과 교섭을 하며 신선한 재료를 찾고, 고기 굽는 냄새에 이끌린

청년은 육즙이 뚝뚝 떨어지는 꼬치를 사기도 한다.

오후 특유의 활기로 넘쳐나는 광장은 해가 지기 전까지는 소란스러운 모습을 유지할 것 같았으나, 이곳에 인접한 여러 시설 중 하나인 5층 건물에서 어떤 두 사람이 모습을 나타낸 순간 정적에 잠겼다.

광장에 있던 사람들은 2인조에 눈길을 빼앗겨 그 자리에서 얼어붙었다.

하나는 여성이었다. 10대 후반에서 20대 초반 정도의 나이. 붓으로 그어놓은 듯 날카롭고 가는 눈은 흑요석 같은 빛을 발했으며, 젖은 듯 윤기를 띤 풍성한 흑발을 포니테일이라고 불리는 모양으로 묶어놓았다. 살결 고운 흰 피부는 햇살을 받아 진주처럼 매끄럽게 빛났다.

무엇보다 눈길을 끄는 것은 정숙한 분위기에 누구나 돌아볼 것 같은 이국의 청초함을 띠는 미모였다. 별 개성도 없는 진한 갈색 로브조차 그녀가 입으니 마치 호화로운 드레스로 변모한 것 같았다.

반면 그녀의 일행은 성별을 알아볼 수 없었다. 정확하게는 성별을 나타낼 만한 것을 드러내지 않았다.

광장에 있던 누군가가 중얼거렸다.

"칠흑의 전사……."

그랬다. 그것은 칠흑색으로 빛나는, 금색과 보라색 문양이 가미된 호화찬란한 풀 플레이트 아머를 걸친 인물이었다. 클로즈드 헬름에 뚫린 가느다란 슬릿으로는 안쪽의 얼굴을 엿볼 수 없었다. 굴강한 체구에 걸맞게, 진홍색 망토 틈에서는 등에 걸친 그레이트 소드 두 자루가 칼자루를 드러내고 있었다.

두 사람은 주위를 둘러보더니, 풀 플레이트 아머를 걸친 인물을 선두로 걷기 시작했다.

목격자들은 멀어져가는 두 사람의 뒷모습을 눈으로 좇으며 입을 모아 수군거렸다. 다만 그것은 진귀한 광경을 보았다는 투의 이야기였을 뿐 무장에 대한 경계나 두려움은 아니었다.

왜냐하면 두 사람이 나온 건물은 바로 '모험자 조합' 으로 불리는, 몬스터 퇴치를 전문업으로 삼은 자들의 알선소였으므로, 무장한 인물의 출입이 드물지 않기 때문이다. 실제로 두 사람이 나온 후로도 무장한 자들이 수없이 들락날락했다.

게다가 눈썰미가 있는 사람이라면 두 사람이 목에 조그만 코퍼(copper) 플레이트를 끼운 목걸이를 했다는 사실을 알아차렸을 것이다.

그렇기에 두 사람이 주목을 받은 이유는 어디까지나 여성의 미모와 훌륭한 갑옷 때문이었다.

2인조는 그리 넓지 않은 길을 묵묵히 나아갔다.

길에 난 마차 바퀴 자국에는 물구덩이가 생겨 햇빛을 반사했다. 돌을 깔아놓은 것이 아니라 흙과 진흙이 뒤섞인 곳이라 걷기에 매우 불편했다. 잘못 걸으면 넘어지기 십상이지만, 두 사람의 평형감각이 뛰어난지 걸음걸이는 단단한 곳을 걷는 것과 별반 다를 바가 없었다.

거친 길을 가볍게 걸으며, 여자는 주위에 사람이 없는 것을 확인하더니 곁에서 걷는 풀 플레이트 아머의 인물에게 말을 걸었다.

"아인즈 니——."

"――아니. 내 이름은 모몬이다. 그리고 너는 나자릭 지하대분묘의 전투메이드 플레이아데스의 일원인 나베랄 감마가 아니라, 모몬의 모험 동료인 나베."

여자―― 나베랄의 말을 즉시 가로막으며 풀 플레이트 아머를 입은 인물―― 아인즈가 대답했다.

"아! 실수했나이다, 모몬 님."

"님도 빼라. 우리는 일개 모험자이며 동료가 아니냐. 경칭을 붙이면 누구나 수상쩍게 생각할 거다."

"하, 하오나! 지고의 존재께 어찌 감히!"

살짝 목소리가 커지려는 나베랄에게 볼륨을 낮추라는 제스처를 보이며 아인즈는 약간의 체념과 어이없음을 담아 대답했다.

"그에 대해서는 내가 몇 번이나 설명했을 텐데. 이곳에선 나는 모몬 더 다크…… 아니, 모몬이고, 너는 파트너다. 그러니 경칭은 빼라. 이건 명령이다."

한동안 뜸을 들이다, 나베랄은 마지못한 듯 대답했다.

"알겠나이다, 모몬…… 씨."

"뭐, 그 정도면 되겠지. 사실은 경칭 없이 이름만 불러도 된다만. 파트너가 그렇게 깍듯한 것도, 뭐랄까, 벽을 두는 것처럼 보이지 않을지."

"그건…… 불경해서……."

말꼬리를 흐리는 나베랄에게 아인즈는 어깨를 으쓱해 보였다.

"우리는 정체를 알려서는 안 된다. 그 점은 알겠지?"

"물론이옵니다."

"……존댓말…… 에이, 됐다. 아무튼…… 주의 깊게 행동하라는 소리다."

"……알겠나이다, 모몬…… 씨. 하지만 제가 수행원을 맡아도 괜찮으시겠나이까? 수행원이라면 무릇 알베도 님처럼 아름답고도 다정하신 분이야말로 적임이 아닐까 생각하옵니다."

"알베도 말이냐……."

아인즈의 말에 깃든 감정은 복잡했다.

"알베도는 내가 없는 동안 나자릭을 관리해야 한다."

"……주제넘은 말씀이오나, 나자릭의 관리라면 코퀴토스 님이 계시지 않습니까? 다른 수호자 여러분께서도 말씀하신 바…… 신변의 안전을 생각하신다면 역시 수행원으로는 나자릭 최고의 수비수인 알베도 님이야말로 적임이 아닐까 하옵니다."

나베랄의 말에 아인즈는 씁쓸함이 담긴 목소리로 나직하게 신음했다.

아인즈가 직접 에 란텔에 가겠노라 선언했을 때, 수호자 중에서 가장 강하게 반대의사를 표명했던 것은 알베도였다.

그것도 함께 행동할 수 없다는 사실을 알았을 때.

아인즈도 이세계로 전이한 직후, 종자가 따르는 것이 싫어서 혼자 밖을 나돌아다닌 전과가 있었던 만큼 알베도의 반대를 억지로 묵살할 수도 없었다. 그러나 이번에는 그때의 이기적인 행위와는 달리 숙고에서 비롯된 결과였으므로 물러나서는 안 됐다.

'명령' 하면 기꺼이 따를 수호자들인 만큼 자신의 의지를 죽이고 따르겠지만, 아인즈는 그런 것을 좋게 생각할 수 없었다. 길드 동료들과 함께 만든 부하에게 자신의 고집만을 밀어붙이는 것이 저어되었기 때문이다.

설득을 시도하려는 아인즈와 한사코 반대하는 알베도. 두 사람의 의견은 평행선을 달려 언제까지고 논쟁이 끝나지 않을 것만 같았으나, 데미우르고스가 알베도에게 무언가를 속삭이자마자 알베도가 갑자기 의견을 철회하여 결론이 났다.

마지막에는 전부 이해한다는 온화한 미소와 함께 배웅까지 해주었을 정도였다.

아직까지 데미우르고스가 무어라 말했는지 확인하지 못한 것이, 알베도의 급격한 변화와 맞물려 아인즈에게 약간의 불안을 주었다.

"……알베도를 데려오지 않았던 것은, 그녀만큼 신뢰할 수 있는 자가 달리 없기 때문이다. 그 녀석이 있기에 나는 안심하고 나자릭을 떠날 수 있다."

"역시 그러셨군요! 다시 말해 알베도 님은 모몬…… 씨의 가장 가까운 존재라는 뜻이옵니까?"

'응, 뭐, 그렇지.' 라고는 아무리 그래도 입 밖에 낼 수가 없어, 머리를 끄덕이는 것으로 나베랄에게 대답했다.

"그리고 위험하다는 것도 잘 안다."

아인즈는 까만 건틀릿을 낀 오른손을 들더니 약지를 움직였다.

"허나 이곳에는 내가 와야만 했다. 나자릭 안에서만 지휘해서는, 미지의 세계인 만큼, 놓치는 부분도 있을 것이다. 실제로 바깥 세계에 나가 접할 필요가 있지. ……물론 다른 방법도 있겠지만, 모든 것이 미지수인 이 상황에서는 불안 요소가 많다."

"그렇군요. 알겠사옵니다."

자못 심각한 목소리로 대답하는 나베랄을 슬릿 너머로 바라보며, 아인즈는 약간의 불안이 담긴 목소리로 물었다.

"헌데 한 가지 물어볼 것이 있다만…… 너는 인간을 하등생물이라 생각하느냐?"

"바로 그렇사옵니다. 아무런 가치도 없는 쓰레기이지요."

진심으로 그렇게 생각한다는 듯 망설임이 없는 대답. 아인즈는 입속으로 역시 너도 그러냐고 중얼거렸으나 매우 작은 목소리였으므로 나베랄에게는 들리지 않았다. 그리고 그 뒤에 이어진 푸념 또한.

"성격이 이 모양들이라 인간 도시에 함부로 데려올 수 없는 거야……. 역시 부하들 성격은 미리미리 파악해놨어야 했어."

알베도를 데리고 오지 않은 이유 중 하나는 인간을 하등생물이라 단언하는 그 사고방식 때문이었다. 그런 사상이 있는 자를 인간이 많은 도시에 데리고 왔다가, 잠깐 눈을 뗀 사이에 살육 파티라도 벌이면 어떡한단 말인가. 게다가 알베도는 변장이나 변신에 관한 능력이 없기 때문에 뿔이나 날개를 감추지 못한다는 까닭도 있었다.

그리고 절대 입 밖에 낼 수 없는 가장 큰 이유.

원래 단순한 샐러리맨이었던 아인즈는, 현장을 접하지 않은 채 밑에서 올라오는 정보만으로 조직의 장래를 내다보는 운영을 해나갈 자신이 없기 때문이었다. 그렇기에 자신이 밖에 나가고, 운영은 그런 재능을 가진 알베도에게 떠넘긴 것이다. 우수한 부하가 있다면 일처리를 일임하는 편이 현명하다. 무능한 상사가 주제넘게 설쳐봤자 나쁜 결과밖에 나오지 않을 테니까.

게다가 알베도는 아인즈에 대한 '충성심'과 '애정'이라는 두 가닥의 사슬에 속박된 몸이다. 그렇기에 나자릭 지하대분묘를 안심하고 맡길 수 있다.

'애정이라…….'

알베도가 앞에 있으면, 그리고 알베도가 아인즈에게 반했다는 발언을 할 때마다 그녀의 설정을 고쳤던 자신의 추태가 떠오르고 만다. 그렇다. 아인즈는 게임 종료 직전에 알베도의 '캐릭터 설정' 을 모몬가, 다시 말해 아인즈를 사랑한다고 고쳐놓았다. 물론 미지의 이세계로 날아갈 줄은 몰랐으므로, 어디까지나 마지막으로 사소한 장난을 쳐볼 생각이었다.

하지만 일이 이렇게 되고 보니――알베도 자신은 상관하지 않는다고 했지만―― '타블라 스마라그디나' 라는 친구는 지금 아인즈가 저질러놓은 짓을 안다면, 과연 어떻게 생각할까.

자신 같으면 어땠을까? 자신이 만든 NPC를 동료들이 마음대로 바꿔놓았다면…….

게다가 그런 알베도이기에 배신하지 않으리라고 이용하는 자신이 영 마음에 들지 않았다.

아인즈는 머리를 흔들어 어두운 생각을 털어냈다. 언데드의 몸이 된 후로 강한 감정의 파도는 억누를 수 있게 되었으나, 이처럼 조그만 파도는 인간이 되었을 때와 똑같이 그대로 느껴졌다. 정신마저 완전히 언데드처럼 되면 이런 죄책감도 사라질까?

멍하니 그런 생각을 하던 아인즈는 클로즈드 헬름에 가려진 얼굴을 나베랄에게 돌렸다.

"……나베. 그 생각을 버리라고는 하지 않겠다만, 최소한 자제는 하거라. 이곳은 인간의 도시이며, 인간 중에 얼마나 강한 자가 있을지는 아직 알 수 없다. 적대적인 행동을 유발하는 생각은 가능한 삼가도록."

깊이 고개를 숙여 충성과 복종을 나타내려는 나베랄을 제지하며 거듭 못을 박았다.

"그리고 또 한 가지. 우리가 누군가와 진심으로 싸우려 하거나 죽이려 할 때면, 인간을 위협하는…… 살의라는 것이 정말로 있는지는 알 수 없다만, 그런 것이 피어오른다고 한다. 그러니 내가 허락하지 않는 한 결코 최선을 다해 싸우지 마라. 알았나?"

"알겠사옵니다, 모몬…… 씨."

"좋아. ……헌데, 조합의 안내원 아가씨가 가르쳐준 여관은 이 부근이었던 것 같다만……."

아인즈는 주위를 둘러보았다.

몇몇 가게가 문을 열었으며, 출입하는 사람의 모습도 간간이 보였다. 옆 블록을 들여다보니 작업용 앞치마를 걸친 기술자들이 짐을 옮기고 있었다. 그러나 그것도 드문드문했다.

그런 가게들이 늘어선 구역에서, 그림을 그려놓은 간판들을 이정표 삼아 가게를 찾았다. 아인즈와 나베랄은 이 나라의 문자를 읽을 수 없기 때문이다.

이윽고 원하는 '그림' 을 발견한 아인즈의 발걸음이 혼자 빨라졌다. 나베랄이 그 뒤를 따라갔다.

사바톤(sabaton. 판금 신발)에 달라붙은 진흙을 떨어뜨리며 두 단 정도 되는 계단을 올라, 아인즈는 두 손으로 스윙도어를 밀어젖히고 가게 안으로 들어갔다.

조명창이 거의 닫혀 실내는 어두컴컴했다. 밝은 실외에 있다 들어온 인간이라면 한순간 캄캄하게 느낄 것이다. 그러나 암시Dark Vision 능력을 가진 아인즈에게는 충분한 밝기였다.

실내는 상당히 넓었다. 1층은 주점이며 안쪽에 카운터가 보였다. 그 뒤에는 2단 정도 되는 선반이 있고 수십 병이나 되는 술병이 늘어섰다. 카운터 옆의 문 너머는 조리장일 것이다.

주점 한구석에는 중간지점이 꺾이며 위로 올라가는 계단이 있었다. 조합에서 안내를 해주던 아가씨의 말에 따르면 2층, 3층이 여관이라고 한다.

수많은 둥근 테이블에는 띄엄띄엄 선객들이 보였다. 대부분 남자였으며 폭력을 끼고 사는 자들다운 분위기를 풍겼다.

수많은 시선이 일직선으로 아인즈 일행에게 향했다. 품평하려는 것처럼 노골적으로 훑어보는 눈빛도 다수 느껴졌다. 유일하게 아인즈 일행에게 주의를 기울이지 않고 가게 한구석에 앉아 있던 여자는 자기 테이블 위에 둔 병만 가만히 바라볼 뿐이다.

그런 실내의 풍경에, 아인즈는 클로즈드 헬름 안에서 있지도 않은 눈살을 찡그렸다.

각오는 했지만, 생각보다도 지저분했다.

위그드라실이라는 게임에도 지저분한 곳이나 소름끼치는 장소는 있다. 실제로 아인즈가 지배하는 나자릭 지하대분묘에도 그런 곳이 존재한다. '공포공의 홀' 이나 '고독(蠱毒)의 굴' 같은 곳이 그렇다.

하지만 그것과는 다른 지저분함이었다. 바닥에 떨어진 뭔지 모를 음식 찌꺼기, 마찬가지로 바닥에 고인 뭔지 모를 액체, 벽에 생긴 기묘한 얼룩, 곰팡이가 핀 채 딱딱하게 굳어 한구석에 굴러다니는 무언가…….

아인즈는 내심 한숨을 쉬곤 가게 안쪽으로 눈을 돌렸다.

그곳에는 때 묻은 앞치마를 걸친 남자가 있었다. 걷어붙인 소매에서 드러난 굵은 팔에는 짐승인지 도검인지 모를 것에 입은 흉터가 수없이 보였다. 얼굴은 정한함과 야수의 중간 정도. 얼굴에도 역시 흉터가 있었다. 머리는 완전히 박박 밀어 머리카락이라곤 한 올도 없었다. 술집 주인이라기보다는 보호비를 받고 가게를 지켜주는 폭력배로밖에 안 보이는 사내가, 대걸레를 한 손에 든 채 당당히 아인즈를 관찰하며 말했다.

"잘 곳 찾나? 며칠이나?"

깨진 종을 방불케 하는 탁한 목소리였다.

"1박 부탁하오."

주인은 무뚝뚝하게 말했다.

"……코퍼 플레이트구만. 합숙실이고 하루에 동화 다섯 닢일세. 식사는 오트밀과 야채. 고기가 먹고 싶으면 추가로 동화 한 닢. 뭐, 오트밀 대신 며칠 묵은 빵이 나올 수도 있지만."

"가능하다면 2인실을 내주실 수 없겠소?"

살짝 코웃음이 섞인 목소리가 돌아왔다.

"……이 도시에서 모험자들이 묵는 여관은 세 곳이 있네. 그중에서 제일 떨어지는 데가 우리 가게인데…… 조합 사람이 소개해줬지? 왜 그런지 아나?"

"모르겠군. 가르쳐 주겠소?"

아인즈가 곧장 대꾸하자 주인의 눈썹이 위험한 각도로 치켜 올라갔다.

"생각 좀 하고 대답해! 그 훌륭하신 투구는 알맹이가 텅텅 비었나?"

배 속에서 터져 나온 듯한 짜증 섞인 목소리를 들어도 아인즈는 태연한 태도를 무너뜨리지 않았다. 어린아이의 생떼를 보는 것과 다를 바 없는 기분이었다. 아마도 얼마 전의 전투를 겪은 결과가 아닐까. 그 전투, 그리고 그 후 포로들에게 행했던 강제 정보수집이 아인즈에게 자신이 강하다는 것을 어느 정도 알려주었다. 그렇기에 고함 소리에도 여유를 가지고 대응할 수 있었다.

그런 아인즈의 자세를 보고 주인에게서 감탄 섞인 호흡이 새어나왔다.

"허어…… 제법 배짱이 두둑한 모양이군. 뭐…… 이곳에 묵는 놈들은 대부분 코퍼 아니면 아이언 플레이트를 가진 모험자지. 그리고 실력이 엇비슷할 때는, 서로 상판을 익혀두면 팀으로 모험을 나갈 가능성도 생기거든. 그렇게 팀을 짤 만한 놈을 찾기에는 우리 가게가 제격이라 이 말씀이야."

주인의 눈이 희번덕거렸다.

"개인실에서 묵어도 나야 상관없지만, 접점이 없으면 동료도 안 생겨. 균형 잡힌 팀을 짜지 못하면 몬스터와 싸우다 뒈지게 마련이고. 그러니 동료가 부족한 신출내기는 보통 합숙실에서 얼굴을 파는 게 좋다 이거지. 마지막으로 묻겠는데, 합숙실이랑 2인실이랑, 어느 쪽으로 할 거야?"

"2인실이오. 식사는 필요 없소."

"쳇, 사람이 친절하게 가르쳐줘도 못 알아먹는 놈들이 있다니깐……. 아니면 그 풀 플레이트가 장식이 아니란 자부심 때문인가? 뭐, 됐어. 하루에 동화 일곱 닢일세. 당연히 선불이고.”

여관 주인이 손을 불쑥 내밀었다.

품평하는 듯한 시선 속에서, 아인즈는 뒤에 나베랄을 거느리고 나아갔다. 그때—— 진로를 방해하듯 발 하나가 불쑥 튀어나왔다.

아인즈는 발을 멈추고 눈만 움직여 발을 내민 사내를 관찰했다.

기분 나쁘게 웃는 자였다. 같은 테이블에 앉은 자들도 비슷한 느낌으로 웃거나, 혹은 아인즈와 나베랄을 조용히 바라본다.

가게 주인, 그 외의 손님, 그 누구도 말리려고 나서지는 않았다.

언뜻 보기에는 관심이 없거나 혹은 재미있는 일이 시작되리라는 눈빛뿐이었지만, 개중에는 일거수일투족을 놓치지 않겠노라는 날카로운 시선도 있었다.

‘나 원.’

아인즈는 어이가 없어 살짝 한숨을 토하곤 그 발을 가볍게 걷어찼다.

이를 기다렸다는 양 사내가 벌떡 일어났다. 갑옷을 입지 않았기 때문에 의복 안에서 우락부락한 근육이 그대로 드러났다. 아인즈의 것과 비슷한 조그만 플레이트 목걸이가——그러나 재질은 아이언이다——움직임에 맞춰 흔들렸다.

“야, 아프잖아.”

사내는 한껏 으름장을 놓으며 천천히 아인즈에게 다가갔다. 일어났을 때 집어든 건틀릿을 장비해 주먹을 쥐자 삐걱거리는 소리가 서늘하게 들렸다.

키가 거의 비슷한 두 사람이 육박전을 벌이기에는 다소 가까운

거리에서 마주 노려보았다. 처음 입을 연 것은 아인즈였다.

"그런가? 클로즈드 헬름을 쓰면 시야가 좋지 못해서 말이야. 다리가 있는 것을 보지 못했네. 혹은 너무 짧아서 못 본 것일 수도 있네만…… 아무튼 그런 이유였으니, 용서해 주겠지?"

"……이 새끼가."

아인즈의 도발성 발언에 사내는 위험한 눈빛을 띠었다. 그러나 그 시선이 뒤에 서 있던 나베랄에게 향했을 때, 이번엔 분노 대신 끈적끈적한 것이 달라붙었다.

"넌 짜증나는 놈이지만…… 이 몸은 관대하시거든. 거기 그 여자를 하룻밤 빌려준다면 용서해줄 수도 있지."

"큭, 큭큭큭."

아인즈는 짧게 웃으며, 앞으로 나서려던 나베랄에게 가볍게 손을 들어 저지했다.

"……왜 웃냐?"

"아닐세. 감탄이 나올 정도로 삼류에게 잘 어울리는 대사를 내뱉어주니, 웃음을 참을 수가 없었거든. 용서해 주게."

"뭐야?"

사내의 얼굴에 뚜렷한 분노가 깃들고 낯빛이 시뻘겋게 물들었다.

"아, 주먹질을 하기 전에 한 가지만 물어봐도 되겠나? 너는 가제프 스트로노프보다 강한가?"

"뭐? 이게 지금 뭐라는 거야?"

"그렇군. 그 반응만 가지고도 알겠다. 그렇다면 장난치는 수준의 힘도 필요 없겠어. ──날아가라."

아인즈는 재빨리 손을 뻗어 사내의 멱살을 잡았다. 그리고 순식간에 그 몸을 들었다.

회피는 고사하고 저항조차 못한 채 허공으로 올라간 사내에게서 놀라움에 찬 목소리가 새어나오고, 그와 마찬가지로 주위에서 이 소란을 지켜보던 사내들 또한 술렁거렸다. 성인 남성을 한 손으로 드는 것이 얼마나 대단한 완력을 의미하는지도 모를 만큼 상상력이 빈곤한 자들은 이곳에 없었다.

그 자리에서 일어난 술렁임, 그리고 숨을 멈추는 기척. 그러한 경악이 자아낸 공기를 가르듯 아인즈는 그대로 발을 버둥거리는 사내의 몸을 가볍게 던졌다.

가볍다고 해도 아인즈의 입장에서나 가벼운 것이다. 날아간 사내의 몸은 놀라운 기세로 천장 부근까지 떠올랐다가 포물선을 그리며 한 테이블 위에 힘차게 떨어졌다.

무거운 것이 부딪치는 소리, 테이블 위에 있던 물건이 깨지는 소리, 나무가 부러지는 소리, 사내의 고통에 찬 목소리 등등이 겹쳐져 실내에 크게 울려 퍼졌다. 신음소리에 억눌린 듯 주점에는 정적만이 남았다.

그러나——

"으꺄아아아아아아악!"

——한 박자를 두고, 기괴한 비명이 그 테이블에 앉은 여자의 입에서 터져 나왔다. 어처구니없는 일에 직면한 자가 터뜨리는 영혼의 절규였다. 그야 남자가 하늘에서 떨어졌으니 당연하긴 하지만 그것과는 결정적으로 다른 무언가가 있었다.

"……그래, 다음에는 어떻게 할 텐가? 귀찮으니 한꺼번에 덤벼

들어도 좋네만? 시간을 낭비하는 것도 어리석으니."

나가떨어진 사내와 같은 테이블에 있던 자들에게 건넨 말이었다. 아인즈의 짧은 말에 담긴 의미를 즉시 이해한 사내의 동료들은 황급히 고개를 가로저었다.

"아? 아, 아아! 동료가 실례를 저질렀네! 사과하겠네!"

"……그래, 용서하지. 나에게는 어떤 폐도 끼치지 않았으니. 다만 테이블은 주인에게 변상해주게."

"물론이지. 그건 우리가 내고말고."

그렇다면 이야기는 끝났다고 아인즈가 다시 걸어가려 했을 때, 느닷없이 여자의 목소리가 들렸다.

"이봐 이봐 이봐!"

쳐다보니 조금 전 기괴한 비명을 질렀던 여자가 성큼성큼 아인즈에게 다가왔다.

나이는 스물이 되었을까 말까. 붉은 머리카락을 움직이기 편한 길이로 난잡하게 잘라놓았다. 아무리 잘 봐줘도 가지런히 잘랐다고는 말하기 힘들었다. 굳이 표현하자면 까치집 같았다.

용모는 그리 나쁘지 않지만 눈꼬리가 날카롭고 화장기가 요만큼도 느껴지지 않았다. 볕에 그을린 피부는 건강한 밀짚색이었으며 팔에는 근육이 두드러졌다. 손바닥에는 검으로 먹고사는 자 특유의 굳은살이 보인다. 제일 먼저 떠오르는 성질은 '여자' 가 아니라 '전사' 였다.

조그만 아이언 플레이트가 달린 가슴께의 목걸이가 발걸음에 따라 크게 흔들렸다.

"당신 뭐 하는 짓이야!"

"뭐냐니?"

"아앙?! 댁은 자기가 무슨 짓을 했는지도 몰라?!"

여자가 가리킨 것은 박살난 테이블이었다.

"당신이 저 남자를 집어던지는 바람에 내 포션이, 내 소중한 포션이 깨졌다고! 무슨 생각으로 저딴 커다란 물건을 집어던진 건데?!"

"그래서?"

"그래서라니! 이보셔!"

여자의 눈이 한층 예리해지고 목소리도 거칠어졌다.

"물어내! 내가 샀던 포션!"

"겨우 포션 가지고……."

"……내가 밥도 굶고, 절약에 절약을 거듭해, 필사적으로 모은 돈으로 오늘, 오늘! 오늘 막 산 포션을 깨먹어 놓고! 위험한 모험에 나가도 그 포션이 있으면 살아날 수 있으리라 믿었던 내 마음을 박살냈으면서 태도까지 그 모양이야? 진짜 빡도네."

여자가 아인즈에게 다시 한 걸음 다가섰다. 크게 뜬 눈에는 핏발이 섰다. 이제는 흥분한 황소의 기세였다.

아인즈는 한숨을 꾹 참았다. 분명 위치를 확인하지 않고 부주의하게 집어던진 것은 자신의 실수였다. 그러나 어떤 이유 때문에 그리 쉽게 변상에 응할 수는 없었다.

"……그렇다면 저자에게 청구하는 게 어떻겠나? 저자가 짧은 다리를 열심히 내밀지 않았다면 그런 일은 안 생겼을 테니. 안 그런가?"

아인즈는 투구에 뚫린 슬릿 너머로 사내의 동료들을 노려봤다.

"그, 그렇지……."

"아니, 그건 그렇긴 한데……."

여자가 대꾸했다.

"뭐, 나야 어느 쪽이든 상관없으니까 물건으로 내놓든 돈으로 내놓든 물어내기만 하면 문제없지만……. 금화 한 닢하고도 은화 열 닢이야."

사내들이 고개를 푹 숙였다. 지불할 돈이 없는 모양이었다. 다시 여자의 눈이 아인즈에게 돌아갔다.

"역시. 맨날 술만 처먹는 꼴을 내가 봤는데 돈이 있을 리가 없지. 그래서, 당신. 멋들어지게 갑옷을 빼입으셨으니 치료용 포션 정도는 있겠지?"

——그렇군.

아인즈는 이해했다. 왜 여자가 아인즈에게 청구를 했는지.

이것은 치명적일 정도로 귀찮은 일이었다.

아인즈는 잠시 생각한 다음, 마음을 단단히 먹고 물었다.

"가지고는 있네만…… 포션은 회복용이 틀림없겠지?"

"맞아. 내가 절약에 절약——."

"——아아, 그 이야기는 이제 됐네. 나도 포션으로 갚을 테니. 물물교환으로 끝내세."

아인즈는 하급치료약Minor Healing Potion을 꺼내 여자에게 내밀었다. 여자는 수상쩍은 표정으로 포션을 바라보더니, 부루퉁한 표정으로 받아들었다.

"……그래, 이제는 문제없겠지?"

"……응. 이젠 뭐, 문제는 없겠네."

여자의 어조에 약간 마음에 걸리는 구석이 있기는 했지만, 아인즈는 의문을 불식했다. 그보다도 조금 전부터 나베랄이 치명적인 짓을 저지르지는 않을지 불안했다. 그토록 단단히 다짐을 받아놓았음에도 나베랄에게서 따끔따끔한 기척이 배어나오는 것 같았다. 그것을 느낀 듯 몇몇 사람의 얼굴에 불안한 기색이 번졌다.

"가자."

아인즈는 견제의 의미도 담아 나베랄에게 짧게 말하고 여관 주인 앞으로 나갔다. 그리고 아무렇게나 품에 손을 넣어 가죽자루를 꺼내고, 품에서 은화 한 닢을 꺼내 주인의 두툼한 손 위에 떨어뜨렸다.

주인은 말없이 바지 주머니에 은화를 쑤셔 박고, 대신 동화 몇 닢을 꺼냈다.

"그럼, 거스름돈인 동화 여섯 닢일세."

아인즈의 건틀릿 위에 동화를 올려놓고는 카운터 위에 탁 소리를 내며 조그만 열쇠를 두었다.

"계단 올라가서 바로 오른쪽 방이야. 짐은 침대에 붙어 있는 상자에 넣어두게. 말 안 해도 알겠지만 남의 방에는 함부로 다가가지 말라고. 오해라도 사면 귀찮은 일이 일어날 테니. 하기야 얼굴을 팔고 싶을 때는 그런 방법도 있다는 점은 인정하지만. 자네라면 대충 대처할 수 있을 테고. 그래도 나한테까지 불똥 튀게 하진 말라고."

주인의 시선이 한순간 아직까지 바닥에 널브러져 끙끙거리는 사내에게 향했다.

"알았소. 그리고 모험에 필요한 최소한도의 도구를 준비해 주시오. 가진 것을 분실하는 바람에. 여기에 부탁하면 마련해 준다고 조합에서 들었소만?"

주인은 아인즈와 나베랄의 복장을, 이어서 두 사람의 가죽 자루를 빤히 바라보았다.

"그래, 알았네. 저녁식사 전까진 마련해주지. 그쪽도 돈 준비해 놓으라고."

"알았소. 그럼 나베, 가자."

아인즈는 나베랄을 거느리고 삐걱삐걱 비명을 지르는 낡아빠진 계단을 올라 주어진 방으로 향했다.

*

아인즈의 모습이 2층으로 사라지자, 바닥에 내동댕이쳐진 사내의 동료들이 황급히 부상자에게 치유 마법을 걸기 시작했다. 그것이 신호가 된 것처럼, 이제까지 입을 꾹 다물었던 모험자들이 수군거리기 시작했다.

"……겉보기만 그럴싸한 게 아니었어."

"그러게 말이야. 근력이, 차원이 다르던걸. 무슨 훈련을 하면 그렇게 된담?"

"그레이트 소드 두 자루 말고는 무장도 없던데, 그만큼 자신이 있다는 뜻이겠지?"

"또 우리를 한 번에 날려버릴 만한 놈이 나타났구만."

오가는 대화에 담긴 것은 감탄, 당혹, 경악.

아인즈가 보통 사람이 아니라는 것쯤은 사실 모두 처음부터 눈치챘다.

근거 중 하나는 그의 훌륭한 무장이었다. 풀 플레이트 아머는 값싼 물건이 아니므로 구입할 수 있는 것은 모험을 되풀이한—— 경험이 풍부한 사람들뿐이다. 보수만으로 생각해도 실버 플레이트까지는 올라가야 그만한 자산을 마련할 수 있다. 그러나 개중에는 선조 대대로 내려온 물건을 물려받은 자나, 전장이나 유적 같은 곳에서 주운 자도 있다. 그렇기에 어느 정도 힘이 있는지 확인해 본 것이다.

이곳에 있는 자들은 모두 같은 일을 하는 동료지만, 한편으로는 라이벌이기도 하다. 신참의 능력은 누구나 궁금하다. 그런 흐름에서 조금 전의 소동이 일어났던 것이다.

사실 이 자리에 있는 모든 이들이 한 번씩은 지나온 통과의례였다. 그러나 이렇게까지 쉽게 통과할 수 있었느냐고 자문하면 그렇지는 않았다고 할 것이다.

다시 말해, 그 낯선 코퍼 플레이트를 건 2인조.

그들은 아군이 되든 라이벌이 되든, 실력을 보증 받았다는 것은 누가 보더라도 확실했다.

앞으로 그 친구들을 어떻게 다뤄야 하려나. 그 미인에게는 이제 말도 못 붙이겠네. 혹시 아직 팀을 못 구했다면 우리 팀에 끼워줄까. 참가해 주십사 부탁하는 게 아니고? 그 투구 안의 얼굴은 어떻게 생겼을까? 오늘 밤에 그놈들이 무슨 얘기하는지 엿들어 보겠어. 이 주변 국가에서 최강의 전사라는 가제프 스트로노프의 이름을 꺼냈잖아? 어쩌면 전사장의 제자 아닐까? 그거 그럴듯한데. 그 역할은 청각이 뛰어난 도적이신 이 몸이 맡지 등등등등. 미지의 2인조에 대한 흥미가 오가는 소란 속에서, 여관 주인은 한 모험자에게 다가갔다.

아인즈에게서 포션을 받은 여자였다.

"이봐, 브리타."

"응? 왜?"

여자—— 브리타는 이제까지 바라보던 붉은 포션에서 시선만 움직여 주인에게 관심 없다는 듯한 표정을 지었다.

"그 포션은 뭐야?"

"글쎄?"

"……이봐, 글쎄라니? 가치를 알고 받았던 거 아니었어?"

"설마. 애초에 이딴 포션은 본 적도 없는걸. 아저씨도 그래서 보러 온 거지?"

브리타의 말은 사실이었다.

"그래도 되는 거냐? 포션이 깨진 건 사실이었잖아? 어쩌면 네가 산 것보다 싼 물건일지도 모르는데."

"어~ 그치? 물론 도박이긴 했는데, 이번에는 이길 자신이 있었어. 내 포션의 가격을 들었고, 그렇게 멋진 갑옷을 입은 놈이 준 거잖아."

"그랬구만……."

"……이런 색깔을 한 회복계 포션은 본 적도 없으니, 제법 비싼 물건일 가능성이 있지 않겠어? 괜히 버벅거렸다가 그 사람이 그냥 돈으로 주겠다고 했으면, 드래곤 둥지에 들어가서 아무것도 못 건지고 나온 거나 마찬가지지. 아무튼 내일은 감정하러 가볼 테니까 가치도 알아볼 수 있을 거야."

"오, 그럼 감정 비용은 내가 대 줄까? 덤으로 소개도 해 줄 테니. 솜씨 좋은 사람으로."

"아저씨가?"

브리타의 눈썹이 꿈틀거렸다. 여관 주인은 좋은 사람이기는 하지만, 절대로 자선사업가는 아니다. 무언가 속내가 있다고 봐야 한다.

"에이, 그렇게 노려보지 말라고. 나한테도 그 포션의 효과가 뭔지, 그것만 알려주면 돼."

"그런 거래란 말이지."

"괜찮은 거래 아냐? 게다가 내 연줄이라면 최고의 포션 기술자를 소개해줄 수 있다고. 그 유명한 리이지 발레아레 말야."

브리타의 놀라움이 솔직하게 표정으로 드러났다.

에 란텔은 용병이며 모험자들이 많이 모이는 장소이기 때문에 그들을 대상으로 무기며 아이템을 매매하는 사업 또한 번창했다. 그중에서도 치료용 포션 거래는 매우 왕성해, 에 란텔에는 보통 도시에 비해 약사가 많이 모였다.

리이지 발레아레는 그중에서도 최고의 약사로 알려졌으며, 도시의 약사 중에서 가장 복잡한 포션까지도 생성할 수 있다는 기술자였다. 그런 사람을 소개해 준다고 하면 브리타도 차마 거절할 수 없었다.

2

덜컹 소리를 내며 나무문이 닫혔다.

방에 갖춰진 세간이라곤 조그만 책상, 나무상자가 달린 두 개의 조악한 목제 침대뿐이었다. 목제 창문이 활짝 열려 있었으므로 바깥공기와 햇빛이 그대로 들어왔다.

아인즈는 실내를 둘러보고 가벼운 실망감을 느꼈다. 어차피 변두리의 여관인 만큼 나자릭 같은 설비나 청결함을 요구하는 것도 잘못이라는 사실은 알지만, 그래도 몸에서 저절로 힘이 쭉 빠져나가는 광경이었다.

"모몬 님께서 이런 곳에 체류하셔야 하다니……."

"너무 그러지 마라, 나베. 우리의 목적은 이 도시에서 모험자로서 지위를 얻고, 이름이 알려질 만한 위치까지 올라가는 것이다. 그때까지는 분수에 맞는 생활을 하는 것도 나쁘진 않지."

내심은 조금도 내비치지 않은 채 나베랄을 다독이고, 아인즈는 덧문을 닫았다. 문틈으로 들어오는 햇빛만 가지고는 실내를 가득 채운 어둠을 씻을 수 없었다. 아인즈나 나베랄은 암시 능력이 있으므로 지장이 없지만 그렇지 않은 자에게 이 방은 사물을 보기 매우 어려울 정도로 어두웠다.

"그나저나 모험자란…… 생각보다도 로망과는 거리가 먼 일이로군."

모험자.

그 단어에 아인즈는 약간의 로망을 품고 있었다.

미지를 찾아, 세계를 모험하는 자. 그야말로 위그드라실이라는 게임의 올바른 플레이 방식을 한 몸에 드러내는 그런 직업을 상상했는데, 조합에서 안내원의 말을 들은 후에는 훨씬 현실적이고 재미없는 일임을 깨달았다.

모험자란 쉽게 말해 '몬스터와 싸우기 위한 용병' 이다.

아인즈가 꿈꾸었던 모험하는 자라는 측면도 있고, 200년 전에 출현했던 마신에게 멸망한 나라의 잔해——유적을 탐험하거나, 비경의 미지를 추구하는 경우도 있지만, 기본적으로는 몬스터 퇴치업자다.

몬스터에겐 종류별로 다양한 특수능력이 있다. 그렇기에 병사들보다는 다종다양한 기술——대응수단을 가진 자가 필요한 법이다.

그 점만 놓고 생각한다면 게임 같은 데에서 곧잘 등장하는 용사와도 같은, 많은 이들에게 의지가 되는 사람이기도 할 것 같지만, 실제로는 다르다.

그 이유는 통치하는 입장에서는 자기가 제어할 수 없는 무장집단이 존재하는 것이 달갑지 않기 때문이다. 따라서 수입 문제는 별도로 치더라도 사회적 지위는 낮다.

나아가 국가가 모험자를 거느리지 않는 이유는 돈이 드는 정사원을 끼고 있느니 필요할 때마다 파견사원을 고용하는 편이 싸게 먹힌다는 기업 논리와 같다. 마찬가지 논리로 파견사원을 고용하지 않아도 돌아가는 기업이 존재하듯, 자국의 병력을 들여 몬스터를 토벌할 수 있는 국가에서는 모험자의 지위는 더욱 낮아진다.

슬레인 법국에서는 모험자라는 존재 자체가 없으며, 바하루스 제국에서는 당대의 황제가 즉위한 뒤로 모험자의 지위가 낮아졌다고 조합 안내원이 푸념하듯 말한 바 있다.

아인즈는 미미한 실망감을 마음속에서 털어냈다. 동경하던 직업을 얻고 보니 현실은 그렇게 로망 넘치는 것이 아니었다는 이야기는 사실 흔하지 않은가.

아인즈가 손을 가볍게 털자 칠흑의 풀 플레이트 아머와 등에 짊어진 두 자루의 그레이트 소드는 공기 속으로 녹아들듯 사라지고, 그 안에서 매직 아이템으로 몸을 감싼 해골의 형상이 나타났다.

얼굴에 쓴 얇은 검은색 미러셰이드에는 이따금 붉은 타깃 사이트가 나타났다가는 사라졌다. 자수정 박힌 은색 서클릿은 장미 넝쿨처럼 생겨 바깥쪽으로 수많은 가시가 튀어나와 있다. 몸에 걸친 것은 비단 광택을 뿜어내는 까만 긴팔 옷에 헐렁헐렁한 바지. 그리고 바지를 매놓은 것은 벨트라기보다는 까만색 띠였다.

투박한 강철 건틀릿을 벗자 뼈 손가락에는 좌우 약지를 제외한 모든 손가락에 반지가 있다. 적갈색의 우툴두툴한 가죽으로 만든 긴 장화에는 금사로 자수를 놓았다. 목걸이에는 사자의 얼굴을 그린 은색 플레이트가 달려 있고, 망토는 진홍색이었다.

보통 위그드라실의 아이템은 비주얼에 데이터 크리스탈을 넣어 만들어낸다. 따라서 비주얼에 통일성을 추구하기란 매우 어렵다. 그러나 지나치게 동서양 양식이 혼합된 차림을 싫어하는 플레이어가 많았기 때문에 어떤 특정 조건을 만족하면 장비의 능력은 그대로 둔 채 비주얼만 통일할 수 있도록 패치가 이루어졌다.

조금 전, 아인즈가 몸에 걸친 것들을 가려주었던 칠흑의 갑옷. 〈상위도구 창조Create Greater Item〉로 만든 것도 특정 조건 중 하나였다.

현재 아인즈가 장비한 것은 필중(必中)의 안경, 정신방벽의 관, 흑과부거미의 의복Black Widow Spider Clothes, 블랙 벨트, 야른그레이프르, 네메아의 사자Nemean Lion, 가속 부츠Haste Boots,

그리고——

——위그드라실의 아이템 매매는 데이터 크리스탈 형식으로 이루어지는 경우가 많다. 그러나 개중에는 더욱 강력한 아이템을 제작하기 위해 이제까지 착용하던 아이템을 판매하는 경우도 있다. 이때 문제가 되는 것은, 제작한 아이템에는——방송금지 용어가 들어가거나 특정 인물 등을 모욕하는 이름은 운영자가 수정을 요구하기도 하지만—— 제작자의 취향에 따라 이름을 붙일 수 있다는 점이다.

이름이 이상한 아이템은 당연히 팔 때도 사람들이 기피하는 경향이 강하다. 이름을 변경하기 위한 캐시 아이템은 매우 값이 싸긴 해도, 그것을 사용해서까지 구입하려는 손님은 얼마 없다.

그렇기에 어지간한 플레이어라면 아이템에 이름을 붙일 때 머리를 쥐어짜내게 마련이다. 신화에서 따오거나 영어 이름을 붙이거나.

물론 예외도 있다.

반지에 이름을 붙이는 것이 귀찮다고 반지 1, 반지 2, 반지 3이라고 했다면 그나마 준수한 축에 속한다. 엄지반지, 검지반지, 중지반지 같은 이름은 아인즈도 실제로 본 적이 있다.

아인즈의 친구 중 하나이며 두 자루의 대태도(大太刀)를 상황에 따라 바꿔 쓰던 '무인 타케미카즈치' 라는 남자는 그가 소지한 무기 중 하나에 여덟 번째 무기라는 뜻에서 '타케미카즈치 팔식(八式)' 이라는 이름을 붙였다.

이 진홍색 망토가 그런 부류에 속했다.

옛날 미국만화에 나오는 다크 히어로에게서 따온 것으로, 이름은 *네크로플라즈믹 망토라 한다.

이러한 것들은 모두 성유물급 장비였다. 아인즈의 주무장과 비교하면 두 단계 떨어지는 수준이기는 하지만 지나치게 강한 아이템을 가지고 다닐 때의 폐해를 생각해 이 정도로 해둔 것이다.

어깨를 돌리며 갑옷을 벗은 후의 해방감을 맛보던 아인즈에게 나베랄이 물었다.

"하지만 그 불쾌한 여자는 어떻게 하시겠나이까?"

"아, 포션이 깨졌다던 여자 말이냐? 딱히 상대할 필요는 없다. 나 같아도 소중히 여기던 것이 깨지면 분노하여 이성을 잃을……."

이 몸이 되고 난 후의 정신 변화를 떠올리고, 아인즈는 잠시 우물거린 다음 말을 이었다.

"……잃겠지, 아마도. 부주의했던 나를 책망하는 것도 당연하다."

"하오나 그것은 어리석은 인간이 지고의 존재께 싸움을 거는 저능한 행동을 저지른 데 따른 당연한 결과. 책망을 받아야 했던 것은 그 사내가 아니옵나이까?"

"그렇겠지만, 던진 건 나였으니까. 이번에는 관대한 마음으로 용서해 주자꾸나. 게다가 이 도시에서 해야 할 일은 모몬과 나베라는 이 세계의 주민이 명성을 얻는 것. 고작해야 포션 한 병 정도 금액조차 지불하지 못한다고 알려져서야 평판에 흠이 가지 않겠느냐."

이해하지는 못한 모양이었지만, 나베랄은 알겠다는 뜻으로 고

*네크로플라즈믹 망토(Necroplasmic Cape) : 미국 만화 '스폰(Spawn)' 에서 주인공 스폰이 걸친 망토. 착용자의 의지에 따라 모습을 바꾸는 능력이 있다. 원래는 '네크로플라즈믹 아머' 의 일부일 뿐, 실제로 이런 이름이 있는 것은 아니다.

개를 깊이 숙였다.

"게다가 상대는 선배다. 후배 된 몸으로 다소 체면을 세워주는 것도 좋지."

아인즈는 네메아의 사자가 아닌, 조합에서 받은 목걸이를 만지작거렸다.

'……단순한 금속 플레이트일 뿐이지만 위조일 가능성은…… 뭐, 그런 건 조합이 생각할 일이고.'

조그만 코퍼 플레이트가 달린 그것은 말하자면 인식표였다. 이 플레이트야말로 그 모험자의 능력이 얼마나 높은지를 증명해주는 것이다.

코퍼, 아이언, 실버, 골드, 플래티넘, 미스릴, 오리하르콘, 아다만타이트.

뒤쪽으로 갈수록 평가가 높다는 뜻이며, 선택할 수 있는 일의 난이도와 보수도 올라간다. 그것은 모험자의 목숨을 헛되이 잃지 않기 위한 시스템이었다.

모험자 등록을 갓 마친 아인즈와 나베랄은 제일 첫 단계인 코퍼 플레이트였으며, 그에 반해 그녀는 아이언이었다. 선배에게는 최소한도의 경의를 나타내는 것은 사회를 원활히 살아가기 위한 요령이기도 하다.

"하지만 아인즈 님이시라면 아다만타이트처럼 무른 금속이 아니라 *아포이타카라, 히히이로카네 같은 칠색광(七色鑛)이 어울린다고 생각하옵니다. 눈이 썩은 놈들밖에 없나이다."

* 아포이타카라(靑生生魂) : 히히이로카네와 마찬가지로 일본신화에 등장하는 가공의 금속. 원래는 히히이로카네와 같은 것으로 여겨지지만, 위그드라실의 세계에서는 별도의 광물로 존재하는 듯.

위그드라실에서도 상위에 속하는 금속의 이름을 열거하는 나베랄에게 아인즈는 날카로운 시선을 보냈다가, 그동안 마음에 두었던 것을 말했다.

"나베, 만약을 위해 하는 말이다만 이 도시에 있는 동안은 나를 모몬이라 불러라."

"알겠나이다! 모몬 님!"

"조금 전에 했던 대화를 반복하고 싶으냐? 모몬이다."

"죄, 죄송하옵니다! 모몬…… 씨."

"……일일이 뜸을 들이면 바보처럼 들린다만. 뭐, 됐다. 모몬이 무리라면 하다못해 모몬 씨라고 부르도록. 알았나?"

"알겠나이다, 모몬 씨."

다시 깊이 고개를 숙이는 나베랄을 보며 아인즈는 손을 이마에 가져갔다.

'모몬 씨라고 부르게 하는 이유를 전혀 모르는군. 이거 좀 골치 아픈 애인데……. 뭐, 지금은 남의 눈이 있는 것도 아니니까 일단 허용 범위로 칠까.'

"아무튼 앞으로의 행동방침을 이야기하자."

"예!"

바닥에 한쪽 무릎을 꿇고 고개를 숙이는 나베랄. 주인의 명령을 기다리는 종자의 태도였다. 아인즈는 어떻게 할지 고민스러웠다. 들어올 때 문을 잠갔으니 괜찮으리라 생각하지만, 다른 사람이 본다면 한 마디 들을 것 같은 광경이었다.

'하지만…… 왜 모몬이라 부르게 했는지 이해하지 못하는 걸까? 여관에 오면서 설명을 했을 텐데…….'

아인즈는 반쯤 자포자기한 심정으로 말을 꺼냈다.

"우리는 이 도시에서 저명한 모험자라는 위장 신분을 얻어야 한다. 그 이유 중 하나는, 이 세계의 모험자라는 존재, 다시 말해 강한 자들의 정보를 모으기 위해서다. 무엇보다 중점을 두고 싶은 것은 나와 같은 위그드라실 플레이어의 소문. 상위 플레이트를 얻으면 그에 걸맞은 일을 받을 테니, 얻을 수 있는 정보도 순도가 높고 유익한 것이 많아지겠지. 그러기 위해 당분간은 모험자로서 성공을 거두는 것을 첫 번째 목표로 삼겠다."

수긍의 뜻을 보이는 나베랄에게 아인즈는 현안사항을 말했다.

"다만, 이미 문제가 발생했다."

아인즈는 작은 가죽자루를 꺼내 주둥이를 풀고 안에 든 것을 손위에 펼쳤다. 굴러 나온 것은 동전이었는데 숫자는 얼마 안 되고, 금색 광채는 하나도 보이지 않았다.

"우선, 돈이 없다."

조금 전의 다툼에서 아인즈가 포션을 넘겨준 이유는 여러 가지가 있지만, 그중 하나는 금전으로 문제를 해결할 자신이 없기 때문이었다. 그 상황에 할 수 있는 대답이 "돈 없는데요."뿐이었다면 환장할 노릇이었을 것이다.

의아해하는 표정을 짓는 나베랄에게 아인즈가 덧붙였다.

"아니, 물론 돈은 있지. 다만 내가 가진 돈은 거의 위그드라실의 금화다. 때문에 이것을 쓰는 것은 마지막 수단으로 삼고 싶다."

"그래도 모르겠사옵니다. 위그드라실의 통화에도 금전적 가치가 있음을 확인하지 않으셨나이까?"

"물론 내가 전에 갔던 카르네 마을에서는 금화…… 음, 교역공

통금화를 줄여서 교금화라고 불렀던가? 교금화 두 닢의 가치가 있다고 했지. 하지만 이 도시에서 위그드라실 금화를 사용했을 때, 그것이 흘러흘러 어디로 갈지 알 수 없다. 자칫하면 위그드라실 플레이어가 이곳에 있다는 사실을 불특정 다수에게 선전하는 결과를 남길 수도 있지. 이 세계에 대해 잘 모르는 지금은 그런 일을 피하고 싶다."

"플레이어……. 아인즈 님과 동격의 존재이며, 과거 나자릭에 침공했던 불경한 자들 말씀이시군요."

아인즈 님이라는 호칭에 있지도 않은 눈썹을 씰룩거렸지만, 조금 전과 같은 이유 때문에 아인즈는 잠자코 있기로 했다.

"그렇다. 결코 방심할 수 없는 존재지."

아인즈 울 고운은 위그드라실의 최고 레벨인 100레벨이기는 했지만 플레이어들 사이에서 최고 레벨이란 그리 보기 드문 것이 아니다. 아니, 대부분의 플레이어가 100레벨이었다.

그런 가운데 아인즈는 자신의 능력을 중상 정도로 인식했다. 이는 강함과는 상관없이 롤플레잉의 일환으로 언데드 매직 캐스터에 어울리는 클래스만을 취득했던 폐해였다. 수많은 신기급 아이템을 장비하고 캐시 아이템을 상당수 사들인 것까지 생각해보면 상중 정도까지는 갈지도 모르지만, 그래도 위에는 위가 있는 법이다.

그렇기에 플레이어들에게 발각되는 것만은 피해야 한다.

잘못해서 전투까지 갔을 때 아인즈가 이기지 못할 상대도 얼마든지 있었기 때문이다.

그리고 플레이어는 원래 인간이다. 인간의 편을 드는 자들이 많을 것이다. 그런 플레이어가 인간을 하등생물로 보는 알베도와 대치했을 때, 나자릭 지하대분묘—— 아인즈 울 고운 전체를 인간의 적이라고 간주할 가능성이 있다. 그 때문에 알베도를 데리고 오는 것을 위험하게 여겼다.

'하지만 설마 나베랄까지 그런 성격이었을 줄은 몰랐지.'

아인즈는 인간의 적이 아니다. 자신의 목적을 위해 인간을 죽이는 데 망설임을 느끼지는 않았지만, 그래도 플레이어와 정면으로 싸우는 것은 피하고 싶었다.

"그런 의미에서는 정말로 아까웠지."

"무엇이 말씀이십니까?"

"니군이라는 자를 그렇게 쉽게 잃은 것 말이다. 가장 정보를 많이 지녔을 인물을, 그렇게 간단한 질문으로 끝내버리고 말다니."

카르네 마을에서 사로잡은 양광성전의 구성원들 중 살아남은 것은 현재 열 명 정도였다. 나머지는 정보를 캐내는 과정에서 사망해, 아인즈가 소환한 언데드의 매개체로 전락했다.

포로에게서 억지로 캐낸 정보를 떠올리며 아인즈는 자조했다.

"보통 플레이어라면…… 슬레인 법국을 지원하겠지."

슬레인 법국이란 600년 전에 강림한 육대신을 신앙하는 종교국가이다.

양광성전 구성원의 말을 빌자면, 슬레인 법국은 인간이라는 약자가 다른 강대한 종족을 쓰러뜨리고 번영하기 위해 노력하는 국가라고 한다. 만일 인간의 마음을 잃지 않은 플레이어가 있다면 슬레인 법국의 가르침에 찬동하지 않을까?

인간이 종의 정점에 섰던 현실세계와는 달리, 이곳에서는 인간이라는 종은 열등종 중 하나였다.

평야에 이처럼 훌륭한 도시를 구축하기는 했지만, 평야에서 생활을 영위한다는 것 자체가 바로 그 약함을 드러내는 것이다.

그 이유는, 평야가 위험한 장소이기 때문이다. 숨을 곳이 없어 적에게 발각되기 쉽다. 그런 곳을 주거로 고르는 이유는 어둠을 뚫고 볼 수 있는 시력도, 튼튼한 다리도, 지구력도 없는 취약한 종족은 평야에서밖에 생존권을 만들지 못하기 때문이다. 그렇기에 위험을 무릅쓴다.

인간보다도 뛰어난 육체능력과 고도한 문명을 가진 종족도 있지만, 그들이 이 대륙을 지배하지 않는 것은 500년 전에 대륙을 지배하고자 움직였던 팔욕왕이라는 존재와 항쟁을 벌이면서 종족 자체의 힘이 쇠락했기 때문이다. 만일 그것이 없었다면 인간이라는 존재는 도태되었을지도 모른다.

인간이었던 플레이어가 그런 세계에 떨어진다면 인간의 편을 들고 싶지 않을까? 그렇기에 아인즈는 슬레인 법국에 다가갈 마음은 아직까지 없었다. 플레이어를 경계해서.

"뭐, 어쨌거나 돈은 네가 가져온 무기를 팔아 마련할 예정이다. 기사로 위장했던 슬레인 법국 놈들이 가지고 있던 것 말이다……. 다만 그 전에 일거리를 찾고 싶다."

"알겠사옵니다. 하오면 내일 다시 조합에 가시겠다는 말씀이시군요."

"그렇다. 가능하면 이 도시를 견학하고 지식을 얻고 싶다만, 그건 금전을 어느 정도 확보한 다음이 되겠지."

"알겠사옵니다. 전투 메이드의 일원인 저도 최선을 다해 힘을 보태드리고자 하옵니다."
"그래. 잘 부탁한다, 나베랄."
깊이 고개를 숙이는 나베랄의 모습에 만족하며, 아인즈는 다시 마법을 발동해 환영을 걸치고 갑옷을 착용했다.
"나는 주변 지리를 확인하고 오겠다. 너는 이곳에서 대기해라."
"수행하겠나이다!"
"됐다. 주변의 분위기를 살피고 올 뿐이니. 가능하다면 큰 묘지 같은 곳을 구경하고 싶다만……. 그리고 너를 이곳에 남겨두는 것은 누군가가 침입하는 것을 피하기 위해서다. 결코 방심하지 말고 주의를 기울이도록. 아직까지는 어떤 허점도 보이지 않았겠지만, 이곳은 이미 적진이라 해도 과언이 아니다. 경계를 태만히 하지 마라."
"알겠나이다."
"그리고 정기연락도 부탁한다."
아인즈가 방을 나가자 나베랄은 한숨을 훅 내쉬었다.
눈가를 손가락으로 누르고 위아래로 움직인다. 조금 전까지는 날카로웠던 눈꼬리가 힘없이 밑으로 처져 완전히 얼빠진 표정이 되었다. 포니테일도 마치 기력이 빠져나간 것처럼 추욱 늘어졌다.
그렇다고는 하나 지고의 주인에게 받은 명령은 기억했다.
나베랄은 오감에 신경을 집중시켜 실외의 기척을 탐색하려 했지만, 매직 캐스터이기 때문에 도적 흉내를 낼 수는 없다.
때문에 자신의 주특기로 그 약점을 커버했다.
〈토끼 귀Rabbit Ear〉.

마법 발동에 맞춰 나베랄의 머리 위에서 귀여운 토끼 귀가 불쑥 돋아났다. 그것이 주위의 소리를 감지하고자 까닥까닥 움직이기 시작한다.

위그드라실 플레이어들이 토끼 마법이라 부르던 세 가지 마법 중 하나였다. 그 외에는 행운 수치를 올려주는 〈토끼 발Rabbit Foot〉, 몬스터의 적대치를 약간 낮춰주는 작용이 있다는 〈토끼 꼬리Bunny Tale〉가 있다. 이 세 가지를 동시에 발동한 여성 캐릭터는 복장이 변화하기 때문에 엄청난 인기를 끌었지만, 나머지 두 가지를 걸 필요가 없는 나베랄은 굳이 사용하지 않았다.

나베랄이 습득한 마법은 대부분 전투에 쓰는 것이지만 이것만은 얼마 안 되는 예외였다.

주위의 소리를 충분히 들어 안전을 확인한 후 〈전언Message〉 마법을 발동했다. 이를 기다렸다는 듯, 대뜸 머릿속에 아름다운 여성의 목소리가 울려 퍼졌다.

『나베랄 감마, 무슨 일이지?』

"예, 정시보고입니다."

나베랄의 대화 상대는 나자릭 지하대분묘 수호자 총책임자인 알베도였다.

현재 상황을 빠짐없이 보고한 나베랄은 마지막으로 상대가 가장 고대하던 말을 입에 담았다.

"아인즈 님은 알베도 님에 대해 '그녀만큼 내가 신뢰할 수 있는 자가 달리 없다.' 고 하셨나이다."

『크흑——!』

정체 모를 흥분이 담긴 고함 소리가 나베랄의 머릿속에 울려 퍼졌다.

『좋았어, 조오았어. 착하다, 나베랄! 그렇게 나를 계속 어필해! 이건 나자릭 수호자 총책임자로서 내리는 명령이야!』

굳이 명령까지 내릴 필요가 있을까 나베랄은 의문을 품었지만, 냉정하게 생각해 보면 지고의 존재를 곁에서 섬길 여성을 다투는 싸움인 것이다. 그렇다면 당연한 노릇.

나베랄이 그렇게 수긍하는 동안에도 알베도의 흥분 어린 목소리는 머릿속을 징징 울렸다.

『샤르티아가 다른 용무로 밖에 나간 사이에 나는 천천히 아인즈 님과의 거리를 좁혀나가야지! 난공불락의 요새라 한들 파상공격을 펼치고 교두보를 쌓아나가면 언젠가는 함락되는 법! 그 영광의 날에 샤르티아는 분해 눈물을 흘리겠지!』

환희의 고함을 질러대는 알베도에게 나베랄은 약간 눈살을 찡그렸다. 아무리 그래도 이렇게까지 흥분해 소리를 치면 조금 짜증이 난다.

제자리에서 폴짝폴짝 뛰기라도 할 것처럼 명랑한 목소리로 다음엔 이걸 해봐야지, 이렇게 해야만 해 등등을 중얼거리던 알베도가 갑자기 냉정한 목소리로 말했다.

『그러나 어째서 너희가 내게 힘을 보태주는 것이냐? 샤르티아가 아니라 나를 선택한 이유는 무엇이지? 원하는 것이라도 있느냐?』

"간단한 이치입니다. 샤르티아 님과 알베도 님 중 어느 분께서 아인즈 님의 곁에 앉기에 적합하냐고 물으신다면, 저는 알베도 님이야말로 어울린다고 생각하기 때문입니다."

『크흑—! 훌륭해. 너야말로 나자릭의 대국을 보는 자로구나. 감동했다!』

"또한 유리 언니가 샤르티아 님을 싫어하기 때문에."

『아, 유리 알파 말이구나. 하긴, 그랬지. 그러면 다른 아이들도 내 편이라 생각해도 될까?』

자신들의 서브리더인 유리 알파 외의 동료들을 떠올리며 나베랄은 대답했다.

"그 점은 다소 애매합니다. 루푸스레기나는 알베도 님을 지지하지만 솔류션은 샤르티아 님을 지지할 것입니다. 엔토마와 시즈는 알 수 없습니다. 현재까지는 어느 쪽에도 붙지 않으리라 봅니다."

『솔류션을 끌어들이는 것은?』

"어려울 거라 봅니다. 그 아이는 샤르티아 님과 비슷한 취미가 있으니까요."

『아, 응……. 악취미한 그거 말이지.』

나베랄은 알베도의 감상에 동의하는 한편 솔류션 입실론의 그런 취미를 도저히 이해할 수 없어 고개를 갸웃했다. 한 명의 예외를 제외하면 인간은 하등생물이지만, 그렇다고 해서 괴롭히는 취미는 없다. 방해하면 죽이고, 귀찮아도 죽인다.

그러나 일부러 수고를 하면서까지 죽이러 가고 싶지는 않다.

『어쩔 수 없지. 그럼 다른 아이들을 내 진영으로 끌어들일 노력을 해야겠구나. 우선 엔토마와 시즈부터.』

"그것이 좋을 것 같습니다. 솔류션과 엔토마는 인간을 식재료로 선호하는 성질이 있으니, 엔토마가 알베도 님께 붙을 경우 어쩌면 솔류션도 우리 편이 될 수 있습니다."

『그렇구나……. 잘 알았어. 이제 할 이야기는 끝났는데…… 사랑하는 아인즈 님은 어땠는지 자세히 들려줄 수 있을까?』

"예, 알겠습니다."

이렇게 알베도와의 정시연락은 이야기꽃을 피워――아인즈와 나베랄이 같은 방에서 잔다는 사실을 안 알베도가 기괴한 포효를 지르는 등의 문제는 조금 있었지만―― 효과 시간이 끝난 마법을 네 번이나 다시 걸어대는 바람에, 돌아온 아인즈가 약간 어이없다는 반응을 보이기는 했지만, 그것은 또 다른 이야기이다.

3

공기에 색이 낀 것 같아 브리타는 개처럼 코를 킁킁거리며 몇 차례 냄새를 맡았다.

살짝 녹음의 냄새가 섞인 것은 기분 탓이 아니리라. 공기를 물들인 냄새는 모종의 약품이나 짓이긴 식물에서 나는 것이다. 그것이 그녀의 목적지에 다가가고 있음을 알려주었다.

브리타는 길을 나아가, 조금 전보다도 냄새가 강해진 구역에 도착했다. 좌우를 둘러보고, 가장 커다란 집 앞에서 발을 멈추었다.

그 가옥은 주위에 늘어선 다른 건물들이 앞에는 점포, 뒤쪽이 공방 하는 식으로 지어진 데 반해, 공방에 공방에 공방이 붙은 것 같은 구조였다.

문에 매달아놓은 목제 플레이트, 그리고 앞에 내건 간판의 문자를 읽고 이곳이 목적지임을 확인했다.

입구의 문을 밀어 열었다. 위에 매달아놓았던 종이 놀랄 정도로 큰 소리를 냈다.

들어가니 그곳은 손님과 상담을 하기 위한 응접실인 모양이었다. 실내 한가운데에는 마주 놓인 긴 의자가 있었으며 벽에는 서류 같은 것들이 꽂힌 책장이 보였다. 방 한구석에는 관엽식물도 놓아두었다.

브리타가 한 걸음 들어섰을 때 목소리가 들렸다.

"어서오세요!"

남자 목소리다. 아니, 남자라는 표현을 쓰기에는 다소 앳된 목소리였다.

쳐다보니, 짓이긴 식물의 즙이 군데군데 묻어 진한 냄새를 풍길 것 같은 낡은 작업복을 입은 소년이 실내 안쪽에 서 있었다.

금발이 길게 자라 얼굴을 반쯤 가렸기 때문에 나이를 판별하기는 어려웠으나 키나 목소리로 보건대 성장기일 것이다.

그런 소년이었지만 브리타도 이름은 예상할 수 있었다. 할머니가 유명하기 때문이기도 하지만, 본인도 이능――탤런트 때문에에 란텔의 유명인 중 한 사람으로 꼽혔다.

"……운필레아 발레아레 씨?"

"네. 맞아요."

소년――운필레아는 고개를 끄덕이더니 물었다.

"오늘은 무슨 일로 오셨나요?"

"아, 네. 어, 잠시만 기다리세요."

브리타는 여관 주인에게 받아온 편지를 품에서 꺼내, 앞으로 다가온 소년에게 내밀었다. 운필레아는 이를 받아 펼치더니 천천히 읽기 시작했다.

"이건…… 그렇군요. 그럼 그 포션이란 것을 보여주실 수 있을까요?"

브리타가 내민 포션을 받아든 운필레아는, 머리카락에 가려진 눈높이까지 들어 올렸다. 그 순간 분위기가 바뀐 것 같았다.

운필레아가 머리카락을 젖혔다. 그곳에서 드러난 얼굴은 아직 앳되긴 했지만 곱상해서 나중에는 분명 여자들 사이에 화제가 될 것 같았다. 그곳에 예리한 표정이 떠 있었다. 눈은 조금 전의 어조에서는 생각할 수 없을 정도로 날카롭게 몇 번을 깜빡였으며 눈동자에는 강한 흥분의 빛이 어렸다. 운필레아는 포션 병을 몇 번 흔들더니 한 차례 고개를 끄덕였다.

"죄송하지만 여기서는 뭐라 말씀드릴 수가 없으니, 이쪽으로 와주시겠어요?"

브리타는 순순히 운필레아를 따라갔다. 두 사람이 들어간 방은 매우 어질러진 곳이었다. 아니, 그렇게 생각한 것은 그녀에게 지식이 없었기 때문이리라.

테이블 위에는 둥근 플라스크, 시험관, 증류기, 막자사발, 깔때기, 비커, 램프, 천칭, 기묘하게 생긴 단지 등이 즐비했다. 벽가의 선반에는 무수한 약초며 광석이 대량으로 놓여 있었다. 온 실내에서 코를 자극하는 독특한 냄새가 흘러나와 몸이 상하는 것 아닌가 싶은 기분이 들었다.

방에는 선객이 있었는데, 갑작스럽게 들어온 두 사람을 째릿 노려보았다.

매우 나이가 많은 노파였다. 쪼글쪼글한 얼굴, 쪼글쪼글한 손. 어깨 언저리에서 싹둑 자른 머리는 새하얗다. 작업복에 찌든 녹색 얼룩은 운필레아보다도 더 많아 진한 풀 향기를 피웠다. 방에 들어온 운필레아는 노파를 향해 말을 걸었다.

"할머니!"

"뭐냐, 뭐야. 그렇게 소리 안 질러도 다 들린다. 귀는 아직 안 먹었어."

운필레아의 할머니는 한 사람뿐이다. 그녀야말로 이 도시에서 최고로 일컬어지는 약사 리이지 발레아레였다.

"이거 좀 봐."

운필레아가 내민 포션 병을 받아 바라보던 리이지의 안광은 브리타가 자신도 모르게 긴장할 만큼 날카로워 역전의 모험자를 연상케 했다.

사실 기분 탓만은 아니다. 약사는 약을 만들 때 마법을 사용해야 하기 때문에 고명한 약사일수록 사용할 수 있는 마법의 위계가 높다. 때문에 에 란텔 최고의 약사인 리이지의 개인 전투력은 브리타를 능가한다.

"이거…… 저 아가씨가 가져온 게냐……? ……전설의? 아니, 설마…… 신의 피? 이봐, 이게 대체 뭐지?"

"네?"

브리타는 눈을 깜빡거렸다. 그걸 묻고 싶은 사람은 자신이었다.

"이건…… 있을 수 없는 포션이야. 어디서 난 겐가? 유적에서?"

"네? 아, 아니, 그건……."

"거 굼뜨기는. 내 질문에만 따박따박 대답하면 돼. 어디서 났냐고! 훔치거나 한 건 아니겠지? 응?"

흠칫 놀라 브리타의 어깨가 들썩거렸다. 나쁜 짓을 하지도 않았는데 야단을 맞는 기분이었다.

"……할머니, 겁주면 안 돼."

"뭐냐, 운필레아. 내가 언제 겁을 줬다고. ……안 그런가?"

——아뇨, 겁먹었는데요.

그렇게 말하고 싶었지만 말할 수는 없는 브리타는 침을 꼴깍 삼킨 다음 단도직입적으로 포션을 손에 넣은 경위를 말했다.

"어, 그게, 받았어요."

"……아앙?"

리이지의 시선이 더 험악해졌다.

"이봐, 아가씨……."

"잠깐만, 할머니. 어, 브리타 씨. 어떤 사람에게, 어떤 이유로 받으셨나요?"

운필레아의 도움 덕에, 브리타는 풀 플레이트 아머를 입은 수수께끼의 인물에게 받았다고 간단한 설명을 마칠 수 있었다. 그 말을 들은 리이지는 쪼글쪼글한 얼굴을 한층 더 찌푸렸다.

"……포션에는 세 가지 종류가 있는 걸 아나?"

질문을 던져놓고는 대답도 듣지 않은 채 리이지는 곧장 말을 이었다.

"약초만으로 만드는 것. 이건 즉효성이 없고, 말하자면 사람의 원래 기능을 높여주는 약이지. 효과는 대단치 않지만 대신 값이 아주 싸. 다음이 마법과 약초로 만드는 거야. 이건 아까 것보다는 효과가 빨리 나타나지만 그래도 다소 시간이 걸려. 전투가 끝나고 시간이 있을 때 모험자들이 마시는 치료용 포션은 대부분 이거지. 그리고 마지막이 마법만 써서 만드는 포션이야. 이건 연금술 용액에 마법을 쏟아부어 만들어. 효과는 즉시 나타나고, 마법과 똑같은 효능을 줄 수 있지. 대신 값이 비싸. 그런데 아가씨가 가져온 포션은 뭔가 하면, 약초 같은 침전물이 하나도 보이질 않으니 마법으로 만든 포션인 것 같기는 해. 하지만 말이야——."

리이지는 푸른 액체가 든 포션 병 하나를 꺼내더니 브리타에게 내밀었다.

"이게 일반적인 치료약이라고. 색이 다르지? 치료약의 색은 제작 과정에서 아무리 해도 파란색이 나오거든. 하지만 아가씨가 가져온 건 빨갛지. 다시 말해 이 치료약과 보통 것은 제작 과정이 완전히 다르다는 말씀이야. 말하자면 아가씨의 이건 엄청나게 귀한 거고, 경우에 따라서는 지금의 치료약 생성기술을 바꿔버릴지도 몰라. ……감이 안 올지도 모르겠지만."

그러더니 리이지는 마법을 발동했다.

〈도구감정Appraisal Magic Item〉.

〈부여마법 탐지Detect Enchant〉.

두 종류의 마법을 포션에 건 리이지의 표정에 경악과 분노의 빛이 떠올랐다.

"크크크…… 흐아하하하하!"

——갑자기, 사람이 망가진 것 같은 웃음소리가 좁은 실내에 터져나왔다. 천천히 리이지가 얼굴을 든다. 그곳에는 광인처럼 일그러진 웃음이 있었다. 브리타는 리이지의 너무나 급격한 변화에 압도되어 말은 고사하고 손가락 하나 꼼짝할 수 없었다.

"크크크! 역시 그랬어! 봐라, 이걸! 운필레아! 여기, 여기 포션의 완성형이 있다! 우리가——우리 약사와 연금술사, 포션 생성에 관여하는 모든 사람이 연구의 역사를 거듭하고도 이루지 못했던 이상형이!"

리이지는 극도로 흥분해 달아오른 얼굴로 거칠고 짧게 호흡을 되풀이했다. 그리고 절대 떼어놓지 않으리라 표명하듯, 손으로 굳게 쥔 포션 병을 운필레아에게 내밀었다.

"포션은 열화하는 법이다. 그렇지?!"

"맞아. 당연하지."

흥분한 리이지와는 달리 운필레아의 어조는 냉정했으나, 표정에는 미미한 홍조가 있음을 브리타도 알아차렸다.

다만 어째서 그렇게 흥분하는지는 이해하지 못했다. 그래도 자신이 무언가 엄청난 일에 휘말렸다는 것 정도는 어렴풋이 느꼈다. 자신이 가져온 포션에 이 도시 최고의 포션 장인이 이렇게까지 흥분을 드러내고 있지 않은가.

"마법만으로 생성한 포션에는 연금술 용액을 쓰지. 이건 광물을 기초로 삼아 연금술을 써서 만드는 거야. 따라서 시간이 지나면 열화하는 게 당연한 이치! 그렇기에 〈보존Preservation〉 마법을 걸었지."

그리고 잠시 말을 끊은 리이지는 결론을 입에 담았다.

"이제까지는."

리이지가 하려는 말을 막연하게나마 이해한 브리타는 놀라 붉은 용액에 눈을 돌렸다.

"이건! 이 포션은, 이 포션은 말이다! 이 자체만으로도 효능이 열화하지 않는, 다시 말해 완성된 포션이란 말이야! 이제까지 그 누구도 개발하지 못했어! 전설에 따르면 진정한 치유의 포션은 신의 피를 나타낸다지. 옛날부터 전해지는 이야기야.”

리이지의 손에서 포션이 흔들리고 진홍색 액체가 출렁거렸다.

“물론 전설일 뿐이고, 약사들 사이에선 신의 피는 푸르다는 농담이 유행할 정도였지.”

리이지는 잠시 흥분에 떨리는 손으로 쥔 포션을 노려보았다.

“이것이야말로, 아마도 진정한 신의 피를 뜻하는 포션!”

헉헉 숨을 몰아쉬는 리이지. 등을 문질러주는 운필레아.

놀라 아무 말도 하지 못하는 브리타. 그런 세 사람이 만들어낸 정적을 리이지가 깼다.

“……그래, 아가씨는 이 포션의 효능을 들으러 왔을 테지? 제2위계 치유 마법에 해당하네. 희소성 같은 부가가치를 가산하지 않는다면 금화로 여덟 닢이야. 참고로 부가가치까지 고려한다면, 댁을 죽여서라도 빼앗겠다는 인간이 나올 가능성이 있을 정도의 금액이지.”

브리타의 온몸이 오싹 떨렸다.

효능 가치만으로도 아이언 플레이트 모험자인 브리타에게는 고가였다. 하지만 문제는 부가가치 쪽이었다. 눈앞에 있는 리이지의 날카로운 눈동자가 마치 기습할 기회를 재는 것 같다는 생각마저 들었다.

그렇다 쳐도 의문은 남는다. 그 풀 플레이트 아머를 입은 사내는 대체 어떤 자이기에 이만한 포션을 쉽게 건네줄 수 있었을까.

무수한 의문이 브리타를 뒤흔드는 가운데 리이지가 물었다.

“이걸 내게 팔 생각은 없나? 내 값은 섭섭하지 않게 쳐 주지. 어디, 금화 서른두 닢이면 어떤가?”

브리타는 조금 전보다도 더 놀라 눈을 크게 떴다.

그녀가 제시한 금액은 브리타에게는 경악할 만한 거금이었다. 3인 가족이 아껴서 쓰면 3년은 먹고 살 수 있을 것이다.

브리타는 망설였다. 이 포션이 어마어마한 가치를 지녔다는 것은 알았다. 그렇다면 여기서 금화 서른두 닢에 파는 것이 과연 옳은 선택일까 하고. 이 포션을 다시 얻을 가능성은 매우 낮다.

하지만 거절한다면, 자신은 과연 살아서 돌아갈 수 있을까?

그런 브리타의 망설임을 알아차린 리이지는 어쩔 수 없다는 듯 고개를 가로저었다. 그리고 대안을 제시했다——.

4

이튿날 아침, 모몬, 즉 아인즈는 다시 조합을 찾았다.

문을 열고 들어서니 제일 먼저 안쪽의 카운터가 눈에 들어왔다. 그곳에서는 조합의 안내원 아가씨 셋이 웃는 얼굴로 모험자들을 상대하고 있었다. 풀 플레이트를 착용한 전사, 경장갑주에 활을 든 가벼운 차림의 사내, 신관복을 걸치고 이름 모를 신의 성인(聖印)을 든 자, 로브에 스태프를 가진 마력계 매직 캐스터의 차림도 보였다.

왼쪽에는 커다란 문이, 오른쪽에는 알림판이 있다. 그곳에는 어제 없었던 양피지 여러 장이 보였다. 역시 그곳에도 모험자가 몇 명 있다. 양피지를 앞에 두고 동료들끼리 상담을 나눈다.

그 모습과 벽에 붙은 양피지에 아인즈는 매우 불길한 예감을 느끼며 접수대를 향해 걸어갔다.

몇몇 시선이 아인즈가 목에 건 코퍼 플레이트에 모였다가, 다음으로는 몸에 걸친 장비를 천천히 훑어나가는 것이 느껴졌다. 어제 여관에서 느낀 것과 같은 종류의 기척이었다.

아인즈도 곁눈질로 모험자들을 관찰했다. 목걸이에 달린 플레이트는 골드 내지는 실버. 코퍼는 하나도 없다. 약간 소외감을 느끼면서 아인즈는 카운터 앞까지 다가갔다.

마침 한 팀이 끝났는지 손이 빈 안내원이 있었다. 그 앞에 서서 물었다.

"실례. 일을 찾고 있는데."

"그러시면 저기 붙은 양피지를 선택하셔서 이곳으로 가지고 오시기 바랍니다."

알았다는 제스처를 보이면서 아인즈는 잃어버린 땀샘 기능이 부활한 듯한 감각에 사로잡혔다. 양피지가 붙은 곳으로 다가가 슥 훑어보았다. 그리고 크게 고개를 끄덕였다.

——응, 글자를 못 읽겠네.

이 세계의 법칙에 따라 언어는 통역이 되지만, 문자까지 해독되는 것은 아니었다.

전에 모험자 조합에 왔을 때는 모두 안내원이 해주었기 때문에 이번에도 그렇지 않을까 기대했다. 생각이 얕았다.

아아아 비명을 지르며 바닥을 뒹굴고 싶은 기분이 들었다가 이내 가라앉았다. 이 몸을 얻은 후 생긴 변화에 감사하며 아인즈는 필사적으로 머리를 굴렸다.

글을 읽고 쓸 수 있는 사람이 많지는 않은 것 같았지만 그래도 이 자리에서 글씨를 못 읽는다는 사실이 알려지는 것은 너무 창피했으며, 모멸을 사는 불이익으로 직결될 수도 있다.

아인즈가 가진 문자 해독 아이템은 세바스에게 넘겨주고 말았다. 애초에 그러한 마법은 위그드라실 시절에 조소를 지으며 일축해버렸다. 쓸 일도 별로 없는 그런 마법은 스크롤이 있으니 그걸로 때우면 된다고.

이 세계의 문자를 읽지 못한다는 사실을 알았으면서도 대책을 태만히 했던 자신은 정말로 어리석다. 하지만 한 번 엎지른 물은 도로 담을 수 없는 법. 후회막급. 물론 나베랄도 글씨는 읽을 수 없다.

——꽉 막혔다. 끝장이다.

그런 생각이 치밀었지만 나자릭의 지배자로서 부끄러운 행동을 보일 수는 없다.

마음을 굳게 먹고, 아인즈는 양피지를 한 장 뜯어내 성큼성큼 카운터로 다가갔다.

"이 일을 받고 싶소."

공연히 힘을 실어 내민 양피지를 쳐다본 안내원의 표정에 곤혹의 빛이 떠올랐다. 그리고 쓴웃음과 함께 말을 이었다.

"죄송합니다. 이 일은 미스릴 플레이트 분들에게 가는 의뢰인 관계로……."

"알고 있소. 그래서 가져온 거요."

아인즈의 조용하고 무게감 있는 목소리에 안내원의 눈에 의아함이 떠올랐다.

"네……?"

"나는 이걸 하고 싶소."

"아, 아뇨, 그렇게 말씀하셔도, 규칙상……."

"쓸데없는 규칙이지. 승격시험을 받는 날까지 그렇게 쉽고 하잘것 없는 일만 되풀이해야 한다는 게 불만스러워서 말이오."

"임무에 실패하시면 많은 분이 목숨을 잃을 위험도 있습니다."

안내원의 굳은 목소리에는 '수많은 모험자의 노력으로 배양된 조합의 평판 또한' 이라는 목소리 없는 목소리까지 담긴 것 같았다.

"흥."

아인즈의 조소에 주위의 모험자들이 안내원과 비슷한 적의를 드러냈다. 이제까지 자신들이 지켜왔던 규칙을 우습게 보는 신입이니, 아인즈 또한 지극히 당연한 태도라고 생각했다.

언데드인 아인즈는 딱히 신경도 쓰지 않았지만 스즈키 사토루라는 샐러리맨의 잔재는 주위 사람들에게 온 힘을 다해 꾸벅꾸벅 고개를 숙여대고 있었다.

스즈키 사토루가 싫어하는 것은 '자신이 제시한 안을 아무 대안도 없이 덮어놓고 부정하는 인간', '상식이 통하지 않는 진상고객' 이었다. 지금의 아인즈는 바로 후자에 속했다. 때려눕히고 싶어지는 족속이다.

그렇다 해도 아인즈는 쉽게 물러나지 않았다. 원래 물러날 생각은 있지만 어느 정도는 상황을 만들어놓아야만 한다. 그러므로 비장의 카드를 꺼냈다.

"뒤에 있는 나의 동료 나베는 제3위계 마법을 쓸 수 있소."

공기가 술렁이며 경악의 시선이 단숨에 나베랄에게 쏠렸다. 이 세계에서 제3위계 마법이란 매직 캐스터로서 대성한 자의 영역으로 여겨지는 것이다.

진실일까 허위일까. 주위 사람들의 눈이 두 가지 생각 사이에서 흔들리다가 아인즈의 멋들어진 풀 플레이트 아머로 향했다. 모험자란 능력에 비례해 장비가 좋아지게 마련이다.

동료인 아인즈가 걸친 훌륭한 갑옷은 무엇보다도 큰 설득력을 줄 것이다.

주위 사람들의 눈빛이 바뀐 것을 느낀 아인즈는 내심 손뼉을 치며 다시 한 수를 더 던졌다.

"그리고 나도 물론 나베에게 필적할 만한 전사요. 우리라면 이 정도 일은 쉽다고 단언할 수 있소."

조금 전에 비하면 안내원이나 주위 모험자들 사이에 흐르는 놀라움은 적었다. 그래도 아인즈를 보는 눈빛이 바뀐 것은 분명했다.

"동화 몇 닢을 버는 간단한 일을 맡으려고 모험자가 된 것이 아니오. 우리는 더 수준이 높은 일을 원하오. 만일 힘을 보고 싶다면 보여드리지. 그러니 이 일을 맡게 해 주시겠소?"

조금 전까지 있었던 적의는 급격히 옅어졌다. 이해 내지는 수긍의 분위기가 피어났다. 강함을 무엇보다도 중시하는 모험자라는 이름의 무뢰배들은 아인즈의 말을 이해할 수 있었기 때문이다.

그러나 안내원은 달랐다.

"……죄송합니다만 규칙이기 때문에, 그럴 수는 없습니다."

고개를 숙이며 사죄하는 모습에 아인즈는 내심 승리 포즈를 지었다.

"그렇다면 어쩔 수 없겠군……. 억지를 부려서 미안하오."

아인즈도 슬쩍 고개를 숙였다.

"그러면 코퍼 플레이트가 맡을 만한 일 중에서 가장 어려운 것을 알선해 주시겠소? 저 게시판에 있는 것 말고는 없는지?"

"아, 네. 알겠습니다."

안내원이 자리에서 일어나고, 아인즈가 완전한 승리에 정신적으로 감동의 눈물을 흘리고 있을 때, 갑자기 한 남자의 목소리가 들렸다.

"그렇다면 우리 일을 좀 도와주시겠습니까?"

"아앙?"

자기도 모르게 으름장을 놓는 듯한 목소리가 흘러나왔다.

재빨리 무마하듯 시선을 돌리니 모험자 네 사람이 있었다.

목에 건 실버 플레이트가 빛을 반사해 반짝였다.

——기껏 완벽하게 유도해놨더니…….

내심 투덜거리며 아인즈는 그자들에게 돌아섰다.

"일이라 하시면…… 재미가 있을 만한 것……인가요?"

"으음, 뭐, 있다고 하면 있지요."

일행의 리더로 보이는 사내가 대답했다. 여러 가닥의 가느다란 금속제 띠를 겹쳐 가죽과 사슬갑옷 위를 덮은 갑옷—— 밴디드 아머(banded armor)를 착용한 전사풍의 사내였다.

이 사내의 일에 참가해야 할까? 물론 이야기를 들은 다음에 선택해도 되겠지만, 그때 이 안내원이 다시 일을 골라줄지 어떨지 알 수 없다. 그러나 일을 맡으면 이자들과 연줄을 만들거나, 알고 싶은 정보를 얻을 기회가 생길지도 모른다.

망설임은 몇 초.

아인즈는 천천히 고개를 끄덕였다.
"재미가 있을 만한 일을 원했습니다. 저도 끼워 주십시오. 하지만 그 전에 어떤 일인지는 한번 들어볼 수 있을까요?"
그 대답을 들은 4인조는 안내원에게 방 하나를 마련해달라고 부탁했다.
그곳은 회의실 같은 방이었다. 중앙에 목제 테이블이 놓이고, 그 주위를 에워싸듯 의자가 놓여 있다. 4인조는 방 안쪽의 의자에 앉기 시작했다.
"그럼 일단 앉으시지요."
시키는 대로 실내에 있던 의자 중 하나에 앉았다. 나베랄이 곁에 조용히 몸을 걸쳤다.
남자 4인조는 다들 나이가 어려서 스무 살도 되지 않을 것 같았다. 그렇다고 풋내가 나진 않는다. 모두 나이에 어울리지 않는 침착한 분위기가 있었다. 편안한 자세를 취하는 가운데에도 순식간에 무기를 뽑을 수 있도록 간격을 두고 자리에 앉은 것이다. 무의식중에 그러고 있으니, 그동안 얼마나 많은 사선을 거치며 몸에 밴 습관인지 짐작이 갔다.
"그러면 일 이야기를 하기 전에 간단히 자기소개를 하겠습니다."
전사풍 남자가 나섰다. 왕국을 구성하는 인종의 기본 특징
인 금발벽안의 얼굴은 이렇다 할 개성은 없지만 곱상했다.
"제가 '칠흑의 검' 의 리더인 페텔 모크입니다. 이쪽이 팀의 눈과 귀인 레인저(ranger) 루크루트 볼브."
가죽갑옷을 입은 금발 사내가 가볍게 고개를 숙였다. 갈색 눈동자가 장난기를 머금고 가늘어졌다. 전체적으로 마른 인상이었으

며, 팔다리가 길어 거미를 방불케 하는 실루엣이었다. 다만 그 가녀린 몸은 군더더기라는 것을 상당히 깎아낸 결과였다.

"그리고 매직 캐스터이자 팀의 두뇌인 니냐. 별명은 '스펠캐스터(Spellcaster).'"

"잘 부탁합니다."

앳된 미소를 지으며 가볍게 고개를 숙인 것은 진한 갈색 머리에 푸른 눈의 소유자였다. 4인조 중에서는 나이가 가장 어릴 것이다. 피부는 다른 멤버들이 살짝 볕에 그을린 데 반해 하얀 편이었다. 얼굴 생김새도 이 팀에서는 제일 미형이었다. 남자의 아름다움이라기보다는 중성적인 아름다움. 목소리도 남자치고는 높은 편이었다. 다만 그가 짓는 미소는 가면처럼 얼굴에 달라붙어 있을 뿐이었다. 억지웃음과는 다른 무언가가 있었다.

복장 또한 다른 멤버들은 갑옷을 입었는데 가죽옷을 입은 정도였다. 그 대신 벨트에는 이것저것 다양한 물건을 달아놓은 것이 의자 틈으로 보였다. 기묘한 형태의 병이며, 이상한 모양의 목제 도구 등.

스펠캐스터라는 말을 생각해 보면 매직 캐스터 중에서도 아인즈와 같은 마력계에 속한 자일까.

"……하지만 페텔, 그 부끄러운 별명은 좀 빼주세요."

"어? 좋은데 왜?"

"별명이 있으신가요?"

별명이 있다는 것이 이 세계에서는 어떤 뜻인지 몰라 의아해하는 아인즈에게, 주석을 달아주듯 루크루트가 끼어들었다.

"탤런트가 있어서, 천재라고 불리는 유명한 매직 캐스터거든,

이 녀석은."

"오."

아인즈도 순수하게 감탄했다. 탤런트란 것은 양광성전 멤버를 세 명 없애면서 이끌어낸 정보였다. 그 실제 사례가 눈앞에 있다는 데 기쁨을 느끼고 말았다. 반면 나베랄에게서는 미미하게 조소가 섞인 콧김이 들렸다. 아인즈는 상대가 그 소리를 듣지 못한 데 안도했다. 거래처에서 못난 부하가 이상한 짓을 저지른 것을 본 상사의 기분이 들어 한순간 속이 끓기도 했지만, 이 자리에서 목소리를 높이는 것은 위험하다고 생각해 즉시 냉정을 되찾았다.

"딱히 대단한 건 아니에요. 어쩌다 가지게 된 탤런트가 그쪽 계통이었던 거죠."

"호오."

다시 관심이 끌려 귀를 기울이고 몸을 내밀었다. 탤런트란 무투기와 마찬가지로 위그드라실에는 없었던 이 세계 특유의 능력이었다. 대체로 200명 중 한 명 꼴로 가지고 태어나므로 보유한 사람의 존재 자체가 희귀하진 않은 특수능력인데, 내용도 천차만별이며 약한 힘에서 강한 힘까지 다종다양했다.

이를테면 내일 날씨를 70퍼센트 확률로 맞추는 힘, 소환한 몬스터를 강화하는 힘, 볏과(科) 곡물의 수확시기를 며칠 정도 앞당기는 힘, 과거 이 세계에 존재했던 드래곤의 마법을 사용하는 힘 등등 다채롭다.

다만 이것은 타고나는 능력이며 선택하거나 바꿀 수 있는 것은 아니다. 때문에 실생활과 맞지 않는 경우도 많다. 마법의 파괴력을 높여주는 능력을 가지고 태어났다 해도 매직 캐스터가 될 육체와 재능이 없다면 보물을 썩히는 결과로 끝나고 만다.

실생활과 맞는다면 운이 좋은 것. 탤런트란 그런 정도였으므로, 매우 강력한 능력을 제외하면 그것이 인생 전체를 결정짓는 경우는 거의 없는 거나 마찬가지였다. 가제프 스트로노프처럼 강한 전사도 탤런트가 없었던 것을 보면 알 수 있다.

그렇다고는 하나 전투에 쓸 수 있는 탤런트를 가진 자는 모험자라는 직업을 고르기 쉬운 경향이 있으므로, 모험자 중에는 탤런트 보유자가 자주 보인다. 그러니 눈앞에 있는 인물은 탤런트와 직업이 멋지게 맞아떨어진 행운의 결정이라고도 할 수 있다.

"마법적성인지 하는 탤런트 덕에, 익히려면 8년 걸리는 마법을 4년에 해치웠다고 했나? 뭐, 난 매직 캐스터가 아니니 그게 얼마나 대단한 건지는 감이 잘 안 오지만."

아인즈는 같은 매직 캐스터로서 호기심을 느낀 것과 동시에 컬렉터 기질과도 같은 욕망에 사로잡혔다. 나자릭 지하대분묘에 없는 힘을 얻는다는 것은 조직의 강화로 이어진다.

만일 모종의 수단으로 그 능력을 빼앗는 것이 가능하다면, 적을 늘리는 위험을 무릅쓸 가치가 있을지도 모른다.

——그런 수단이 있다면 초위마법 중 하나인 〈별에 소원을Wish upon a Star〉 정도가 아닐까.

그런 생각을 하며 헬름 안에서 사냥감을 노리는 매의 눈빛을 띤 아인즈의 기척은 눈치채지 못한 채 두 사람의 대화가 이어졌다.

"……이 능력을 가지고 태어난 건 행운이었죠. 꿈을 이루는 첫걸음을 내디딜 수 있었으니까요. 이게 없었다면 못난 마을 사람으로 끝났을 테니."

나직하게 중얼거린 목소리는 어둡고 무거웠다. 그것을 불식하려는 페텔의 목소리는 당연히 정반대였다.

"아무튼 이 도시에서는 유명한 탤런트 보유자라는 거죠."

"저보다 더 유명한 사람이 있잖아요."

"청장미의 리더 말야?"

"그분도 유명하지만, 이 도시에 계신 분들 중에서 말예요."

"발레아레 씨 말이군!"

아직 소개를 받지 못한 마지막 사내가 무겁게, 그러면서도 큰 목소리로 누군가의 이름을 입에 담았다. 여기에 흥미가 끌려 아인즈가 물었다.

"그분은 어떤 탤런트를 가졌습니까?"

네 사람이 놀란 표정을 지었다. 아무래도 당연히 알아야 하는 정보였던 모양이다.

아인즈는 자신의 호기심과 나자릭을 강화시키는 힘을 추구한 나머지 방심했다고 후회했지만, 이 정도라면 만회할 수 있다고 자신을 타일렀다. 그러나 아인즈가 변명하기도 전에 그들 나름대로 모종의 결론을 내린 모양이었다.

"아하, 이 부근 출신이 아니셨군요. 그렇게 훌륭한 갑옷을 장비한 데다, 소문이 자자해도 이상하지 않을 미녀를 데리고 계신데도 전혀 몰랐던 이유를 알겠습니다."

잘됐다는 생각에 아인즈는 고개를 끄덕였다.

"바로 그렇습니다. 사실은 어제 막 도착했지요."

"아아, 그러면 모르실 수도 있죠. 이 도시에서는 유명하지만, 역시 먼 도시까지는 퍼지지 않았으려나?"

"예, 들어본 적이 없었습니다. 괜찮으시다면 가르쳐주실 수 있으신지."

"이름은 운필레아 발레아레. 고명한 약사의 손자인데, 그가 가진 탤런트는 모든 매직 아이템을 사용할 수 있는 힘이지요. 원래는 계통이 달라 사용할 수 없어야 하는 스크롤, 사용제한 때문에 인간은 쓰지 못하는 아이템도 쓸 수 있습니다. 왕가의 혈통에게만 허락되는 아이템도 분명 문제없을 겁니다."

"……호오."

아인즈는 자신의 목소리에서 가능한 경계심이 느껴지지 않도록 고심하며 중얼거렸다.

그 탤런트의 효과범위는 어느 정도일까. 스태프 오브 아인즈 울 고운——특수조건을 제외하면 길드장만이 사용할 수 있는 아이템이나 세계급 아이템조차 쓸 수 있을까? 아니면 한계가 있을까?

경계해야 할 존재. 그러나 이용가치 또한 높다.

나베랄도 같은 생각을 한 모양이었다. 헬름 안의 귀가 있을 법한 위치에 입을 가까이 하더니 경계의 빛이 강한 목소리로 속삭였다.

"그 인물은 위험하다고 생각합니다."

"……나도 안다. 역시 이 도시에 오길 잘했군."

"모몬 씨, 무슨 일이신가요?"

"아, 아닙니다. 마음에 두지 마십시오. 그보다 마지막 분의 소개를 부탁드려도 되겠습니까?"

"아, 네. 다인 우드원더, 드루이드입니다. 치유 마법이나 자연을 조종하는 마법을 사용하고, 약초 지식도 해박하니, 무슨 일이 있으면 언제든 상담하십시오. 복통 같은 데 잘 듣는 약도 있으니까요."

"잘 부탁하오!"

입 주변에 덥수룩하게 돋아난 수염과 상당히 다부진 체격이 야만인 같은 인상을 주는 사내가 무겁게 입을 열었다. 그렇다 해도 아인즈의 외견보다는 젊었지만.

그에게서는 아주 희미하게 풀내음이 떠돌았다. 아마 허리에 찬 주머니에서 나는 것이리라.

"그러면 다음은 저희 차례군요. 이쪽이 나베. 그리고 저는 모몬입니다. 잘 부탁드립니다."

아인즈의 소개에 나베랄도 무뚝뚝하게 인사했다.

"잘 부탁드립니다."

"예, 저희야말로 잘 부탁드립니다. 그리고 모몬 씨가 저희를 부르실 때는 이름으로 부르셔도 좋습니다. 그러면 갑작스럽긴 해도, 일 이야기를 해 볼까요? 음, 사실은 일이라고 부를 만한 것은 아닙니다."

"그 말씀은……?"

아인즈가 의아하게 되묻자 페텔이 잠깐 기다려달라는 듯 손을 들었다.

"이 도시 주변에 출몰하는 몬스터를 사냥하는 것이 목적이지요."

"몬스터 토벌이라……."

그것도 충분히 일의 범주에 속하는 것 아닐까. 아니면 모험자들에게는 이유가 있어서 이것이 일이 아니라고 하는 걸까. 아인즈는 그런 의문을 던지고 싶었지만 그것이 일반적인 상식인지 어떤지를 알 수 없었다. 지식이 너무 부족하다는 인상을 주어서는 안 된다. 그렇기에 무탈한 범주 내에서 공을 던져보았다.

"어떤 몬스터를 사냥하는 겁니까?"

"아아, 아닙니다. 그쪽이 아니고, 모몬 씨의 나라에서는 이런 일을 뭐라고 하려나? 몬스터를 사냥하면, 그 몬스터의 능력과 힘에 따라 도시에서 조합을 통해 보상금을 지급하지 않습니까? 그겁니다."

――아하.

아인즈는 이해했다. 페텔이 말하는 일이 아닌 일이란, 위그드라실 같은 게임의 지식으로 바꿔 말하자면, 자동으로 팝업되는 몬스터를 사냥해 드롭 아이템을 입수하는 것과 같은 행위였다.

"입에 풀칠을 하기 위해 필요한 일이라오."

드루이드 다인이 무거운 목소리로 끼어들었다. 그 말을 루크루트가 받았다.

"우리에겐 밥줄이 되고, 주위 사람들은 위험이 줄어들고, 상인들은 안전하게 이동할 수 있고, 국가에선 세금을 확실하게 걷을 수 있고. 손해 보는 사람은 아무도 없는 좋은 일이지."

"요즘은 조합이 있는 나라라면 어디서든 하지만, 5년 전에는 그런 일이 없었다니 그것도 놀라운 일이죠."

니냐의 발언에 팀 전원이 절절한 표정으로 고개를 끄덕였다. 그들은 아인즈를 잠시 놔둔 채 이런저런 이야기를 꺼내기 시작했다. 아인즈는 대화에 끼어들지 않았다. 이 나라에 대해 아무것도 모르면 너무 수상쩍기 때문에 잠자코 듣고 있기로 했다.

"진짜 황금공주님 만만세라니깐."

"중간에 좌절되기는 했지만, 모험자에게는 통행세도 면제해 주자는 얘기도 있었다고 하던데요."

"으하~ 모험자를 그 정도로 평가해 주다니."

"그러게 말이죠. 국가에 충성을 맹세하지 않는 무장조직은 경우에 따라서는 적이 될 수도 있는데. 제국에서도 그렇게까지 관대하지는 않아요."

"정말이지 그 공주님은 언제나 멋진 안을 많이 내주신다니까…… 거의 이루어지진 않지만."

"그런 미인이랑 결혼하고 싶다~."

"그럼 귀족이 되기 위해 노력해보는 건 어떻겠나?!"

"아~ 무리무리. 그렇게 갑갑한 생활은 못 해."

"하지만 귀족 나리들은 참 편안할 거예요. 주민들을 쥐어짜내 자기의 욕망대로 행동해도 된다고 국가에서 규정해줬으니까요."

니냐의 미소에서 음울한 것이 배어나왔다. 아인즈는 헬름 안에서 있지도 않은 눈썹을 꿈틀했으나 나베랄은 여전히 태연자약했다. 루크루트가 짐짓 가벼운 어조로 말했다.

"와~ 늘 그랬지만 호되게 말하는걸. 넌 정말 귀족을 싫어하는구나."

"일부 귀족이 훌륭하다는 건 알지만요. 누나가 돼지에게 끌려가고 나니, 아무래도."

"……대화가 옆길로 샜군! 그런 이야기는 함께 토벌에 참가할 모몬 씨, 나베 씨 앞에서는 삼가는 게 좋을 것 같네만!"

다인의 궤도수정에 찬성하듯 페테이 짐짓 헛기침을 하며 말을 이었다.

"뭐, 그런고로 주변을 탐색하게 됩니다. 문명권에 가깝기 때문에 그리 강한 몬스터는 나오지 않겠지만…… 모몬 씨에게는 불만스럽지 않을까 걱정되는군요."

페텔은 양피지를 꺼내더니 그것을 테이블 한가운데에 펼쳤다. 마을이며 숲, 강 같은 지형을 대충 그려놓은 것을 보니 주변의 지도인 모양이었다.

"일단은 남하하면서 이 부근을 탐색할 겁니다."

양피지 한복판에서 시작해 남쪽의 숲 부근을 손가락으로 가리킨다.

"슬레인 법국 국경의 삼림지대에서 나오는 몬스터를 사냥하는 게 주된 활동이 되겠죠. 후열까지 공격을 날리는 도구를 쓰는 건 기껏해야 고블린 정도밖에 없을 겁니다."

"뭐, 약하니까 죽여 봤자 보상금은 얼마 안 되지만."

일행의 여유에 아인즈는 미미한 의문을 느꼈다.

아인즈가 아는 위그드라실의 고블린에게는 다양한 이름이 있고, 레벨도 1레벨에서 50레벨까지 천차만별이라 결코 한 덩어리로 뭉뚱그려 생각할 상대가 아니었다. 잘못하면 호된 꼴을 당할 가능성도 있다.

그들의 느긋한 태도는 고레벨 고블린이 나오지 않는다는 확신 때문일까, 아니면 이 세계의 고블린이란 원래 그 정도 힘밖에 없는 존재인 것일까.

"……강한 고블린은 없습니까?"

"물론 강한 고블린도 있습니다. 하지만 우리가 가려는 숲에서는 안 나옵니다. 왜냐면 강한 고블린은 부족을 지배하는 놈들이거든요. 부족 전체를 동원해 나서리라고는 생각하기 어렵지 않겠습니까?"

니냐도 거들었다.

"고블린도 인간의 세력범위를 파악하거든요. 대침공을 벌였다간 귀찮아진다는 걸 알죠. 특히 강한 고블린처럼 똑똑한 상위종은요."

"게다가 나베 씨처럼 제3위계 마법까지 쓸 수 있는 분이라면 고블린 상위종이라도 문제없지 않겠습니까?"

"그렇군요. 그러나 경고하는 의미에서 말씀드리자면, 제3위계 마법까지 구사하는 고블린도 존재합니다. 어디까지나 참고 삼아, 이번 토벌에서 조우할 가능성이 있는 몬스터의 이름을 가르쳐주실 수 있겠습니까?"

칠흑의 검 멤버들이 일제히 니냐에게 얼굴을 돌렸다. 니냐는 선생님 같은 표정으로 설명을 시작했다.

"우리가 자주 조우할 만한 몬스터는 고블린이나, 고블린이 사육하는 늑대가 될 거예요. 그 외의 야생 짐승 중에서는 강적이 될 만한 것과 조우했다는 기록은 이 근처에는 없어요. 초원에서 조우할 가능성이 있는 것 중 가장 위험성이 높은 건 오우거가 아닐까요?"

"숲에는 들어가지 않는단 말씀입니까?"

"네. 숲은 위험도가 높거든요. 날거머리Jumping Leech나 왕풍뎅이Giant Beetle 같은 놈들은 그나마 어떻게든 잡을 수 있어요. 하지만 나무 위에서 실을 날리는 교수거미Hanging Spider, 지면에서 튀어나와 통째로 집어삼키려 드는 삼림장충Forest Worm 같은 몬스터는 좀 어렵죠."

——흐음.

아인즈는 고개를 끄덕였다. 숲에서 초원으로 밀려나온 몬스터를 사냥한다는 말이군.

"대충 이 정도인데…… 모몬 씨, 어떻겠습니까? 우리에게 힘을 빌려주실 수 있을까요?"

"……예, 부탁드립니다……라고 말씀드리기 전에, 만약을 위해 보수를 확인해도 될까요?"

"아, 그래야겠군요. 중요한 이야기니. 일단 모몬 씨의 팀과 저희 팀, 두 팀이 협조하는 것으로 간주해서 팀 단위로 배분할 생각입니다."

"팀의 인원을 생각하면, 상당히 후하시군요."

"하지만 몬스터가 나타나면 모몬 씨와 나베 씨께 절반을 맡길 생각입니다. 저희가 쓰는 마법은 제2위계까지밖에 안 되니까요. 그런 점을 계산하면 절충이 되지 않을까 합니다."

아인즈는 잠시 생각하는 척하고 고개를 끄덕였다.

"저희는 그렇게 해주셔도 문제없습니다. 함께 일을 하고 싶군요. 그런 뜻에서 얼굴을 보여드리겠습니다."

아인즈는 그렇게 말하고 헬름을 벗었다. 안에서 드러난 얼굴을 본 네 사람은 가볍게 놀란 표정을 지었다.

"……나베 씨와 같은 흑발 흑안인 걸 보니 역시 이 부근 출신이 아니시군요. 남방 쪽에 모몬 씨와 같은 생김이 일반적인 국가가 있다고 들었는데…… 그쪽에서 오셨습니까?"

"네. 상당히 멀리서 왔습니다."

——의외로 나이를 먹었구나. 아저씨네?

——실례잖아요, 제3위계 마법을 쓰는 분과 호각인 전사라면 당

연히 그 정도는 되겠죠.

——나베 씨가 우수한 걸세.

……등등, 페텔을 제외한 세 사람이 소곤소곤 중얼거리는 것을 날카로운 청각이 포착했다.

아저씨라는 말에 씁쓸한 기분도 들었지만 그들 같은 젊은이들이 보기에는 그것도 어쩔 수 없는 생각이다. 게다가 이 세계에선 열여섯 살이면 성인으로 간주하니, 아인즈는 충분히 아저씨가 맞다.

"그러면 얼굴도 보여드렸으니 다시 가리겠습니다. 둘 다 이방인이라는 것이 알려지면 귀찮은 일에 말려들 수도 있기 때문이지요."

아인즈는 그렇게 말하며 다시 헬름을 썼다. 그리고 혼자 미소를 지었다. 건드리면 들통이 나는 하위 환술이었지만 만약을 위해 사용해두길 잘했다고. 그러나 내색은 않고 짐짓 말을 이었다.

"그리고 함께 사냥을 한다면, 서로 가진 의문을 이 자리에서 해결하는 편이 좋지 않을까 합니다만, 저희에게 무언가 질문하실 것이 있습니까?"

"저요!"

아인즈의 말에 손 하나가 천장을 향해 번쩍 올라왔다. 쳐다보니 루크루트였다.

자신 이외에 질문을 하려는 사람이 없다는 것을 확인한 루크루트는 매우 큰 목소리로 나베에게 질문을 던졌다.

"두 분은 어떤 관계인가요?!"

정적이 찾아왔다.

아인즈는 루크루트의 의도를 헤아리지 못하고, 페텔 일행은 그

반대였기 때문이다.

"……동료입니다."

아인즈의 대답에 이어진 루크루트의 발언에 장내의 분위기가 확 뒤집어졌다.

"반했습니다! 한눈에! 교제해 주세요!"

모두 루크루트를 바라보았다. 농담을 건네 우호관계를 다지려는 속셈으로 발언한 것이 아님을 깨닫자 시선이 나베랄에게 움직였다. 전원의 시선을 받은 나베랄은 후우 한숨을 한 번 내쉬더니 대답했다.

"닥치세요, 민달팽이 같은 하등생물. 분수나 알고 말을 거시지요. 혀를 뽑아버리는 수가 있습니다."

조금 전과는 비교할 수 없는 정적이 찾아왔다.

"어, 그게……."

아인즈가 무언가 말을 하기도 전에 다시 루크루트가 말했다.

"딱 부러지게 거절해 주셔서 고맙습니다! 그럼 친구부터 시작하죠!"

"닥치세요, 구더기 같은 하등생물. 내가 어떻게 네 친구가 되겠습니까. 눈알을 숟가락으로 파버리는 수가 있습니다."

다시 되풀이된 대화에서 눈을 돌리고 페텔과 아인즈는 동시에 고개를 숙였다.

"……동료가 실례했습니다."

"아닙니다, 저야말로 죄송합니다."

"그럼 피차 질문은 없는 걸로 봐도 되겠죠?"

페텔이 모두를 둘러보고 선언했다. 싱글싱글 웃는 루크루트와 냉혹한 표정을 지은 나베랄은 시야에 담으려 하지 않았다.

"그럼 모몬 씨 일행의 준비가 갖춰지는 대로 출발하죠. 저희는 이미 준비를 마쳤으니."

아인즈는 준비라는 말에 기억을 떠올렸다. 여관 주인에게 최소한도의 물건은 구입했고, 부피가 큰 음식물은 아인즈와 나베랄에게는 필요가 없다. 그렇다곤 하지만 아무것도 먹지 않으면 다들 수상쩍게 생각할 테니 어느 정도는 필요할 것이다.

"좋습니다. 저희는 식량만 보급하면 당장에라도 출발할 수 있습니다."

"식량만 해결하면 되는군요. 만약 특정한 가게에서 구입하실 필요가 없다면, 카운터에서 보존식을 주문하시는 건 어떨까요? 금방 준비해줄 겁니다."

"그게 좋겠군요. 당장 출발할 수 있다니."

"그럼 가시지요."

전부 일어나 방을 나갔다.

조합 접수대까지 돌아가니 모험자의 수는 아까보다도 많아져, 양피지가 나붙은 부근에 여러 팀의 모습이 보였다. 그런데 대부분의 모험자가 한 소년에게 의식을 집중하고 있었다.

그 금발 소년은 카운터에서 안내원 중 한 사람과 이야기를 나누는 중이었으며, 나머지 두 사람도 옆에서 가만히 소년의 이야기를 들었다. 조금 전 아인즈가 왔을 때의 북적거리던 모습과는 180도 뒤바뀐 광경이었다.

그때 안내원의 입이 동그랗게 벌어졌다. 그것은 놀라움의 표정이었다. 그리고 그녀가 고개를 돌려, 아인즈를 쳐다보았다.

'뭐야, 대체?'

아인즈가 의문을 떠올리는 동안 안내원이 일어나 다가오더니 입을 열었다.

"지명 의뢰가 들어왔습니다."

그 말에 주위의 공기가 급격히 바뀌었다. 아인즈는 호기심을 빛내는 수많은 시선이 가차 없이 자신에게 집중되는 것을 느꼈다. 칠흑의 검 멤버들도 놀란 모양이었다.

그 정체 모를 분위기 변화에 나베랄이 살짝 움직였다. 그것은 여차할 때 대처하겠다는 전투준비였다.

아인즈는 스멀스멀 밀려드는 조바심을 느꼈다. 위험하다.

아무리 그래도 나베랄의 행동은 좋지 못했다. 나베랄이 보기에는 주위의 변화를 이상사태라 판단하고 아인즈를 지키고자 행동했을지도 모른다. 그러나 이 자리에서는 바람직하지 못했다. 아니, 상식적으로 생각한다면 그런 태도는 취하지 않을 텐데. 아인즈의 몸을 지키는 것이 최우선이라고는 하지만 너무 생각이 없다.

'이 바보가. 알베도도 그렇지만 대체 무슨 생각이람. 아니…… 아마 아무 생각도 없겠지. 인간이라는 존재를 경시하기 때문에, 시끄러운 벌레를 짓이겨버리는 정도의 감각일 뿐.'

거의 이형종만으로 구성된 길드 '아인즈 울 고운' 이 만들어낸 NPC의 태도로는 잘못된 것이 없다. 하지만 때와 장소를 가려야 하지 않는가.

아인즈는 머리를 쥐어뜯으며 왜 이런 놈밖에 없느냐고 옛 동료들에게 따지고 싶었다. 어떤 캐릭터를 설정해도 상관없지만, 하다못해 때와 장소를 가린다거나, 분위기를 파악하는 등 최소한도의 대인 스킬은 좀 주란 말이다.

이런 상황에서는 질타할 시간도 없다. 주위에서 나베랄이 전투 태세를 갖추기 시작했다고 판단하면 무슨 일이 일어날지 알 수 없었다.

아인즈는 즉시 나베랄의 머리를 손으로 철썩 때렸다. 물론 온 힘을 다한 것은 아니지만, 그래도 건틀릿을 끼고 쳤으니 강렬한 아픔을 느꼈는지 놀라움과 곤혹 두 가지 감정에 지배당해 눈물을 글썽이며 아인즈를 쳐다보는 나베랄. 이를 완전히 무시하고 아인즈는 안내원에게 질문했다.

"대체 어느 분이?"

말해놓고 바보 아니냐고 스스로에게 딴죽을 걸었다. 거의 확실하게 저 소년 아니겠는가.

"네, 운필레아 발레아레 씨입니다."

조금 전에 들은 이름이라고 생각했을 때는 이미 소년이 다가온 후였다.

"처음 뵙겠습니다. 제가 의뢰를 했습니다."

가볍게 고개를 숙이는 소년에게 맞춰 아인즈도 목례를 했다.

"그래서 말씀인데요, 의뢰는……."

말을 꺼내려는 소년에게 아인즈는 손을 들어 제지했다.

"매우 미안합니다만, 저는 이미 다른 일을 계약했으니 지금은 의뢰를 받아들일 수 없겠군요."

공기가 술렁였다. 특히 크게 술렁거린 것은 칠흑의 검 멤버들이었다.

"모몬 씨! 지명의뢰란 말입니다!"

페텔의 반응에 '지명의뢰' 란 것이 그렇게까지 흥분할 일인가 하는 의문이 떠올랐다. 그러나——.

"그야 그렇지만, 그래도 먼저 받은 의뢰를 우선시하는 것이 당연하지 않습니까?"

아인즈의 판단이 잘못되지 않았는지 주위의 모험자들 중에는 고개를 끄덕이는 자들이 있었으며, 호의적인 표정이 엿보였다.

"하지만…… 저희는 의뢰라고 할 만한 것도 아니고, 몬스터와 조우하지 못하면 보수도 드릴 수 없는데……."

페텔이 우물우물 말꼬리를 흐렸다. 본인만이 아니라 할머니까지도 명성이 자자한 소년의 지명의뢰와, 떠돌며 몬스터를 사냥하는 의뢰는 일의 가치가 너무나도 다르다. 그렇기에 페텔은 한 발짝 물러난 태도를 보이는 것이리라. 그렇게 판단한 아인즈는 부드러운 목소리로 말했다.

"……그렇다면 이건 어떨까요, 페텔 씨? 발레아레 씨에게는 아직 계약 내용도 보수도, 그리고 기일도 듣지 못했습니다. 이야기를 들어본 다음 생각해 보는 것으로 하지요."

"저희야 상관없습니다. 일찍 가는 게 좋겠지만, 화급을 다투는 일도 아니었으니까요."

"그러면 칠흑의 검 여러분도 입회하신 가운데 이야기를 나누지요. 절충이 되었을 때…… 아니, 절충이 되지 않았을 때라고 해야 하려나? 아무튼 그럴 때는 먼저 받은 의뢰를 우선시하도록 하겠습니다."

"네? 저희도 동석해도 됩니까, 모몬 씨?"

"예. 당사자라는 의미에서 보더라도 여러분의 의견을 듣고 싶으니까요."

칠흑의 검 멤버들의 양해를 얻어, 아인즈 일행은 다시 조금 전의 방으로 돌아갔다.

——어쩐지 바쁜걸.

아인즈는 쓴웃음을 지으며 조금 전과 같은 자리에 앉았다. 나베랄 역시 그 옆에 앉고, 그 옆이 소년. 칠흑의 검 일동도 아인즈와 마찬가지로 조금 전과 같은 자리에 앉았다.

그런 일행 중에서 가장 먼저 입을 연 것은 당연히 소년이었다.

"조금 전에 접수를 보시는 분께 들으셨겠지만, 직접 자기소개를 하겠습니다. 저는 운필레아 발레아레이며, 이 도시에서 약사를 하고 있습니다. 조만간 근처의 숲으로 갈 예정인데, 아시다시피 숲은 위험한 곳입니다. 그래서 저를 경호해 주시고, 가능하다면 숲에서 약초를 채집할 때에도 도와주십사 하는 것이 의뢰 내용입니다."

"아하, 경호로군요."

아인즈는 천천히 고개를 끄덕이면서도 조금 귀찮은 일이라고 생각했다.

아인즈는 자신이 강자의 부류에 속한다는 것을 안다. 나베랄과 힘을 합친다면 몬스터를 섬멸하기도 쉬울 것이다. 그러나 호위 임무가 되면 제대로 수행할 자신이 없었다. 매직 캐스터인 아인즈도 나베랄도, 방패가 되어 대상을 지킬 스킬이나 기능은 없었기 때문이다.

"보수는 규정한 금액을——."

"——잠시만 기다리십시오. 경호 임무라면 아주 잘됐군요. 페텔 씨, 반대로 제가 여러분을 고용하면 어떻겠습니까?"

"네?"

"경호를 하며 숲에서 약초를 채집한다면, 레인저인 루크루트 씨나 드루이드인 다인 씨가 계시는 편이 효율이 좋지 않겠습니까?"

"음! 모몬 씨의 혜안이 훌륭하오. 숲이라는 환경에서 드루이드는 뛰어난 능력을 발휘하지. 레인저인 루크루트보다도 그런 부분에서는 더 뛰어날 거요!"

다인의 묵직한 말에는 긍지가 있었다. 그에 반해 루크루트는 약간 떨떠름한 표정을 지었다.

"다인, 아주 자신만만해?"

"드루이드의 능력이라면 당연한 일! 나아가 소생은 약학도 다소 배웠음을 잊지 말아주길!"

"흐음. 페텔? 나는 괜찮을 것 같아. 이 드루이드에게 누가 채집 능력이 더 뛰어난지 가르쳐주고 싶어졌거든."

"그렇게 하시지요, 페텔 씨. 만약 도중에 몬스터가 나타났을 때는 토벌해, 도시에서 추가 보수를 받으면 되지 않겠습니까? 그리고 발레아레 씨의 보수는 인원대로 나누어도 좋습니다."

"모몬 씨가 그래도 좋으시다면, 저희도 이의는 없습니다."

이야기가 일단락되어, 아인즈는 다시 운필레아를 보았다.

"오래 기다렸습니다, 발레아레 씨. 괜찮으시다면 조금 전의 의뢰는 여기 계신 분들과 함께 받고 싶습니다만."

"그렇군요. 저도 괜찮습니다. 그러면 여러분, 잘 부탁드립니다. 아, 그리고 저는 운필레아라고 부르셔도 돼요."

그리고 일행은 의뢰주에게 정식으로 자기소개를 시작했다. 도중에 루크루트에게 나베랄이 독설을 퍼붓기도 했지만, 순조로이 끝을 맺었다.

"그러면 앞으로의 일정에 대해 말씀드리겠습니다. 우선 카르네 마을까지 가서, 그곳에 체류 거점을 잡고 숲으로 향하는 것이 제 평소 패턴이지요. 채집 일정은 채집한 약초의 양에 따라서도 달라지겠지만 아무리 길어도 사흘이면 끝납니다. 이제까지는 평균 이틀 정도였죠."

"그곳까지 이동할 수단은?"

"말 한 마리가 끄는 마차가 한 대 있어요. 하지만 마차에는 약초를 담아둘 병을 실어야 하기 때문에 여러분을 태울 여유는 없습니다."

"카르네 마을에서 보급도 할 수 있습니까?"

"물은 괜찮지만 식량은 어려울지도 모릅니다. 그렇게 큰 마을이 아니거든요."

칠흑의 검 멤버들은 서로 준비에 대해 상담을 하다가 운필레아에게 질문을 건네기도 했다. 그런 모습을 지켜보며 아인즈도 입을 열었다.

"몇 가지 질문을 해도 되겠습니까?"

"그러세요."

웃으며 대답하는 소년에게 아인즈는 처음부터 느꼈던 의문을 건넸다.

"왜 나를 택한 겁니까? 나는 이 도시에 도착한 지 얼마 되지 않았습니다. 그러니 이곳에 친한 사람도 없고, 지명도는 없다시피 하지요. 그럼에도 왜 나를 선택했습니까? 게다가 패턴이라는 말로 보건대 이제까지는 다른 모험자를 고용했던 것 아닙니까? 그 사람들은?"

헬름 안의 아인즈는 예리한 눈빛을 띠고 있었다.

이 소년에게 지명을 받을 만한 이유를 알 수 없었다. 정체를 간파당한 것이라면 이제까지와는 다른 위장책이나 접근 방법을 마련해야 한다.

간파해보려 했으나——얼굴 절반을 가릴 만큼 길게 자란 머리카락 탓에 눈동자의 변화는 확인할 수 없어, 소년의 진위는 알아내지 못했다.

아니면 너무 깊이 생각한 것인가 싶어 아인즈가 망설이는 사이에 운필레아가 입을 열었다.

"아, 네. 이제까지 고용했던 분들은 에 란텔을 떠나 다른 도시로 가셨다고 하거든요. 그래서 새로운 분을 찾고 있었어요. 그리고…… 사실은 말이죠, 우리 가게에 오신 분께 여관에서 있었던 일을 들었어요."

"여관에서 있었던 일?"

"네. 눈 깜짝할 사이에 랭크가 하나 높은 모험자 분을 집어던졌다고……."

"아하……."

그건 힘을 과시해 지명도를 높이고자 하는 꿍꿍이도 있었으니, 이 소년은 그 낚싯바늘에 걸려든 거라 생각해도 될까.

아인즈가 수긍하려 했을 때, 소년이 농담 같은 어조로 아인즈의 가슴에 걸린 플레이트를 가리켰다.

"게다가 코퍼 플레이트인 분이라면 싸게 고용할 수 있잖아요?

가능하면 오래 일을 함께했으면 싶어요."

"하하, 그건 그렇군요."

기업에서도 유능한 학생과 졸업 전에 미리 입사 계약을 하는 경우가 있다. 그와 비슷한 거라면 충분히 이해가 갔다. 아인즈는 자신의 경계심이 눈 녹듯 사라지는 것을 느꼈다. 그래도 한 가지 의구심은 있었다.

——만약 그렇다고 한다면…….

아인즈가 그런 생각을 하는 동안에도 몇 가지 질문이 오가고, 운필레아가 여기에 대답했다. 이윽고 질문이 다 끝난 것을 확인한 운필레아가 목소리를 높였다.

"그러면 준비가 다 되는 대로 출발하죠!"

5

한밤중, 후드를 뒤집어쓴 사람이 미끄러지듯 에 란텔의 거대 묘지 사이를 나아가고 있었다.

칠흑의 후드가 달린 망토, 어깨와 허리가 오르내리지 않는 독특한 걸음걸이. 이런 것이 맞물려, 멀리에서 보면 흡사 유령과도 같았다.

그림자는 묘지 내에 놓인 마법의 불빛을 능숙하게 피하면서 안으로 안으로 나아갔다.

이윽고 영묘 하나가 앞에 모습을 드러냈다. 그림자는 천천히 후드를 벗었다.

젊은 인간 여성이었다. 나이는 스무 살 전후.

얼굴은 단아했지만 그것은 고양잇과의 야수를 연상케 하는 아름다움이었다. 귀엽기는 하지만 순식간에 육식짐승의 얼굴을 드러낼 것 같은 위험함이 어려 있었다.

"도착~."

여자는 장난하듯 말하며 짧은 금발을 쓸어 넘기더니 영묘의 돌문을 밀어 열었다. 망토 안에서는 작은 금속끼리 마찰되는 듯한, 사슬갑옷이 내는 것과 비슷한 소리가 들렸다.

영묘에 들어가니 시체를 안치하기 위한 석제 좌대에는 아무것도 보이지 않았으며, 죽은 자가 여행을 떠나도록 기도하는 장식물도 이미 사라지고 없었다. 그러나 수없이 피워놓은 향이 돌에도 스며들었는지 달짝지근한 냄새가 여성의 코를 자극했다.

여자는 살짝 눈살을 찡그리며 안쪽에 놓인 석제 좌대에 다가갔다.

"흥 흥 흐응~."

여자는 콧노래를 흥얼거리며 석제 좌대 아래쪽에 놓인, 의외로 섬세하게 만들어진 조각 중 하나를 밀었다.

그것이 움직이더니 철컥 하고 무언가가 맞물리는 소리를 냈다. 그리고 한 박자 후, 드드드 소리를 내며 석제 좌대가 천천히 움직였다. 그 밑에서 모습을 드러낸 것은 지하로 이어지는 계단이었다.

"나 들어가~."

아래를 향해 말꼬리를 길게 끌며 느긋하게 말하곤 계단을 내려간다. 도중에 한 번 꺾어지며 조금 더 나아가자 넓은 공동이 펼쳐졌다.

벽과 바닥은 흙이 그대로 드러났지만 사람의 손길이 닿은 곳이므로 쉽게 무너지지는 않을 것 같았다. 공기 또한 어디로 환기를 시키는지는 알 수 없지만 신선했다.

다만 그곳은 절대 묘지의 일부가 아니었다. 좀 더 사악한 무언가였다.

벽에는 기괴한 태피스트리가 걸려 있고, 그 밑에는 피를 이겨 넣은 시뻘건 양초가 수없이 꽂혀 희미한 불빛을 뿜어냈다. 그에 맞춰 타는 듯한 피 냄새가 피어났다.

춤을 추듯 일렁이는 불빛이 무수한 음영을 자아내는 홀에는 사람 몇 명이 지나갈 만한 사이즈의 구멍이 뚫려 있었으며 그 안에서 저급 언데드 특유의 시체 냄새가 풍겼다.

여자는 홀을 휙 둘러보고 어떤 한 점에서 눈을 멈추었다.

"아~ 거기 숨어서 쳐다보는 사람? 손님 오셨는데~?"

통로의 그림자에 숨어 눈치를 살피던 한 사내가 흠칫 어깨를 떨었다.

"안녕~. 여기 사는 카디 만나러 왔는데, 있어~?"

사내는 어떻게 할까 망설였으나, 뒤에서 들려온 발소리에 다시 어깨를 떨었다.

"됐다. 너는 물러나라."

새로 나타난 자는 당황하는 부하에게 그 말만을 하고는 홀로 모습을 드러냈다.

깡마른 남자였다.

눈은 움푹 들어갔으며, 살아있는 것이 신기할 정도로 낯빛이 나빠 숫제 흙빛이라고 말해도 될 정도였다. 머리에는 머리카락이 한 올도 보이지 않는다. 그뿐이 아니라 눈썹과 속눈썹도——체모가 하나도 안 자라는 게 아닐까 싶을 정도로 털이 없었다.

그런 풍모 때문에 연령은 도저히 짐작도 가지 않았지만, 피부에 주름이 적은 것으로 보아 그리 나이를 많이 먹은 것 같지는 않았다.

목에는 조그만 동물의 두개골을 이어놓은 목걸이를 걸었다. 핏빛과 비슷한 검붉은 로브 틈으로 뼈와 가죽만 남은 팔을 드러냈으며, 누런색의 지저분한 손톱이 돋아난 손에는 까만 지팡이를 단단히 쥐고 있다. 인간이라기보다는 언데드 몬스터 같았다.

"안녕, 카디."

사내는 여자의 스스럼없는 인사에 얼굴을 찡그렸다.

"그딴 인사는 집어치워라. 영광스러운 줄라논의 이름이 울겠군."

줄라논.

강대한 힘을 지닌 것으로 명성이 자자한 맹주 아래, 죽음과 인접한 매직 캐스터들로 구성된 사악한 비밀결사였다. 수많은 비극을 낳았던 그들은 주변 국가가 적대시하는 결사이기도 했다.

"그런가~?"

앞으로도 태도를 바꿀 마음이 없어 보이는 여자의 대답에 사내는 한층 얼굴을 찡그렸다.

"……그래서? 자네가 이곳에 온 것은 대체 무슨 이유 때문이지? 이곳에서 내가 죽음의 보주(寶珠)에 힘을 부어넣고 있다는 사실은 잘 알 텐데. 방해를 하러 온 것이라면 나도 나름 대처하겠네."

사내는 눈을 가늘게 뜨고 지팡이를 든 손에 힘을 주었다.

"에이, 카디도 차암. 내가 이런 걸 가지고 와줬는데~."

여자는 씨이익 웃더니 망토 밑에서 손을 뒤적뒤적 움직였다. 절그럭절그럭 소리가 울리고, 이윽고 원하던 것을 발견한 여자는 희희낙락 손을 밖으로 꺼냈다.

그것은 서클릿이었다.

가느다란 금속사 여기저기에 알이 작은 보석을 수없이 매달아놓아, 마치 이슬이 맺힌 거미집처럼 섬세한 짜임새다. 서클릿의 중심, 즉 이마가 위치하는 곳에는 까만 수정 같은 커다란 보석이 박혀 있었다.

"그것은!"

사내가 눈을 크게 떴다.

멀리서기는 했지만 한 번 본 적이 있는 이 서클릿을 잘못 알아볼 리가 없다.

"무녀공주의 징표, 예자(叡者)의 액관! 슬레인 법국의 최고 비보 중 하나가 아니던가!"

"맞아~. 귀여운 여자애가 이런 이상한 걸 쓰고 있잖아. 안 어울리길래 뺏어왔지. 그랬더니 어머나 깜짝이야! 발광하지 뭐야~. 똥오줌을 지리면서."

깔깔 웃어대는 여자.

예자의 액관을 빼앗으면 착용자——슬레인 법국에서는 마법 의식의 중심에 위치한 무녀공주가 어떻게 되는지, 한때 칠흑성전에 속했던 여자가 모를 리 없다. 차기 무녀공주에게 대를 넘길 때, 이를 벗으면서 광기에 빠진 무녀공주를 신의 곁으로 보내주는 것은 칠흑성전에 속한 자들의 임무이기 때문이다.

"어쩌겠어, 그거 말고는 입수할 방법이 없는데. 만든 놈이 잘못이지. 못됐다니깐."

예자의 액관을 온전히 벗길 방법은 없다. 파괴하는 것 말고는. 그러나 착용자의 자아를 봉인해, 한 인간을 초고위 마법을 토해내는 아이템으로 바꿔놓는 신기를 파괴하다니, 그런 아까운 짓을 어떻게 하겠는가.

그 결과, 광인이 태어난다.

"흥. 칠흑성전을 배신하면서까지 손에 넣은 것이 그런 쓰레기라니. 차라리 육대신이 남긴 신기나 빼앗아오는 것이 나았겠군."

"쓰레기라니 너무하네~."

짐짓 볼을 부풀리는 여자를 사내가 비웃었다.

"쓰레기가 아니고 무엇이겠나? 그 아이템에 적합한 여자의 확률은 백만 명 중에 한 명이다. 슬레인 법국 같은 나라가 아니고서는 사용자를 찾는 것조차 불가능할 텐데."

슬레인 법국은 주변 국가에서 유일하게 주민대장까지 만드는 나라다. 그렇기에 예자의 액관을 사용할 자——제물을 발견할 수 있다. 그렇지 않고서는 설령 줄라논의 힘을 쓴다 해도 거의 불가능하다.

"게다가 신기를 어떻게 훔쳐? 초인의 영역마저 초월한 칠흑성전 최강의 괴물, 육대신의 피를 격세유전으로 물려받았네 어쩌네 하는 망할 놈이 지키고 있는데."

"신인(神人) 말이군……. 놈들이 그렇게나 강한가? 자네의 말로밖에 들은 적이 없는데."

"그건 강하다느니 하는 차원을 능가했다니깐. 하기야 다들 정보

규제 때문에 잘 모르겠지만. 정신조작이라도 당해서 떠벌이는 놈이 있으면 곤란하잖아. 자칫 정보가 새나가면 살아남은 진짜 용왕Dragon Lord들하고 결전이 벌어지고, 법국은 그 와중에 소멸하기 때문이라나 뭐라나 하던데, 그래도 정보 좀 흘려줬으면 좋겠어."

"……도저히 믿기 힘들군."

"뭐, 그 힘을 직접 보지 않으면 그렇겠지. ……그보다 아까 하던 얘기로 돌아가서. 카디트 딜 바단틸. 같은 십이간부로서 힘을 합치지 않겠어?"

갑자기 여자의 어조가 바뀌었다.

"호오, 얼굴을 드러냈군? 퀸티아의 한쪽. 하지만 '딜'은 빼주게. 이미 버린 세례명이니."

"……나도 퀸티아의 한쪽이란 말은 빼 주겠어? 클레만티느라고 불러줘."

"……클레만티느. 그래서, 힘을 합친다는 말은?"

"이 도시에는 훌륭한 탤런트를 가진 사람이 있잖아? 그 녀석이라면 이 아이템을 쓸 수 있지 않을까~?"

"……아하, 소문으로만 들었던 그것 말이군. 하지만 인간 하나를 납치하는 정도라면 자네 혼자서도 가능할 텐데."

"응, 그건 맞아. 하지만 가는 길에 심부름값으로 큼지막한 이벤트를 일으키고 싶거든."

"아하, 그 틈을 타서 도망치겠다……?"

"그렇게 해서 카디트의 의식에 힘을 빌려준다면 어때~?
나쁘지 않지~?"

사내――카디트의 눈이 날카롭게 가늘어지더니 사악하기 짝이 없는 미소를 지었다.

“훌륭하군, 클레만티느. 그렇다면야 죽음의 제전을 앞당겨서 실행해야지. 좋고말고. 나도 전력을 다해 협조하겠네.”

2장 여로

Chapter 2 | Journey

1

에 란텔보다 북동쪽에 있는 카르네 마을까지 마차로 가는 루트는 크게 나누어 두 가지가 있다. 북상해서 숲 가장자리를 따라 동쪽으로 향하는 루트. 그리고 우선 동쪽으로 갔다가 북쪽으로 진로를 바꾸는 루트였다.

이번에 선택한 것은 전자였다. 숲 주변을 따라 나아가면 몬스터와의 조우 확률이 약간 높아지므로 경호의 관점에서 보자면 잘못된 선택이기는 했다. 그럼에도 그 루트를 선택한 것은 아인즈가 페텔 일행에게 들은 몬스터 토벌 의뢰 때문이었다.

두 마리 토끼를 쫓다가는 한 마리도 잡지 못할 위험이 있지만, 그래도 '모몬과 나베' 라는 강력한 존재가 있다는 안도감이 이 루트를 선택케 했다. 도시 밖에서 제3위계 마법을 쓸 수 있다는 증거로 나베랄이 보여주었던 〈뇌격Lightning〉 또한 한 가지 요인이 되었으리라.

애초에 숲 안쪽이 아니라 평원과의 경계에서는 딱히 강한 몬스터는 나타나지 않는다. 그렇다면 얼마든지 대처할 수 있을 테고, 실전을 겪으며 서로의 능력을 확인해볼 수 있으리라는 판단에서 카르네 마을까지 갈 때는 이 루트를 이용하기로 합의를 본 것이었다.

에 란텔을 떠나 태양이 정점을 지났을 무렵, 멀리서는 흑녹색 덩어리로밖에 보이지 않던 울창한 원생림이 모습을 드러냈다. 굵은 나무가 우뚝우뚝 솟아 멋들어진 가지를 드리워 햇빛이 들지 않는 숲속은 시계가 좋지 못한 데다 어둠에 빨려드는 듯한 감각마저 든다. 뻥 뚫린 나무의 틈새가 마치 뛰어들 사냥감을 기다리며 입을 벌린 것 같은, 그런 형언할 수 없는 불안감을 조장했다.

일행은 중앙에 마차를 두고 이동했다. 마부는 당연히 운필레아이며 마차 앞에는 레인저 루크루트, 왼쪽에는 전사 페텔, 오른쪽에는 드루이드 다인과 매직 캐스터 니냐, 후방에 아인즈와 나베랄이 서는 대형이었다.

시야가 탁 트이는 곳도 있어 이제까지는 그리 경계하지 않았지만, 여기서 처음으로 페텔이 약간 딱딱한 목소리로 말했다.

"모몬 씨, 이 부근부터 조금 위험한 지역입니다. 대처가 불가능한 몬스터는 나오지 않을 테지만, 만약을 위해 약간만 주의해 주십시오."

"알겠습니다."

고개를 끄덕이며 아인즈는 문득 생각했다.

게임이라면 조우할 몬스터는 장소에 따라 대체로 정해진다. 그러나 현실에서는 그런 일은 있을 수 없다. 어떤 귀찮은 적이 나올지는 그야말로 신만이 아는 일이다.

아인즈는 얼마 전 카르네 마을에서 싸우면서, 그리고 그곳에서 사로잡은 양광성전의 전사들에게서 얻은 정보로 자신이 강하다는 자신감을 가지게 되었다. 그러나 그것은 어디까지나 매직 캐스터로서 그렇다는 뜻이다. 지금의 아인즈는 마법으로 만들어낸 갑옷을 입어 마법은 거의 사용하지 못한다.

그런 자신의 장점을 죽여 놓은 상태로 전열에서 얼마나 싸울 수 있을까. 나아가 호위를 맡은 이상, 적과의 전투에 승리하는 것이 아니라 운필레아를 지킨다는 승리 조건을 달성해야만 한다. 이런 일을 생각하며 약간의 불안을 품고 있었다.

여차하면 갑옷을 없애고 마법으로 대처할 생각이었지만, 그랬다가는 함께 여행하는 이 일행을 죽이거나 기억을 조작할 수밖에 없으므로 그렇게 되지 않기를 바랐다.

'귀찮거든.'

아인즈는 머리를 움직여 나베랄에게 시선을 보냈다. 그 시선을 받은 그녀도 한 차례 고개를 끄덕였다.

여차할 때는 나베랄이 제3위계보다도 강한 제5위계 마법까지 사용하기로 사전에 의논을 해놓았다. 그것으로 정리가 되면 다행이며, 무리라면 아인즈가 갑옷을 벗고 조금만 실력을 드러낼 것이다.

그러한 두 사람의 눈짓——아인즈는 클로즈드 헬름을 쓰고 있었지만——을 보고, 무슨 착각을 했는지 루크루트가 익살스러운 어조로 가볍게 말했다.

"괜찮다니깐. 그렇게 걱정할 거 없대도. 기습이라도 당하지 않는 한 그렇게 위험한 일은 안 생기니까. 그리고 기습은 내가 귀와 눈을 맡은 이상 문제없어. 어때, 나베. 나 대단하지?"

나베랄은 날카롭고 진지한 표정을 짓는 남자를 비웃었다.

"이 각다귀 같은 하등생물을 때려죽일 허가를 내주시겠습니까, 모몬 씨?"

"나베의 싸늘한 한 마디 감사!"

엄지를 척 세우는 루크루트에게는 다들 쓴웃음을 지었지만, 심한 욕설을 퍼부은 나베랄에게는 별로 개의치 않는 모양이었다. 나베랄이 인간이라는 종 전반을 하등생물이라 칭한 것이 아니라 특정 개인, 즉 루크루트에게만 했던 말이라고 생각한 것이다.

아인즈는 나베랄의 진심 어린 청원을 기각하며 있지도 않은 위장이 시큰거리는 감각을 맛보았다. 인간과 함께 여행을 하는 이상 좀 자중하란 말이다.

그런 아인즈의 태도를 다른 의미로 받아들였는지 운필레아가 끼어들었다.

"괜찮아요. 사실은 이 부근에서 카르네 마을 근처까지는 '숲의 현왕(賢王)' 이라 불리는 강대한 힘을 가진 마수의 영역이거든요. 그러니 어지간해서는 몬스터가 나타나지 않아요."

"숲의 현왕 말입니까."

아인즈는 카르네 마을에서 얻은 정보를 떠올렸다.

숲의 현왕이란 마법까지도 사용하는 마수(魔獸)로, 무시무시한 힘을 지녔다고 한다. 숲 안쪽을 생활터전으로 삼기 때문에 목격정보는 거의 없다시피 하지만 존재 자체는 아득한 옛날부터 전해져 내려오며, 일설에 따르면 수백 년의 세월을 살아온, 뱀의 꼬리를 가진 은백색 네발짐승이라고 한다.

'한번 만나보고 싶은걸. 좀처럼 믿기 힘든 이야기지만 그렇게 오래 살았다면 놀라운 지혜를 가졌을지도 모르겠어. 이름도 숲의 현왕이잖아. 사로잡을 수 있다면…… 나자릭의 강화에도 도움이 되겠지.'

아인즈는 멍하니 그 마수의 모습을 상상해 보았다.

'숲의 현왕이라. 그러고 보니 멸종된 동물 중에 그런 게 있지 않았나……? 원숭이랑 비슷한 생물인데…… 아, 맞아. 오랑우탄. 숲에 사는 사람…… 현자였던가? 여기에 꼬리가 뱀……? 아, 그런 몬스터도 있었는데.'

위그드라실에도 있었다는 데 생각이 미친 아인즈는 겨우 해답을 찾아냈다.

'*누에! ……분명 원숭이 얼굴에 너구리의 몸, 호랑이의 다리, 꼬리는 뱀이었지……. 위그드라실의 몬스터가 있을지는 알 수 없지만, 소환으로 천사를 불러냈던 것처럼, 그럴 가능성도 충분히 있겠지.'

위그드라실에서 본 누에의 데이터를 떠올리고 있으려니 루크루트가 다시 가벼운 어조로 나베랄에게 말을 걸었다.

"뭐, 그럼 일을 완벽하게 수행해 러블리 나베의 호감도를 올려 볼까?"

나베랄은 진심으로 지긋지긋하다는 듯 대꾸도 하지 않고 혀를 한 번 차기만 했다. 충격을 받은 시늉을 하는 루크루트를 위로하려는 사람은 없었다. 2인조 꽁트처럼 인식하기 시작하는 모양이었다.

그런 수다와 함께, 일행은 지글지글 피부를 태우는 햇빛을 등에 받으며 걸었다. 가죽신발에서는 풀을 밟을 때마다 짓이겨져 묻어난 즙이 풋내를 풍겼다.

---

* 누에(鵺) : 일본의 전설에 등장하는 괴물. 그리스 신화의 키마이라처럼 다양한 짐승의 합성수이다. 본문에서 묘사한 것 외에 새의 형태에 가까운 누에도 존재한다.

배어나온 땀을 닦는 일행을 보며, 아인즈는 타오르는 햇살도 전혀 힘들지 않으며 중량갑옷을 입어도 피로를 모르는 언데드의 육체에 감사했다.

묵묵히 걷는 동료들에게 루크루트만이 기운차게 농담을 건넬 뿐이었다.

"이봐, 다들 그렇게 경계할 필요 없다니깐. 내가 확실하게 보고 있으니까. 나베는 날 믿으니까 아주 여유만만하잖아?"

"네가 아닙니다. 모몬 씨가 있기 때문입니다."

나베랄의 미간에 주름이 생겼다. 아인즈는 이 상태가 조금만 더 지속되면 펑 터져서 무언가 무시무시한 일이 일어날 것 같은 예감이 들어 재빨리 나베랄의 어깨에 손을 얹었다.

그녀의 표정은 순식간에 누그러졌다.

그런 두 사람을 보던 루크루트가 어떤 질문을 던졌다.

"저기~. 역시 나베하고 모몬 씨는 연인인 거야?"

"여, 여여여니힌?! 무슨 말씀을! 알베도 님이라는 분이!"

"얀마!"

아인즈의 절규가 터져 나왔다.

"무, 무슨 소리를 하는 거냐, 나베!"

"아!"

나베랄은 크게 눈을 뜨며 입을 막았고, 아인즈는 짐짓 헛기침을 하며 싸늘한 목소리로 대꾸했다.

"……루크루트 씨. 사생활에 대한 질문은 삼가 주시겠습니까?"

"……아, 실례. 그냥 장난 좀 치려던 거였는데. 그렇구나, 모몬 씨에겐 이미 정해진 상대가 있었구나."

꾸벅 고개를 숙인 루크루트는 그다지 반성하는 기색이 없었지만, 그래도 아인즈는 그에게 별로 화가 나지 않았다. 이번에는 나베랄이 너무나도 어리석었다.

인선을 그르친 게 아닐까 싶었지만, 그녀 외에는 동원할 만한 인재가 없었다. 아인즈는 내심 머리를 쥐어뜯고 싶은 심정이었다. 이형종으로 이루어진 아인즈 울 고운에서는 멤버가 만든 NPC도 거의 이형종이었으므로 인간의 도시에 잠입할 만한 인재는 매우 적었다. 나베랄은 위장이기는 해도 얼마 안 되는 인간의 외견을 가질 수 있는 존재였지만…… 성격까지는 고려하지 못했다.

일이 이렇게 되고 보니 같은 플레이아데스에서도 루푸스레기나 베타 쪽이 최적이었을지도 모르겠다는 생각이 들었지만, 이미 때는 늦었다.

나베랄은 자신의 실수에 새파랗게 질린 얼굴이었다. 아인즈는 안심시키려는 듯 그녀의 등을 몇 차례 가볍게 도닥여주었다. 훌륭한 상사는 부하의 첫 실수는 용서해주는 법이다. 또 실수하면 그때 단단히 일러두면 된다. 게다가 풀이 죽거나 위축되었다가 앞으로의 행동에 지장이 생기면 그거야말로 위험하다.

무엇보다 알베도의 이름을 꺼냈을 뿐 아닌가. 기억조작을 할 필요는 없을 것이다. ――아마도.

"루크루트, 이제 쓸데없는 소리는 그만 하고 경계나 잘해."

"알았어."

"모몬 씨, 동료가 실례를 저질러 죄송합니다. 남의 사생활을 캐는 건 금기인데……."

"아닙니다. 앞으로 조심해 주신다면 이번 일은 잊겠습니다."

"아~ 나베한테 미움 받았어. 호감도가 완전히 마이너스야."

페텔과 아인즈는 루크루트의 등에 눈을 돌리고, 나란히 어깨를 늘어뜨렸다.

"저 바보가……! 나중에 단단히 타이르겠습니다. 그리고 조금 전의 말은 듣지 않은 것으로 할 테니……."

"그건 뭐, 네, 부탁드립니다. 그러면 루크루트 씨가 경계에 집중해 주신다니, 그 부분은 맡겨두고 저도 조금 이야기를 나누지요."

"그러십시오. 폐를 끼친 만큼 확실하게 일을 시킬 테니까요."

페텔의 미소를 보며 아인즈는 니냐의 곁으로 다가섰다. 그와 교대해 다인이 뒤로 물러나 나베랄의 옆으로 이동했다.

"마법에 대해 몇 가지 묻고 싶습니다."

니냐가 알았다는 뜻을 보인 것을 확인하고 아인즈는 질문을 던졌다. 여기에 흥미를 품었는지 운필레아가 가만히 쳐다본다.

"매료Charm, 지배Dominate 같은 마법에 조종당하는 자는 자신이 가진 정보를 대체로 이야기하지 않겠습니까? 그 대책으로, 특정 상황에서 여러 번 질문을 받았을 때 그 인물이 사망하게 만드는 마법도 있습니까?"

"그런 마법은 들어본 적이 없는걸요."

아인즈는 머리를 움직여 헬름 너머로 운필레아를 쳐다보았다.

"저도 모르겠어요. 마법수정강화(魔法修正强化) 중에 시한식 발동이라는 게 있기는 하지만, 그런 일까지 가능할 것 같지는 않은데요."

"……그렇군요."

가장 듣고 싶었던 질문이 허탕으로 끝나 아인즈는 살짝 실망을 느꼈다. 이제 양광성전의 생존자들을 어떻게 써먹어야 할지 아인즈를 고민케 했던 문제의 해결은 멀어지고 말았다.

현재 살아남은 이는 얼마 안 되므로 함부로 소모하기는 아깝다. 사망하면 소실되는 모종의 마법의학적 장치가 있지 않을지 싶어 몇 사람은 산 채로 해부해 보았지만, 매우 아까운 짓이 되고 말았다. 그 정도면 죽는다는 것을 알아둔 상태에서 정보를 끌어냈어야 했으리라. 한 사람당 세 번의 정보를 캐낼 기회를 놓친 셈이니까.

아니, 가장 아까운 것은 니군이었다. 그자를 처음으로 사용한 것이 가장 뼈아픈 실책이었다. 가장 많은 정보를 지녔을 자를 그런 간단한 질문으로 잃어버렸으니.

다만 그런 실수가 '위그드라실에서 함양한 지식만으로는 이 세계에서 대처해나갈 수 없다.' 는 인식으로 이어졌으니, 완전한 헛수고라고 단언할 수만도 없었다. 좋은 것을 배웠다고 긍정적으로 판단해야 한다.

아인즈가 멍하니 그런 생각을 하고 있는 동안에도 니냐의 말이 이어졌다.

"그렇다고는 해도 제가 아는 마법은 극히 일부일 뿐이에요. 국가에서 매직 캐스터를 육성하는 곳이라면 그런 마법도 만들어냈을 가능성이 있겠죠. 슬레인 법국에선 신관—— 신앙계 매직 캐스터를 육성하고, 제국에선 아케이너, 소서러, 위저드 같은 마력계 매직 캐스터 전반을 가르치는 학원이 있거든요. 그 외에도 아그랜드 평의국 같은 곳은 드래곤의 지식을 이용한 모종의 마법이 있어도 이상하지 않을 테고요."

"흐음, 국가의 지원이 있다면 있어도 이상하지 않다는 거군요."

이제까지 얻은 정보에 따르면 아그랜드 평의국이란 곳은 아인종들이 만든 국가이며, 평의원들이 정치를 주도하는 곳이라고 한다. 인간 지상주의를 내건 슬레인 법국의 잠재적 적국이다. 그중에서도 눈에 띄는 것이 평의원을 맡은 다섯 마리의 드래곤이며, 매우 강대한 힘을 가졌다고 한다.

아인즈는 그러한 나라에도 관심이 있었지만, 기반을 단단히 다져놓지 않은 현재는 그곳까지 손을 뻗을 수가 없었다. 안 그래도 이것저것 수를 써놓는 바람에 나자릭 내의 전력이 격감한 상황이 아닌가.

"그러면 다음에는 다른 질문을 하고 싶군요."

니냐에게 다른 질문을 이것저것 건네며 아인즈는 깊은 만족감을 얻었다.

칠흑의 검 멤버들이 아인즈와 니냐에게 보내는 시선은 '또 질문 공세가 시작됐구나.' 하는 정도였다. 그만큼 아인즈는 이제까지 니냐나 페텔에게 많은 질문을 했다. 내용은 마법과 무투기에 대한 것, 모험자에 대한 것, 주변 국가의 정세 등등 다양했다.

주의 깊게 물을 필요는 있지만 매우 도움이 되는 것들뿐이라, 아인즈는 자신이 가진 이 세계의 지식량이 단숨에 늘어났음을 확신했다.

하지만 그래도 부족했다. 무언가 한 가지를 알면 파생되어 더욱 알아야 할 것이 늘어났다. 특히 마법이 그랬다. 마법의 존재가 세계의 기반이 되면 이렇게까지 달라지나 싶어 놀랄 정도였다.

특히 마법이 강하게 영향을 미친 것이 이 세계의 문명이었다. 중세 정도라고 봤지만 실제로는 근세, 경우에 따라서는 근대 수준이었다. 이 기술의 대들보가 바로 마법이었다.

그 점을 깨달은 아인즈는 기술의 진보에 관한 고찰을 포기했다. 과학기술의 세계에서 살았던 자가, 과학기술과는 완전히 다른 기술체계로 진보했던 이 세계를 깊이 고찰하기란 불가능하다. 소금과 설탕과 향신료를 만드는 마법이며, 다모작 장해를 피하기 위해 밭의 양분을 되돌리는 마법이 존재할 정도였다.

게다가 거짓인지 사실인지 모르겠지만 바다는 짜지 않다는 정보도 있을 정도였으니 아인즈의 상식과는 너무나도 달랐던 것이다.

아인즈가 주의 깊게 자신의 호기심을 충족하는 시간이 얼마나 흘렀을까.

"움직였다."

갑자기 루크루트가 다소 긴박감을 머금은 목소리로 말했다. 나베랄에게 말을 걸었을 때의 경박한 분위기는 전혀 없었으며, 어느 샌가 모험자로서 오랜 경험을 쌓은 프로로 돌변했다.

즉시 전원이 루크루트의 시선 방향을 쳐다보며 무기를 꺼내 들었다.

"어디지?"

"저기야, 저기."

페텔의 질문에 루크루트가 손가락을 내밀었다. 그곳은 거대한 숲의 일각이라 무성한 나무에 가려 시계가 좋지 못했으며 무언가가 있다는 기척 또한 느껴지지 않았다. 그래도 의심하는 자는 없었다.

"어떻게 할까?"

"억지로 쳐들어갈 이유도 없으니, 숲에서 나오지 않는다면 무시하지 뭐!"

"그럼 계획대로 운필레아 씨는 물러나시는 것이 상책이겠구려!"

그런 이야기를 나누는 동안 숲이 술렁이더니, 몬스터들이 천천히 모습을 나타냈다.

조그만, 어린아이 정도의 신장을 가진 생물이 열다섯. 그것들에 에워싸인 거대한 생물이 여섯.

작은 생물은 고블린이라 불리는 아인종이었다. 넓적한 얼굴에 밋밋한 코, 크게 찢어진 입에 조그만 송곳니 두 개가 위를 향해 돋아났다. 피부색은 밝은 갈색. 기름으로 굳힌 듯 삐죽삐죽 뻗은 지저분한 머리카락은 까만색이었다. 때를 탄 것인지 물들인 것인지 모를 정도로 넝마 같은 고동색 옷이며, 모피에 무두질만 한 거친 가죽을 갑옷 대신 착용했다. 한 손에 나무로 만든 클럽(club)을, 다른 손에는 스몰 실드(small shield)를 들었다. 인간과 원숭이를 합쳐놓고 여기에 약간의 사악함을 토핑한 듯한 몬스터였다.

상대적으로 숫자가 적은 거대한 생물은 신장이 2, 3미터쯤 될 법했다. 앞으로 크게 튀어나온 턱 때문에 얼굴은 우둔함 그 자체였다. 근육이 우툴두툴해 거목을 연상케 하는 팔은 매우 긴 데다 등까지 구부정하니 땅바닥에 닿기 직전이었다. 나무에서 그대로 뜯어낸 듯한 클럽을 들고 무두질조차 하지 않은 모피를 허리에 감아놓았다. 이렇게 떨어져 있는데도 지독한 냄새가 풍기는 것 같았다. 군데군데 혹이 달린 피부는 짙은 갈색이며 가슴팍과 복근이 두텁다.

외견으로만 판단해도 근력이 상당할 것 같은, 털을 모조리 뽑아낸 돌연변이 침팬지 같은 몬스터——오우거라 불리는 아인종이다.
거의 대부분의 몬스터가 누더기로 만든 자루 같은 것을 들었다. 장거리 이동을 고려한 분위기였다.
몬스터들은 일행을 둘러보더니 초원으로 나오기 시작했다. 거리가 있지만 추악한 얼굴에 적의의 감정을 띤 것은 충분히 느껴졌다.
"……수가 좀 많은걸. 이거 전투는 못 피하겠는데."
"응, 그러게. 고블린이나 오우거는 자기네 수가 많으면 덤벼드는 경향이 있으니까. 숫자 외에는 전투능력을 판단할 지식이 없다고 해야 하려나. 아무튼 귀찮게 됐는데."
이해도 했고 실감도 했지만, 게임과는 완전히 다르다고 아인즈는 슬쩍 고개를 갸웃했다.
오우거도 고블린도 개체별로 특징이 있다. 키도 그렇고 피부색도 그렇고. 다시 말해 동일한 개체가 없다. 그래서인지 마치 미지의 몬스터 21마리를 적으로 돌린 듯한 기분이었다.
"현실은 게임과 다르단 말이지."
아인즈는 주위에 들리지 않을 만한 목소리로 중얼거렸다. 공략도 안 된 미지의 에어리어에 뛰어들어 지식에 없는 몬스터와 대치한 듯한 감각에 사로잡혀, 카르네 마을의 전투에서도 실감했던 것이 다시 떠올랐다.
그때 페텔이 말했다.
"그래서 말입니다만, 모몬 씨."
"……아, 예. 왜 그러십니까?"
"절반을 맡기겠다고 말씀드렸던 것 때문에 그러는데, 어떻게 나누는 게 좋을까요?"

"두 팀으로 나뉘어서 덤벼드는 적을 적당히 죽이는 건 안 되겠습니까?"

"그렇게 되면 전부 한쪽으로 모였을 때 힘들어지니까요. 나베 씨, 〈화염구Fire Ball〉 같은 범위 마법으로 고블린을 단숨에 쓸어버릴 수 있을까요?"

"저는 〈화염구〉를 쓸 수 없습니다. 제가 쓸 수 있는 것 중 가장 화력이 강한 마법은 〈뇌격〉일 겁니다."

그런 설정이었지. 아인즈는 마음속으로만 중얼거렸다. 다시 페텔이 말했다.

"〈뇌격〉은 직선 관통 마법이었죠?"

"그러면 잘 유도했다가 옆에서 갑자기 치는 작전이면 어떻겠습니까?"

"그러려면 적의 돌격을 막아낼 벽이 필요한데……."

"그건 제가 맡겠습니다. 그보다 여러분은 마차에 탄 운필레아 씨를 지켜주실 수 있겠습니까?"

"모몬 씨……."

"오우거 따위에 고생한다면 저는 허풍쟁이였다는 뜻 아니겠습니까. 오우거를 쉽게 물리치는 모습을 보여드리고자 합니다."

아인즈의 자신감 넘치는 목소리에 칠흑의 검 멤버들은 이해했다는 표정을 지었다. 그리고 맡겨도 괜찮겠다는 안도감 또한.

"알겠습니다. 하지만 저희도 적의 돌진을 내버려둘 수는 없지요. 최대한 지원하겠습니다."

"그럼 지원 마법은 필요합니까?"

"아, 저희는 괜찮습니다. 칠흑의 검 여러분은 서로 지원해 주십시오."

"그러면 그렇게 하겠습니다. 이봐, 다들. 이 상태로 전투를 시작하면 숲과 가까우니 놈들이 도망칠 가능성이 있지 않을까?"

"그럼 늘 하던 방법대로 가지 뭐. 거북이 머리 잡아당기듯."

"그게 좋겠군! 적의 돌격은 모몬 씨가 막아주신다 치고, 뚫고 나온 놈의 대처는 어떻게 하는 게 좋겠나, 페테르?"

"오우거의 발을 묶을 때는 무투기 〈요새(要塞)〉를 기동하며 내가 맡겠어. 고블린은 다인이 막아줘. 니냐는 내게 방어 마법을. 그 다음에는, 필요 없을지도 모르지만 나베 씨의 안전에 주의를 기울이면서 공격 마법에 전념해줘. 루크루트는 고블린을 사냥하러 가고. 만약 다른 오우거가 뚫고 들어오면 블록할 것. 그 경우에는 니냐가 고블린을 우선적으로 소탕해 주고."

페테르의 지시에 모두 서로의 얼굴을 바라보며 한 차례 고개를 끄덕인다. 전투방침 결정이 매우 원활하게 진행된다. 그야말로 호흡이 척척 맞는다.

아인즈는 감탄했다. 위그드라실 시절의 기억이 되살아난다. 아인즈와 동료들도 사냥터에서는 호흡을 맞춰 사냥으로 나날을 보냈다. 미끼, 유인, 블록, 공격대상 조작. 피차의 능력을 서로 잘 알기 때문에 가능한 팀플레이로.

자화자찬일지도 모르지만 그만한 콤비네이션은 그리 쉽게 얻을 수 있는 것이 아니라는 자신감이 있었는데, 칠흑의 검 멤버들에서는 그것보다는 뒤떨어지지만 편린 같은 것을 느꼈다.

"모몬 씨 일행에게도 마법 이외의 지원이 필요할까요?"

"아뇨. 그러실 필요는 없습니다. 저희는 둘이면 충분하니까요."

"그건…… 대단한 자신감이시군요."

페텔의 말에선 괜찮겠느냐는 불안감이 살짝 묻어났다. 블록을 맡은 인물이 금세 돌파당했다간 순식간에 전멸할 위험성이 있다. 이를 우려한 것이다. 이것은 게임 같은 놀이가 아니라 서로 목숨을 빼앗는 행위이니까.

"시작되면 아실 겁니다."

아인즈는 그 말로 대화를 끝냈다.

"여러분이 준비를 마치는 대로 전투를 시작하지요."

루크루트가 콤포지트 롱 보우(composite long bow)를 당겼다. 끼릭끼릭 소리가 멈추고, 활시위가 공기를 가른다. 튀어나간 화살은 허공을 일직선으로 내달려, 풀숲에서 나오려던 고블린에게서 10미터 이상 떨어진 곳에 박혔다.

갑작스러운 공격에 방패를 쳐들며 천천히 거리를 좁히던 고블린들은 루크루트를 비웃었다. 화살이 빗나갔다고 조롱하는 것이다. 물론 고블린들도 120미터나 떨어진 타깃에게 공격을 명중시킬 능력은 없겠지만, 그 점은 안중에도 없을 것이다.

그리고 공격을 받았다는 사실과 압도적인 숫자의 차이가 고블린의 폭력성을 과도하게 부풀렸다. 그 결과—— 일제히 고함을 지르며 아무 생각 없이 온 힘을 다해 루크루트를 노려보며 뛰어왔다. 한 박자 뒤늦게 오우거도 달리기 시작했다.

피에 대한 갈망에 이성을 잃어 대열도 흐트러지고, 방패를 드는 방어수단도 취하지 않는다. 이제는 머릿속에 아무것도 없는 모양이었다.

그 모습을 확인한 루크루트에게 미미한 미소가 떠올랐다.

“엽!”

양측의 거리가 90미터로 줄어들었을 때 다시 한 방. 이번에는 빗나가지 않고 제일 뒤에 있던 고블린 한 마리의 머리를 꿰뚫었다. 몇 걸음 비틀비틀 걷다가 쓰러지며 숨이 끊어진다.

양측의 거리는 금세 줄어들었지만 시위에 화살을 메기는 루크루트의 손길에는 긴장하는 기색이 없었다. 왜냐하면 바로 곁까지 육박해도 지켜줄 사람이 있음을 믿기 때문이다.

〈갑주강화Reinforce Armor〉.

루크루트의 후방에서 니냐의 방어 마법이 발동됐다. 이를 들으며 다시 화살을 시위에 매긴다.

50미터에서 또 한 발. 다시 머리를 꿰뚫려 고블린 한 마리가 땅바닥을 굴렀다. 이때 페텔과 다인이 움직였다.

움직임은 고블린이 더 준민하지만 보폭은 오우거가 훨씬 크므로 원래 속도에는 별 차이가 없다. 그렇다고는 해도 초원을 100미터 가까이 달려왔기 때문에 각력이 뛰어난 오우거가 앞서고 고블린이 그 뒤를 따르는 형태가 되었다. 양측의 거리가 제법 벌어졌으므로 마법의 효과 범위에 들어오는 몬스터의 수는 별로 많지 않았다.

그러나 그 정도로도 충분했다. 다인의 첫 역할은 오우거 한 마리의 발을 묶어놓는 것이었으므로.

〈얽혀드는 식물Twine Plant〉.

다인의 마법이 발동하자 오우거 한 마리의 발치를 중심으로 초원의 식물이 술렁거리더니, 꿈틀거리는 채찍으로 변해 얽혀들었다. 매우 질긴 식물의 사슬에 구속되어 역정을 내는 오우거의 포효가 쩌렁쩌렁 울려 퍼졌다.

그런 가운데 아인즈가 나베랄을 뒤에 거느리고 천천히 걸어나갔다. 돌진하는 몬스터를 향해 다가가는 걸음걸이라고는 생각하기 어려웠다. 전투라기보다는 산책을 가는 것처럼 가벼웠다.

선두를 달리는 오우거와의 거리가 줄어드는 가운데 아인즈는 두 손을 교차시키듯 등 뒤로 돌려 칼자루를 쥐었다. 나베랄은 망토 안에 손을 넣어 칼집에서 검을 뽑았다.

크게, 크게 호를 그리듯 천천히 아인즈의 검 두 자루가 모습을 드러냈다.

그 눈부신 광채에 칠흑의 검 멤버들은 모두 숨을 멈추었다.

아인즈가 쥔, 150센티미터도 넘는 검은 전투의 도구보다는 예술품으로서 더 가치가 있을 것처럼 멋들어진 무기였다. 검신에 파인 홈에는 서로 얽힌 두 마리의 뱀 같은 문양이 가미되었으며, 칼끝은 부채꼴로 펼쳐졌고, 날은 싸늘하고도 예리한 빛을 머금었다.

영웅의 무기.

그런 말이 어울릴 법한 검을, 아인즈는 두 손에 하나씩 쥐었다.

그 모습에 칠흑의 검 일동은 다시 숨을 죽였다. 조금 전에는 감탄 때문에, 그리고 이번에는 말문이 막혔기 때문에.

검신이 길면 길수록 당연히 중량은 늘어난다. 설령 경량화의 마법을 부여한 무기라 해도 휘두르기란 쉽지 않다. 물론 단기간이

나마 함께 여행을 하며 아인즈라는 인물의 엄청난 완력은 잘 알고 있었다. 그래도 그레이트 소드를 한 손에 하나씩 가볍게 드는 괴이한 모습을 인정하기란, 살아오면서 쌓아온 상식이 허용하질 않았다.

그러나.

아인즈는 그것이 나무 막대기라도 되는 양 가볍게 휘둘러 자세를 잡았다. 그 모습은 당당함 그 자체였다.

"모몬 씨……. 당신은 도대체……."

전체를 대표하듯 페텔이 신음하며 중얼거렸다. 같은 전사로서 얼마나 근력이 뛰어나야 가능한 위업인지를 즉시 판단했기 때문에, 그리고 자신이 저 경지에 이르려면 얼마나 단련을 거쳐야 할지를 알기에 느낀 경악이었다. 자신과는 차원이 다른 존재임은 어렴풋이 짐작했지만, 그래도 눈앞에서 그것을 증명해 보이니 다리가 떨렸다.

지성이 부족한 고블린조차 그 모습에 두려움을 느꼈는지, 무턱대고 움직이던 발놀림이 둔해지더니 방향을 수정하며 멀리 돌아가듯 페텔 일행에게 향했다.

우둔하며 완력에 자신이 있는 오우거만이 그대로 아인즈에게 돌격했다.

거리가 줄어들자 오우거가 클럽을 쳐들었다.

설령 아인즈의 검이 크다 해도, 공격범위는 거구에 거대한 클럽을 든 오우거가 훨씬 넓다. 오우거가 선공을 빼앗으리라 모두가 생각했을 때, 아인즈가 발을 내디뎠다.

그 움직임은 질풍 같았다. 그리고 그 이상의 속도로 오른손에 거머쥔 검이 은백색 광채를 남기며 공간마저 가르듯 내달렸다.

너무나도 훌륭한 일격이었다. 일행은 자신이 베인 것도 아닌데 죽음이 자신 바로 옆에 서 있는 듯한 감각을 느껴 모골이 송연해졌다.

그것은 일격으로 끝났다.

아인즈는 눈앞에 선 오우거에게서 다른 오우거로 목표를 옮겼다. 아인즈가 떠나가기를 기다린 듯, 멍하니 서 있던 오우거의 상반신이 스르르 미끄러지더니 하반신을 남기고 지면에 떨어졌다. 솟구치는 피와 쏟아지는 내장, 주위에 퍼져 나가는 냄새가 결코 환각이 아님을 가르쳐주었다.

우상단 대각선베기로 일도양단.

전투 중이지만 적도 아군도 마치 시간이 정지한 듯 움직임을 멈추고 그 압도적인 광경을 바라보았다.

일격필살. 그것도 오우거의 두꺼운 육체를 두 쪽으로 갈라버리는 검격.

"……끝내준다."

누군가가 중얼거린 작은 목소리. 그것이 누구의 귀에나 들어올 정도로 전장은 적막에 휩싸여 있었다.

"……보고도 못 믿겠어. 미스릴 정도가 아니라 오리하르콘…… 아니, 혹시 아다만타이트?"

양단.

결코 불가능한 기술은 아니다. 극한의 영역까지 기술을 갈고 닦은 존재라면, 혹은 강력한 마법무기를 가졌다면 가능한 기술이다. 그러나 그레이트 소드라는 거대한 양손무기를 한 손으로 든 채 양단할 만한 힘을 싣는 것은 매우 어렵다. 그것이 상식이다. 양손무기란 양손으로 회전력과 질량을 실어 베는 무기이지, 완력만으로 쪼개는 무기가 아니다.

그렇기에 아인즈의 행동이 증명한 것은 유례를 찾기 힘들 정도로 강한 마법이 부여된 검이거나, 아인즈의 완력은 한 손으로도 보통 전사의 두 팔보다 뛰어나다는 것, 혹은 그 양쪽 모두였다.

입을 딱 벌릴 만한 광경을 눈앞에 두고 저도 모르게 발을 멈춘 오우거들이 겁먹은 표정을 지으며 뒤로 물러났다. 그 거리를 좁히듯 아인즈가 한 걸음 나섰다.

"뭣들 하나. 안 덤빌 테냐?"

조용하고도 가벼운 목소리가 전장에 퍼졌다.

그런 단순한 물음조차 오우거들에게는 공포를 주었다. 자신들과의 압도적인 차이를 보았기 때문에.

아인즈가 풀 플레이트 아머를 입은 몸이라고는 생각할 수 없는 속도로 다른 오우거 한 마리에게 육박했다.

"워어억!"

오우거가 비명인지 포효인지 모를 탁한 고함을 내지르며, 육박하는 아인즈를 향해 클럽을 내밀었다. 그러나 누가 보더라도 그 움직임은 이미 때가 늦었다.

오우거에게 쇄도하고, 왼손의 그레이트 소드가 내치듯 수평으로 내달렸다.

오우거의 상반신이 휘릭 공중에서 회전하더니 하반신과는 다른 곳에 떨어졌다.

수평베기로 일도양단.

"모몬 씨는……괴물인가……?"

다시 펼쳐진 압도적인 광경을 보며 다인의 말을 부정하는 사람은 아무도 없었다.

"어디, 남은 것은……."

아인즈가 발을 내디디고, 오우거가 추악한 얼굴에 공포를 띤 채 다시 물러났다.

그 옆으로 크게 우회해 지나간 고블린이 페텔 일행에게 달려들었다. 이제까지 멍하니 관전하던 칠흑의 검 멤버들이 그에 반응해 움직이기 시작했다.

페텔은 브로드 소드(broad sword)에 라지 실드(large shield)를 들고 정면에서 오는 열 마리도 넘는 고블린을 향해 뛰어갔다. 발을 내디디며 날린 일격에 선두에 선 고블린의 머리가 빙글빙글 허공에 춤추었다. 솟구치는 핏줄기를 피해 빠져나가듯 페텔은 고블린들에게 육박했다.

"이거나 먹어라!"

싯누런 이를 드러낸 고블린의 지저분한 목소리가 울려 퍼졌다.

고블린의 클럽 일격을 페텔은 방패로 쉽게 받아냈다. 옆에서 달려든 다른 고블린의 일격은 마법으로 강화된 갑옷이 무거운 소리와 함께 튕겨냈다.

〈마법화살Magic Arrow〉.

마법의 광탄(光彈) 두 개가 튀어나가 페텔을 뒤에서 후려치려던 고블린을 직격했다. 놈은 실이 끊어진 것처럼 쓰러졌다.

페텔의 주위를 에워쌌던 고블린의 절반이 세 명을 향해 뛰어나왔다. 죽음을 가져오는 폭풍이나 마찬가지인 아인즈 옆에 선 나베랄에게 달려들려는 고블린은 없었다.

콤포지트 롱 보우를 버리고 허리에서 쇼트 소드(short sword)를 뽑아든 루크루트와 메이스(mace)를 든 다인이 니냐의 대각선 앞으로 나서 마법사를 보호했다.

고블린 다섯 마리와 루크루트, 다인의 전투는 거의 호각세였다. 천천히 한 마리씩 쓰러뜨리기는 했지만 조금 더 시간이 걸릴 것 같았다. 루크루트는 한쪽 팔을 클럽에 얻어맞아 얼굴을 찡그리며 아픔을 참고 있는 것이 일목요연했다. 그러면서도 고블린 한 마리의 가죽갑옷 틈으로 쇼트 소드를 찔러 넣는다. 다인도 여러 차례 얻어맞았기 때문에 움직임이 다소 둔해졌지만, 아직 치명적인 부상은 입지 않은 것 같았다.

니냐는 전황을 주의 깊게 살피며 마법을 아껴두었다. 아직 다인의 마법에 발이 묶인 오우거가 남았다. 경우에 따라서는 니냐가 상대해야 할지도 모른다.

그리고 페텔과 고블린 여섯 마리의 전투는 고착상태에 빠졌다.

고블린 열한 마리라는 숫자의 폭력에 휩쓸리지 않았던 것은 놈들의 공격에 망설임이 있었기 때문이었다. 차원이 다른 아인즈의 일격필살 공격을 보는 바람에 사기가 현저히 꺾여, 도망쳐야 할지 싸워야 할지 완전히 판단이 서지 않은 것이다.

그런 고블린의 전의를 다시 한번 부수듯 아인즈의 검이 크게 번뜩였다.

모두가 한순간 주의를 빼앗길 정도로 날카로운 바람 가르는 소리, 그리고 대지에 무거운 것이 떨어지는 소리. 게다가 그것이 잇달아 두 차례.

모든 이의 예측대로 오우거의 시체가 또 늘어났다. 이제 살아 있는 놈은 풀의 사슬에 속박된 한 마리와 아인즈 앞에서 겁을 먹은 한 마리. 합계 두 마리뿐이었다.

아인즈의 헬름이 움직이더니 대치한 오우거를 향했다. 그 가느다란 슬릿 안쪽에서 빛나는 아인즈의 눈동자를 느꼈는지, 오우거는 기괴한 신음과 함께 도망치기 시작했다. 손에 든 클럽도 버리고 숲을 향해, 조금 전 달려왔던 것보다도 더 빠른 속도로. 그러나 놓칠 리가 없었다.

"나베, 해치워라."

싸늘한 목소리가 울리고, 뒤에 서 있던 나베랄이 가볍게 고개를 끄덕였다.

〈뇌격〉.

뇌격이 공기를 쩌렁쩌렁 울리며 내달려, 도망치던 오우거의 몸을 천둥소리와 함께 관통했다. 그 너머에 있던 나머지 오우거의 육체까지도.

그것만으로도 두 마리의 생명은 끊어졌다.

"도망쳐!"

"도망! 도망!"

그 광경을 넋 놓고 보던 고블린들이 목 놓아 '도망' 을 외치며 후퇴하려 했지만 페텔 일행의 움직임이 그것보다 빨랐다. 전의를 상실한 고블린 따위 이제는 적수가 되지 못했다.

잇달아 고블린을 소탕해나간다. 이제는 마법을 온존할 필요가 없다고 판단한 니냐의 마법도 가세했다. 고블린은 눈 깜짝할 사이에 사라졌다.

시체가 비릿한 냄새를 풍기는 가운데 다인이 〈경상치료Light Healing〉로 루크루트와 페텔의 부상을 회복시키고, 손이 빈 니냐는 단검으로 고블린의 귀를 잘라내며 돌아다녔다.

이를 조합에 제출하면 몬스터의 종류에 따라 보수를 받을 수 있다. 물론 언제나 귀만 가져가는 것은 아니다. 몬스터마다 해당하는 부위가 있다. 그렇지만 오우거나 고블린 같은 아인종은 대개 귀였다.

익숙한 손놀림으로 칼을 움직이고 있으려니, 나베랄을 거느린 아인즈가 오우거 주위에서 무언가를 찾듯 눈을 돌리는 모습이 시야에 들어왔다.

"왜 그러세요?"

의문이 담긴 니냐의 목소리에 아인즈가 고개를 들며 대답했다.

"아, 드롭 아이템…… 특히 크리스탈이 없나 해서 말이지요."

"……크리스탈? 수정 말씀인가요? 오우거가 보석을 가지고 다닌다는 말은 들은 적이 없는데요."

"역시 그렇군요. 그런 진귀한 물건이 있으면 싶었습니다만."

"그건 그래요. 오우거도 보물을 좀 가지고 다니면 좋을 텐데 말이죠."

그렇게 대답하며 니냐는 능숙하게 오우거의 귀를 잘라냈다.

"하지만 모몬 씨는 정말 대단하세요. 실력에 자신이 있는 전사라고는 생각했지만, 그렇게 압도적일 줄은 몰랐거든요."

니냐의 목소리에 반응해 마법 치유가 끝난 세 사람도 입을 모아 아인즈에게 말을 걸었다.

"예, 정말 대단했습니다! 같은 전사로서 존경합니다. 그런 완력은 어떻게 하면 얻을 수 있나요?"

"나베를 데리고 다니는 걸 보고 엄청 부자일 거라고는 생각했는데, 그 검은 어디서 났어? 그렇게 값나가는 검은 본 적이 없는데."

"조합에서 하셨던 말씀이 거짓이 아니었음을 크게 실감했소이다. 소문 자자한 왕국 최강의 전사에 필적하는 것이 아닐까 생각이 들 정도였소. 실로 감복했소."

나베랄이 곁에서 여봐란 듯 자랑스러운 표정을 짓는 가운데 아인즈는 손을 크게 내저었다.

"아니, 어쩌다 보니 그렇게 된 것뿐입니다."

"어쩌다라니……."

쓴웃음을 짓는 페텔 일행.

"……정말, 하늘 위에는 하늘이 있다는 말이 이해가 가는 싸움이었습니다."

"여러분이라면 언젠가 이 정도는 쉽게 해내실 수 있을 겁니다."

아인즈의 말에 페텔 일행은 한층 쓴웃음을 지었다. 그들도 강해지고자 노력한다. 보수도 절대 낭비하지 않고, 오로지 자신을 강화하는 데에만 썼다. 그런 멤버들이기에 이제까지 친하게 지낼 수 있었던 것이다. 그러나 그간의 노력을 돌이켜 보더라도 아인즈와 같은 수준에 도달할 수 있으리라는 상상은 할 수 없었다. 페텔 일행이 보기에 지금 아인즈의 위치는 극히 일부만이 이를 수 있는 극한의 경지라는 생각만 들었다.

자신들과 함께 여행하는 인물은 앞으로 영웅이 되어 누구나 이름을 알게 될 사람일 것이다. 뭇 모험자들의 정점에 설 수 있는 위인.

그렇게밖에 여겨지지 않았다.

2

해가 지려면 시간이 아직 더 남았지만, 일행은 야영 준비를 시작했다.

아인즈는 조금 전에 받은 나무 말뚝을 야영지 주위에 박으며 돌아다녔다. 마차도 놔두어야 하므로, 한 변이 20미터에 이르는 상당히 넓은 범위였다.

네 개의 꼭짓점을 세운 다음에는 까맣게 물들인 가느다란 비단실을 말뚝에 감아 울타리를 칠 것이다. 마지막으로 비단실 한가운데에 매듭을 짓고, 여기서 텐트 앞까지 실을 드리운 다음 커다란 종을 매달아놓으면 완성이다. 말하자면 적의 침입을 소리로 알려주는 경계망인 것이다.

아인즈가 말뚝을 박고 있으려니 나베랄이 뒤에 서 있었다.

'……나베랄은 다른 일을 맡았을 텐데……? 그것이 끝났다면 다행이지만, 또 루크루트가 화나게 만들었다면 페텔에게 한 마디 따지는 것이 좋겠군.'

그렇게 판단한 아인즈가 몸을 돌리려 했을 때, 분노를 억누른 듯 나베랄의 목소리가 무겁게 흘러나왔다.

"……왜 모몬 씨께서 그러한 잡무를 맡으셔야 합니까."

분노의 이유를 깨달은 아인즈는 가볍게 한숨을 쉬었다. 일단 주위를 살핀 다음, 목소리를 죽이며 말했다.

“다 함께 분담해 야영 준비를 하는 거다. 나만 멀거니 앉아 있을 수 있겠느냐.”

“훌륭한 전투능력을 과시하지 않으셨습니까. 적재적소라는 말이 있듯, 이런 일은 약한 자들이 하면 되는 것입니다.”

“그런 소리 말고. 명심해라. 우리는 강자로서 눈에 뜨일 필요는 있으나 오만함 같은 안 좋은 이미지를 심어주고 싶지는 않다. 너도 언동에 주의를 좀 해야겠구나.”

나베랄이 알겠다는 뜻으로 고개를 끄덕였다. 그러나 그것이 이해는 못하겠지만 아인즈의 명령이므로 따르겠다는 태도임은 일목요연했다.

자신의 불만을 압도적인 충성심으로 짓누르는 그런 모습이 기쁘기도 한 반면 언젠가 파국에 이르지 않을까 싶어 불안이 치밀어 오르기도 했다.

사실 아인즈는 이런 아웃도어 경험이 꽤 즐거웠다. 현실세계에서는 물론 가상현실인 위그드라실에서도 누리지 못했던 만큼 신선한 놀라움이 있었다. 게다가 아주 약간 이동에 시간이 걸리는 것이 난점이기는 하지만, 위그드라실에서 미지를 추구해 모험을 떠났던 추억도 떠오른 것이다.

‘만약 이 수수께끼의 세계에 출현한 것이 나자릭 지하대분묘가 아니라 나 혼자였다면 아무 생각 없이 여행을 떠났을지도 모르겠는걸.’

언데드의 육체는 음식물도 호흡도 필요 없다. 그렇다면 아득히 높은 곳까지 두 발만으로 등반할 수도 있을 테고, 심해에 내려가는 것도 가능하다. 그렇게 이 세계에만 존재하는 미지의 광경을 즐길 수 있었을 것이다.

그러나 동료들이 남긴 부하라는 이름의 보물이 자신을 따르는 이상, 아인즈는 나자릭 지하대분묘의 지배자로서 그들의 충성에 호응해야 한다.

생각을 떨친 아인즈는 무심히 작업을 재개했다. 네 개의 말뚝을 충분한 깊이까지 박고, 비단실을 팽팽하게 친 다음 차양 천막으로 돌아왔다.

"수고했어."

"뭘요."

루크루트가 아인즈를 보지도 않고 인사했다. 예의에 어긋나는 태도였지만, 그도 놀고 있는 것은 아니었다. 조금 전부터 도구를 사용해 열심히 구멍을 파고 가마를 만드는 중이었다.

매직 캐스터 니냐도 주위를 돌아다니며 무언가 마법을 외웠다. 듣자하니 〈경보Alarm〉라는 경계용 마법인데, 넓은 범위를 커버하지는 못하지만 만약을 위해 쳐놓는 것이라고 한다.

위그드라실에는 없는 마법에 아인즈가 눈을 가늘게 떴다.

이러한 낯선 마법을 수집하는 것 또한 다른 부하들에게 맡겨놓은 일 중 하나였지만, 그래도 미지의 마법은 매직 캐스터의 욕망을 자극했다.

니냐가 발동하는 마법은 아인즈의 것과 같은 마력계였다. 게다가 겉보기에는 위그드라실의 마법과 매우 흡사했다. 아인즈는 종족특성 스킬 '검은 지혜' 를 가진 자만이 행할 수 있는 이벤트를 통해 자신의 습득 마법 한도를 늘려놓았다.

'산 제물을 바치는 의식으로, 위그드라실에는 없었던 미지의 마

법도 습득할 수 있을까? 아니면 다른 방법이 있을까? 모르는 것이 정말로 많군…….'

아인즈의 시선을 느낀 니냐가, 처음 만났을 때보다는 다소 풀렸지만 아직도 억지웃음임을 알 수 있는 미소를 지으며 다가왔다.

"에이, 너무 빤히 보시네요. 그렇게 재미있는 일도 아닌데."

"저는 마법에는 매우 관심이 많아, 니냐 씨가 하시는 일이 흥미롭습니다."

"뭘요……. 나베 씨에 비하면 상당히 떨어지는걸요?"

"나베는 쓰지 못하는 마법을 니냐 씨는 쓸 수 있으니까요."

나베랄이 살짝 고개를 떨구는 것이 아인즈의 시야에 들어왔다. 수치라기보다는 질투가 떠오른 것을 알 수 있었다.

"저도 니냐 씨 같은 마법을 쓰고 싶습니다."

"욕심도 많네요, 모몬 씨는. 그렇게 검술 실력이 뛰어난데 마법의 힘까지 얻으시려 하다니. 아니, 모험자답다고 해야 하려나?"

가마 작업에서 고개를 들지 않고 루크루트가 끼어들었다.

"마법은 하루이틀 배워 쓸 수 있는 게 아니라던데? 우선 세계와의 접촉인지 뭔지를 마쳐야 한다나. 근데 그게 쉽게 되는 건 잠재능력이 있는 놈들뿐이라고 그러거든. 그 외에는 시간을 들여서 천천히 감각을 익혀나가야 한다고 들었어."

니냐는 웃음을 지우고 진지한 표정을 지었다.

"아, 모몬 씨. 저는 모몬 씨에게는 재능이 있을 거라고 생각해요. 보통 사람과는 다른 것 같거든요. 인간이 아닌 것 같은…… 그런 느낌이랄까요."

있지도 않은 심장이 덜컥 내려앉는 기분이었다. 니냐의 발언은 아인즈가 언데드임을 막연히나마 느꼈기 때문이 아닐까 싶어서.

환술이나 대정보계 마법 같은 것을 사용하고는 있지만, 미지의 마법이나 특수한 능력이 아인즈의 복면을 걷어낼 가능성은 충분히 있을 수 있다.

아인즈는 신중하게 물었다.

"……그런가요? 저도 제가 강하다고는 생각하지만, 인간이 아닌 것 같다는 말씀을 들을 정도는 아닐 텐데요. 얼굴을 보여드렸는데도 그런 생각이 드셨습니까?"

대답은 루크루트에게서 들렸다.

"아니, 외견이라기보단…… 그 힘을 보고 나니 인간의 수준을 넘어선 것 같아서 말야. 오우거가 한 방이었잖아……. 역시 남자는 얼굴보다 강해야 해! 나베 같은 미인도 데리고 다니고."

그의 발언을 냉정하게 생각해 보면 아인즈가 만들어낸 환영의 얼굴은 못생긴 축에 속한다는 말인 것 같기도 했지만, 이제까지 만난 자들의 얼굴을 떠올리면 수긍할 수밖에 없었다.

'이 세계에는 미남 미녀가 너무 많아. 길을 가는 사람들을 보면 어지간해선 잘생겼다니까. 암만 잘 잡아도 추남의 영역까지 떨어진 건 아닐지…….'

"얼굴 이야기는 둘째 치더라도, 루크루트의 말이 맞아요. 영웅이라 불리는 분은 인간의 수준을 넘어섰다는데, 그 말을 실감하게 해주셨으니까요."

"아, 아니, 영웅이라니…… 그런 공치사는 멋쩍습니다."

아인즈는 니냐에게 짐짓 부끄러워하는 연기를 보이며 안도의 한숨을 삼켰다.

"혹시 괜찮으시다면 저희 스승님을 만나보시겠어요? 저희 스승님의 탤런트는 상대의 마법력을 감지하는 건데, 혹시 모몬 씨에게 선천적으로 마법을 구사할 힘이 있다면 알아보실 수 있을 거예요. 스승님은 상대가 마력계 매직 캐스터라면 위계까지 거의 정확하게 맞추실 수 있거든요."

그때 루크루트가 다시 끼어들었다.

"아, 니냐. 나 예전부터 생각한 건데…… 혹시 그 탤런트, 제국의 수석 마술사랑 똑같은 거야?"

"맞아요. 같은 탤런트예요."

흘려들어서는 안 될 말이었다. 한층 파고드는 편이 좋을 법한 정보였다.

"……어떤 능력입니까?"

"아, 스승님의 말씀에 따르면 우리 매직 캐스터는 몸 주위에 마법의 오라 같은 것을 두르고 있대요. 마법을 사용하는 실력이 높으면 높을수록 오라의 양도 늘어나고. 스승님은 그걸 보는 힘을 지니신 거죠."

"허, 허어……."

한순간 목소리가 움츠러들 것 같았지만 꾹 참고, 의심을 사지 않도록 평범한 목소리를 가장해 대답했다.

"스승님은 그 힘으로 재능 있는 아이를 모아 교육하셨어요. 저도 그렇게 거두어 주셨고요."

"아하."

적당히 맞장구를 치며 아인즈는 속으로 투덜거렸다.

'그런 탤런트를 가진 자도 있단 말이지. 이거 귀찮게 됐는걸.'

"그러면 마법을 쓰고 싶다면, 처음에는 어떻게 하는 것이 좋습니까?"

"우선 제대로 된 스승님을 찾아야 하지 않을까요?"

"……이를테면, 니냐 씨의 제자로 들어갈 수도 있겠습니까?"

"으음~. 저보다 더 실력이 뛰어난 분이 좋을 것 같아요. 하지만 왕국에서 마법을 가르쳐주는 곳은 대부분 개인 교습소인 데다, 마법 관련 조합도 연줄이 없는 사람은 못 들어가거든요. 그나마 아직 머리가 덜 굳은 아이들을 주로 받고요. 모몬 씨 정도 나이라면 어지간한 연줄이 없이는 무리일 거예요. 반면 제국에는 제대로 된 마법학원이 있고, 법국은 그런 분야에선 상당히 발달한 교육을 하지만 신앙계고요."

"아하. 제국의 마법학원에는 즉시 들어갈 수 있습니까?"

"어려울 거예요. 마법학원 같은 곳은 국가정책으로 세운 교육기관이니, 제국 신민이 아닌 사람은……."

"그렇군요……."

"그리고 제 제자가 되신다는 것도, 죄송한 말씀이지만, 제게는 하고 싶은 일이 있기 때문에 할애해드릴 시간이 없을 것 같아요."

니냐가 어두운 표정을 지었다. 그 얼굴에서 느껴진 것은 시커먼 의지. 적의가 비쳐 보였다.

'더 파고들지 않는 편이 좋겠군. 메리트도 없어 보이고.'

아인즈가 그렇게 판단하고 있을 때 루크루트가 가벼운 어조로 말을 가로막았다.

"이봐. 재미나게 얘기하는데 미안하지만, 밥 준비가 끝났으니까 다른 사람들 좀 불러주겠어?"

"제가 다녀오겠습니다, 모몬 씨."

"엑, 나베가 가는 거야? 나랑 같이 사랑의 공동작업 어때? 요리 말야."

"나가 죽으세요, 설레발이 같은 하등생물. 펄펄 끓는 기름을 처먹여 쓸데없는 소리를 못하게 만들어 드릴까요?"

"그만두지 못하겠느냐, 나베. 함께 가자."

"예! 알겠습니다!"

아인즈는 니냐에게 인사를 한 다음, 텐트에서 조금 떨어진 곳에서 바닥에 앉아 묵묵히 작업을 하는 두 사람에게 다가갔다.

페텔과 다인 두 사람은 오늘 사용한 무기를 점검하느라 여념이 없었다. 검이 녹슬지 않도록 오일을 바르기도 하고, 일그러진 데는 없나 주의 깊게 확인한다.

고블린과 싸우며 갑옷에도 흠이 생겼으며, 곤봉을 받아냈던 무기에도 찌그러진 곳이 있었다. 여차할 때 목숨을 지켜주는 도구인 만큼 응급수리는 당연한 일이다. 두 사람 모두 말을 걸기 저어될 정도로 주의력을 발휘하고 있었다.

그런 두 사람에게 식사 준비가 끝났음을 알리고, 조금 떨어진 곳에서 말을 돌보던 운필레아에게도 말을 걸었다.

*

햇살이 지평선으로 숨을 무렵. 저녁놀이 세상을 붉게 물들인 가운데 식사가 시작됐다.

소금에 절인 훈제 고기로 맛을 낸 스튜가 개인 그릇에 담겼다. 여기에 딱딱한 빵, 말린 무화과, 호두 같은 견과류가 오늘 저녁 메뉴였다.

아인즈는 소금기가 강해 보이는 수프를 내려다보았다. 건틀릿을 끼었기 때문에 그릇의 온기는 전해지지 않지만, 모두들 식히지 않고 입에 가져가는 것을 보면 아마 딱 좋은 온도일 것이다.

'자, 이걸 어떻게 한다.'

아인즈는 언데드이며 음식이 필요 없는 몸이다. 게다가 환술을 걸어 속이기는 했지만 뼈밖에 없는 몸이라 입 밑바닥이 뚫려 있으니, 만약 수프를 입에 담는다면 줄줄 흘러내릴 것이다.

아무리 그래도 그런 모습을 보일 수는 없다.

미지의 세계, 미지의 식사. 소박한 것이기는 하지만 눈앞에 있는 음식을 먹을 수 없다는 사실을 아인즈는 유감스럽게 생각했다.

식욕 자체는 거의 사라진 욕구였으나, 그래도 눈앞에 맛있을 것 같으면서도 호기심을 자극하는 것이 보일 때면 먹지 못한다는 사실이 분하기도 했다.

아인즈는 이 세계에 와서, 그리고 언데드의 육체를 얻은 후 처음으로 그 육체에 애석함을 느꼈다.

"아, 혹시 뭐 싫어하는 재료라도 들어갔어?"

전혀 손을 대려 하지 않는 아인즈를 보며 루크루트가 물었다.

"아니오, 그런 것은 아닙니다. 그냥 이유가 있어서요."

"그래? 그럼 괜찮지만, 억지로 먹을 필요는 없어. 그보다 밥 먹을 때는 헬름을 벗는 게 어때?"

"……종교상의 이유 때문에, 목숨을 빼앗은 날에는 네 명 이상과 함께 식사를 해서는 안 된다는 규칙이 있습니다."

"허어…… 별난 가르침을 따르시는군, 모몬 씨는. 허나 세상은 넓으니 그런 교리도 있을 터."

종교 때문이라는 것을 알자 수상한 사람을 쳐다보는 듯한 모두의 시선은 누그러졌다.

'이 세계에서도 종교는 함부로 건드리지 않는 것 같군.'

그런 생각을 하며, 사태가 잘 무마된 것에 대해 믿지도 않는 신에게 감사의 기도를 올린 아인즈는 화제도 바꿀 겸 페텔에게 물었다.

"여러분은 칠흑의 검이라는 이름으로 팀을 구성하셨는데, 아무도 까만색 검은 가지고 계시지 않는군요."

멤버들의 주요 무기를 보면 페텔은 그리 대단한 능력이 있지는 않은 듯한 마법 롱 소드, 루크루트는 활, 다인은 메이스, 니냐는 스태프(staff)였다. 아무도 칠흑의 검은 없었다. 페텔의 롱 소드나 루크루트의 보조무기인 쇼트 소드가 검이기는 해도 역시 '칠흑' 은 아니었다.

특수한 분말을 첨가해 금속의 색을 바꾸는 기술이 있기 때문에 칠흑색 검을 만들기는 쉽다. 그럼에도 아무도 그런 색의 무기가 없다는 것이 오히려 이상했다.

"아, 그거."

루크루트가 쓴웃음을 지었다. 과거의 부끄러운 기억을 찔렸다는 듯한 웃음이었다. 특히 니냐는 모닥불의 반사와는 분명히 다른 붉은색을 뺨에 띠고 있었다.

"그건 니냐가 원해서……"

"그만하세요. 어린 시절의 치기라구요."

"부끄러워할 이유가 있나! 꿈을 크게 가지는 것은 중요하지!"

"다인, 제발 그만 좀 하세요."

칠흑의 검 멤버들이 니냐를 보며 명랑하게 웃고, 니냐는 당장에라도 바닥을 데굴데굴 구를 것 같은 분위기였다. 칠흑의 검이라는 명칭은 그들만이 아는 무언가인 모양이었다.

"음, 칠흑의 검이란 옛날 십삼영웅 중 한 분이 가졌던 검에서 따온 겁니다."

만면에 웃음을 지으며 말을 꺼내는 페텔. 그 이상은 말할 기색이 없어 보였다.

'그 정도 가지곤 도저히 모르겠는걸……. 십삼영웅이란 것이 200년 전 세상에 발호하던 마신을 쓰러뜨린 엄청난 영웅이란 정보는 들었지만, 구성 멤버나 소지품 같은 자세한 정보는 아직 얻지 못했으니. ……그걸 모르는 것이 수치일까? 나도 아는 척 대답할까?'

아인즈가 망설이고 있으려니 옆에서 나베랄이 끼어들었다.

"무엇인지요, 그것이?"

——잘했어!

아인즈는 내심 승리 포즈를 취했으며, 칠흑의 검 멤버들에게선 동요가 보였다. 팀 이름으로 삼을 정도로 유명한 마법무기를 모른다고 하니, 당연히 다소 충격을 받았으리라.

"나베는 모르는구나. 뭐, 그럴 수도 있겠네. 십삼영웅 중에서도 악마의 피를 물려받았다느니 뭐라느니 악역 취급을 받던 영웅이니까. 영웅담에서는 일부러 은폐됐고……. 실제로 능력도 엄청 거시기했다잖아."

“칠흑의 검은 십삼영웅 중 ‘흑기사’라 불리던 분이 소유한 네 자루의 검을 말합니다. 부정의 에너지를 뿜어내는 마검 킬리네이람, 치유할 수 없는 부상을 입힌다는 부검(腐劍) 콜로크다바르, 찰과상이라도 목숨을 빼앗는 사검(死劍) 스피즈, 어떤 특수능력을 가졌는지 알 수 없는 사검(邪劍) 휴미리스지요.”

“흐음~.”

나베랄은 더는 관심이 없다는 듯 가볍게 반응하고, 일동은 쓴웃음을 지었다.

반면 아인즈는 약간 고개를 갸웃했다. 어디선가 들어본 적이 있는 특수능력이었다.

생각을 거듭하다 뇌리에 어떤 흡혈귀를 떠올렸다. 샤르티아 블러드폴른이 습득한 클래스 중 하나, 커스드 나이트(Cursed Knight)의 스킬과 매우 흡사하다고.

커스드 나이트란 저주로 더럽혀진 신관기사라는 설정이 있으며 위그드라실의 모든 클래스 중에서도 상당히 강한 부류에 들어가지만, 페널티 또한 강력하기 때문에 인기가 없었다.

그런 커스드 나이트가 습득할 수 있는 스킬 중 부정의 파동을 뿜어내거나, 강력한 치유 마법을 쓰기 전에는 낫지 않는 부상을 입히는 저주, 즉사성 저주 같은 것이 있었다.

아인즈는 헬름 안에서 환영의 눈을 가늘게 떴다. 우연이라고는 생각하기 힘들었다. 칠흑의 검이 커스드 나이트의 스킬과 동등한 효과를 지닌 검일 수도 있겠지만, 그 영웅이 커스드 나이트였을 확률이 더 높다.

만일 그렇다고 한다면? 커스드 나이트는 전제조건을 클리어할 때까지 클래스 레벨을 최소 60까지 올려야 한다. 따라서 '흑기사'는 최저 60레벨이라고 확신할 수 있다. 아니, 스킬을 얻은 것까지 생각하면 70레벨은 될 것이다.

그만한 존재가 상대했다는 마신 또한 비슷한 힘을 가졌으리라 생각하고 싶지만, 그렇게 되면 이상한 점이 있다. 양광성전의 니군은 위광의 주품천사Dominion Authority를 소환하면서 마신을 쓰러뜨린 힘이라느니 외치지 않았던가. 그렇다면 힘의 밸런스가 맞질 않는다.

이제까지 얻은 정보를 조합했을 때 가장 수긍이 가는 대답은 마신의 힘도 다양하리라는 것이었다. 다만 정답은 실제로 검을 입수하거나 그 영웅과 만나보지 않고서는 나오지 않으리라.

아인즈가 생각에 잠긴 동안에도 일행은 이야기를 나누고 있었다. 아인즈는 황급히 의식을 그쪽으로 돌렸다. 정보를 얻을 기회를 놓치면 그보다 아까운 일이 없다.

"――를 발견하는 게 우리의 첫 번째 목표란 거지. 뭐, 전설이라 불리는 무기는 정말 수없이 많지만, 그중에서도 존재가 확실하다고 확인된 무기니까. 하기야 지금도 진짜 남아있을지 어떨지는 몰라도."

"아, 칠흑의 검 중 한 자루는 실제로 소유자가 있다던데요?"

운필레아가 가벼운 어조로 던진 폭탄에 칠흑의 검 전원이 펄쩍 뛰듯 돌아보았다.

"누, 누군데?!"

"우워—! 진짜야?! 그럼 세 자루밖에 안 남았잖아!"

"으음. 네 사람이 한 자루씩 나눠 가지지 못하게 됐구려……."

운필레아는 조심스레 대답했다.

"어, 그게, '청장미' 라고 하는 모험자들인데, 그곳의 리더를 지내는 분이에요."

"으엑, 아다만타이트! 그 사람들이라고? 그럼 어쩔 수 없지."

"그렇구나. 그래도 아직 세 자루나 남았으니, 그걸 얻을 수 있도록 노력해야겠네요."

"맞아. 실제로 한 자루가 실존한다면 나머지 세 자루도 그렇겠지. 우리가 발견할 때까지 아무도 찾지 못할 곳에 숨어있으면 좋겠는데."

"니냐, 네 일기에 확실하게 적어놔. 안 까먹게."

"알아요, 단단히 적어놓을 거예요. 아니, 그보다 제가 쓰는 건 사적인 일기니까 그런 건 직접 적어서 외우세요."

"형태로 남겨두는 것은 좋은 일일세!"

"그런 문제인가요, 다인……?"

"그래도 우리에겐 그게 있으니까."

그 말에 아인즈가 반응했다.

"그것?"

"이겁니다, 모몬 씨."

페텔은 품에서 자루에 네 개의 조그만 보석이 박힌 단검을 꺼내 뽑았다. 새까만 검신이 드러났다.

"진짜를 얻을 때까지, 우리의 상징으로 가지고 다니자고 생각했습니다만……."

" '칠흑의 검' 이 아니라 '칠흑의 칼날' 이라고 하면 되잖아? 진짜든 가짜든 무슨 상관이래. 이게 우리가 팀을 결성한 상징인 건 사실인데."

"흠…… 루크루트가 웬일로 좋은 말을 다 하는군!"

칠흑의 검 멤버들은 화기애애하게 웃었다. 아인즈도 저절로 미소를 지었다. 그 단검에 보인 감정은 아인즈가 길드의 증거인 지팡이에 기울이는 것과 비슷하리라는 공감을 느꼈다.

이윽고 식사에 어울리는 잡다한 화제로 넘어가, 인원수가 많은 칠흑의 검이 주도권을 잡고 아인즈와 나베랄, 그리고 운필레아에게 능숙하게 화제를 던져주었다.

아인즈도 끼기는 했지만 칠흑의 검 사람들과의 사이에선 아무래도 벽이 느껴졌다. 그것은 세계에 대한 지식이 적어 실수를 드러내지 않기 위해 말을 흐리는 경우가 다소 있는 탓에 더욱 두드러지고 말았다. 그래서 말수가 적어지니 그야말로 악순환이었다. 한편 나베랄은 누군가가 공을 던져줘도 홈런밖에 치지 않았으므로 나중에는 아무도 그녀에게 말을 건네질 않았다.

운필레아는 그 점에서 뛰어났다. 아인즈와는 달리 원래 이 세계에서 살아가던 사람이기도 하지만, 그 이상으로 아인즈보다 인간관계를 구축하는 능력이 탁월했다. 화제에 능숙하게 편승하는 것이다. 분위기를 파악하는 재주 같은 것이 있었다.

'……알 게 뭐야. 나에게는 옛날 동료들이 있는걸.'

아인즈는 다소 토라져 그렇게 생각하며, 모닥불 속에서 화기애애하게 대화를 나누는 사람들을 바라보았다.

정말로 사이가 좋다. 함께 목숨을 걸었던 사이이니 당연한가. 운필레아도 그런 모습을 보고 부러운 표정을 짓고 있었다.

아인즈는 옛 동료들을 떠올리며, 질투로 헬름 안에서 빠득 이를 악무는 소리를 내고 말았다.

——자신도 옛날에는 이랬다고.

"……정말 사이가 좋으시네요. 모험자 분들은 원래 다들 이렇게 친하게 지내나요?"

"아마 그럴 겁니다. 서로 목숨을 맡기고 있으니까요. 각자 무슨 생각을 하는지, 어떤 행동을 할지 이해하지 못하면 위험하기도 하고, 그러다 보니 어느샌가 친해지는 거죠."

"그건 그래. 게다가 우리 팀엔 여자도 없잖아. 있으면 싸우기도 한다고 들었어."

"……그러게요."

니냐가 애매하게 웃으며 말을 이었다.

"있으면 제일 먼저 루크루트가 문제를 일으킬 테고요. 그리고 우리가 친한 건, 팀의 목표……도, 뭐, 확실한 게 있어서 그런 거 아닐까요?"

네 사람은 응응 고개를 끄덕였다.

"……그렇겠군요. 모두의 의지가 한 곳을 향하면, 확실히 달라지지요."

"어? 모몬 씨도 옛날에는 팀을 꾸리셨나요?"

의아해하는 운필레아에게 아인즈는 말문이 막혔다. 하지만 여기서 이상하게 얼버무릴 필요는 없을 것이다.

"네. 모험자……는 아니었습니다만."

옛 동료들을 떠올리며 조금 어조가 무겁고 어두워진 것은 어쩔 수 없다. 언데드의 몸이 되었다고는 하나 정신의 작용이 완전히 사라진 것은 아니며, 옛 동료들은 아인즈에게 가장 강한 마음을 불러일으키는 존재였다.

그런 아인즈의 대답에 무언가를 느꼈는지 그 이상 건드리는 자는 없었다. 침묵의 장막이 드리워졌다.

세상에 자신들밖에 없는 듯한 적막. 아인즈는 어느샌가 별이 반짝이는 밤하늘을 올려다보고 있었다.

"제가 약했을 때, 처음으로 구원해준 것은 검과 방패를 가진 순백의 성기사였습니다. 그의 인도로 네 명의 동료와 만났지요. 그렇게 저를 포함한 여섯 명의 팀이 만들어지고, 저와 마찬가지로 약했던 자들을 세 명 더 받아들이면서 모두 아홉 명이 첫 팀을 형성했습니다."

"오호."

불똥이 튀는 소리와 함께 누군가가 감탄한 듯 소리를 냈다. 그러나 누구의 목소리인지 아인즈는 관심이 없었다. 길드 '아인즈 울 고운' 의 전신이었던 첫 아홉 명을 떠올렸다.

"훌륭한 동료들이었지요. 성기사, 칼잡이, 신관, 암……도적, 쌍칼닌……쌍칼도적, 소서러, 요리사, 대장장이……. 최고의 친구들이었습니다. 그 후로도 수많은 모험을 되풀이했지만, 그 나날만은 잊을 수가 없지요."

친구라는 존재를 안 것은 그들 덕이다. 위그드라실이라는 게임의 세계에서도 자신은 이런 비참한 꼴을 당해야 하는가 생각했을 때, 현실과는 다르게 손을 뻗어준 훌륭한 동료들. 그리고 조금씩 멤버가 늘어나는 가운데, 많은 즐거움을 나누었던 나날.

그렇기에 아인즈에게 '아인즈 울 고운' 이라는 길드는 모든 것을 버리고 모든 것을 짓밟아서라도 지켜내야만 하는 가장 소중한 보물이었다. 찬란한 모든 것이었다.

"언젠가, 또 그분들에 필적하는 동료가 생길 거예요."

니냐의 위로에 화가 치민 아인즈는 강하게 내뱉었다.

"그런 날은 오지 않습니다."

놀랄 정도로 적의에 찬 목소리였다. 아인즈 또한 자신의 발언에 놀라며, 천천히 일어났다.

"……실례……. 나베, 나는 저쪽에서 먹겠다."

"그럼 저도 함께하겠습니다."

"그렇군요……. 뭐, 종교 때문이라면 어쩔 수 없지요."

페텔이 유감스러운 듯 대답했지만 굳이 만류하지는 않았다.

일어나면서 엿본 니냐의 표정은 어두웠다. 하지만 그것을 알면서도 아인즈는 니냐에게 무언가를 말할 생각이 없었다.

'마음에 두지 않고 있습니다.' 그 한 마디만 하면 될 텐데도.

*

두 사람은 실을 드리운 에어리어의 한구석에 앉아 식사를 시작하는 모양이었다.

조금 전까지 있던 사람이 자리를 뜨면 그 사람의 이야기가 화제가 되는 경우가 있다. 특히 오늘, 화제의 중심이 될 만한 인물이 사라지면 더욱. 이야기가 그쪽으로 옮겨가는 것은 자연스러운 흐름이었다.

마침 이야기가 중단되어 적막이 내려앉은 가운데, 모닥불이 탁 소리를 내 불똥이 튀었다. 그 불똥이 사라지는 것을 눈으로 좇으며 니냐가 불쑥 말했다.

"……안 좋은 소리를 했나 봐요."

"음. 무슨 일이 있었던 게지."

다인이 무겁게 고개를 끄덕이고 페텔이 말을 받았다.

"전멸했던 거 아닐까. 동료를 전투에서 모두 잃은 사람은 저런 분위기를 보이곤 하지."

"그거…… 진짜 힘들겠네. 암만 목숨을 뺏고 빼앗기는 세계에 있다 해도, 동료를 잃었다면……."

"그러게요, 루크루트. 제 발언이 역시 경솔했나 봐요."

"한 번 입을 떠난 말은 다시 돌아오지 않는 법. 그러니 그 말을 다시 채색할 만한 무언가를 그 사람에게 해 줄 수밖에 없지."

"그렇게 할게요."

그렇게 대답하고도 니냐는 어두운 표정으로 중얼거렸다.

"빼앗기는 괴로움은 나도 알고 있다고 생각했는데, 왜 그런 데까지 생각이 미치지 못하는 걸까……."

그 말에는 아무도 대답하지 못했다.

정적 속에서 다시 타닥 나무가 터지며 불똥이 튀었다.

무거운 분위기를 바꾸고자, 운필레아가 조심스레 말을 꺼냈다.

"……오늘 모몬 씨의 전투, 굉장했죠."

그것을 고대했던 페텔이 즉시 받아쳤다.

"네, 그 정도일 줄은 몰랐습니다. 오우거를 양단하는 그 일격……."

"장난 아니었지, 그거."

"오우거를 일격에 쓰러뜨리는 게 대단하다는 건 알겠는데, 양단한다는 건 어느 정도로 탁월한 기술인가요?”

운필레아가 묻자 칠흑의 검 멤버들은 서로 얼굴을 마주 보았다.

탤런트 때문에 유명한 소년 운필레아는 우수한 매직 캐스터이기도 했다. 장래에는 크게 대성할 만한 재능이 있지만, 아인즈가 전사로서 얼마나 대단한지는 비교대상이 될 만한 전사가 근처에 없으면 이해하기 어려울 것이다.

그렇게 생각한 페텔은 운필레아도 이해하기 쉽도록 말을 고르며 입을 열었다.

“보통 대검은 중량을 실어 가르는 방법을 씁니다. 그런데 그는 ‘절단’ 을 했지요. 대검으로, 그 근육덩어리를 상대로, 한 손으로 그걸 이루기란 매우 어렵습니다. ……뭐, 예외도 있지만요.”

“흐음.”

페텔의 말에 운필레아도 수긍하는 눈치였다. 그러나 감탄성이 아직 작다는 것을 깨닫고, 페텔은 비교대상이 될 만한 인물의 이름을 꺼냈다.

“솔직히 말해 모몬 씨는 왕국전사장과 동급이 아닐까 생각이 드는군요.”

운필레아가 눈을 크게 떴다. 그제야 칠흑의 검 일동이 아인즈를 어느 정도 수준으로 보는지 정확하게 이해한 것이다.

“……그건 아다만타이트 급…… 최고위의 모험자, 살아있는 전설, 다시 말해 인간 중의 최고위자에 필적한다는 뜻인가요?”

“그렇습니다.”

페텔은 선선히 고개를 끄덕이고, 운필레아의 시선을 받은 칠흑의 검 일동도 동의하는 제스처를 보였다. 이제 운필레아는 입을 딱 벌릴 수밖에 없었다.
최고 경도로 알려진 희귀 마법금속 아다만타이트 플레이트를 가진 모험자. 그것은 모험자의 정점에 위치한 존재이며, 당연히 숫자도 얼마 되지 않는다. 왕국과 제국에 각각 두 팀 정도가 있을 뿐이다.
그런 그들의 능력은 인간 최고위의 영역이며, 다시 말해 영웅이라고도 불릴 정도였다.
그만한 인물에 필적한다니.
"대단하네요……."
그 목소리에서 깊은 감탄이 느껴졌다.
"처음…… 만났을 때는, 최하급인 코퍼 플레이트를 가진 모몬 씨가 멋진 풀 플레이트 아머를 입은 걸 보고 질투도 했지만, 그만한 실력이 있다는 걸 보고 수긍할 수밖에 없었습니다. 그의——모몬 씨의 갑옷은 합당한 것이라고 말이죠. 정말 그 힘은 부러울 정도예요……."
전사인 페텔이 착용한 것은 풀 플레이트보다도 방어력이 떨어지는 밴디드 아머였다. 이는 수많은 갑옷 중에서 자유로이 선택한 것이 아니라 금전 제약의 범위에서 가장 방어력이 뛰어난 것을 고른 결과였다.
"에이, 뭘. 페텔이라면 조만간 좋은 갑옷을 살 수 있을 거야."
"맞아요. 게다가 그 힘을 동경한다면 노력해서 목표로 삼으면 되잖아요. 목표로 삼을 만한 높은 산꼭대기를 발견한 행운에 감사해야죠."
"니냐 말이 맞아. 모몬 씨와 어깨를 나란히 하도록 노력하면 되지. 우리도 도와줄 테니까, 같이 산을 넘어보자구!"

"그 말이 옳네! 천천히 시간을 들이면 되지! 모몬 씨도 외모를 보면 페텔보다 오랫동안 단련을 했을 터!"

다인의 말에 운필레아가 반응했다.

"헬름을 벗은 모몬 씨를 보셨나요?"

아인즈는 운필레아와 만난 후에는 한 번도 헬름을 벗은 적이 없다. 식사 도중에도 계속 헬름을 썼으니, 수분은 어떻게 보급하는지 알 수 없을 정도였다.

"예, 본 적 있습니다. 극히 평범한 사람이었지만…… 아마 이 부근의 인종은 아닐 겁니다. 나베 씨와 같은 흑발흑안이었으니까요."

"그렇구나……. 어느 나라에서 오셨는지는 말씀하셨나요?"

칠흑의 검 멤버들은 얼굴을 마주했다. 운필레아가 갑자기 관심을 보인다고 생각하며.

"거기까지는 못 들었습니다만……."

"그렇군요……. 아, 그게, 먼 나라에서 오신 분이라면 이 지역과는 다른 포션을 사용할지도 모른다고 생각했거든요. 약사로서 관심이 가는 부분이라."

"아하~. 하긴, 나베랑 같은 동네에서 온 것 같던데? 얼굴은 하나도 안 닮았지만. 빈말로라도 멋있다고는 못 하겠더라. 하지만 그런 사람이 취향인가?"

"얼굴은 중요한 것이 아닐세. 그렇게 강한 사람이니, 따르는 여성도 헤아릴 수 없을 정도일 터."

실제로 강한 남자는 여성에게 인기가 있다. 몬스터라는 존재가 있고 인간이라는 종족이 열등종이기에, 본능에 자극되어 강한 남성에게 끌리는 경우가 많기 때문이다.

"에휴휴. 이 몸의 사랑은 이루어지지 못하는 건가."

"아니, 암만 봐도 이루어질 기색은 요만큼도 없겠던데요?"

니냐가 나베랄의 반응을 떠올리며 쓴웃음과 함께 말했다.

"안 그렇다니깐! 무조건 밀고 밀고 또 밀어봐야 하는 거야. 게다가 그렇게 절세미인인데, 만약 조금이라도 움직여 준다면 그만큼 내 인생은 승리자에 다가서는 거라구."

"……하기야 매우 아름다운 것은 사실이네만……."

무뚝뚝하게 말하려던 다인은 운필레아의 표정이 씁쓸한 것을 깨달았다.

"운필레아 씨, 무슨 일이신지?"

"어, 아뇨, 별건 아닌데요……."

"으응~?"

루크루트가 싱글싱글 웃었다.

"혹시 나베한테 반한 거 아녀?"

"아니에요!"

운필레아는 공연히 큰 목소리로 대답했다. 그 과도한 반응에서 건드려서는 안 될 무언가를 느낀 페텔이 입을 열었다.

"루크루트, 실례야. 너도 좀 생각하고 말해."

루크루트가 진심으로 미안하다고 운필레아에게 사과했다.

그들의 반응에 운필레아가 난감한 표정을 지었다.

"아뇨, 그게 아니고요. 어…… 좀 불안해서요. ……모몬 씨는, 그렇게 인기가 있나요?"

"……외견은 둘째 치더라도, 그만큼 강하니 가능성은 있지 않을까요? 게다가 갑옷이나 검을 보면 유복할 것 같기도 하고……."

"아……."

아주 살짝 표정이 흐려지는 운필레아. 그런 그에게 연하의 후배를 챙겨주는 선배의 태도로 페텔이 물었다.

"무슨 일이라도 있습니까?"

몇 번인가 입을 열었다 닫았다 반복하는 운필레아. 하지만 페텔 일행은 아무도 보채지 않았다. 말하고 싶지 않으면 억지로 말할 필요는 없으니까.

결국 마음을 먹은 듯 운필레아는 무겁게 입을 열었다.

"그게요, 카르네 마을에 있는 어떤 사람이, 모몬 씨에게 반하면 안 되는데, 싫어서."

그 말에 담긴 감정을 예민하게 감지한 칠흑의 검 멤버들은 흐뭇하게 웃었다.

"좋았어! 그런 소년에게 이 형님이 엄청난 테크닉을——."

페텔의 주먹이 빠악 소리를 내며 루크루트를 쥐어박았다.

거품을 무는 루크루트는 제쳐둔 채, 칠흑의 검 멤버들은 눈을 동그랗게 뜬 운필레아에게 저마다 말을 건넸다.

불꽃이 비추는 가운데, 소년은 활짝 웃었다.

*

——같은 시각.

강철제 투구와 함께 이마가 꿰뚫렸다.

한순간 몸을 크게 떨고, 실이 끊어진 듯 동료가 땅에 쓰러졌다. 그가 입은 금속 갑주가 밤하늘에 요란한 소리를 울렸다. 이 소리를 듣고 누군가가 와 주길 기도하고 싶은 심정이었으나 에 란텔의 빈민가 중에서도 폐기된 구역까지 와줄 괴짜가 어디 있겠는가. 그렇기에 이런 곳에서 의뢰인과 만나기로 약속했던 것이다.

사내는 눈앞에 선 여자를 노려보았다. 그래봤자 허세임을 감출 수는 없었다. 가벼운 움직임으로 잇달아 동료를 셋이나 죽인 자 앞에서는 투지도 부서질 수밖에 없다.

여자는 동료들을 죽였던 피 묻은 스틸레토(stiletto)를 휘둘렀다. 주위에 피가 흩어지고 칼날은 싸늘한 광채를 되찾았다.

"음훗훗훗~. 이제 오빠만 남았네?"

여자는 이를 드러내며 육식짐승의 웃음을 지었다.

"왜, 왜 이런 짓을 하지?!"

스스로 생각해도 바보 같은 질문이었지만, 정말 왜 이런 일을 당해야 하는지 이해할 수 없었다.

사내의 일행은 모험자 중에서도 낙오된 존재로, '워커' 라고 불리는 존재였다. 더스크워커라고도 불리는 그들은 거의 범죄에 가깝거나 혹은 범죄 그 자체인 일들을 맡는다.

그렇기에 원한을 살 이유가 없지는 않지만, 그래도 이 도시에서는 아직 일을 한 적이 없었으며 눈앞의 여자 또한 초면이었다.

"아, 이런 짓? 그건 오빠가 탐이 나서 말이지."

말의 내용을 도저히 이해할 수 없어 사내는 눈을 몇 차례 깜빡이다가 물었다.

"무, 무슨 소리야?"

"유우~명한 약사의 손자가 집을 비웠더라구. 언제 돌아올지 감시해줄 사람이 필요하거든. 난 그런 귀찮은 일은 하고 싶지 않아서."

"그러면 그렇다고 의뢰를 하면 될 거 아냐! 그러려고 불렀던 거 아니었어?!"

워커인 그들은 불법 업무도 도맡아 한다. 여자에게 살해당할 이유는 여전히 알 수 없었다.

"아니아니아니, 배신할지도 모르잖아."

"우린 약속한 돈만 받으면 절대 배신하지 않아!"

"응? 그럼 딴 사람으로 바꿀까? 난 있지, 사람 죽이는 게 좋거든. 너무 좋아. 사랑해."

아, 고문도 좋아해. 그렇게 덧붙이며 깔깔 웃는 여자.

상식이 통하지 않는 무언가를 앞에 두고 사내의 얼굴이 뻣뻣하게 굳었다.

"뭐, 이런, 미친 게 다 있어!"

"글쎄?"

문득 여자의 표정이 바뀌었다. 어조도 달라졌다. 조금 전의 장난스러운 태도는 어디에도 없었다.

"정말, 왜 이럴까. 일 때문에 그동안 수많은 사람을 죽여서? 너무 똘똘한 오빠와 계속 비교를 당해서? 부모의 애정이 오빠에게만 쏠려서? 약한 시절에 남자들에게 돌림빵을 당해서? 친구가 눈앞에서 죽어서? 실수로 잡히는 바람에 며칠 동안 고문을 당해서? 과일도 뜨겁게 달구니까 되게 아프더라."

그곳에 있는 것은 어린아이였다. 그러나 그 인상은 순식간에 엷어지고, 다시 여자의 얼굴에 웃음이 돌아왔다.

“뻥이지롱! 전부 거짓말이래요. 누가 그런 짓을 당했다고. 하지만 뭐 아무래도 상관없잖아? 그딴 건. 과거를 알아봤자 뭐 바뀌기나 하나? 이것저것 쌓여서 이렇게 됐다는 거지. 야~ 그건 그렇다쳐도 카디가 정보를 모아다 준 덕에 금방 오빠네랑 접촉할 수 있어서 다행이야. 그치? 도와줄 사람 찾는 것부터 시작하면 얼마나 시간이 걸릴지 모르잖아.”

여자는 스틸레토를 휙 버렸다. 중력에 이끌려 칼끝부터 떨어지고, 지면에 파고들어 쓰러지질 않았다. 그 기이한 모습은 스틸레토가 강철이 아닌 무언가 다른 금속으로 이루어졌음을 말해주었다.

“오리하르콘이야. 정확하게는 미스릴에 오리하르콘을 코팅한 거. 꽤 괜찮은 물건이라구.”

그렇게 희소성 높은 무기를 가졌다는 것부터 여자가 얼마나 강한지를 증명해주었다. 다시 말해 승산은 전혀 없다는 것을.

“그러면 다음 얘기로 넘어가자. 오빠가 다치기라도 하면 쓸모가 없어지니까……. 카디가 신앙계 마법을 사용해 주면 암만 괴롭혀도 회복할 수 있어서 문제없을 텐데. 그치? 그러면 무한히 고문을 즐길 수 있잖아? 그렇게 생각하지 않아?”

무시무시한 소리를 늘어놓으며 여자는 다른 스틸레토를 로브 안에서 뽑았다.

“아마 이게 맞긴 할 텐데…… 틀렸으면 미안해~.”

혀를 낼름 내밀며 여자는 사과했다. 외견은 분명 귀엽다. 그러나 진흙을 발라놓은 듯한 그 내면이 비쳐 보였다.

사내는 여자에게 등을 보이고 뛰었다. 뒤에서 여자가 짐짓 놀라는 척 소리를 내는 것이 들렸지만 의식 밖으로 밀어냈다. 불빛이 없는 어둠 속을, 그가 자랑하는 방향감각을 살려 필사적으로 뛰고 또 뛰었다.

그러나 바로 등 뒤에서 찰그락찰그락 소리와 함께 호흡 하나 흐트러지지 않는 여성의 목소리가 들렸다.

"——너무 느려."

그리고 어깻죽지에 작열하는 고통이 내달렸다. 스틸레토에 찔렸다고 생각한 것과 동시에 생각이 뿌옇게 흐려졌다.

——정신조작.

사내는 필사적으로 저항하려고 했지만, 의식에 낀 안개가 더 강했다.

이윽고 뒤쪽에서 친한 친구의 목소리가 들렸다.

"와~ 괜찮아? 상처는 깊지 않아?"

"그래, 괜찮고말고."

사내는 돌아서서 친구에게 웃음을 지었다.

"그렇구나. 그거 다행이네."

그 말에 여자는 끔찍한 표정으로 미소를 지었다.

3

일행은 해가 뜰 무렵 출발해, 초원에 가려진 가도를 나아갔다.

"조금만 더 가면 카르네 마을이 나올 거예요."

전 멤버 중에서 유일하게——아인즈도 처음이 아니지만, 명목

상으로는——이 마을에 와본 적이 있는 운필레아의 목소리에 일동은 고개를 끄덕였다. 그러나 그 이외의 몸짓은 없었다. 그저 묵묵히 걸을 뿐. 말을 건 운필레아도 어찌해야 좋을지 몰라 어두운 표정을 지었다.

일행 사이에 흐르는 분위기는 매우 나빴다. 그 원인을 만든 아인즈는 실수했다는 생각을 헬름 안에 감추고 있었다.

흘끔흘끔 이쪽의 눈치를 살피는 니냐. 짜증이 나기는 했지만, 그것도 자신 때문이니 할 말은 없다.

모두 어젯밤의 발언이 아직까지 영향을 미친 결과였다.

아침을 먹을 때에도 사과를 받았으므로 용서를 해 주었으면 됐다. 하지만 용서한다는 간단한 말이 나오질 않았다.

너무 도량이 좁은가 싶기는 했지만, 아인즈는 도저히 쉽게 잊어버릴 수 없었다.

'언데드의 육체가 되어 정신이 변모했어도 이 모양인가…….'

언데드의 육체가 된 후부터 격한 감정은 억제되었다. 하지만 약한 감정은 사라지지 않았다. 다시 말해 약한 분노가 오래 이어지고 있다는 증거였다. 그만큼 아인즈에게는 옛 동료들이 큰 존재였던 것이리라. 이를 절절히 실감하면서도 이대로는 위험하다는 마음 또한 동시에 품고 있었다.

그러나 직접 나서 분위기를 바꿀 생각은 없었다.

이 미묘한 감정의 작용은—— 어린아이가 고집을 부리는 것과 같다고 냉정하게 판단할 수 있는 만큼, 그런 애송이 같은 자신에게 짜증이 났다.

살벌한 분위기 속에서——아인즈의 곁에서 걷던 나베랄만은 루크루트가 말을 걸지 않으므로 콧노래라도 부르려는 것이 아닐까 싶을 정도로 만족스러웠다――일행은 묵묵히 걸음을 옮겨, 상당히 빠른 페이스로 카르네 마을 근처에 도착했다.

"아, 저기 말이지, 이렇게 전망이 좋은 곳이니까, 대열을 짤 필요가 없었을지도 모르겠네."

루크루트가 부자연스럽게 말을 꺼냈다.

옆으로 눈을 돌려보면 숲이 울창하게 펼쳐져, 전망이 좋다는 말에는 살짝 고개가 기울어졌다. 게다가 전망이 좋은 장소라 해도 경계를 태만히 하지 않는다는 건 경호의 기본이므로 지금 같은 대열을 취하는 것은 무조건 옳다.

다만 이번만큼은 대열을 짜고 묵묵히 걷는 것이 모험자다운 경계심이 자아낸 결과가 아님은 명백했다.

"……경계는 중요하지. 그대로…… 음, 일단 마을까지 서둘러 가자."

"그렇소! 기습을 당하지 않도록, 경계는 언제 어느 순간에도 중요하오!"

페텔의 말을 받아 드루이드인 다인까지 그렇게 대답하면서도, 얼굴에는 '퍽이나' 라는 표정이 떠 있었다.

"어엄청 멀리서 날아온 드래곤이 갑자기 습격을 할지도 모르니까요."

니냐가 툭 내뱉었다. 루크루트가 그 말에 즉시 반응했다.

"그게 무슨 개똥 같은 소리야. 상식적으로 생각해서 그런 일이 있겠냐, 니냐!"

"없겠지요. 에 란텔 근교의 드래곤이라면, 옛날옛적에 천재지변을 자유롭게 일으키는 드래곤이 있었다는 믿지 못할 전승이 있을 뿐, 요즘은 봤다는 이야기가 없으니까요. 아, 아니다. 아제를리시아 산맥에 프로스트 드래곤(Frost Dragon)이 다수 서식한다는 말은 들었어요. 상당히 북쪽이라지만."

'옛날옛적에는 있었구나. 드래곤이 대륙 최강의 종족이란 건 양광성전 놈들에게 들었지만…….'

드래곤이라는 존재는 위그드라실에서도 최강의 적으로 손꼽히는 종족이다. 높은 물리공격력에 물리방어력, 바닥이 보이지 않는 체력. 게다가 무수한 특수능력과 마법. 그야말로 대접을 받아 마땅한 수준이었다.

위그드라실에는 방대한 수의 몬스터와 네임드 몬스터, 에어리어 보스 몬스터 등등이 있지만 그중 세계급 에너미라 불리는 초급(超級) 몬스터가 있다. 최대 인원 6인으로 이루어진 팀 여섯이 뭉쳐 구성하는 군단Legion으로도 승산이 낮다는 밸런스 브레이커 같은 몬스터다.

어정쩡한 공식 스토리에 따라 설정된 최종보스 '구요세계식(九曜世界喰)', 그리고 '팔룡(八龍)', '칠대 죄의 마왕', '세피라 십천사', 여기에 대형 업데이트『발퀴리아의 추락』이후 추가된 '제육천천주(第六天天主)', '오색여래(五色如來)'까지 여섯이 더해져 전부 32마리가 존재하며, 그중 한 종류에 드래곤이라는 종족이 들어가는 것을 보더라도 제작사가 얼마나 편애하는지 알 수 있다.

'만약 드래곤이 있다면 경계해야겠군. 위그드라실에서는 수명이 없다고 설정했던 종족이니, 상상을 초월하는 힘을 가진 개체가

있어도 이상하지 않겠지.'

"아~ 그 천재지변을 자유로이 조종한다는 드래곤의 이름 같은 건 혹시 모르십니까?"

싸움을 했던 상대에게 태연하게 질문을 걸 만큼 낯이 두껍지 못한 아인즈는 작은 목소리로 말했다. 그러나 충분히 들렸는지 니냐는 고개를 홱 들었다. 싸움을 했던 남녀처럼 대화를 통해 화해의 실마리를 찾고 있었던 모양이었다. 아인즈는 옛날 카페에서 목격했던 커플의 대화를 지금 대화와 비교해 그렇게 생각했다.

그렇다고는 해도 아인즈가 말을 건 덕에 니냐의 표정은 확 밝아졌으며, 칠흑의 검 멤버들이나 운필레아도 살짝 미소를 지었다. 전혀 변함이 없었던 것은 나베랄뿐이었다. 애초에 그녀는 오늘 아침 무렵부터 흐르던 어색한 분위기를 느낀 낌새가 조금도 없었다.

"죄송합니다! 도시에 돌아가면 한번 알아볼까요?!"

'아니, 그렇게까지 흥분할 필요는 없는데……. 게다가 모르면 모르는 대로 상관없고……. 마침 나온 화제를 건드려 본 것뿐이니…….'

그러나 그런 말은 할 수 없다.

"네, 니냐 씨. 시간이 괜찮으실 때라도 좋으니, 한번 알아봐 주실 수 있겠습니까?"

"알겠습니다, 모몬 씨!"

모두 만족한 듯 음음 하고 고개를 끄덕이는 모습에 아인즈는 살짝 부끄러움을 느꼈다. 이것이 반대 입장이라면 그나마 다행이지만, 최연장자가 이래서야 창피하지 않은가.

"카르네 마을이 슬슬 나올……."

오늘 동이 튼 후로 처음 듣는 밝은 어조로 말하던 운필레아가 갑자기 입을 다물었다.

전원의 시선이 전방에 모습을 드러내기 시작한 마을로 쏠렸다. 숲 바로 옆에 펼쳐진 소박한 마을이다. 운필레아가 입을 다물 만한 분위기는 아니었으며, 마음에 걸리는 점도 없었다.

"왜 그러십니까, 운필레아 씨? 무슨 일이라도 있나요?"

"그게. 저렇게 튼튼한 방책은, 전에는 없었던 것 같아서……."

"그래? 별로 대단한 것 같진 않은데? 오히려 변경 마을의 방책치고는 좀 허술하지 않아? 이런 숲 근처에 있으니까, 몬스터를 경계해 좀 더 튼튼한 걸로 만들어도 이상할 게 없는데."

"으음, 그건 그렇지만…… 카르네 마을에는 숲의 현왕이라는 존재가 있으니까, 저런 방책을 만들 이유는 없을 텐데 말이죠……."

모두 마을을 바라보았다. 눈에 들어오는 범위에서만 한정해 보더라도 마을은 방책으로 에워싸인 것 같았다. 쉽게 부러지지 않을 만큼 굵은 나무를 이용해 만든 것이었다.

"이상한데……. 무슨 일이라도 있었나……?"

불안해하는 소년의 목소리를 들으면서도 아인즈는 당연히 아무 말도 하지 않았다. 전에 이곳에 왔던 것은 매직 캐스터 아인즈 울 고운이었으며, 지금 여기 있는 것은 모험자 모몬이니까.

니냐가 떨떠름한 얼굴로 끼어들었다.

"괜한 걱정일지도 모르지만…… 저는 시골 마을 출신이라 이런 마을의 생활을 잘 알아서, 두 가지 의문점이 있어요. 이런 시간이 되었는데도 밭에 나온 사람이 아무도 없다는 점. 그리고 밀 일부를 벌써 베었다는 것도요."

니냐가 가리키는 방향을 보니 정말로 밀밭 일부가 밑동만 남아 있었다.

"정말 그렇군……. 무슨 일이 있었나?"

불안한 듯 얼굴을 마주하는 일행에게 아인즈가 말했다.

"……여러분, 저희에게 맡겨 주십시오. 나베, 투명 마법과 비행 마법을 사용해 마을의 양상을 살펴보고 와 다오."

"알겠습니다."

아인즈에게 고개를 끄덕인 후 투명 마법을 사용한 나베랄이 사라졌다. 이어서 비행 마법을 영창하는 목소리만이 들리고, 그 자리에서 나베랄의 기척이 옮어졌다. 일행은 길 한복판에서 가만히 기다렸다.

이윽고 같은 곳에서 나베랄이 다시 모습을 나타냈다.

"……주민들은 마을 안을 평범하게 돌아다니고 있었습니다. 특별히 누군가에게 명령을 받는 분위기는 아니었습니다. 그리고 마을 반대쪽의 밭에서는 주민들이 일을 하고 있습니다."

"에이, 그럼 제가 과민했던 거네요."

"일단 문제는 없는 것 같으니 이대로 진행해도…… 될까요?"

페텔이 운필레아와 아인즈에게 물었다. 이에 대한 두 사람의 대답은 긍정이었다.

일행은 가도가 좁아졌기 때문에 한 줄로 서서 마을 입구를 향해 걷기 시작했다.

길 좌우에 펼쳐진 밭은 밀로 푸르게 물들어 있었으며 이따금 부는 바람에 부드럽게 흔들렸다. 그런 가운데 일행은 나아갔다. 마치 멀리서 보면 녹색 물속으로 가라앉는 듯한 광경이었다.

"응?"

마차가 덜컹덜컹 소리를 내며 나아가는 가운데 두 번째 줄에서 걷던 루크루트가 기묘한 소리를 내더니 밭 한가운데를 들여다보았다. 수확 시기는 오지 않았지만 이미 높이 70센티미터 이상 자라난 밀이었다. 당연히 바다처럼 안을 들여다볼 수는 없었다.

"왜 그러세요?"

바로 뒤에서 걷던 니냐가 의아해 물었다.

"응? 아냐. 기분 탓인가?"

루크루트는 한 번 고개를 갸웃하더니, 약간 벌어진 페텔과의 간격을 좁히기 위해 발을 빨리 놀렸다. 니냐도 같은 방향을 보고, 움직이는 것이 없음을 확인한 다음 뒤를 좇듯 걸어 나갔다.

마을로 이어지는 가도 위쪽도 마치 바다에 침식된 것처럼 밭에서 비어져 나온 밀에 덮여 있었다. 발 디딜 곳을 확보하기 위해 밀을 베어내고 싶기도 했지만 그런 짓을 했다간 나중에 귀찮아진다.

"밭 관리를 좀 제대로 하는 게 좋겠는걸. 밀이 아깝잖아."

밀 이삭이 선두에서 걷던 페텔의 허벅지 부근을 보호하는 갑주에 부딪쳐 떨어졌다. 페텔은 그 모습을 보고 투덜거리다가 미묘한 위화감에 사로잡혔다.

사선을 넘나들며 단련한 감이 속삭인 것이다. 밀 이삭이 그렇게 쉽게 떨어질 리가 있겠느냐고.

직감에 따라 밀밭으로 눈을 돌리니, 바로 앞에서 페텔을 응시하는 눈이 있었다. 몸을 감추기 위해 밀을 온몸에 두른 조그만 생물이 있었던 것이다. 얼굴은 밀에 가려 거의 보이지 않았지만 인간은 아니었다.

"앗!"

놀라 뒤의 동료들에게 경고하는 목소리를 내기도 전에 그 생물——아인종의 목소리가 들렸다.

"무장을 해제해 주시죠?"

조그만 아인종은 이미 칼집에서 뽑은 칼을 들고 있었다.

페텔이 재빨리 행동한다 해도 그보다 빨리 찌를 것이다.

"어허, 무기는 버리십쇼. 뒤에 계신 분들에게도 똑같이 전해 주시고. 활로 쏴 죽이고 싶진 않으니까."

다른 곳에서도 조그만 목소리가 들렸다. 그쪽으로 시선만 돌려 보니 밀밭에 교묘하게 구멍을 뚫어 하반신을 묻어놓았던 똑같은 아인 하나가 보였다. 마찬가지로 밀을 몸에 두르고 있다.

페텔은 망설이다가, 그 생물의 말에 아직 교섭의 여지가 있음을 느꼈다.

"……목숨을 보장할 수 있나?"

"물론입죠. 항복하신다면 말이지만."

페텔은 망설였다.

마차에 탄 운필레아에게 향할 시선을 가로막아 안전을 확보한 다음 적의 수와 구성원을 파악해야 한다. 상대의 노림수를 확인하는 것도 중요했다. 현재 상황에서는 항복도, 권고 거부도 불가능하다.

그런 페텔의 곤혹을 느꼈는지 바스락 소리를 내며 밭에서 두 명의 아인종이 일어났다.

"——고블린."

니냐의 속삭임.

몸을 일으킨 아인종. 그것은 어제 본 고블린이라 불리는 자들이었다. 활을 시위에 잰 채 날카로운 안광으로 조준하고 있다.

——해치울까?

니냐, 루크루트, 다인은 시선으로 서로의 생각을 읽으려 했다.

고블린은 신장, 체중, 그리고 근육이 붙은 정도로 봤을 때 인간보다도 떨어지는 신체능력을 가진 종족이다. 암시 능력이 있어 어둠 속에서 습격을 당하면 성가시긴 하지만, 이런 햇살 아래에서는 모험 경력이 풍부한 칠흑의 검 멤버들에겐 그리 무서운 상대가 아니었다. 게다가 아인즈도 있다. 어제와 마찬가지로 쉽게 해치울 수 있으리라. 고블린 정도라면 페텔이 인질로 잡히더라도 어떻게든 구해낼 자신이 있다.

그러나 즉시 결단하지 못하는 이유는 또 있었다.

모험자의 감이, 어제 싸웠던 고블린과는 다른 무언가를 느꼈기 때문이었다.

한 마디로 말하자면 눈앞의 고블린들에게는 훈련된 자들 특유의 기척이 있었다. 그리고 체격도 좋다. 어제 만난 놈들의 몸에선 군살이 늘어졌지만 지금 나타난 자들은 온몸에 다부진 근육이 붙어 있다.

그것만이 아니다. 활을 든 고블린의 자세가 매우 원숙했다. 어제 본 놈들이 나무막대나 휘둘러대는 어린애들이라면, 눈앞에 있는 것은 활을 다루는 데 익숙한 전사였다.

마지막으로 무장의 질이 좋았다. 어쩌면 칠흑의 검 멤버들의 무장에 필적할 만한 무구였으며, 매우 꼼꼼하게 손질을 해놓았다.

인간이 훈련을 해 강해지듯 몬스터도 강해진다. 아인종인 고블린도 그것은 당연한 이치였다.

다시 말해 눈앞에 있는 고블린이, 칠흑의 검 멤버가 이제까지 싸웠던 고블린보다도 훨씬 강하다는 사실은 충분히 생각할 수 있었다.

그때, 밭을 달리는 바람소리와는 다른 소리를 들은 루크루트가 황급히 시선을 뒤로 돌렸다.

"……헤헤, 들켰네?"

밭에서 얼굴을 드러내고 익살스럽게 혀를 내미는 고블린이 있었다. 몰래 뒤에서 접근하려 했겠지만 레인저인 루크루트를 속일 정도의 은신 능력은 없었던 모양이다. 그러나 발견했다고 유리해지는 것도 아니었다.

주위를 냉정하게 둘러보니 밀밭 여기저기에 몇 명이 더 숨어 있었다. 모두 마차를 중심으로 에워싸듯 모여드는 중이었다.

압도적으로 불리한 위치였다.

칠흑의 검 멤버들에게는 이 상황을 타개할 수단이 일절 떠오르지 않았다.

소탕을 개시하려는 나베랄을 손으로 저지한 아인즈는 고블린들의 관찰을 마치고 자신의 상상이 틀리지 않았음을 확신했다.

" '고블린 장군의 뿔피리' 로 소환한 고블린과 고블린 궁수로군."

만약 아인즈에게 뿔피리를 받았던 그 소녀가 고블린을 부리고 있는 거라면 적대적인 행동은 가급적 피하고 싶었다.

그렇지 않다면 모종의 대처가 필요하겠지만, 아인즈와 나베랄의 적수는 아니므로 문제될 것은 없으리라.

여유를 두고 상황을 지켜보던 아인즈에게 고블린이 말했다.

"거기 풀 플레이트 입은 분? 가능하다면 움직이지 마십쇼. 전투는 가급적 피하고 싶으니까요."

나베랄의 움직임을 저지하는 몸짓을 본 모양이었다. 아인즈에게 향한 목소리가 경계심 때문에 딱딱하게 굳어 있었다.

"안심하게. 그쪽이 공격하지 않는다면 우리도 이 이상 움직이지 않을 테니."

"그거 고맙구만요. 여기 형씨는 강할지는 몰라도 별로 무섭진 않아. ——하지만 댁은 아니거든. 그쪽 언니도. 적으로 돌렸다간 쬐~끔 위험한 분위기가 팍팍 느껴져서 말야."

아인즈는 그 말에는 대답하지 않고 어깨를 으쓱했다.

"그리고 우리 누님이 나올 때까지 좀 기다려 주십쇼."

"누님이란 게 누구냐! 그자가 카르네 마을을 점령했나?!"

운필레아가 거친 태도를 보이자 고블린의 얼굴에 의아해하는 기색이 뚜렷이 떠올랐다.

"운필레아, 좀 진정하세요. 어느 쪽이 유리한지는 말할 필요도 없으니까. 게다가 마을의 분위기를 보고 온 나베 씨의 말을 생각해 보면 이상한 점이 있어요. 그러니 사정을 알 때까지 함부로 싸움을 거는 짓은 피하도록 해요."

니냐의 말에도 운필레아는 여전히 분노를 감추지 못했다.

하지만 당장 뛰어들 것 같던 표정은 분함으로 바뀌었으며 주먹에 담긴 힘도 살짝 풀렸다.

그런 운필레아의 급격한 변화에 아인즈는 놀라움과 당혹감을 느꼈다. 여행기간도 짧았으니, 소년의 성격을 하나에서 열까지 다 파악한 것은 아니었다. 그래도 이만큼 격앙하는 타입은 아니리라고 생각했다. 아니면 약초를 채집할 때 머무르는 마을 이상으로 특별한 이유가 있었던 걸까.

아인즈가 의문을 가슴에 품고 소년을 쳐다보는 동안, 고블린들도 운필레아의 분노에서 똑같은 것을 느꼈는지 곤혹스러워하는 기척을 띠며 서로를 바라보고 수군거렸다.

"으음, 어째 쬐끔 다른 것 같지, 이거……?"

"우린 누님네 마을이 최근에 제국 기사 차림을 한 놈들에게 습격을 당해서 경계했던 것뿐인데 말야."

"마을이 습격을 당했다고……?! 그녀는 무사해?!"

운필레아의 그 외침에 대답하듯 마을 입구 부근에서 한 소녀가 고블린의 호위를 받으며 나타났다. 그 모습에 운필레아가 눈을 크게 뜨고 소녀의 이름을 힘차게 불렀다.

"엔리!"

그 목소리에 대답해 소녀도 외쳤다. 그것은 친한 친구의 이름을 부르는 다정한 호의로 넘쳐나는 목소리였다.

"운필레아~!"

그제야 아인즈는 전에 들었던 이야기를 떠올렸다.

"아하, 약사 친구란 게…… 여자가 아니라 남자였단 말이군."

막간

데미우르고스는 나자릭 지하대분묘 제9계층을 걷고 있었다. 그가 신은 단단한 가죽구두가 또각또각 소리를 내고, 그대로 정적에 빨려 들어갔다. 경비를 위해 서번트 몇 마리를 배치해 두었음에도 이 계층의 신화적인 분위기는 결코 더럽혀지지 않았다.

문득 데미우르고스는 주위를 둘러보고 얼굴에 웃음을 지었다.

"……훌륭합니다."

감탄의 말을 건넨 곳에 있던 것은 9계층 그 자체였다. 데미우르고스가 모든 것을 버려서라도 충성을 바치겠노라 맹세한 지고의 41인에게 어울리는 광경이었기에 그는 이 경관을 사랑했다.

이 계층을 걸을 때마다 데미우르고스의 마음은 환희로 넘쳤으며 창조자들에 대한 충성심을 새로이 다질 수 있었다.

아니, 그것은 데미우르고스만이 아니다. 광대나 악사처럼 소란스러운 자들마저도 이 계층에서는 옷깃을 여미며 입을 다물고 정숙에 녹아들고자 노력하니까.

만일 이 경관에 환희를 품지 않는 자가 있다면 그것은 지고의 41인에게 충성심이 엷거나, 혹은 '그러하도록' 만들어진 존재 중 하나일 것이다.

데미우르고스는 그런 생각을 하며 모퉁이를 돌았다. 조금만 더 가면 목적지인, 지고의 존재이자 유일하게 마지막까지 남은 나자릭 지하대분묘 최고 지배자 아인즈 울 고운의 방이 나타난다.

문이 보였을 때, 그 문을 열며 안에서 나오는 자들이 있었다.

그들도 데미우르고스를 보았는지 데미우르고스가 다가오기를 기다렸다.

한 사람은 집사 차림을 한 인물이었다. 다만 옷 전체가――하얀 장갑을 제외하면―― 검은색이라 집사복이라기보다는 전투복을 연상케 했다. 그는 모두 열 명 정도 되는 나자릭 남성 하인 중 한 명이었다. 다만 그 열 명 중의 누구인지까지는 데미우르고스의 눈으로도 분간할 수가 없었다. 그 이유는 모두 전대물의 하급 전투원 같은 투구를 뒤집어쓴 데다 기괴한 울음소리밖에 내지 못하기 때문이다.

그리고 그 남성 하인의 앞에 선 자.

알몸에 넥타이라는, 별 상관도 없는 생각이 데미우르고스의 뇌리를 스쳤다.

그것은 펭귄이었다.

어디를 어떻게 봐도 펭귄 이외의 그 무엇도 아니었다. 그것도 검은 넥타이만 맨 펭귄.

"이거 오랜만이군, 집사 조수."

데미우르고스의 부드러운 인사에 펭귄도 만면에 미소를――혹은 그 비슷한 것을――지으며 대답했다.

"그간 격조했습니다, 데미우르고스 님."

펭귄이 까닥 머리를 숙인다.

물론 단순한 펭귄은 아니다. 그가 바로 나자릭 지하대분묘의 집사 조수라는 지위에 있는, 버드맨이라는 이형종인 에클레어 에클레르 에이클레어다.

원래 버드맨은 지고의 41인 중 하나인 '페로론치노' 처럼 맹금류의 머리에 날개, 그리고 팔꿈치에서 손끝, 무릎에서 발끝이 새의 것으로 바뀐 모습이다. 하지만 이 사내는 어째서인지 펭귄인데, 데미우르고스는 그 모습에 의문을 품지 않았다.

지고의 41인이 그러하도록 창조했으니까.

"알베도는 안에 있나?"

"예. 알베도 님은 안에 계십니다."

아인즈가 없는 동안 나자릭 지하대분묘의 관리를 맡은 것은 알베도였는데, 그녀가 자신에게 주어진 방이 아니라 이 방에 틀어박혀 있다는 건 모두들 잘 아는 사실이었다. 아인즈의 허가를 받은 행동이기 때문에 이의를 제기하는 자는 없었다. 밖으로 나가려 하던 샤르티아 블러드폴른을 제외하고는.

데미우르고스 또한 알베도에게 "좋은 아내란 대저 남편이 돌아오기를 기다리며 집을 지키는 법이 아닙니까?" 라고 말한 이상 남편의 방을 아내가 지키는 것이 뭐가 나쁘냐고 따지고 들면 받아칠 말이 없었다.

그러냐고 고개를 끄덕인 데미우르고스는 에클레어에게 말했다.

"에클레어 군이 이곳까지 오다니, 희한하군. 객실 주변이 자네의 작업장 아니었던가?"

"세바스 님께서 계시지 않는 이상 그 역할도 제가 맡아야 하므로, 지금 막 알베도 님과 상세한 내용을 상의한 참이었습니다."

"하긴. 그가 없으니 나자릭 지하대분묘의 9계층은 자네의 수완에 달린 것과 다름없지."

"그렇습니다. 제가 나자릭 지하대분묘를 지배할 때를 위해 열심히 일해야지요."

데미우르고스의 웃음에는 변화가 없었다. 눈앞에서 괴상망측한 말이 나왔음에도.

그가 나자릭의 지배를 꾀한다는 것은 주지의 사실이지만, '그러하도록' 지고의 41인이 만들었기 때문에 역시 이의를 제기하지 않은 것이다. 물론 명령이 떨어지면 가차 없이 말살하겠지만, 그때까지는 아무런 문제도 없다.

"그렇고말고. 열심히 하게. 헌데 처음에는 뭘 할 텐가?"

"청소입지요. 그 외에 무엇이 있겠습니까? 저보다도 꼼꼼히 청소를 할 수 있는 자는 없습니다. 화장실 청소를 하면 변기를 핥을 수 있을 정도이고말고요."

자신만만하게 대답하는 에클레어에게 데미우르고스는 만족스럽게 고개를 끄덕였다.

"훌륭하네. 자네의 일만큼 중요한 것이 어디 있겠나. 이 계층을 지저분하게 만들면 지고의 존재들에 대한 모욕이 될 테니."

음음, 고개를 끄덕인 데미우르고스는 다시 의문을 건넸다.

"자네의 일이 중요하다는 것은 충분히 이해했네. 헌데 그렇다면 세바스가 없는 동안 이 계층의 운영관리를 대행하는 것은 누구인가?"

"그것은 세바스 님의 명령을 받들어 메이드장인 페스토냐가 맡았습니다. 관리운영 따위 청소에 비하면 하잘것없는 일이고말고요."

"아하……. 같은 지고의 존재께서 만들어낸 자들끼리 역할분담이 잘되어 있군. ……그런데 그 펭귄 손으로 청소를 하기는 어렵지 않나?"

"그것을 행할 수 있기에 저인 것이고말고요."

자신만만하게 가슴을 폈지만, 이내 약간 기분이 상한 듯 말했다.

"그런데 데미우르고스 님. 나자릭에서 저 다음으로 현명한 당신의 말씀이라고는 생각할 수 없군요."

그는 뒤에 선 남성 하인에게서 받아든 빗으로 머리 좌우에 돋아난 황금색 장식깃을 쓸어 넘겼다.

"저는 단순한 펭귄이 아니라 긍지 높은 바위뛰기펭귄이자, 지고의 존재 '팔고물떡' 님께서 창조해주신 몸입니다. 이를 결코 착각하지 말아주십사 부탁드립니다. 그리고 이것은 손이 아닙니다. ──날개지요."

"이거 결례를 범했네."

사죄하며 머리를 숙인 데미우르고스에게 에클레어는 마음에 두지 말라고 대답하더니 뒤로 돌아섰다. 남성 하인들에게 명령을 내린다.

"나를 옮겨라."

"끼~!"

남성 하인이 그를 들어 옆구리에 꼈다. 에클레어의 걸음걸이는 폴짝폴짝 뛰는 듯한 움직임이며 어떤 의미에서는 매우 느리다. 그렇기에 걸을 때는 언제나 남성 하인이 지금처럼 들고 옮긴다.

"그러면 데미우르고스 님, 이만 실례하겠습니다."

"그래. 또 만나세, 에클레어 군."

옆구리에 안긴 채 인형처럼 운반되는 집사 조수의 모습을 마지막으로 흘끔 쳐다보고, 데미우르고스는 문을 노크했다.

"데미우르고스입니다. 입실하겠습니다."

물론 방의 주인은 부재중이다. 그러나 그것이 어쨌단 말인가. 데미우르고스에게는 방 자체가 경의를 보여야 할 장소였다.

대답이 없는 방으로 들어갔다.

둘러보아도, 예측한 대로 알베도의 모습은 없었다. 데미우르고스는 가볍게 한숨을 쉬더니 다른 문을 열고 안쪽 방으로 나아갔다.

지고의 41인의 방은 로열 스위트를 이미지로 만든 것이라 안쪽에는 거대한 욕실, 바 카운터, 피아노가 놓인 거실, 침실, 손님용 침실, 전용 요리사가 요리를 하기 위한 주방, 드레스 룸 등 무수한 방이 있다.

그중에서 데미우르고스가 망설이지 않고 향한 곳은 침실이었다.

노크를 하고, 대답을 기다리지 않은 채 문을 열었다.

침실에 놓인 침대는 하나뿐이지만 킹사이즈라 할 만큼 크며 캐노피가 달린 훌륭한 것이었다. 그런 침대가 불룩하니 1인분보다도 약간 커다란 사이즈로 부푼 채 움찔움찔 움직였다.

"알베도."

아연해진 데미우르고스의 목소리에, 이불 끝자락을 젖히고 절세의 미녀가 얼굴을 드러냈다. 어깻죽지까지 맨살이 드러난 것을 보면 아마 옷은 입지 않았으리라. 침대에 파묻혔던 탓인지 뺨은 미미하게 홍조를 띠었다.

"……그런 데서 뭘 했던 겁니까."

"아인즈 님께서 돌아오셨을 때, 내 향기로 감싸드릴까 하고."

움찔거린 것은 일종의 마킹이었던 모양이다.

데미우르고스는 아무 말 없이 나자릭 지하대분묘 수호자 총책임자라는, 지고의 41인의 피조물 중 최고위자를 바라보았다. 그리고 힘없이 고개를 가로저었다.

"아인즈 님은 언데드시니 침대에서 주무시지 않을 텐데요."

라든가,

"주무신다 해도 시트는 교환하실 텐데요."

같은 말은 하지 않았다. 그녀가 만족한다면 그것으로 좋지 않겠는가.

"뭐, 적당히 하십시오."

"……적당히란 게 무슨 뜻인지는 모르겠지만 알았어. 그렇죠, 아인즈 님?"

그리고 알베도 옆에서 불쑥 고개를 내미는 자가 있었다.

데미우르고스는 한순간 놀란 나머지 말을 잃었다. 그야말로 아인즈 울 고운 본인——이라고 한순간 생각했기 때문이다. 그러나 두께가 부족하고, 관록도 전혀 없었다.

"그건…… 안고 자는 쿠션입니까? 누가 만들어 주었습니까?"

"자작인데."

망설임 없는 대꾸에 데미우르고스는 감았던 눈을 살짝 떴다. 알베도에게 그런 기술이 있는 줄은 몰랐다.

"이래 봬도 난 청소, 빨래, 재봉 뭘 해도 프로 수준인걸."

데미우르고스가 놀란 것을 보고 기분이 좋아진 알베도가 자랑스럽게 말한다.

"게다가 장래에 태어날 내 아기를 위해 양말이며 옷도 뜨고 있어. 이미 다섯 살까지는 문제없다구."

쿠후후후, 만면에 미소를 지으며 웃음소리를 내는 알베도의 모습에 살짝 힘이 빠지는 것을 느끼며 데미우르고스는 생각했다. 이 자를 남겨놓고 나가도 정말 괜찮은 걸까 하고.

"아들이든 딸이든 문제없…… 헉! 양성이나 무성이면 어쩌지?"

데미우르고스는 고민에 잠겨 끙끙거리는 알베도를 말없이 바라보았다.

아니, 나자릭 지하대분묘라는 조직을 운영하고 관리할 때는 그녀도 매우 우수하다. 데미우르고스를 훨씬 능가할 정도였다. 그러나 방어전 같은 군사 면에서는 불안이 남았다. 그렇기에 데미우르고스가 있는 것이다.

다만 나자릭에 직접 해를 가할 적의 존재가 확인되지 않은 현재라면 문제는 없을 것이다.

데미우르고스는 그렇게 판단하고 자신의 불안을 억지로 삼켰다. 데미우르고스가 자리를 비워야 하는 것은 주인의 명령이었으며, 이에 이의를 제기할 수는 없으니까.

"그러면 저는 아인즈 님의 명령대로 그만 나가보겠습니다. 이제 나자릭에 남은, 움직일 수 있는 수호자는 당신과 코퀴토스뿐입니다. 충고할 필요는 없으리라 생각하지만, 유념해 주십시오."

"아우라, 마레, 세바스, 샤르티아에 이어 너까지 출발하는구나. 그래, 괜찮아. 여차하면 내 자매의 힘도 빌릴 생각이니까. 게다가 플레이아데스도 최대한 동원할 거야. 그 정도면 모두들 돌아올 때까지 시간 정도는 충분히 벌 수 있을걸."

"……만일 긴급사태가 발생한다 해도, 자매를 움직이는 것은 역시 아인즈 님의 허가가 없으면 무리가 아니겠습니까? 게다가 플레이아데스 또한 그렇지요. 애초에 두 사람 정도는 밖에 나갔으니 모든 멤버를 모으기란 불가능하지 않습니까. 그러느니 차라리 빅팀의 배치를 상위 계층으로 바꾸시면 어떨는지?"

"그 정도 가지곤 좀……. 뭐 그럴 경우에 대책을 마련할 준비도 해 놨으니까, 정말 만약의 사태가 일어나면 서둘러 돌아와줘. 그보다 양광성전의 생존자들은 어떻게 할까? 그건 아인즈 님의 허가를 받아 네가 관리하던 거였잖아? 내가 맡아도 상관은 없지만, 네가 뭘 했는지 난 하나도 모르니까……."

"아, 그것들 말입니까? 아인즈 님의 허가를 받아 실험을 하고 있었지요."

데미우르고스가 즐거이 웃자 알베도의 예쁘장한 눈썹이 살짝 움직였다. 무슨 말인지 이해하지 못한 모양이었다.

"우선 치유 마법 실험이 있습니다. 절단한 후 상처에 치유 마법을 걸어 치유하면 절단된 팔은 소멸하지요. 그러면 절단된 팔을 먹인 후에 치유 마법을 걸면 영양분은 어떻게 되는 걸까요? 이를 되풀이한다면 먹었던 인간은 아사할까요?"

"아하~ 그런 거구나."

"그것만이 아닙니다. 그들에게는 식량이 될 자와, 날이 들지 않는 톱으로 사지를 절단할 자를 투표로 선택하게 했습니다. 그것도 기명식으로."

"그건 어떤 의미가 있는 거야?"

"물으실 것도 없습니다. 포로 중에서 순위가 생겨나지요. 식량이 될 인간, 잘라내는 인간, 그리고 이를 먹는 인간. 그렇게 하면 반드시 내부에서 증오가 태어납니다. 그리고 결정적인 증오가 생겨났을 때쯤, 식량이 된 인간에게 다정하게 말을 걸어주는 겁니다. 배반시키기 위해. 아주 잘 움직여주거든요, 모든 것을 증오하는 생물이란."

"……그런 게 불쾌해. 우리 나자릭의 존재들은 지고의 41인께 창조된 몸이잖아. 아인즈 님을 배신할 리가 없어. 하지만 인간들은 주인을 배신한다니…… 충성심이라곤 전혀 없는 놈들이라니까."

"그렇기에 재미있는 거지만요. 알베도도 인간의 그러한 부분을 즐기는 것도 나쁘지 않을 텐데요? 장난감이라고 생각하면 됩니다."

"그런 사고방식은 잘 모르겠더라."

"그거 참으로 유감이군요. 자, 너무 이야기만 나누다가 아인즈 님께 받은 명령의 수행이 늦어지는 것도 문제이지요. 무슨 일이 있으면 불러주십시오. 즉시 돌아올 테니."

"응. 별문제는 없을 거라 생각하지만, 경우에 따라선 부를게."

시트에서 빠져나온 손을 파닥파닥 흔든다. 데미우르고스는 작별인사를 했다.

"그럼 실례하겠습니다. 그러고 보니…… 남아용 의복을 만드신다면 한 가지 충고해 드리겠습니다. 아무래도 지고의 존재들께서는 소년에게 소녀의 옷을 입히는 경향이 있는 것 같습니다."

"……잉?"

3장 숲의 현왕

Chapter 3 | Wise King of the Forest

1

카디트의 아지트인 에 란텔 묘지 지하신전으로 돌아온 클레만티느에게서는 짜증이 불꽃의 형태로 뿜어져 나오는 것 같았다. 걸음걸이는 거칠었으며 미간에는 주름이 잡혔다. 게다가 입을 꾹 다문 채 한껏 일그러뜨린 탓에 고운 얼굴까지 크게 뒤틀려 추하다고 단언해도 좋을 정도였다.

——본성은 그보다도 추하지만.

카디트는 마음속으로 중얼거리며 새로이 만들어낸 좀비를 언데드 보관장소로 보냈다.

"어라~? 새로운 좀비야? 벌써 150마리도 넘었는데, 죽음의 보주의 힘이 대단한가 보네에."

제3위계 마법인 언데드 작성 마법 〈불사자 창조Create Undead〉로 만들어 지배할 수 있는 언데드의 숫자는 매직 캐스터의 역량에 따라 다르다. 강한 언데드를 만들면 지배할 수 있는 숫자가 줄지만 좀비 같은 최하급 언데드라면 언데드 지배 등에 특화된 힘을 가진 카디트는 보통은 상상할 수 없는 수인 백 마리 이상을 지배한다. 그리고 이를 넘어 지배할 수 있는 핵심이 바로 카디트의 아이템—— 죽음의 보주가 지닌 힘이었다.

"자네가 장난을 쳤기 때문일세."

"미안~."

꾸벅 고개를 숙이는 클레만티느에게 반성의 빛은 전혀 없었다.

"그치만~ 쉽게 죽어버리는 놈들이 잘못이지 뭐. 좀만 버텨 보지 말이야."

"……자네에게 그걸로 얻어맞으면 쉽게 죽지 않겠나……."

"모험자는 쉽게는 안 죽지만."

"모험자가 아니라…… 단순한 평민이라면 죽는다……. 클레만티느, 다 아는 쓸데없는 소리를 늘어놓아 시간을 버는 취미라도 있나?"

"네, 네, 네에~ 죄송합니다. 이젠 안 할 테니 봐줘!"

카디트는 혀를 찼다.

"못 믿겠지만, 아무튼 인간을 더 납치하는 건 자제하도록."

"네~."

가벼운 대답에 카디트는 눈살을 찡그렸다. 하지만 그 이상은 말해 봤자 소용이 없다고 포기하고, 하다못해 얼굴만이라도 한껏 찡그려 자신의 심경을 강하게 어필했다. 예상대로 무시당했지만.

"그래도 말야. 심심한 걸 어쩌라구~. 근데 진짜 어딜 간 거람."

"아직도 돌아오지 않았나?"

"안 왔다니깐. 기왕 이렇게 된 거 할머니라도 납치해 올까?"

"관둬. 그 노파는 제3위계까지 마법을 쓸 수 있고, 또한 이 도시에서는 손꼽히는 명사다. 잘못 건드렸다간 귀찮은 일이 벌어져."

"에이, 그치만~."

카디트는 로브에 손을 넣고 그 안에서 까만 돌을 쥐었다.

"……클레만티느. 이 도시를 죽음의 도시로 바꾸기 위해 나는 이곳에서 몇 년을 준비했다. 그럼에도 자네의 쓸데없는 장난 때문에 그 계획이 박살나는 사태는 사양하겠다. 이 이상 그대가 귀찮은 일을 일으킨다면…… 죽이겠다."

"……죽음의 나선인지 뭔지?"

"그렇다. 우리의 맹주께서 행하셨던 것이다."

언데드가 모이는 곳에서는 강한 언데드가 태어나는 경향이 있다. 그리고 강한 언데드가 모이면 더욱 강한 언데드가 태어난다. 이 현상을 이용한 것이, 나선을 그리듯 점점 강한 언데드가 태어나는 모습에서 이름을 딴 도시괴멸 규모의 마법의식 '죽음의 나선'. 과거 도시 하나를 끝없이 언데드가 출현하는 장소로 바꾼 사법이다.

카디트의 목적은 에 란텔을 제2의 사도(死都)로 바꾸고, 넘쳐나는 죽음의 힘을 모아 자신을 불사의 존재로 변화시키는 것.

그러기 위해 오랜 준비를 해 왔다. 겨우 며칠 전에 나타난 이 여자가 계획을 망치도록 내버려둘 수는 없었다.

"알았나?"

뾰로통 귀엽게 볼을 부풀린 클레만티느의 표정에 잔혹한 감정이 스친 것을 카디트는 금세 간파했다. 그 순간 살의의 폭풍으로 변한 클레만티느가 크게 발을 내디뎠다.

충분히 떨어졌던 거리를 숨 한 번 쉬기도 전에 좁히면서 잔상이 남을 정도의 속도로 팔을 뻗는다. 그 손의 연장선상에는 예리한 날붙이가 있었으며 섬광이 카디트의 목덜미를 향해 날아들었다——.

클레만티느가 내지른 검은 스틸레토라 불리는 찌르기 전용 무기였다.

찌르기 전용 무기란 공격 방법에 변화가 적기 때문에 쓰기가 불편하다. 그러나 그런 무기만을 애용하는 클레만티느는 근육을 단련하고 장비를 선택하고 무투기를 습득했다. 치명적인 일격을 확실하게 명중시킬 능력을 얻기 위해.

그렇게 함양한 힘으로 수많은 인간, 수많은 몬스터와 싸워 살아남았던 클레만티느의 일격은 언제부터인가 보통 사람이 막을 수 없는 영역에까지 이르렀다.

원래 인간의 영역을 일탈할 만한 천부적인 재능을 가진 클레만티느가 자신의 인생을 들여 얻은 힘이니 당연한 노릇이다.

그러나 이 기술을 상대하는 사람 역시 보통 사람의 영역을 벗어난 자였다.

줄라논이 자랑하는 12명의 고제(高第). 그중 한 사람인 카디트는 쉽게 죽일 수 없었다.

——회피가 불가능한 칼날을, 대지에서 벽처럼 솟아난 새하얀 것이 가로막았다. 그것은 무수한 인골로 구성된 거대한 손. 그것도 파충류를 연상케 하는 갈고리 발톱이 돋아난 손이었다.

발톱이 꿈틀거리더니 그곳을 중심으로 대지가 갈라지기 시작했다. 거대한 존재가 카디트의 의지에 따라 약동하려 했다.

카디트는 발치에서 전해지는 강대한 언데드의 기척에 만족하며 클레만티느를 노려보았다.

"같잖은 짓을 하는군. 자네 때문에 일시적으로 다른 언데드의 지배력이 약해졌다."

"에헷, 미안해~. 그치만 진짜로 공격한 건 아닌걸? 코앞에서 멈출 생각이었거든?"

"거짓말하지 마라, 클레만티느. 그대는 그런 인간이 아닐 텐데."

"우왕~ 들켰다. 응, 카디가 안 막았으면 어깨를 뚫어버렸을 거야, 분명. 그치만그치만, 죽일 생각은 하나도 없었어~. 진짜루진짜루."

카디트는 얼굴을 찡그렸다. 눈앞의 여자가 기분 나쁜 미소를 지었기 때문이었다.

"하지만 나 정도면 그거 해치울 수 있다구. 매직 캐스터였으면 승산이 없었을지도 모르지만 전사인 나라면 뭐, 상당히 여유? 타격무기를 쓰는 건 좀 별로지만."

"……일격필살에 특화된 그대는 산 자에게 강하지. 그러나 언데드처럼 생리기능이 없는 것에 대해서는 어떨까? 게다가 이 녀석이 나의 마지막 카드라고 생각하나?"

"흐응~……. 그러게……."

클레만티느의 시선이 통로 한쪽으로 움직였다. 그 안쪽에 있는, 카디트가 지배하는 언데드의 기척을 느끼는 것이리라.

"이길 거라곤 생각하지만…… 지구전이 되면 지겠네, 이거. 에헷. 미안해, 카디."

클레만티느가 검을 쥔 손을 망토 안으로 다시 넣었다. 그에 따라 대지의 요동도 가라앉았다.

"야~ 역시 언데드 지배에 특화된 사람은 다른걸. 훌륭해!"

클레만티느는 그 말만 남기곤 휘릭 등을 돌리고 걸어갔다.

"아, 참참. 마지막 순간까지는 그 할머니에게 손 안 댈게. 사람도 더 납치하지 않고. 그러면 되지?"

"……좋아."

카디트는 클레만티느가 떠나갈 때까지 결코 주먹에서 힘을 빼지 않았다. 그리고 그 뒷모습이 지하신전 안으로 사라진 후에야.

"성격파탄자……."

카디트는 내뱉었다.

분명 자신도 성격에 문제가 있기는 하다. 그러나 클레만티느만큼 엉망진창은 아니었다.

"능력은 좋은 주제에…… 아니, 능력이 좋기에 저렇게까지 뒤틀린 것일지도 모르지."

클레만티느는 강하다. 카디트가 속한 비밀결사의 최고 간부 12명 중에서도 이길 수 있는 자는 셋밖에 없다. 그중에 유감스럽게도 카디트는 포함되지 않았다. 손에 든 아이템의 힘을 구사해도 승산은 3할이 되지 못할 것이다.

"전(前) 칠흑성전 제9석차란 말이지……. 영웅급의 힘을 가진 성격파탄자라니, 성가시기 짝이 없군."

*

"그런 일이 있었구나."

운필레아는 깊은 신음과 함께 말을 이었다.

엔리의 부모님은 잘 안다. 훌륭한 부모님이었으며, 사랑을 듬뿍 받고 자란 두 딸이 부러웠을 정도였다. 운필레아의 부모님은 어렸을 때 돌아가셔서 기억이 어렴풋했으므로 운필레아가 훌륭한 부모님의 이미지로 처음 떠올리는 사람은 그런 엔리의 부모님이었다.

두 사람의 목숨을 빼앗았다는 '제국 기사 차림을 한 자들' 에게는 분노의 감정이 치밀었으며, 그들 또한 무참하게 살해당했다는 말을 들어도 꼴좋다는 생각밖에 들지 않았다. 또한 병사를 파견하지 않은 에 란텔 상부에도 미미한 분노를 느꼈다.

그러나 가장 분노하고 눈물을 흘려야 할 엔리를 놔두고 그런 감정을 드러내선 안 된다고 생각했다.

괴로운 기억에 살짝 눈물을 내비친 엔리 곁에 가서 위로해 줄까 말까 망설이는 사이에 엔리는 눈물을 닦고 미소를 지었다.

"동생도 있으니까, 슬퍼하고만 있을 수는 없지."

몸을 어정쩡하게 일으켰던 운필레아는 다시 의자에 앉았다. 위로할 기회를 잃어 조금 유감스럽게 생각하는 자신을 경멸하며.

그래도—— 지켜주고 싶다는 마음은 사라지지 않았다. 망설이고, 운필레아는 결심했다. 엔리 곁에는 자기 말고 다른 누구도 앉히고 싶지 않았다. 설령 엔리를 지켜줄 만큼 강한 사람이라도.

조바심도 있었지만, 그 이상으로 잃고 싶지 않다는 마음에서, 어렸을 때 처음 마을에 왔을 때부터 가슴에 품었던 마음을 입에 담으려 했다.

"그럼——."

목이 뻣뻣하게 굳은 것처럼 말이 나오질 않았다. 말해, 말하라고. 그렇게 필사적으로 생각했지만 말은 목구멍에 달라붙은 채 꼼짝도 안 했다.

연령만 보자면 엔리도 운필레아도 결혼해도 이상하지 않은 나이였다. 게다가 운필레아가 약사로 버는 수입은 충분히 엔리와 그 여동생을 먹여 살릴 수 있다.

만일 아이가 태어난다 해도…….

머릿속으로 자신이 꾸린 가정의 모습을 떠올리고—— 여기까지 폭주하기 시작한 생각을 떨쳐냈다. 눈앞에서 엔리가 그런 자신을 의아하게 바라보는 것을 깨닫고 그것이 조바심을 한층 강하게 했다.

입을 열었다가, 다문다.

좋아해.

사랑해.

그러나 그 말을 꺼내지는 못했다. 미안하다는 말을 들을까 봐 두려워서.

그렇다면 두 사람의 거리를 좁힐 수 있는 다른 말.

도시라면 안전하니까, 같이 살지 않겠어? 여동생도 돌봐줄게. 일하고 싶다면 할머니의 가게에서 일할 수 있어. 도시가 불안하다면 내가 힘이 되어 줄게.

그렇게 말하면 그만이다. 그거라면 사랑의 말을 건넸을 때보다도 거절당할 가능성이 훨씬 적다.

"엔리!!"

"왜, 왜 그래, 운필레아?"

갑작스러운 큰 목소리에 어깨를 흠칫한 엔리에게 운필레아가 말했다.

"——마, 마, 만약 곤란한 일이 있으면 말해줘. 최대한 도울 테니까!"

"고마워! ……정말이지, 운필레아는 나한테 아까울 정도로 좋은 친구야!"

"어, 으, 응……. 아니, 괜찮아. 오랫동안 알고 지냈으니까."

활짝 웃는 엔리에게 아무 말도 하지 못하게 된 운필레아는 마음 속으로 한심한 자신을 저주하고, 그와 동시에 역시 엔리는 귀엽구나 하고 생각하며 어린 시절 추억담에 함께 어울렸다.

이윽고 이야기가 일단락되었을 무렵, 운필레아는 한 가지 질문을 던졌다.

"그런데 그 고블린은 뭐였어?"

엔리를 누님이라 부르는 고블린들 이야기였다. 어느 고블린도 여행 도중 모습을 보였던 것들과는 크게 달랐으며, 굳이 비교하자면 역전의 강자 같은 분위기가 느껴졌다. 게다가 마을 안에는 고블린 매직 캐스터까지 있어 더욱 놀랐다. 그런 고블린들과 단순한 시골 소녀인 엔리가 어디서 어떻게 이어졌는지 알 수 없었다.

그 의문에 엔리는 쉽게 대답했다.

"마을을 도와주셨던 아인즈 울 고운 님이 놓아두고 가신 아이템을 쓰니까 나왔어. 나를 따르면서, 이것저것 일도 해주고 그래."

"그랬구나……."

반짝반짝 눈동자 안에 별을 머금은 것 같은 엔리의 표정에 씁쓸한 감정을 느끼며 운필레아는 맞장구를 쳤다.

아인즈 울 고운.

그 이름은 조금 전부터 엔리의 이야기에 몇 번이나 등장했다.

제국 기사 차림을 한 무리에게 습격당한 카르네 마을을 압도적인 힘으로 구해주고 평화를 되찾아준 사람. 의문의 떠돌이 매직 캐스터. 엔리를 구해준 영웅이자, 운필레아가 감사해야 할 상대.

그러나 이를 솔직하게 받아들이기가 어려웠다. 그것은 엔리의 얼굴에 떠오른 표정 때문이었다.

목숨을 구해준 자에게 당연한 반응이라고 이해는 할 수 있다. 그러나 질투심이 치밀었다. 남자로서 지고 싶지 않다는 마음, 자신에게는 그런 표정을 보여주지 않는 엔리에 대한 씁쓸한 마음. 그런 것이 섞인 추한 감정.

한심하다고 생각하면서, 이를 불식하고자 엔리가 가르쳐준 아이템에 대해 생각해 보았다.

고블린을 소환하기 위해 사용한 아이템의 이름은 '고블린 무슨 무슨 뿔피리'.

'무슨 무슨' 부분도 마을을 구해준 대마법사가 엔리에게 가르쳐주었다고 하지만, 너무 혼란스러웠기 때문에 뚜렷하게는 기억이 안 난다고 한다.

운필레아는 이상하게 여겼다. 그런 아이템은 들어본 적도 없었다. 들었다가 잊어버린 것 같지도 않았다. 그렇게 특별한 힘을 가진 아이템이라면 한 번 들었으면 잊어버릴 리가 없다.

무언가를 소환하는 아이템은 실제로 몇 가지 존재하며 마법 중에는 소환 계통이라는 분류도 있긴 하지만, 그런 수단으로 불러낸 몬스터는 정해진 시간이 지나면 형체도 없이 사라지고 말기 때문이다. 소환 몬스터는 결코 오랜 시간에 걸쳐 부릴 수 있는 존재가 아니다.

만일 그것이 가능하다면 그것은 이제까지의 마법 역사를 뒤집어버릴 수도 있다.

그렇다면 그것을 가능케 하는 아이템에는 얼마만한 가치가 있을까? 엔리는 금전적 가치는 모르는 모양이었지만, 만약 판다면 그것만으로도 평생 일하지 않고 살 가격이 붙을 것이다.

그런 희귀한 아이템을 엔리가 사용했던 이유는 마을에서 다시는 피가 흐르지 않기를 바랐기 때문이다. 엔리답다.

그녀가 소환한 고블린은 마을을 지키고, 나아가 엔리를 주인으로 섬기며 그녀의 명령에 따라 밭일까지 거들기 시작했다. 그리고 이제는 마을 주민들에게 활 쓰는 법 같은 호신술까지 가르친다고 한다. 그러다 보니 이제는 좀 유별난 새 주민처럼 받아들여지고 있다고 한다.

고블린을 받아들인 배경에는 같은 인간인 기사들이 마을을 습격했다는 점도 있을 것이다. 가벼운 인간불신이, 반대로 자신들을 도와준 고블린들을 받아들이기 쉽게 해준 것이다.

그리고 또 한 가지, 이 아이템을 준 것이 마을을 구한 매직 캐스터라는 점도 크게 작용했으리라.

"그래서, 아인즈 울 고운 씨라고 했나? 어떤 사람이었어? 만나게 되면 나도 인사를 하고 싶은데."

아인즈 울 고운이라는 인물에는 운필레아도 짐작 가는 바가 없었다. 아니, 가면 안의 얼굴은 엔리도 보지 못했으니, 만약 아는 사람이라 해도 분간할 수 없으리라. 다만 고블린 뿔피리처럼 값비싼 아이템을 선선히 내줄 수 있을 만한 거물이니 한 번이라도 면식을 가졌다면 잊을 수 없을 것이다. 그런 말을 하자 엔리의 얼굴에는 뚜렷하게 읽을 수 있는 실망의 빛이 번졌다.

"그렇구나. 운필레아라면 알지도 모른다고 생각했는데……."

엔리의 반응에 운필레아의 심장이 한층 크게 뛰며 등에 비지땀이 흘렀다.

『얼굴은 중요한 것이 아닐세. 그렇게 강한 사람이니, 따르는 여성도 헤아릴 수 없을 정도일 터.』

어젯밤에 들은 그 말이 뇌리에 떠올라 자신도 모르게 호흡이 거칠어졌다.

필사적으로 불안을 억누르며, 운필레아는 다시 물었다.

"에, 엔리. 왜 그러는 거야? 그 고운이라는 사람을 만나서, 어, 어쩌려고?"

"어? 응, 인사를 제대로 하고 싶어서. 우리 마을에서도, 구해주신 은혜를 잊지 말자고 조그만 동상이라도 만들자는 이야기는 있지만, 개인적으로도 인사를 해야겠다 싶거든……."

운필레아는 그 대답에서 자신이 두려워했던 감정이 전혀 담겨 있지 않음을 예민하게 감지하고, 크게 한숨을 토해내며 어깨에서 힘을 쭉 뺐다.

"그, 그랬구나. 응…… 휴우. 그러게. 당연히 인사를 해야지. 뭔가 그, 특징이 있다면 짐작 가는 사람이 있을지도 모르고, 여러 면에서 범위를 좁힐 수도 있을 텐데…… 그래, 어떤 마법을 썼는지 혹시 기억해?"

"아, 마법 말이지. 괴, 굉장했어. 번개가 바직바직 터진다 싶었더니 기사가 한 번에 쓰러지더라구."

"번개…… 혹시 '뇌격Lightning' 이라고 그러지 않았어?"

엔리는 잠시 허공을 보다가 고개를 크게 끄덕였다.

“응! ……분명 그 비슷한 말을 했던 것 같아. ……하지만 좀 더 길었던 것 같기도 하고……?”

엔리의 중얼거림에, 운필레아는 캐스터가 마법을 발동하기 전에 무언가를 말했으리라 판단했다.

“그렇구나……. 제3위계 마법을 썼구나.”

“……그 제3위계란 게…… 대단한 거야?”

“당연히 대단하지! 내가 쓸 수 있는 게 제2위계까지고, 제3위계 마법은 보통 사람이 도달할 수 있는 최고위 마법인걸. 그 이상이 되면 천부적인 재능을 가진 사람의 영역이거든.”

“역시! 고운 님은 대단한 분이었구나!”

엔리는 감탄한 듯 고개를 끄덕였지만 운필레아는 그 아인즈라는 매직 캐스터가 제3위계 이하의 마법밖에 쓸 수 없으리라고는 생각하지 않았다. 왜냐하면 조금 전에 들었던 마법 아이템을 선선히 줄 만한 상대가 아닌가. 어쩌면 영웅의 영역인 제5위계 마법까지 행사할 수 있는 위인인지도 모른다.

그런 인물이 어째서 이런 마을에 왔던 것일까.

운필레아는 고개를 꼬았으나, 이어서 엔리가 던진 폭탄 발언에 생각은 단숨에 날아가버렸다.

“그것만이 아니었어. 새빨간 포션을 주셔서——.”

이제까지의 대화가 송두리째 사라지는 듯한 놀라움이 운필레아를 엄습했다.

운필레아의 머릿속에 그때의 대화가 떠올랐다.

“그럼 돈을 낼 테니, 아가씨에게 포션을 준 사람의 자세한 정보를 가르쳐줄 수 있겠나?"

리이지의 질문에 브리타라는 전사는 눈살을 찡그렸다.

"그걸 들어서 뭘 하시게요?"

"당연한 걸 묻고 그러나. 안면을 터야지. 그 풀 플레이트를 입은 수수께끼의 인물하고. 친하게 지내면 그 포션을 어디서 얻었는지 가르쳐 줄지도 모르잖나? 실수로 중요한 정보를 흘릴 수도 있고. 그러니 모험자라면 의뢰라도 하나 맡겨 볼까 하는데, 운필레아는 어떻게 생각하느냐?"

그것이 운필레아가 모몬을 지명한 이유였다.

우호관계를 다져 포션에 관한 정보를 이끌어내는 것. 그리고 또 한 가지는, 약초를 채집하러 숲에 가면 채집 과정에서 무언가 정보를 흘릴지도 모른다는 속셈.

운필레아는 내심의 흥분을 드러내지 않고자, 조금 전과 같은 냉정한 목소리를 유지하면서 주의 깊게 엔리에게 물었다.

"음, 그 포션은 어떤 거였어?"

"응?"

"난 약사잖아. 그런 데 관심이 많거든."

"아, 그렇구나! 일 때문에 다루니까 말이지."

엔리는 운필레아에게 그 매직 캐스터에게 받았던 포션에 대해 모두 알려주었다. 도중에 아인즈 울 고운의 대단함을 몇 번이나 역설하는 바람에 조금 전 같았으면 추한 감정이 고개를 내밀었겠지만, 지금 운필레아의 머릿속은 다른 생각으로 가득했다.

무수한 정보가 한 가닥 실로 이어져, 몇 겹의 베일 너머에서 모습을 드러냈다.

에 란텔에서의 포션과 엔리가 마셨던 포션은 같은 것일 가능성이 크다. 그리고 양쪽에서 나타난 인물은 모두 여행자였고, 매직 캐스터와 까만 풀 플레이트 아머를 입은 전사로 이루어진 2인조였다.

그렇다면 해답은 한 가지였다. 다만 아인즈 울 고운이라는 인물로 짐작이 가는 것은 두 사람. 조금 전부터 엔리의 이야기로 미루어 남자라고는 생각했지만, 만약을 위해 확인해 보았다.

"……혹시 그 아인즈 울 고운이란 사람은 여자……야?"

"응? 아닌데? 얼굴은 못 봤지만 목소리는 남자였어."

반드시 그러하리라는 증거는 되지 못한다. 목소리를 바꾸는 마법도 있고, 마법 아이템 중에도 그런 작용을 하는 것이 있다. 다만 나베가 아인즈 울 고운이라고 하기에는 너무나도 위화감이 들었다. 냉혹하면서도 약간 어벙한 구석이 있는 나베와, 엔리에게 들었던 지적이고 침착한 태도, 그러면서도 약자를 도와주기 위해 나섰던 아인즈는 인물상이 너무나도 달랐다. 아인즈의 분위기와 비슷한 인물은 역시——.

"까만 갑옷을 입은 사람의 이름은 알베도라고 했던 것 같아."

"그, 그래……?"

그 이름도 들은 적이 있다. 나베가 한 말에서.

해답이 나왔다.

아인즈 울 고운은 모몬이다.

그렇다면 경악할 만한 사실이 드러난다.

이 마을을 구해주었던 매직 캐스터가, 그렇게나 뛰어난 전사이기도 하다는 뜻이다. 마법 훈련을 받은 전사도 있기는 하지만 어느 한쪽의 이점이 떨어지는 경우가 대부분이었다. 매직 캐스터 중에도 마력계 매직 캐스터는 중장갑옷을 착용한 상태에서는 마법을 영창하지 못할 때가 많다.

게다가 제3위계의 매직 캐스터이면서, 검사로서 아다만타이트 클래스의 실력을 가진 모험자라니.

이 무슨 거짓말 같은 존재란 말인가. 만일 정말로 그렇다면 영웅 중의 영웅이다.

그러나 그렇다면 왜 여행 도중에 이런저런 질문을 던졌던 걸까.

가장 가능성이 높은 것은 이국에서 미지의 기술을 익힌 매직 캐스터이며, 이 근방에 대해서는 별로 모른다는 가설이었다. 그런 사람이라면 이국의, 완전히 미지의 지식으로 만들어낸 포션을 가지고 있어도 당연하다.

운필레아는 자신이 입수한 너무나도 엄청난 정보에 호흡이 거칠어지는 것을 억제하지 못했다. 그런 모습에 엔리가 의혹의 눈빛을 보내는 것을 알면서도.

그와 동시에 복잡한 감정을 품었다.

그는 엔리를 구해주기 위해 포션도 아끼지 않고 내주었는데, 그에 비해 제조법을 알고자 간교하게 행동하는 자신에게는 혐오감을 느낀 것이다. 지저분하다는 생각이 들었다. 엔리가 과연 그런 남자에게 반할까.

그렇게 생각하자 구역질마저 치밀었다.

"괘, 괜찮아? 안색이 안 좋은데."

"으, 응, 괜찮아. 그냥 좀……."

그 제조법을 알아내 많은 사람을 구해낼 수 있다면 자신의 죄책감도 죽일 수 있을 것이다. 그러나 그럴 가능성은 희박하며, 있는 것이라곤 약사로서 새로운 포션의 제조법을 알고 싶다는 욕구뿐.

전사로서도 강하고, 매직 캐스터로서도 뛰어나며, 미녀를 거느리고, 미지의 포션을 가졌고, 위험에 빠진 시골 소녀를 구해주는 의협심까지도 겸비한 사나이.

그리고 자신.

운필레아는 자신과 모몬, 아니 아인즈 울 고운과의 차이에 절망했다.

"왜 그래? 어쩐지 이상해."

"어, 응, 아니, 그냥, 아무것도 아니야."

운필레아는 구역질을 참으며 미소를 지었다. 그러나 제대로 웃었다는 자신이 없었다. 엔리가 이를 알아차린 것이 얼굴에 뚜렷이 드러났다.

"……난 어떻게 하면 좋을까. 엔리는, 떳떳치 못한 비밀을 가진 사람은 싫겠지?"

"……신께 불려갈 때까지, 자기 마음속에만 담아두고 있어야 한다고 생각해. 그걸 말했다가 다른 사람이 불행해지거나 한다면 특히 더. 하지만 그걸 마음속에 담았을 때 남에게까지 불행을 준다면, 그렇지만도 않은 것 같아. ……운필레아, 싫어하지 않을 테니까, 죄를 저질렀으면 위병소에 가서 말하는 게 좋겠어!"

"……아니, 범죄는 아니고."

"아?! ……응! 그렇겠구나! 운필레아는 그런 짓 안 하지? 나도 믿어!"

아하하 억지로 웃는 엔리를 보며 운필레아는 어깨에서 힘이 빠져나가는 것을 느꼈다.

"아냐. 그래도 고마워. 이상한 의미로 어깨에서 힘이 빠졌어. 아무튼 대등한 위치에 서기 위해 노력해야겠다."

네게 가슴을 펼 수 있도록. 좋아한다고, 사랑한다고 말할 수 있도록.

운필레아의 결의로 넘쳐나는 선언에, 조금 전부터 무슨 말을 하는지 전혀 이해하지 못하는 엔리는 어정쩡하게 미소를 지으며 고개를 끄덕였다.

2

"흐음."

감탄사와도 비슷한 목소리를 내며 아인즈는 마을 한쪽을 바라보았다.

그곳에선 주민 몇 명이 한 줄로 서 있었다. 성별도 나이도 제각각이다. 40대의 투실투실한 아줌마도 있고, 이제 막 10대가 된 소년도 있다. 공통점은 얼굴이 진지함 그 자체이며 적의마저 번뜩인다는 것이다. 놀이 기분으로 서 있는 사람은 아무도 없었다.

활을 든 고블린 한 마리가 나란히 선 사람들에게 말을 하고 있다. 뛰어난 청력을 가진 아인즈도 이만큼 떨어진 거리에서는 무슨 말을 하는지 알 수 없었다.

이윽고 주민들이 각자 활에 천천히 살을 매겼다. 조악한 쇼트 보우(short bow)였다. 직접 만든 것인지 볼품이 없었다.
활을 당긴다. 겨냥하는 곳은 조금 떨어진 곳에 있는 인간 모양의 밀짚 다발이었다.
고블린이 명령을 내렸는지 주민들이 일제히 시위를 놓았다.
활은 조잡한데도 화살은 멋들어지게 날아가, 빨려 들어가듯 밀짚 다발에 박혔다. 빗나간 화살은 하나도 없었다.
"훌륭한데."
아인즈는 가벼운 칭찬을 입에 담았다.
"그렇습니까?"
의문이 담긴 목소리를 낸 것은 바로 뒤에 서 있던 나베랄이었다. 그녀는 저 정도 기술을 칭찬하는 이유를 이해할 수 없을 것이다. 나자릭 지하대분묘의 궁병과 비교하면 어린아이 장난이라 해도 과언이 아닌 실력이었으니까.
그런 마음을 이해하고, 헬름 안에서 환영의 얼굴이 쓴웃음을 지었다.
"물론 놀라운 기술을 가진 것은 아니고, 나베 네 말이 맞다. 그러나 저기 있는 것은 열흘쯤 전까지는 활을 들어본 적도 없는 자들이지. 그런 자들이 배우자를, 자식을, 부모를 잃고, 두 번 다시 그런 수모를 겪지 않기 위해, 또 무슨 생긴다면 이를 드러내고 싸우겠다는 마음으로 이루어낸 업적이다. 어찌 칭찬하지 않을 수 있겠느냐?"
칭송해야 할 것은 단순한 마을 주민들을 그렇게까지 만든 증오였다.
"소, 송구하옵니다. 그 점에는 생각이 미치지 못하여……."

"괜찮다. 나베 너는 그런 데까지 생각할 필요가 없으니. 게다가 실제로 그들의 기술에는 칭찬할 만한 면이 없거든."

아인즈는 다시 화살이 허공을 가르고 밀짚 다발에 꽂히는 광경을 보며 문득 생각했다.

그들은 얼마나 강해질 수 있을까, 그리고 자신은 얼마나 강해질 수 있을까.

아인즈는 위그드라실에서는 최고 레벨인 100레벨이었으며, 넘쳐난 경험치도 MAX인 0.9레벨까지 찬 상태로 이 세계에 떨어졌다. 짐작이기는 하지만, 다른 능력은 그대로 이어졌으니 이 세계에서도 레벨과 경험치는 변함이 없으리라.

문제는 0.1레벨의 경험치를 더 얻으면 101레벨이 될 수 있을까 하는 점이었다.

이 의문에 아인즈는 어렴풋하게나마 해답을 도출하고 있었다.

자신은 더 강해질 수 없다. 여기가 강함의 종착점이다.

아인즈의 강함은 성장하지 않는 강함이며, 그들의 약함은 저력을 헤아릴 수 없는 강함에 대한 가능성이다.

만일, 가령, 이 세계를 살아가는 자들의 강함에 한계가 없으며, 위그드라실에서 말하는 100레벨 이상으로 성장할 수 있다면, 아인즈를 비롯한 나자릭 지하대분묘의 존재들은 이기지 못할 날이 온다.

그리고 그것은 결코――.

"불가능하다는 법도 없지……."

아인즈가 플레이어일 것이라 짐작하고 있는 슬레인 법국의 육대신이 모습을 드러낸 것이 600년 전. 아인즈가 출현한 시간과의 사이에 놓인 이 차이는 의문이지만, 수명이라는 개념이 없다고 설정된 이형종이거나 특수한 수명설정이 있는 클래스를 보유했을 경우 육대신이 살아남았을 가능성도 있다.

만일 육대신이 지금도 슬레인 법국의 배후에 존재한다면 600년 동안 육대신의 힘을 빌어 파워 레벨링——강한 플레이어의 도움을 빌어 통상보다 빠른 속도로 경험치 앵벌이를 하는 행위——을 통해 100레벨을 넘어선 자가 있어도 이상할 것이 없다.

다만, 그렇게 되면, 법국이 세계를 제패하지 않는 것은 동격의 존재가 존재하기 때문일 가능성이 있다. 혹은 100레벨 정도로는 사실상 별로 강하지 않은 것일지도 모른다.

그렇게 생각하니 있지도 않은 위장이 시큰거리는 기분이었다.

만일 육대신이 정말로 플레이어라면 정보가 부족한 현재 상황에서는 매사가 우호적으로 흘러가도록 노력해야만 한다. 헌데 양광성전에게 얻은 정보에 따르면 이 마을을 습격한 제국 기사들은 사실 법국 사람이 변장한 것이었으므로, 이 마을을 구한 것은 슬레인 법국에 대한 적대행위가 된다.

"괜히 구해줬나……?"

역시 정보를 최우선으로 수집할 필요가 있다.

아인즈가 멍하니 그런 생각을 하고 있으려니, 이쪽을 향해 뛰어오는 한 소년의 모습이 보였다. 평소에는 가려졌던 눈이 위아래로 출렁거리는 머리카락의 움직임에 맞춰 드러나, 시선이 아인즈를 정면으로 바라보고 있음을 알 수 있었다.

그런 운필레아에게 아인즈는 불길한 예감을 느꼈다. 전에 봤던 촌장의 모습과 겹쳐졌기 때문이다.

"뭘 그리 서두르지? 또 비상사태인가? 나 원, 이 마을은……."

투덜거리는 아인즈 앞에 운필레아가 도착했다.

숨을 크게 헐떡이는 운필레아의 이마에서 땀이 흘렀다. 젖은 머리카락을 쓸어 넘기는 소년의 진지한 표정이 아인즈를 향했다.

무엇을 망설이는지, 말을 꺼내려다가 입을 다무는 행위를 몇 차례 반복한다. 이윽고 결심했는지, 아인즈를 똑바로 바라본다.

"모몬 씨가 아인즈 울 고운 씨인가요?"

갑작스러운 질문에 아인즈는 말문이 막혔다. 당연히 아니라고 대답해야 하는 상황이었다.

그러나 이를 부정하는 것이 과연 용납될까? 동료들과 만들었던 이름. 이를 지금은 자신의 것으로 사용하고 있는데, 과연 부정해도 될까?

망설인 시간이 무엇보다도 큰 웅변으로 운필레아에게 답을 가르쳐주었다.

"그랬군요. 고맙습니다, 고운 씨. 이 마을을 구해주셔서. 그리고 엔리를 구해주셔서."

꾸벅 고개를 숙인 운필레아에게 아인즈는 나직하게 대답했다.

"……아닐세. 나는……."

겨우 흘러나온 목소리에 운필레아는 다 알고 있다며 고개를 끄덕였다.

"예. 이름을 감추신 데에는 모종의 이유가 있으리라고, 이해합니다. 그래도 이 마을을 구해주신—— 아니, 엔리를 구해주신 데에는 인사를 드리고 싶습니다. 제가 좋아하는 여성을 구해주셔서 고맙습니다."

깊이 고개를 숙인 운필레아에게 아인즈는 아무 말도 못 했다.

'청춘이구만.'

좋아한다는 말에서 그런 아저씨 같은 마음을 품으며 향수에 젖은 것도 사실이었지만, 그 이상으로 다른 생각이 들었다.

"하아……. 그만…… 고개를 들게."

그 대답은 암암리에 자신이 아인즈 울 고운임을 인정하는 것과 마찬가지였으나, 이 자리에서 아무리 변명해도 운필레아의 판단을 부정할 수는 없으리라. 아인즈의 완패였다.

"예, 고운 씨. 그리고 사실은…… 숨겼던 것이 있습니다."

"……이리 오게. 나베는 그대로 거기 대기하고."

나베랄에게 명령을 내린 후, 아인즈는 운필레아를 데리고 조금 떨어진 곳으로 이동했다. 그가 행여나 이상한 말을 했다가 나베랄이 격앙할까 봐 경계했기 때문이다.

나베랄과 거리를 두고, 아인즈는 소년과 마주했다.

"실은……."

꼴깍 운필레아가 침을 삼켰다. 그리고 결의에 가득 찬 표정을 보였다.

"여관에서 고운 씨가 여자분에게 드린 포션은, 보통 방법으로는 만들 수 없는 매우 희귀한 것이었습니다. 그런 포션을 가진 인물이 어떤 분인지, 그리고 제조법을 알고자 이번 의뢰를 드렸습니다. 정말 죄송합니다."

"아하, 어쩐지."

역시 실수였다.

아인즈는 이 마을에서 소녀에게 치유 포션을 주었다. 그것과 같은 물건을 에 란텔에서도. 이것이 원인이 되어 정체가 드러난 것이다. 게다가——

'……그 포션은 회수해야 할지도 모르겠군. 그 여자 모험자의 이름을 들어놓길 잘했어……. 아니, 후회해도 어쩔 수 없지.'

아인즈는 에 란텔에서의 행동이 최선이었다고 생각했다.

그 여자 모험자는 말했다. 그렇게 훌륭한 갑옷을 입고 있으니 최하급 치유 포션 정도는 가지고 있을 거 아니냐고. 아무 생각 없는 말이었을지도 모르지만, 그것이 아인즈의 행동범위를 크게 좁혔다.

이를테면, 고급차를 탄 사람이 밖으로 나왔을 때 몸단장에도 돈을 쏟아부은 것이 확실한 차림이라면 차도 사람과 어울린다고 생각할 것이다. 그러나 차림이 매우 빈궁하다면 어떨까. 그럴 때는 차 유지비에 월급을 모두 털어 넣었나 보다 생각해 비웃을지도 모른다.

아인즈가 경계한 것이 바로 그것이었다.

거절했을 경우 일행인 나베랄의 미모, 착용한 갑옷까지 시기의 대상이 되어 좋지 못한 소문이 돌 가능성도 생각할 수 있다. 험담이란 한 번 태어나면 언제까지고 따라붙으며, 이를 두고두고 끄집어내는 사람도 많다.

아인즈는 에 란텔에서 모험자로서 명성을 높이기 위해 왔으니 오명으로 이어질 행동은 피해야만 했다.

여기까지 생각했기 때문에 그 자리에서 포션을 건넨 것이다.

도박이었으며, 빗나가기는 했지만, 유감이라고는 생각하지 않았다. 아직 치명적인 것은 아니며, 앞으로 만회하면 된다. 아인즈는 실패를 한 번도 저지르지 않을 만큼 빈틈없는 자는 아니었으므로.

다만 운필레아가 사죄하는 이유를 알 수 없었다.

"딱히 나쁜 짓은 아니지 않나?"

"예?"

"……비밀을 품은 채 웃는 얼굴로 악수를 청한다면 듣기에는 나쁘지만, 이번 의뢰는 연줄을 만들기 위한 일환이었을 텐데? 무슨 문제가 되겠나."

아인즈는 진심으로 이상하다는 듯 물었다.

"고운 씨는 마음이 넓으시군요……."

감탄한 듯한 운필레아에게 아인즈는 마음속으로 고개를 갸웃했다. 연줄은 사회인의 기본이며, 연줄을 만들려는 행위에는 문제될 것이 전혀 없다. 다만 막연하지만 알 것 같은 기분도 들었다. 운필레아는 외부인에게 절대 알려선 안 되는 기업정보를 훔쳐낼 목적으로 접근했던 거나 마찬가지라고 생각했을 것이다.

"포션 제조법을 알려준다면 자네는 그걸 어떻게 쓸 생각이지?"

운필레아는 놀랐는지 헉 소리를 내더니, 한동안 생각에 잠겨 있다가 대답했다.

"저는 그것까지는 생각하지 못했습니다. 어디까지나 지식욕 때문이라……. 아마 할머니도 그러셨을 테고요."

"그렇군. 그렇다면 딱히 저어할 이유가 있겠나. 악용할 의도였다면 모를까, 그렇지 않다면 문제될 것 없지."

"대단하시네요. 역시 ……가 동경할 만……하세요……."

중얼중얼 속삭이는 소년의 머리카락은 땀에 말라붙어 다시 눈가까지 가려졌으나, 그 안쪽에는 동경의 눈빛이 있었다. 야구를 좋아하는 소년이 프로 야구선수를 보는 듯한.

그런 태도를 보이는 소년의 마음은 과거 PK에게 끈질기게 쫓기던 무렵의 아인즈가 동료들과 처음 만났을 때 그들의 강함에 느낀 놀라움과 비슷하지 않을까.

멋쩍은 생각이 들고, 잠시 그것을 억눌렀다.

운필레아의 태도에 그 정도로 마음이 흔들렸다는 사실에 놀라면서, 냉정함을 되찾고 행동을 개시했다. 제일 먼저 물어야 할 것은 한 가지였다.

"헌데 내가 아인즈임을 아는 것은 자네뿐인가?"

"예. 아무에게도 말하지 않았습니다."

"그렇군. 고맙네."

여기까지 말한 아인즈는 운필레아를 어떻게 구워삶아야 좋을지 전혀 생각이 나지 않는다는 것을 깨달았다. 그렇기에 직접적으로 부탁하기로 했다.

"……지금 나는 모몬이라는 일개 모험자일세. 그 점을 잊지 말아주면 기쁘겠네."

"예. 아마 그러실 거라 생각했습니다. 모몬 씨에게 불편을 끼칠 줄 알면서도, 제 감사를 전하고 싶었던 겁니다. 엔리를, 그리고 이 마을을 구해주셔서 고맙습니다."

운필레아는 진지한 눈빛으로 아인즈에게 마음이 깃든 감사를 올렸다.

"아니, 이젠 됐네. 우연히 구했던 것뿐이고."

"하지만 그랬다면 그 뿔피리는 주지 않으셔도 됐을 텐데요."

그가 생각하는 그런 의도는 별로 없었지만, 운필레아가 호의적으로 해석한다면 그건 그거대로 알 바 아니다. 아인즈는 더 말하지 않고 천천히 고개를 끄덕이기만 했다.

한 시간만 더 있다가 숲으로 가겠다는 의뢰인의 부탁과, 마을을 구해준 데 대한 진심 어린 감사를 남기고 운필레아는 등을 돌리고 걸어갔다.

서서히 작아지는 뒷모습을 바라보고 있으려니, 나베랄이 앞으로 나와서 고개를 푹 숙였다.

"아인즈 님, 면목이 없습니다!"

"보는 눈이 있으니 고개를 들어라."

나베랄이 다시 고개를 드는 기척을 느끼며 아인즈는 살짝 가시 돋친 어조로 말했다.

"그랬지. 네가 알베도의 이름을 꺼낸 탓이었지."

'사실은 전혀 아니지만 그 실수가 크긴 했으니까. 이참에 그런 걸로 해 두고, 두 번 다시 그런 실수를 못하게 못을 박아두는 편이 좋겠어. 그리고 아인즈라고 부르지 말라니깐……. 뭐…… 듣는 사람은 없는 것 같지만.'

"이 목숨으로 사죄를!"

농담인 것 같지 않았다.

나자릭 지하대분묘의 모든 자들이 그렇다. 지고의 41인으로 불리는 길드 아인즈 울 고운의 멤버들을 절대존재로 예찬하며, 충성을 다하는 것을 기쁨으로 여긴다. 아인즈에게는 다소 부담스러웠지만, 그래도 자신들의 피조물이 환희의 표정으로 충성을 다해준다면 그것도 괜찮다는 생각 또한 있다.

이것 또한 창조자의 숙명이리라고.

나베랄은 그런 NPC였다. 만약 농담으로라도 자해하라고 했다간 즉시 행동할 것이다. 허가를 청하는 것은 자신의 목숨이 주인의 것이라는 절대적인 충성심에서 발로된 것이다.

"……됐다. 누구든, 어떤 자든 실수는 당연히 있는 법. 그렇다면 그 실수를 되풀이하지 않도록 노력하면 그만이다. 하나하나 쌓아나가 두 번 다시 같은 실수를 되풀이하지 마라. 너의 실수를 모두 용서하마, 나베랄 감마."

자신이 저지른 실수에 목숨으로 사죄하려는 마음과 이를 허락하지 않는 아인즈의 말에 따르고자 하는 충성심. 두 가지 상반된 마음을 얹은 나베랄의 천칭이 이윽고 한쪽으로 기우는 것을 아인즈는 느꼈다.

나베랄이 천천히 고개를 숙였다.

"감사하옵니다! 두 번 다시 이러한 실수를 범하지 않도록 주의하겠나이다!"

"……뭐, 정말로 마음에 두지 마라. 모몬이라는 이름의 모험자 —— 위장 신분을 만들려는 의도는 아직 완전히 실패한 것이 아니니까, 앞으로 주의하면 되지. 하지만…… 경우에 따라서는 그 아이를 없앨 필요도 있겠군……."

"그러면 지금 당장 실행할까요?"

"무슨. 의뢰를 실패했다간 귀찮게 될 텐데."

운필레아의 할머니는 에 란텔에서도 유명한 약사다. 그런 자의 분노나 원한을 샀다간 아인즈의 목적이 크게 뒤틀리고 만다.

"뭐…… 어, 임기응변으로 가자고."

말은 그렇게 했지만, 애초에 아인즈에게는 더 뾰족한 수가 떠오르지 않았다.

3

눈을 숲으로 돌리면 100미터 이상 전방에 울창하게 우거진 나무 사이로 뻥 뚫린 공간이 보였다. 고블린에게 보호를 받는 주민들이 방책을 만들기 위해 나무를 잘라낸 흔적인데, 거대한 마수가 주둥이를 벌리고 있는 것 같기도 했다.

그런 장소에서 아인즈 일행은 최종 체크를 했다. 먼저 입을 연 것은 의뢰인 소년이었다.

"그럼 이제부터 숲에 들어갈 테니, 경호를 잘 부탁드립니다. 그렇다고는 해도 숲으로 조금만 들어가면 숲의 현왕이라는 몬스터의 영역이기 때문에, 평소대로라면 여타 몬스터에게 습격을 당할 가능성은 거의 없을 거예요. 다만 문제는 어제 오우거가 나타났던 곳도 현왕의 영역이었다는 점입니다. 숲에서 무슨 일이 일어난 것인지도 모르겠어요. 모험자인 여러분께 굳이 말씀드릴 필요는 없겠지만, 부디 경계를 잘 부탁드립니다."

운필레아의 시선이 한순간 아인즈에게 머물렀다.

그리고 칠흑의 검 일동의 시선도.

"뭐, 모몬 씨가 있으면 괜찮으리라 생각하지만요."

"……만일 숲의 현왕이라는 몬스터가 출현한다면, 여러분은 먼저 도망치십시오. 방어선은 제가 맡을 테니."

아인즈의 자신감 넘치는 말에 모두 감탄성을 흘렸다. 어제 오우거와의 전투를 본 후로 한층 그의 실력을 인정하게 된 것이다.

주위에서 대단하다는 말을 해줄 때마다 아인즈는 살짝 멋쩍은 기분도 들었다. 이제까지 살아오며 칭찬을 받은 적이 거의 없었던 폐해였다. 바로 옆에 있는 나베랄은 자못 자랑스러워하는 분위기였다. 그녀의 자세가 부럽다.

"만일 도망쳐야 하는 상황이 닥치면 즉시 이 자리를 떠나 주십시오. 숲의 현왕이 강대한 마수라면 더더욱 온 힘을 다해 도주해야만 합니다. 자칫 여러분이 말려들어서는 안 되니까요."

"알겠습니다. 그때는 저희가 운필레아 씨를 호위해 숲 밖까지 도망치도록 하지요. 모몬 씨도 무리하지 마십시오."

"고맙습니다. 저도 위험해지면 즉시 이탈하겠습니다."

"저어…… 모몬 씨."

말꼬리를 흐리던 운필레아가, 마음을 굳게 먹은 듯 입을 열었다.

"숲의 현왕을 죽이지 않고 쫓아내기만 해주실 수는 없을까요?"

"……그건 왜 그렇습니까?"

"예. 숲의 현왕이 이 부근을 영역으로 삼은 덕에, 카르네 마을은 이제까지 몬스터의 습격을 받지 않았거든요. 만약 숲의 현왕을 죽인다면……."

"그렇군요……."

"에이, 그건 무리지. 암만 모몬 씨가 강하다고 해도 전설의 마수를 상대할 때는 온 힘을 다해 싸우지 않으면 위험할 텐데? 그럴 여유가――."

"알겠습니다."

"뜨아?!"

루크루트가 놀라 소리를 지르고, 다른 칠흑의 검 멤버들도 말은 하지 않았지만 비슷한 표정이었다.

"어려울지도 모르겠지만, 쫓아내는 선에서 그만두지요."

아인즈의 자신만만한 목소리에, 같은 모험자로서 외경심을 느낀 모양이었다.

"상대는…… 수백 년이나 살아온 전설의 마수인데도……."

"강자만이 보일 수 있는 자세로고……."

"모몬 씨의 성격을 보면 자만하시는 건 아니겠지만요……."

칠흑의 검 멤버들과는 대조적으로, 아인즈의 강함을 다소나마 알았던 운필레아는 안도한 표정이었다.

그런 소년을 바라보며 아인즈는 내심 웃었다. 소년이 바라는 것은 카르네 마을에 몬스터가 나타나지 않는 것. 그렇다면 숲의 현왕 대신 영역을 지켜줄 몬스터를 배치한다면 소년의 바람도 들어줄 수 있다. 만약 숲의 현왕을 죽이더라도 나자릭에서 서번트를 데려오면 그만이다.

"알겠습니다! 그럼 시작할까요? 제가 이번에 채집하려는 약초는 이런 모양을 하고 있어요. 만약 여러분이 발견하시면 제게 알려 주세요."

운필레아는 배에 달아놓은 커다란 채집용 가방에서 무언가 쪼글쪼글한 식물을 꺼냈다.

"오, 운구낙 풀이로군!"

드루이드인 다인에게서 즉시 대답이 나왔다. 아인즈가 보기에는 이 근처에서 자라나는 잡초와 별반 다를 바 없는 풀이었지만, 루크루트와 니냐 두 사람도 이해했다는 듯 몇 차례 고개를 끄덕인다. 지식으로 이름을 기억하고 있었던 모양이다.

아는 척을 하는 것이 좋은지 어떤지 망설이는 동안 아인즈에게 모두의 시선이 집중되었다.

"모몬 씨는 괜찮으시겠습니까?"

"음? 아, 예. 알겠습니다."

아인즈는 천천히 고개를 끄덕였다.

언데드의 정신구조가 아니었다면 동요 때문에 목소리가 갈라졌을지도 모르지만, 표정은 헬름에 가려져 보이지 않고 감정을 읽을 수도 없다. 철벽의 방어를 얻은 아인즈의 태도는 그야말로 위풍당당했다. 내면은 둘째 치더라도.

"약초로 만드는 치유 포션에 많이 쓰이는 재료죠?"

"모험자에게는 친근한 약초로고!"

"아~ 그랬구나. 왜 숲까지 캐러 왔는지 알겠네. 사람이 재배한 것보다 자연산이 약효가 좋다며?"

"맞아요. 사실 우리 포션은 모두 자연산으로 만드는 게 자랑이거든요! 뭐, 약효는 1할 정도 늘어나는 거지만요."

"그 1할이 중요한 겁니다, 목숨이 오가는 직업을 가진 사람들에게는. 같은 값으로 더 좋은 것을 사는 셈이니……. 역시 고품질 포션으로 이름이 높은 발레아레 약품점은 다르군요."

운필레아와 칠흑의 검 멤버들이 나누는 포션 이야기를 흘려들으며 아인즈는 생각에 잠겼다. 위그드라실에서 치유 포션은 보통 특정한 클래스를 거친 자만이 익힐 수 있는 스킬, 그리고 포션에 담고 싶은 마법을 재료로 만든다. 아인즈에게는 지식밖에 없지만, 재료는 연금술 용액에 특정 물질을 합성한 것이라고 한다. 하지만 약초를 사용하는 사례는 들어본 적이 없었다.

다시 말해 이 세계의 포션 제조법은 위그드라실의 것과 다르다는 뜻이다. 운필레아가 '보통 방법으로는 만들 수 없다.' 고 했던 것은 이런 데서 유래된 말이었으리라.

아인즈는 이 세계의 포션 기술을 손에 넣으면 나자릭을 강화할 수 있으리라 확신했다. 그렇다면 어떻게 해야 이를 얻을 수 있을까.

머리를 굴리는 동안 화제는 다시 의뢰 이야기로 넘어간 것 같았다. 아인즈는 귀를 기울였다.

"숲 속에 광장처럼 탁 트인 곳이 있으니 그곳을 향해 이동하겠습니다. 위치는 루크루트 씨께 전해두었으니 안내를 부탁할게요."

"그래, 맡겨만 두라구!"

가볍게 되받아치는 루크루트에게서 시선을 뗀 운필레아는 일행 모두를 둘러보았다.

"그러면 채집에 들어갈――."

"――그 전에 한 가지 제안이 있습니다."

"말씀하세요, 모몬 씨."

"캠프 때 사용했던 〈경보〉와 비슷한 마법을 나베가 쓸 수 있으니, 그 자리에 도착하면 저희끼리만 잠시 개별행동을 해도 되겠습니까?"

운필레아를 포함한 전원의 표정이 살짝 흐려졌다. 최대 전력이 위험한 장소에서 자리를 비운다는 것이 불안했기 때문이다. 하지만 운필레아가 제일 먼저 대답했다.

"상관없습니다. 하지만 너무 멀리 가지는 말아주세요."

"물론이죠. 그리고 숲 속에서 길을 잃으면 큰일이니 로프를 묶고 가겠습니다. 무슨 일이 생기면 그것을 당겨 주십시오."

"그럼 내가 따라갈까? 나베랑 이상한 짓 하지 못하게 잘 지켜봐야지."

"나가 죽으세요, 진딧물 같은 하등생물. 네 머리에는 성욕밖에 없나요? 거세해버리면 정상으로 돌아갈까요?"

"……나베, 그만해라. 루크루트 씨, 그러실 필요는 없습니다. 그리고 니냐 씨. 숲에서는 길을 잃어도 문제가 없도록 서로의 위치를 탐색하는 마법이 있다면 편리하지 않을까요?"

"그런 마법은 들어본 적이 없는데, 있으면 정말 편리하긴 하겠네요."

니냐의 부정하는 말에 아인즈는 고개를 끄덕였다.

'제6위계에 특정 물체를 탐색하는 마법이 있는데, 그걸 모르는 것은 지식이 없기 때문일까? 아니면 이 세계 특유의 마법이 있듯 위그드라실의 마법 중 이 세계에 존재하지 않는 것이 있기 때문일까?'

아인즈는 의문을 잠시 젖혀두고 나베랄에게 가볍게 턱짓을 해 준비를 갖추도록 전했다. 이에 응해 나베랄이 칠흑의 검 멤버들의 어떤 한곳을 순서대로 응시했다.

"그러면 모몬 씨와 나베 씨는 잠깐만 개별행동을 하시는 걸로 알고, 돌아오신 다음부터 채집을 시작하죠."

의뢰인이 그렇게 결정한다면 반대할 수는 없다. 칠흑의 검도 동의한 듯 한두 차례 고개를 끄덕였다.

제안이나 주의사항 같은 최종점검을 마친 후, 드디어 출발을 알리는 운필레아의 목소리가 울려 퍼졌다. 일행은 짐을 짊어지고 숲 속으로 들어섰다.

카르네 마을 주민들이 나무를 베어낸 곳 근처는 지면도 말라서 걷기 편한 숲이라는 생각이 들었지만, 서서히 녹색 미궁이라는 표현이 떠오를 정도로 주위의 경치가 바뀌기 시작했다.

이정표가 될 물체가 없는 숲속에서는 자신들이 온 방향마저 판별하기 힘들어, 마치 숲에 빨려 들어가는 불안감이 있다. 하늘 높이 솟은 나무의 위용과 맞물려 보통 사람은 겁을 먹을 수도 있다. 그러나 언데드의 정신에 달라붙은 인간의 어렴풋한 잔재를 제외하면 공포를 느끼지 않는 아인즈는 자연이 자아낸 멋들어진 광경에 냉정한 칭송을 보냈다.

위그드라실에서 숲 같은 자연 에어리어를 봤을 때는 어차피 게임의 세계일 뿐이라는 생각이 들었다. 나자릭 지하대분묘의 디테일을 자랑스러워하는 아인즈는 복잡한 마음을 품고 말았으나, 인간의 손길이 들어가지 않은 숲이란 것에 이만큼 압도될 줄은 몰랐다.

'‘블루 플래닛’ 님이 자연을 사랑하는 것도 이해가 가는걸…….'

숲을 관찰할 겸 주위를 둘러보았지만 움직이는 것의 기척은 없어 매우 조용했다. 멀리, 정말 멀리서 새가 어렴풋이 우는 소리가 들리는 것 말고는 생물의 존재를 느낄 수도 없었다.

선두에 선 레인저 루크루트가 오감을 최대한 동원해 주의 깊게 걷는 뒷모습이 보였다. 그는 주위에 몸을 숨긴 존재가 없다고 판단한 모양이었다.

'사실은 있지만.'

아인즈는 조용히 미행하고 있을 인물을 자랑스럽게 생각했다.

햇빛이 들지 않기 때문인지 의외로 시원한 숲속을 일행은——두 사람 정도 예외를 제외하면——긴장하며 묵묵히 걸었다. 발 디딜 곳이 불편한 데다 정신적인 부담감이 있기 때문에 일행의 이마에선 땀이 배어나왔다.

이윽고 직경 50미터 정도 되는 탁 트인 장소가 나타났다.

"여기가 예정지예요. 이곳을 기점으로 채집을 시작합니다."

짐을 내려놓으며 운필레아가 말하자 다른 사람들도 각자 가지고 온 것들을 내렸다. 그렇다고 마음을 놓은 것은 아니었다. 주위에 빈틈없이 눈을 돌리며 언제든 즉시 대응할 수 있도록 긴장한다.

이곳은 더 이상 인간의 세상이 아니니까.

"그러면 저희는 아까 말씀드린 대로 행동을 시작하겠습니다."

운필레아가 알았다고 대답하자 아인즈는 로프를 근처 나무에 묶고, 이를 든 채 숲속으로 들어갔다.

손에 쥔 로프는 가늘어도 튼튼해서 지면에 쓸리는 정도로는 끊어지지 않는다. 그런 로프를 들고 아인즈와 나베랄은 가능한 일직선으로 숲속을 나아갔다. 보통은 똑바로 걸으려고 해도 나무들이 방해하기 때문에 거의 불가능하지만, 로프가 있으면 이제까지 걸어온 길을 알 수 있으므로 숲에 익숙하지 않은 사람들도 거의 일직선으로 걸을 수 있다.

이윽고 숲속을 50미터 정도 나아가 로프도 거의 다 풀렸을 때쯤 발을 멈추었다.

뒤를 돌아봐도 나무에 가려 시야는 완전히 차단되었다. 이쪽의 모습이 보일 염려는 없다. 미행은 금세 대처할 수 있는 인물이 근처에 있을 테니 마음에 두지 않아도 된다.

"이 근처면 되겠지."

"예."

"여기서 내 명성을 높이기 위한 회의를 해 보자."

"……그래서 질문이 있사옵니다. 대체 어떤 일을 하시려는 것인지요? 그들이 찾는 약초를 대량으로 발견하는 것이옵니까?"

아인즈는 묵묵히 나베랄을 바라보고, 그렇지 않다는 뜻으로 고개를 가로저었다.

"숲의 현왕과 싸울 생각이다."

머리에 물음표를 띄우는 나베랄에게 다시 설명했다.

"내 강함을 그들이 확실히 알 수 있는 형태로 보여주는 것이 목적이다."

"……그 오우거 덕에 이미 충분히 증명이 되지 않았습니까?"

"……네 말도 옳다. 그러나 고블린이나 오우거 정도의 몬스터로는 부족하다. 도시에 돌아가 그들이 모몬이라는 모험자의 위업을 널리 퍼뜨릴 때, 오우거를 일격에 양단했다는 것과 숲의 현왕을 격퇴했다는 것 사이에는 엄청난 차이가 있다. 소문의 전달 속도, 그리고 명성의 크기가 말이다. 그러니 그들에게 스펙터클을 연출해 주자꾸나."

"아하! 역시 아인즈 님! 완벽한 계획입니다! 하지만 그 숲의 현왕이란 자는 어떻게 찾아야 하옵니까?"

"이미 수는 써 뒀다."

그게 무엇이냐고 나베랄이 물어보려고 했을 때, 제삼자의 목소리가 끼어들었다.

"넵~ 그래서 제가 왔습니다!"

갑자기 옆에서 말이 들리는 바람에 나베랄이 그쪽으로 예리한 시선을 돌리며 동시에 오른손을 내밀고 마법을 조준했다. 그러나 누구였는지를 깨닫자 금세 표정이 온화해졌다.

"아우라 님! 놀라게 하지 마세요."

"미안."

나무 뒤에서 고개를 내민 것은 에헤헤 웃는 다크엘프 소녀였다.

나자릭 지하대분묘 제6층 수호자 중 하나인 아우라 벨라 피오라였다.

"대체 언제부터 계셨어요?"

"응? 아인즈 님이랑 나베랄이 숲에 들어갈 때부터."

아우라는 비스트 테이머 겸 레인저이므로 숲속의 미행은 식은 죽 먹기였다. 물론 루크루트도 같은 레인저이기는 하지만, 능력 차이가 어마어마하므로 아우라의 미행을 감지할 리는 없다.

"그런고로 부르심 받고 왔습니다. 제가 숲의 현왕이라는 마수를 찾아서 아인즈 님을 공격하게 만들면 되는 거죠?"

"그렇다. 이제까지 얻은 정보에 따르면 숲의 현왕은 은백색 털을 가졌으며 꼬리는 뱀처럼 길다고 한다. 그리고 네발짐승이라는데…… 이것만 가지고도 찾아낼 수 있겠느냐?"

"네, 괜찮아요. 아마 그놈 아닐까 생각하거든요."

이미 감을 잡은 듯 가볍게 시선을 들며 아우라가 긍정했다.

"하지만 차라리 제가 사역해 조종하는 게 낫지 않을까요?"

"……그것도 생각했다만, 관두자꾸나."

비스트 테이머인 아우라라면 문제도 아닐 것이다. 그러나 만에 하나 자작극임이 들통 나면 곤란하다. 그런 불안은 처음부터 배제하는 편이 현명하다.

"참고로 아우라. 네게 준 사명은 어느 정도 진행되었느냐?"

"네!"

아우라가 한쪽 무릎을 척 꿇으며 신하의 자세를 취했다.

그녀답지 않다고 생각하면서도 아인즈 또한 주인다운 태도로 보고를 들었다.

"아인즈 님께 '대삼림을 탐색 및 파악 후 나자릭에 종속할 가능성을 가진 존재를 확인하며 물자 축적 장소 또한 설치하라.' 는 하명을 받은 바, 현재 순조로이 진행하고 있습니다."

"좋아."

아인즈는 짧게 대답했다.

그가 에 란텔로 향하기 전, 각 수호자들에게는 각자 일을 맡겨놓았다. 그중에서 아우라——그리고 마레——에게 대삼림을 탐색하도록 시킨 이유는 말할 것도 없이 나자릭의 안전을 확보하고 정보를 수집하기 위해서였다.

다음으로 물자 축적 장소란 실제로는 피난처라 하는 편이 정확할 수도 있다. 그런 장소를 확보하도록 명령한 이유는 두 가지였다. 첫째는 모종의 비상사태로 인해 나자릭으로 돌아갈 수 없을 경우 몸을 감출 장소를 확보하기 위해. 둘째는 나자릭의 존재를 은폐할 필요성이 생겼을 때 사용할 거점으로서. 물론 온갖 자원을 보관하는 창고로도 쓸 생각이었지만.

나자릭을 따를 존재를 찾는 것은 파워 레벨링이 가능할지, 또한 이 세계의 존재에게는 레벨업이라는 개념이 얼마나 작용하는지를 확인하기 위해서였다.

그런 일련의 임무를 내렸기 때문에 이 숲은 아우라와 마레는 물론 시설 건설에 종사하는 서번트 등 강대한 외부 존재로 가득하게 되었다. 그 때문에 숲의 세력 균형이 무너졌고, 결과적으로 오우거 또한 숲의 현왕이 지배하는 영역을 가로지르면서까지 숲 밖으로 나가야 했던 것이리라.

"하오나 물자 축적 장소는 아직 더 시간이 걸릴 것 같습니다."

"그건 어쩔 수 없지. 네게 지령을 내리고 얼마 지나지도 않았잖느냐."

일단 일손으로 골렘이나 언데드처럼 잠도 휴식도 필요 없는 자들을 함께 보내기는 했지만, 그래도 작업량을 생각하면 단기간에 모든 것을 마칠 수는 없었다.

"시간을 들여도 좋으니 가능한 완벽하게 준비하라. 만일 누군가에게 침공을 당하더라도 그리 쉽게 함락당하지 않을 만큼 방어도 갖춰놓고."

"네! 알겠습니다!"

"좋아. 그러면 아우라. 조금 전에 말한 숲의 현왕은, 네가 알아서 잘 해다오."

"네!"

씩씩하게 대답하며 아우라가 벌떡 일어났다.

*

아인즈와 헤어지자, 이를 기다렸던 듯 나무 뒤쪽에서 젖은 듯한 모피를 가진 칠흑의 거대 늑대가 천천히 모습을 드러냈다. 불타는 듯한 진홍색 눈동자에는 깊은 지혜가 깃들어 그것이 단순한 짐승이 아님을 알려주었다.

그것만이 아니다. 다른 나무에는 몸을 돌돌 말아놓은, 카멜레온과 이구아나를 합쳐놓은 듯한 여섯 발 몬스터가 있었다. 비늘 형태의 피부가 요란하게 색을 바꿔나가는 모습은 마치 물결이 치는 것 같았다. 이것도 조금 전의 늑대와 마찬가지로 거대했다.

"펜, 쿼드라실. 왜? 걱정돼서 보러 왔어?"

펜이라 불린 늑대가 코를 킁킁거리며 아우라를 쿡쿡 찔렀다. 쿼드라실은 혀를 내밀어 찰싹찰싹 아우라의 머리를 부드럽게 두드린다.

"어허. 아인즈 님이 주신 일을 해야지."

아우라는 나자릭 계층수호자 중에서도 가장 약한 축에 속한다. 영역수호자 중에서도 아우라보다 강한 자가 있을 정도였다. 하지만 그것은 개개인의 힘을 따졌을 때이다.

아우라의 능력은 개인이 아니라 무리에 있다. 아우라가 사역하는 총 100마리를 넘어가는 마수들은 최고 80레벨이며, 아우라의 스킬 지원을 받으면 90레벨 정도의 능력을 발휘한다. 이를 동원하면 다른 수호자의 개인 전투력을 압도할 수 있을 것이다.

그런 아우라가 사역하는 마수 중 지금 따라와 준 것이 그녀가 아끼는 마수——신수(神獸)로 불리는 상위마수 펜리르(Fenrir) 펜, 그리고 동격의 이참나(Itzamna) 쿼드라실이었다.

아우라의 말을 이해한 듯 펜과 쿼드라실이 장난을 멈추었다.

"좋아. 그럼 가자!"

두 마리의 마수를 거느리고 아우라는 숲을 달렸다. 숲속인데도 전혀 거리낄 것이 없는 질풍 같은 속도였다.

질주하기를 30여 분. 아우라는 목표지점에 도달했다.

아우라의 앳된 얼굴에 나이에 어울리지 않는 웃음이 씨익 떠올랐다. 어딘가 천진난만하기는 하지만 어딘가 잔인하기도 했다.

"쫌 탐나기는 했지만, 아인즈 님의 명령이니 어쩔 수 없지."

애완동물이라기보다는 자신의 몸을 장식하는 장식품에 말하는 듯한 어조로 아우라가 중얼거렸다.

숲의 현왕이 기거하는 보금자리를 파악해놨던 것은 원래 테이밍할까 말까 생각하고 있었기 때문이다. 숲의 현왕이라는 마수는 아우라가 사역하는 몬스터에 비교하면 매우 약해 가치는 낮았다. 하지만 무엇보다도 아우라가 모르는 미지의 몬스터라는 부분이 수집가 정신을 자극했다. 그것을 포기하기란 아쉬웠지만, 모든 것을 바쳐 충성을 다하는 최고의 주인을 위해서라면 어쩔 수 없다.

"그러면."

아우라는 폐 속에서 기체의 조성을 조합했다. 재구성을 통해 자연과는 완전히 다른 성분을 띤 숨결이 살짝 벌어진 핑크색 입술을 통해 새어나왔다. 감정을 조작하는 숨결이었다.

원래는 자신의 주위로만 확산되며 범위가 좁은, 굳이 비교하자면 미미한 수준에 속하는 패시브 스킬이었다. 그러나 그런 능력이라 해도 마음만 먹으면 사격계 스킬과 조합해 최대 2킬로미터에 달하는 거리에서 한 목표를 정확히 공격하는 것도 가능했다. 이런 숲 속이라 해도 표적을 놓치지 않고.

그러나 이번에는 그렇게까지 할 필요가 없었다. 완전히 기척을 지우며 조용히 표적 근처까지 다가갔다. 야생의 짐승은 물론 더 뛰어난 감각을 가진 마수라 해도 아우라의 기척은 읽지 못했을 것이다.

존재를 완전히 지운 아우라는 단잠에 빠진 숲의 현왕 바로 곁까지 당당히 다가가, 후우 숨을 내쉬었다. 숨결에 담긴 공포심을 자극하는 작용은 숲의 현왕을 순식간에 깨웠다.

숲의 현왕은 온몸의 털을 거꾸로 세우고 쏜살같이 달아났다. 공포에 사로잡힌 네발짐승의 전력질주는 엄청나게 빨랐다. 하지만 그 뒤를 좇아 달리는 아우라는 더 빨랐다.

적절히 숨을 내뱉으며 아인즈의 곁으로 유도하는 그 모습은 마치 등 뒤에 달라붙은 '죽음' 과도 같았다.

"……하지만 죽은 다음에 모피 정도는 주실 수 없냐고 물어봐야지."

*

숲이 술렁거렸다.

공기의 변화에, 귀를 기울이며 경계하던 루크루트가 험한 표정으로 주위를 살폈다.

"뭔가 온다."

그 목소리에 약초 채집을 돕던 칠흑의 검 멤버들이 일제히 무기를 뽑고 자세를 잡았다. 아인즈는 한 박자 늦게 그레이트 소드를 두 손에 쥐었다.

"숲의 현왕일까요?"

약초를 가방에 담기 시작했던 운필레아가 불안이 배어나는 목소리로 물었지만 대답할 수는 없었다. 다들 입을 다문 채 숲 안쪽을 노려볼 뿐이었다.

"위험하게 됐는걸, 이거."

언제나 경박하던 루크루트마저 심각한 목소리로 내뱉었다.

"커다란 것이 이쪽을 향해 돌진하고 있어. 왜 이리 갔다 저리 갔다 하는지는 모르겠지만, 풀을 밟는 발소리를 들어보면 금세 여기에 도착할 거야. 하지만…… 숲의 현왕인지 어떤지는 모르겠는걸."

"철수하자. 현왕인지 아닌지는 둘째 치더라도 여기 남아 있는 건 위험해. 만약 아니었다 해도 우린 놈의 영역을 침범했을 테니, 쫓아올 가능성도 있어."

그렇게 선언한 페텔의 시선이 아인즈에게 머물렀다.

"모몬 씨, 방어선을 맡아주실 수 있겠습니까?"

"예. 맡겨만 주십시오……. 뒷일은 저희가 대처하겠습니다."

칠흑의 검은 입을 모아 아인즈에게 성원을 보내고, 운필레아를 호위하며 숲 밖으로 나가기 위해 철수를 시작했다.

"모몬 씨, 무리하지는 마세요."

운필레아의 목소리에는 아인즈에 대한 절대적인 신뢰가 있었으며, 머리카락 틈에서는 반짝거리는 동경의 눈빛이 새어나왔다. 공연히 멋쩍어진 아인즈는 얼른 이탈하라고 채근했다.

숲의 나무들 너머로 사라져가는 일행을 쳐다보다 문득 자신들끼리만 헤매지 않고 숲 밖으로 빠져나갈 수 있을지 조금 불안해지기는 했지만, 일이 끝나고 아우라에게 안내를 부탁하면 될 거라는 사실을 금세 깨달았다.

그보다 문제는——.

“아차……. 다들 숲의 현왕이 아니라고 판단할 가능성도 있었구나……. 나자릭에 끌고 가더라도, 어떻게든 놈을 쫓아냈다는 증거를 얻어야만 할 텐데……. 다리 하나 정도는 날려버릴까?”

“——아인즈 님.”

나베랄이 시선을 보낸 곳, 멀리 떨어진 나무 사이로 거대한 그림자가 보였다. 나무 틈에 가려 모습을 판별할 수는 없었으며 햇살이 들지 않아 은백색 체모도 분간하기 힘들었다.

“손님이 등장하셨군.”

사실 손님은 이쪽일지도 모르지만—— 그런 생각을 잠깐 하면서 아인즈는 나베랄 앞에 섰다. 현왕의 전투능력을 레벨로 환산할 수 없으므로 매직 캐스터이자 직접전투가 힘든 나베랄을 지키는 것은 당연했다.

나베랄 앞에 선 순간 공기가 날카롭게 휘어지는 느낌이 들었다. 아인즈는 그레이트 소드를 방패처럼 쳐들었다.

삐걱거리는 금속성이 울려 퍼지며 한쪽 팔에 중량감이 내달렸다. 그레이트 소드에 상당한 속도를 가진, 질량 있는 물체가 부딪친 충격이었다.

뱀 같은 비늘에 뒤덮인 매우 긴 꼬리가 나무 뒤로 스륵 돌아가는 것이 보였다.

‘꼬리를 소몰이 채찍처럼 휘둘러 공격했던 모양이군. 하지만 부딪쳤을 때의 감촉이나 소리로 판단컨대 금속에 필적하는 경도를 가진 채찍이라고 봐야 하려나? ……게다가 공격 범위가 20미

터도 넘는 것이 귀찮은걸. 하지만 저런 꼬리로 어떻게 생활을 한담?'

전사 계열 스킬이 하나도 없는 아인즈는 적당한 대처법이 떠오르지 않았다. 기껏해야 근거리 전투로 들어가야겠다는 정도.

아인즈는 숨을 내뱉었다. 물론 아인즈는 폐가 없는 존재이므로 그런 짓은 불가능하지만, 어깨에서 힘을 빼고 추가공격에 반응할 수 있는 자세로 들어간 것이다. 그에 반해 나무 뒤에서는 깊이 있고 조용한 목소리가 울렸다.

"본좌의 첫 공격을 완벽히 방어하다니 훌륭하도다……. 그대만한 상대는…… 어쩌면 처음인지도 모르겠군."

"본좌……? 하도다……?"

환영으로 만든 얼굴을 씰룩거린 아인즈는 이 말 또한 번역이 되고 있음을 떠올렸다. 아인즈의 뇌가 가장 비슷하다고 판단한 말투가 이것이라는 뜻이다.

"하면, 본좌의 영역을 짓밟은 침입자여. 지금 도주한다면 조금 전의 훌륭한 방어를 보아 추적하지 않겠다만…… 어떻게 하시겠나?"

"……우문이로군. 너를 쓰러뜨리고 이익을 취하도록 하겠다. 그보다 모습을 드러내지 않는 것은 자신의 모습에 자신이 없기 때문인가? 아니면 부끄러움을 타나?"

"……달변이로구나, 침입자여! 하면 본좌의 위용을 두 눈으로 직접 확인하고 공포에 떨어보아라!"

숲의 현왕이 천천히 덤불을 짓밟으며 아인즈 앞에 모습을 드러냈다.

그 모습에 환영으로 만든 아인즈의 거짓 얼굴이 눈을 크게 떴다.

"후후후. 그 투구 안에서 경악과 두려움이 전해지도다."

짐승의 얼굴에 일그러진 웃음이 떠올랐다. 그리고 긴 꼬리가 꿈틀거렸다. 은백색 체모에 뒤덮인 몸에는 기괴한 문자와도 같은 무늬가 있었다. 몸집은 거대해 말 정도 크기는 될 것 같았다. 그러나 높이는 낮다. 옆으로 넓었으며, 펑퍼짐한 인상이다.

숲의 현왕은 천천히 거리를 좁혔다.

"이 무슨……."

형용하기 어려운 감정변화가 아인즈를 엄습했다. 언데드의 육체가 된 후로는 정신이 크게 흔들리면 금세 억제되었으므로, 그 사실을 염두에 둔다면 어지간히 강한 감정을 느낀 것이리라. 그래도 위그드라실 시절을 포함해, 몬스터를 보고 이런 기분에 사로잡힌 것은 정말 오랜만이었다.

"……한 가지 묻고 싶다. 너의 종족명은 무엇이냐?"

"본좌는 그대들이 일컫는 바 숲의 현왕이라 하며, 다른 이름은 없도다."

아인즈는 나오지도 않는 침을 꼴깍 삼키며, 물었다.

"너의 종족명은…… 시베리안 햄스터라고 하지 않느냐?"

숲의 현왕.

그 모습은 아인즈가 아는 동물, 시베리안 햄스터와 매우 흡사했다. 은색이라기보다는 스노우 화이트 컬러의 털결, 까맣고 동그란 눈동자. 넙데데한 찹쌀떡 같은 모습.

물론 햄스터는 저렇게 꼬리가 길지도 않고, 인간을 능가할 정도로 거대하게 성장하지도 않는다. 다만 그 이외에는 묘사할 말이 떠오르질 않았다. 백 명이면 백 명이 틀림없이 햄스터라고 대답할 것이다. 초거대 시베리안 햄스터, 혹은 돌연변이 시베리안 햄스터라고 할지는 모르겠지만.

목도 없는 귀여운 얼굴을 갸웃한 채 코를 실룩거리며 숲의 현왕이 대답했다.

"글쎄…… 본좌는 태어나면서부터 줄곧 혼자 살아왔노라. 동족을 모르는 까닭에 대답하기 어려우나…… 행여 그대는 본좌의 종족을 알고 있는가?"

"으……음……. 안다고 해야 할지…… 옛 동료 중에 너와 매우 흡사한 동물을 키운 사람이 있었다만……."

애완동물로 키우던 시베리안 햄스터가 수명 때문에 죽는 바람에 일주일 가까이 위그드라실에 나타나지 않았던 동료를 떠올렸다. 나베랄이 뒤에서 "오오……."하고 감탄성을 낸 것은 지고의 41인에 대한 정보였기 때문이리라.

"무엇이라! 본좌와 닮은 존재를 애완동물로 삼았다고!"

숲의 현왕의 두 볼이 불룩 부풀었다. 기분이 상한 것일까, 아니면 위협의 포즈일까, 아니면 다른 무엇이었을까. 아인즈가 알 수 있는 것은 사탕을 입에 넣지는 않았으리라는 사실뿐이었다.

"흐음…… 그 이야기를 자세히 듣고 싶도다. 본좌도 생물로서 종족을 유지해야만 하는 몸. 만일 동족이 있다 하면 자손을 만들지 않고서는 생물로서 실격이 아니겠는가."

현왕의 논리로 따지자면 자손을 만들 수 없는 아인즈는 생물 실격이라는 뜻이 된다. 자신은 이미 언데드이며 생물이 아니라고 명

청한 변명을 생각하며 의욕 없이 대꾸했다.
"……아니, 너처럼 크진 않았거든."
"허어……. 하면 어린아이였나?"
"……그게 아니고. 어른이라도 사이즈는 손바닥에 올라갈 정도였다."
조금 실망한 것인지 현왕의 수염이 힘없이 늘어졌다.
"그렇다면 상당히 무리가 있겠군……. 하면 본좌는 역시 홀몸이어야 하는가……."
"……멋있는 종족이 말했으면 폼이 좀 났을 텐데, 햄스터니. 불쌍하다는 생각도 든다만, 동족이 있으면 그야말로 쥐새끼 불어나듯 늘어나 세계가 끝장나지 않을까 불안해지는데……."
숲의 현왕의 수염이 빳빳이 섰다. 동그란 눈동자는 그대로였지만 목소리에는 다소 분노가 담겨 있었다.
"무례하도다! 무릇 종의 유지는 무엇보다도 중요한 일일진저! 하물며 줄곧 고독했던 본좌에게는 더욱! 동료를 만나고 싶다는 것은 당연한 감정이 아니겠느냐!"
"으……음……. 하기야 그런 것 같기도 하군……. 용서해 다오……."
아인즈는 길드 아인즈 울 고운 동료들을 떠올리며 사죄했다. 다만 햄스터의 말에 동료들을 떠올리는 것도, 햄스터에게 사과하는 것도, 뭐랄까, 복잡한 기분이기는 했다.
"……뭐, 용서하마. 그보다 잡담은 이제 그만두고, 서로 목숨을 건 싸움을 시작해 보지. 하면…… 본좌가 지배하는 영지에 침입한 자여, 본좌의 양식이 되어라!"

"으……음……."

아인즈는 투지가 싹 사라진 것을 느꼈다.

이 귀여운 외견이 의태라 치더라도 도저히 의욕이 나질 않았다. 나자릭 지하대분묘의 지배자인 자신이 거대 햄스터와 정면으로 대치한 광경을 객관적으로 보면 너무나도 한심했다.

게다가 가령 쓰러뜨린다 해도 그렇다. 초거대 시베리안 햄스터의 시체를 내밀고 "이것이 숲의 현왕입니다. 워낙 격전이어서 쫓아낼 수는 없었습니다."라고 말한다면 칠흑의 검을 비롯한 모험자들은 과연 어떻게 생각할까. 암만 호의적으로 생각하더라도 애처로운 눈빛을 보낼 것만 같았다.

그렇다면 숲의 현왕을 쓰러뜨리는 것이 아니라 포획해 지혜를 얻으면 될 터.

"나베, 물러나라."

억지로 투지를 긁어모은 아인즈의 명령에 깊이 고개를 숙여 대답하고, 나베랄은 아인즈의 승리를 확신하는 표정으로 광장 끝까지 물러났다.

"흐음, 둘이 동시에 덤비지 않느냐?"

"……햄스터를 상대로 둘이 공격하다니, 그런 창피한 짓을 어떻게 하나."

내뱉으며 아인즈가 무기를 들자 전투태세에 들어갔다고 간주한 숲의 현왕이 몸을 착 낮추었다.

"후회해도 늦었도다! 그러면 간다!"

그리고.

터엉. 대지를 뒤흔드는 기세로 지면을 박차며 거대한 덩어리가 되어 단숨에 아인즈에게 육박한다.

현왕이 거구를 살려 몸을 던져오는 것을 무투기 없이 받아내려 했다간 인간 사이즈는 쉽게 날아가버릴 만한 것이었다. 그러나 아인즈는 그레이트 소드를 방패로 삼아 정면에서 그 일격을 받아냈다.

무시무시한 파괴력이지만, 아인즈의 근력은 너끈히 견뎌냈다.

"으음! 제법이로다!"

한 걸음도 물러나지 않는 아인즈에게 놀라 소리를 지른 숲의 현왕은 의외로 날카로운 발톱이 돋아난 앞발을 쳐들더니 내리찍었다. 여기에 아인즈는 왼손에 든 그레이트 소드로 튕겨낸 것과 동시에 오른손의 그레이트 소드를 내리쳤다.

전력은 아니었으나 어느 정도 힘이 실린 일격이었다. 그것이 높은 소리를 내며 튕겨나왔다. 팔에 전해지는 저릿한 감각. 눈을 크게 뜨고 보니 현왕도 아인즈의 일격에 맞춰 한 손을 휘두르고 있었다. 양측의 공격은 허공에서 서로 격돌하며 함께 튕겨났던 것이다.

"훌륭하도다! 그렇다면 이것은 어떠냐! 〈전종족 매료Charm Species〉."

언데드는 원래 정신계 공격에 면역이다. 마법공격을 완전히 무시하고 아인즈는, 두 손의 그레이트 소드를 동시에 내질렀다.

찢어지는 금속성이 울리며 아인즈의 검이 다시 튕겨났다.

헬름 안에서 아인즈는 눈을 가늘게 떴다.

장난 정도로 생각했지만 숲의 현왕은 지금의 공격을 외피만으로 튕겨냈다. 어지간한 금속보다도 단단하다는 뜻이다. 폭신폭신한 모피가 아니었냐고 조금 배신당한 기분도 들었지만, 전투 중에 어울리지 않는 그런 생각은 머리에서 불식했다.

물리적인 공격력을 위그드라실의 수준으로 측정한다면 아인즈는 고작해야 30레벨 정도의 전사밖에 안 될 것이다. 물론 사용하는 마법이나 장비에도 크게 좌우되므로 절대 그렇다고 단언할 수는 없다. 하지만 이를 기준으로 생각한다면 현왕의 전투능력 또한 그 정도 레벨이라 추측할 수 있다.

아인즈는 헬름 안에서 환영의 얼굴을 크게 일그러뜨렸다.

"괜찮군……. 접근전 실기시험감으로는 최적이겠는데."

아인즈는 진심으로 싸우면 틀림없이 이길 만한 능력이라고 판단했다. 방심할 수는 없지만 전열을 맡은 전사로서 검을 훈련하기에는 매우 훌륭한 상대였다.

아인즈는 두 손의 그레이트 소드를 연속으로 휘둘렀다. 그에 반해 숲의 현왕은 발톱이 돋아난 앞발을 교대로 사용해 능숙하게 공격을 튕겨낸다. 그때 몸의 무늬 하나가 빛나며 마법이 발동됐다.

〈맹목화Blindness〉.

조금 전의 〈전종족 매료〉와는 달리 정신작용은 없는, 장님으로 만드는 마법은 아인즈에게도 통한다. 그러나 아인즈에게는 하위 마법을 완전히 무효화하는 종족스킬이 있다. 그렇기에 결국 효과를 발휘하지 못하고 마법은 사라졌다.

'조금 전 마법을 썼을 때는 다른 무늬가 빛을 냈는데……. 무늬 수만큼 마법을 사용할 수 있는 모양이군.'

위그드라실에서 마법을 구사하는 몬스터가 사용하는 마법의 개수는 레벨이나 종류에 따라 크게 다르지만 여덟 개 정도가 기본이다. 숲의 현왕이 가진 무늬도 그 정도여서, 아인즈는 위그드라실의 몬스터와 싸우는 기분이 들었다.

숲의 현왕은 아인즈가 마법에 저항해도 아랑곳 않고 앞발로 접근전에 나섰다. 아인즈도 이를 한 손의 그레이트 소드로 받아내며 다른 한 손으로 공격을 되풀이했다.

뇌리에 떠오른 것은 옛 동료들과의 전투였다.

검과 방패를 사용하던 위그드라실 최고 전사 중 하나인 '터치 미'. 〈아마테라스〉, 〈츠쿠요미〉라 명명한 일본도를 휘두르며 공격력으로는 길드 최고였던 '니시키엔라이'. 두 번 공격은 필요 없다——실제로는 그렇지 않았지만——고 호언장담하며 두 종류의 대태도 〈참신도황(斬神刀皇)〉과 〈타케미카즈치 팔식〉을 때에 따라 바꿔 썼던 '무인 타케미카즈치'.

그리고 바로 최근의 용맹한 모습이 떠오르는—— 왕국전사장 가제프 스트로노프.

어쩌면 아인즈가 전사의 외견으로 에 란텔에 향했던 것은 그자의 모습에서 무언가를 느꼈기 때문일지도 모른다.

아인즈는 그런 것을 머리 한구석으로 생각하는 자신에게 조소를 보냈다.

'전투 중에 무슨 생각을 한단 말이냐. 여유는 있으되 이 정도 방심은 실례가 될 터……. 햄스터라고는 해도…….'

머릿속에 떠오른 무수한 동료들의 검을 흉내 내듯 아인즈는 공격을 되풀이했다. 이를 받아내며 날아드는 현왕의 발톱을 왼손의 그레이트 소드로 능숙하게 받아냈다.

피차 결정타를 날리지 못한 채 고착상태가 이어졌지만, 마침내 아인즈의 검이 현왕의 방어를 뚫었다.

"이럴 수가!"

몸에 검이 박히는 감촉과 함께 선혈의 냄새가 충만했다.

오른손의 그레이트 소드가 현왕의 피부를 살짝 갈랐다. 몇 가닥의 털이 허공에 춤추었다.

그대로 왼손의 그레이트 소드로 추가타를 가하려 했지만, 이를 감지한 듯 숲의 현왕이 크게 후방으로 도약했다. 그리고 후다닥 후퇴해 10미터 정도 거리를 두었다.

'햄스터도 도약해 집에서 도망친다고 듣긴 했는데, 후진도 할 수 있구나. 몰랐다…….'

아인즈가 완전히 거대한 햄스터와 싸우고 있다는 기분에 멍하니 생각하고 있으려니, 숲의 현왕이 몸을 착 낮추었다.

그런 자세를 아인즈는 의아하게 바라보았다.

'저 거리에서 뭘 하려는 거지? 조금 전과 같은 돌격이라면 검을 내밀어 자멸로 이끌어주지. ……가장 가능성이 큰 것은 다른 마법 공격이겠지만.'

현왕의 뒤에서 꿈틀대는 꼬리의 길이를 생각하면 여기까지는 닿지 않――

"――그게 아니다!"

아인즈는 자신의 어리석음을 깨달았다. 첫 꼬리공격은 더 먼 거리에서 날아들었다. 다시 말해 이 거리도 충분히 꼬리의 공격 범위에 들어가는 것이다. 그 순간 크게 호를 그리며 움직인 꼬리는 예측대로 엄청나게 길어지며 아인즈에게 쇄도했다. 아인즈는 이를 오른손의 그레이트 소드로 받아내며 눈을 크게 떴다. 꼬리가 그레이트 소드를 축으로 삼아 직각으로 꺾였던 것이다.

"윽!"

그레이트 소드를 옆으로 크게 움직이며 꼬리를 쳐내려 했다. 그러나 한순간 늦어 등 언저리의 갑옷이 긁히는 소리와 함께 충격이 내달렸다.

아인즈에게는 종족스킬이 있기 때문에 꼬리가 갑옷을 뚫는다 해도 이 정도로는 대미지를 입지 않는다. 그러나 슈팅 게임의 첫 스테이지에서 기체 한 대를 잃은 듯한 기분이 들었다.

"이로써 피차 일격이 되었도다."

햄스터 따위가. 약간 화가 났다.

그렇다면 이쪽도 원거리 공격을 써 주지.

아인즈는 그렇게 판단하고 그레이트 소드를 든 오른손에 힘을 주었다. 자세를 갖춰가는 아인즈를 보며 숲의 현왕은 내심 감탄했다는 듯 말했다.

"그 갑옷…… 대단하도다. 아니, 그대의 완력도, 검도, 모두 놀라운 수준이로군. 훌륭하도다. 그대는 실로 위대한 초급(超級)의 전사일 터. 인간사회에서도 이름이 알려졌겠지?"

오른손에 담았던 힘이 풀렸다. 아인즈는 미미한 실망과 함께 물었다.

"전사로밖에 안 보이나?"

"……무슨 소리를 하는 겐가? 전사가 아니면 무엇이란 말인가. 아니, 혹시 기사였나?"

"숲의 현왕이라더니…… 완전히 생각이 빗나갔군. 애초에 초거대 햄스터였던 것부터 그랬지만……."

분명 풀 플레이트를 입은 아인즈를 매직 캐스터라 보기는 어려울 것이다. 하지만 그래도 숲의 현왕이라는 거창한 이름을 가졌으니, 하다못해 미미한 위화감을 느끼거나, 간파까지는 못 하더라도 조짐 정도는 감지하지 않았을까 생각했다.

마법을 무효화한 것도 단순히 의지력으로 저항했다고 생각한 모양이었다. 무효화와 저항. 분명 이 두 가지는 위그드라실에서도 이펙트의 차이가 없지만, 이름에 어울리는 모습을 보여줘도 좋지 않느냐 말이다.

결국 현왕이라는 이름부터가 틀려먹었다. '자이언트 시베리안 햄스터' 였다면 애초에 섣부른 희망을 품지 않았을 것이다. 원망해야 할 사람은 숲의 현왕이라는 이름을 붙인 자다. 완전한 과대광고, 부당표시였다.

싸울 기력을 잃은 아인즈는 검을 힘없이 늘어뜨렸다.

"무슨 짓이냐! 설마 싫기는 하지만…… 아직까지 승패를 알 수 없거늘 항복하겠다는 뜻은 아니겠지?! 자, 본좌와 진심으로 상대하라! 목숨을 뺏고 빼앗기는 결투를 희망하노라!"

분노를 품은 숲의 현왕이 엉뚱한 소리를 할 때마다 아인즈의 마음속에서 무언가가 깎여나갔다. 정신작용이 현저히 억제되고 있음을 생각하면 아직 기력은 있다고 해야 하려나.

"이젠…… 관두겠다."

아인즈는 극한의 냉기를 수반한 듯 싸늘한 목소리를 내더니, 오른손의 그레이트 소드를 숲의 현왕에게 불쑥 내밀며 능력을 해방했다.

절망의 오라 V.

아무리 그래도 즉사효과는 너무 강하니, 강도를 낮추어 I 단계인 공포효과만을 발생시켰다.

아인즈를 중심으로 공기가 치솟고 정신에만 영향을 미치는 한기가 주위에 퍼져갔다. 뿜어져 나간 냉기를 뒤집어쓴 순간 숲의 현왕은 온몸의 털을 거꾸로 세우더니 무시무시한 기세로 뒤집어졌다. 그리고 그 보들보들한 은색 털결에 싸인 복부를 무방비하게 드러냈다.

"항복이다! 본좌의 패배로다!"

"……그래…… 역시 짐승이군……."

아인즈는 기력이 빠져나가 갈라진 목소리로 대꾸하고는, 현왕의 곁까지 다가가 그 무방비한 복부를 내려다보며 다음 수를 생각했다.

'이 세계의 몬스터인데 쫓아내기는 아깝지. 하지만 햄스터니까, 애완동물로 키울까……? 그 외의 방법이라면 시체를 유용하게 써먹을 수도 있겠지만.'

아인즈가 취득한 클래스 중 네크로맨서라는 것이 있다. 시체를 조작해 언데드로 사역하는 클래스인데, 작성할 수 있는 언데드의 능력은 시체의 종족에 따라 좌우된다.

최고의 시체는 용 같은 강력한 종의 시체이며, 인간의 시체는 좀비나 스켈레톤이 된다. 그렇다면 숲의 현왕처럼 위그드라실에는 없는 몬스터의 시체는 어떠한 언데드가 될까?

'숲의 현왕의 좀비 정도?'

"죽이실 거예요?"

밝은 목소리가 들렸다. 쳐다보니 언제 왔는지 나베랄 곁에 아우라가 있었다.

"죽이실 거면 가죽을 벗기고 싶어서요. 꽤 좋은 모피가 나올 것 같아요."

아인즈는 슬쩍 고개를 숙여, 촉촉이 젖은 새까만 눈으로 자신을 올려다보는 현왕과 시선을 나누었다. 수염을 파르르 떨며 앞으로 자신에게 일어날 일에 겁을 먹은 채 조용히 운명을 기다린다.

문득 현왕과 나누었던 대화가 떠올랐다. '동료'라는, 아인즈의 심금을 울렸던 말을.

아인즈는 망설였다가, 한숨과 함께 결단을 내렸다.

"내 진정한 이름은 아인즈 울 고운이라고 한다. 나를 섬기겠다면 그대의 삶을 허하겠다."

"고, 고맙소! 목숨을 살려주신 이 은혜, 절대의 충성으로 보답하겠소! 본좌는 숲의 현왕. 이 몸을 위대한 전사이신 아인즈 울 고운님께!"

벌떡 일어나 충성을 맹세하는 숲의 현왕을 아우라가 유감스럽다는 눈빛으로 바라보았다.

*

숲에서 나오니 아인즈와 나베랄의 생환을 고대하던 사람들이 무사를 축하하며 주위로 모여들었다. 그중에 루크루트만이 의아한 표정을 짓고 있었다.

운필레아가 놀라움과 칭송이 뒤섞인 투로 아인즈에게 물었다.

"무사하시다니…… 전투를 피하셨나요?"

아인즈가 대답하려 했을 때, 루크루트가 옆에서 끼어들었다.

"모몬 씨. 댁의 뒤에 뭔가 따라오고 있는데? 혹시 매료Charm된 건 아니겠지?"

"저는 숲의 현왕과 싸워, 굴복시켰습니다. 이봐, 나와."

숲 안에서 펄 화이트 컬러의 털을 가진 마수, 숲의 현왕이 천천히 모습을 나타냈다. 칠흑의 검 멤버들이 경악한 표정으로 무기를 겨누면서 운필레아를 한가운데에 에워싼 채 한 걸음 물러났다.

'하기야 시베리안 햄스터여도 이렇게 크니…….'

동그란 눈동자가 귀엽다고는 하지만 이만큼 거대하면 압박감도 생길 것이다. 게다가 의뢰인을 지키는 모험자라면 경계하는 것도 당연하다고 생각해, 아인즈는 일부러 부드러운 목소리로 말했다.

"안심하십시오. 제 지배에 들어갔으니 결코 난폭한 짓을 하지는 않을 겁니다."

그리고 숲의 현왕에게 다가가 짐짓 몸을 쓰다듬었다.

"주공의 말이 옳다. 이 숲의 현왕은 주공을 섬기며 길을 함께 걷고자 하는 바. 주공께 맹세코 그대들에게는 해를 끼치지 않겠노라!"

숲의 현왕은 아인즈에게 충성을 맹세하는 모습을 보였다.

지금이야 거대한 몸뚱이 때문에 경계심을 품을지도 모르지만, 원래 외견은 귀여운 시베리안 햄스터다. 다들 한 번만 익숙해지면 경계를 풀 것이다. 문제는 이것이 진짜 숲의 현왕임을 이해시킬 수단이다. 이것만큼은 아인즈도 두 손을 들 수밖에 없었다.

하지만 그런 아인즈의 예상은 크게 빗나갔다.

"……이것이 숲의 현왕! 굉장해요! 정말 멋진 마수네요!"

'——뭐?'

니냐와 숲의 현왕을 번갈아 응시했다. 놀리는 건가 싶어 가만히 관찰했지만 니냐의 얼굴은 경악으로 물들어 절대 농담이 아님을 알 수 있었다.

"……오오, 이것이 숲의 현왕…… 명불허전이로고! 가만히 있기만 해도 강대한 힘이 느껴지는구려!"

다인이 묵직하면서도 감격한 목소리로 말했다.

'——잉? 강대한 힘?!'

"야, 이거 진짜 졌다. 이런 위업을 달성하다니, 진짜 나베를 데리고 다닐 만하네."

"저희가 이런 마수와 마주쳤다면 전멸했을 겁니다. 역시 모몬 씨. 훌륭하시군요."

루크루트와 페텔까지, 모두가 칭송을 퍼부어대니 아인즈는 다시 숲의 현왕을 바라보았다.

——초거대 시베리안 햄스터.

그 이외의 감상을 품을 수 없었다. 그런 몬스터에게 그들은 어떻게 위협을 느끼는 것일까.

"……여러분, 이 마수의 눈이 귀엽지 않습니까?"

그 순간, 일동은 눈알이 튀어나올 것처럼 눈을 크게 떴다. 아무래도 터무니없는 소리를 해버린 모양이었다.

"모, 모몬 씨! 이, 이 마수의 눈이 귀엽다고 하셨습니까?!"

그럼 어떻게 생각하라고. 아인즈는 마음속으로 중얼거리며 한 번 고개를 크게 끄덕인 다음, 혹시 현왕은 매료 효과를 가진 패시브 스킬을 발동하는 것이 아닐까 의혹을 품었다.

"믿을 수가 없습니다. 역시 모몬 씨는 다르군요. 니냐, 너는 이 눈을 보면 어떤 생각이 들어?"

"……깊은 지혜가 뿜어져 나와, 이 마수의 강대함이 느껴져요. 아무리 여유를 가지고 보더라도 귀엽다는 생각은 절대로 안 드는 걸요."

"…………."

아인즈는 말없이 전원을 둘러보았다. 그리고 그것이 이 자리에 있는 자들의 공통된 인식임을 깨닫고, 세상이 휘청 흔들리는 것을 느꼈다.

"나베는 어떻게 생각하나?"

"강한지는 둘째 치더라도 힘이 느껴지는 눈이로군요."

"……이럴…… 수가……."

동경을 담은 반짝거리는 눈빛, 칭송의 미사여구가 아인즈에게 쏟아졌다. 그 모든 것이 이런 마수의 눈을 귀엽다고 단언하는 아인즈의 배짱을 절찬했다. 아인즈는 몇 번이나 현왕의 눈을 들여다보며 대체 어디에 '지혜' 라는 말이 나올 구석이 있는지 고민했다.

'설마 언데드가 되면서 미의식까지 바뀐 걸까?'

자신 이외의 전원이 말하는 것을 보면 그럴 가능성도 있다. 일단 마지막 확인 삼아 물어보았다.

"헌데 쥐라는 동물은 참 대단한 것 같지 않습니까?"

"쥐…… 거대쥐Giant Rat 말씀입니까? 딱히 대단하다고 할 만큼 강한 몬스터는……."

"에 란텔의 지하 하수도에도 있고 말이지."

"하기야 거대쥐는 병을 옮기니 무섭긴 해요. 그리고 쥐인간

Wererat도 있긴 하죠. 은제 무기가 아니면 피해를 입지 않는 능력이 있으니, 대단하다면 대단해요."

'햄스터하고 쥐는 거의 비슷하잖아. 게다가 숲의 현왕은 꼬리가 기니까 햄스터라기보다는 쥐랑 닮지 않았나……?'

머리를 쥐어짜던 아인즈가 내린 결론을 한 마디로 표현하자면, '이 세계는 좀 이상해.' 였다.

그렇게 아인즈가 쓸데없는 일로 이 세계와 이전 세계가 어떻게 다른지 고민하고 있으려니, 운필레아가 불안한 듯 물었다.

"헌데 그 마수를 데리고 나오시면 영역이 없어지니 엔…… 카르네 마을에 몬스터가 쳐들어오거나 하진 않을까요?"

아인즈가 숲의 현왕에게 턱짓을 하자 다 알고 있다는 듯이 말하기 시작했다.

"마을이란 저것 말인가? 흠…… 숲은 현재 크게 세력균형이 무너지고 있네. 이제는 본좌가 그곳에 있어도 안전하다고는 말할 수 없을 터."

"그럴 수가……."

충격을 받은 운필레아에게 아인즈는 아무 말도 하지 않은 채 내심 씨익 웃었다.

'숲의 현왕 때문에 계획이 빗나갔으니 여기서 이익을 얻자.'

아인즈가 어떻게 이야기를 유도할까 생각하고 있을 때, 운필레아의 시선이 느껴졌다. 쳐다보니 운필레아는 아인즈에게 연신 무언가를 말하려다 입을 다물고만 있었다.

다시 한번 마을을 구해주었으면 하는 마음과, 언제까지고 의존만 해서는 안 된다는 마음 사이에서 갈등하는 것을 아인즈는 뚜렷이 느낄 수 있었다.

칠흑의 검 멤버들이 마을을 구할 방법을 모색하는 동안 운필레아가 각오를 다진 듯 진지한 얼굴로 입을 열었다.

"――모몬 씨."

"예. 무슨 일이십니까?"

아인즈는 입맛을 다시는 기분으로 운필레아의 말을 기다렸다.

카르네 마을은 발판이라는 의미에서도 가치가 높다. 아인즈도 처음부터 지켜줄 생각이었다. 그러나 부탁을 받는다는 것이 중요했다. 운필레아에게 은혜를 베풀어 두거나 보수를 요구하면 일거양득이 아닌가. 그것이야말로 아인즈의 계획이었으며, 숲의 현왕 때문에 꼬인 손실을 이곳에서 만회할 예정이었다.

하지만 운필레아의 말은 아인즈의 상상을 아득히 넘어서는 것이었다.

"모몬 씨! 저를 당신의 팀에 넣어 주세요!"

"에엥?!"

"저는 엔리…… 카르네 마을을 지키고 싶어요. 하지만 제게는 카르네 마을을 지킬 만한 힘이 없어요. 그러니 강해지고 싶습니다! 모몬 씨의 강함을 조금이라도 배웠으면 해요! 하지만 제게는 모몬 씨처럼 우수한 모험자를 오래 고용할 재력이 없어요! 그러니 저를 모몬 씨의 팀에 넣어 주세요! 약학에는 조금 자신이 있고, 짐꾼이든 뭐든 다 할게요! 그러니 부탁드립니다!"

아인즈가 있지도 않은 눈을 깜빡거리는 동안에도 운필레아는 말을 이었다.

"저는 약사로서 공부를 해왔어요. 할머니도, 돌아가신 아버지도 약사이셔서, 깊이 생각하지도 않고 들어왔던 길이었어요. ……하지만 저는 이제 진짜로 나아가고 싶은 길을, 약사 이외에 가고 싶은 길을 찾았어요."

"그것이 매직 캐스터로서 강해지고, 카르네 마을을 지키겠다는 길입니까?"

"예!"

진지한, 소년이 아닌 사나이의 눈빛이 아인즈를 응시했다.

위그드라실 시절, 아인즈 울 고운 길드에 참가하려는 자는 끊이질 않았다. 대부분이 최상위 길드에 들어가 얻을 수 있는 자신의 이익을 생각하는 자들이었다. 길드를 위해 무언가를 할 수 있는가가 아니라, 길드가 무언가를 해주리라 생각하고.

그뿐이랴, 개중에는 길드에 들어가 정보와 레어 아이템을 훔쳐 내고자 획책한 자들도 있을 정도였다.

그렇기에 아인즈 울 고운은 초기 멤버 이외에는 숫자를 거의 늘리지 않았다. 모두 함께 만든 것이 짓밟힐 것을 경계해서.

그러나 아인즈 울 고운이라는 길드를 모르는 한 남자의 순수한 마음——비슷하면서도 다른 마음은 기분이 좋았다.

"……하, 하하하하!"

아인즈는 밝게 웃었다. 그 웃음은 매우 따뜻하고도 상쾌한 것이었다. 그리고 웃음을 멈추더니, 헬름을 벗고, 정중하면서도 진지한 태도로 깊이 고개를 숙였다.

나베랄이 숨을 멈추는 소리가 들렸다.

나베랄의 주인, 나자릭 지하대분묘의 최고 지배자에게 어울리지 않는 태도일지도 모른다. 그러나 아인즈는 고개를 숙여야 한다고 생각했으며, 망설이지 않고 실행했다. 자기 나이의 절반밖에 안 되는 소년에게 고개를 숙이면서도 치욕은 느껴지지 않았다.

웃은 데에 결코 악의는 없었다. 하지만 웃어도 되는 상황은 아니었다. 그 정도는 아인즈도 알고 있다. 고개를 들고, 놀란 표정을 짓는 운필레아에게 말했다.

"……웃어서 미안하네. 자네의 결의를 비웃은 것이 아님을 알아주었으면 하네. 우선 내 팀에 참가하려면 두 가지 조건을 만족해야만 하는데, 자네의 경우 한 가지밖에 이루지 못했지. 그렇기에 유감스럽게도 자네를 받아들일 수는 없네."

숨겨진 조건은 길드 구성원의 과반수가 찬성해야 한다는 것이었으므로, 설령 아인즈가 찬성한다 해도 결코 동료를 늘릴 수는 없었다. 그래도 이 세계에 온 후 나자릭 수호자들의 충성을 한 몸에 받았을 때와 같은 상쾌한 기분에 아인즈는 말을 이었다.

"마음은 충분히 이해했네. 기억해두지. 나의 팀에 가담코자 말했던 자네를. 그리고 이 마을을 지켜달라는 부탁에 대해서도, 조금이나마 힘을 빌려주겠네. 다만 어쩌면 자네의 협조도——."

"예! 부디 한몫 거들게 해 주세요!"

"그래, 그래."

아인즈가 몇 차례 고개를 끄덕였을 때, 문득 니냐와 시선이 마주쳤다. 흐뭇한 것을 지켜보는 듯한 시선에 아인즈는 약간 멋쩍음을 느꼈다.

"하면, 그 이야기는 조금 나중에 나누도록 하지요. 그 전에 조금 매력적인 이야기가 있습니다. 제가 숲의 현왕을 복종시킨 덕에 말입니다…….”

4장 죽음을 가르는 쌍검

Chapter 4 | Twin Swords of Slashing Death

1

카르네 마을로 향하는 길에 1박, 카르네 마을에서 1박, 그리고 마을을 이른 아침에 떠나 에 란텔로 귀환하는 2박 3일의 여정이 끝나고 겨우 도착했을 무렵에는 에 란텔도 서서히 밤의 얼굴을 보이고 있었다.

대로에는 〈영속광〉을 이용한 가로등이 흰 빛을 뿜어냈으며 길을 오가는 사람들의 분위기도 달라졌다. 젊은 여자나 아이들은 모습을 감추고, 보이는 것은 대부분 일을 마치고 돌아오는 남자들이다. 좌우에 늘어선 가게에서는 불빛과 함께 밝은 목소리가 새 나왔다.

아인즈는 주위를 둘러보았다.

사흘 만에 보는 에 란텔은 아무것도 달라지지 않은 것 같았다. 아니, 에 란텔에 도착한 바로 다음 날 카르네 마을로 떠났으니 비교할 만한 지식도 애착도 없다. 그래도 평온한 거리 풍경은 변함이 없는 것 같았다.

대로에서 한 골목 들어간 곳에서 아인즈 일행은 걸음을 멈추었다.

길 한복판에 서 있으면 통행에 방해가 되겠지만 불만을 제시할 사람은 없었다. 아인즈 일행의 주위에 사람들이 다가오지 않았기 때문이다.

아인즈는 힘없이 구부정한 등으로 주위 사람들을 살폈다.

거의 모든 행인이 아인즈 일행을 바라보고—— 정확하게는 아인즈를 직시하고, 옆의 사람과 수군수군 귓속말을 했다.

귀에 들리는 술렁임이 모두 자신을 조소하는 것 같았지만, 그것은 아인즈 혼자만의 생각일 뿐, 귀를 기울이면 누구나 놀라움과 칭송, 그리고 공포를 머금은 목소리로 이야기를 나눈다는 것을 알 수 있다.

그러나 그것도 석연치 않았다.

아인즈는 묵묵히 시선을 떨구었다. ——그리고 눈에 보인 것은 펄 화이트 컬러의 털결. 왜냐하면 아인즈는 현재 숲의 현왕을 타고 있기 때문이다.

주위 사람들은 현왕의 위풍당당한——아인즈에게는 정말 그런지 의문이었지만——모습에 경악하여 입을 모아 수군거렸다. 저 전사는 어떻게 저리 무섭고도 위엄 있는 마수를 타고 있을까, 하고.

'가슴을 펴야…… 하겠지만…….'

그 점은 자신도 잘 안다. 그들은 숲의 현왕이 훌륭한 마수라고 칭송하고 있으니까. 그러나 아인즈에게는 무슨 부끄러운 벌이라도 받는 기분이었다. 굳이 비유하자면 애인도 가족도 없이, 정면만 본 채 진지한 얼굴로 회전목마를 타고 있는 아저씨가 된 기분이었다.

올라탄 자세마저도 꼴사나웠다. 말과는 체형이 완전히 다르기 때문에, 아인즈는 엉덩이를 뒤로 쭉 뺀 채 다리를 넓게 벌리고 타야 했다. 뜀틀을 뛰는 듯한 이런 자세가 아니고서는 균형을 잡을 수 없기 때문이다.

당연히 숲의 현왕을 탄다는 아이디어는 아인즈가 낸 것이 아니었다. 칠흑의 검 멤버들이며 숲의 현왕 자신이 강권하고, 나베랄마저도 완곡하게 '지배자가 되신 몸으로서 걸어가시는 것은…….' 이라고 말하니, 하기야 타는 것도 나쁘지는 않겠다는 생각이 들고 말았다. 그 결과가 이 꼬락서니였다.

'역시 관둬야 했어. 나를 함정에 빠뜨리려는 누구의 음모가 아니었을까……?'

햄스터에 타는 것은 동화적인 광경이기는 하지만, 여기에 어울리는 캐릭터는 소년 소녀일 것이다. 하다못해 애젊은 여성. 결코 풀 플레이트 아머를 걸친 굳강한 전사에게 어울리는 것은 아니다.

하지만 주위 사람들은 그런 아인즈의 반응이 더 이상하다고 한다.

'내 센스가 이상한 걸까, 저 사람들의 센스가 이상한 걸까. 아니면 이 세계의 센스가 이상한 걸까.'

물론 답은 말할 것도 없다. 대다수가 아름답다고 말한다면 필연적으로 아인즈의 센스가 잘못되었다는 뜻이다. 그렇기에 숲의 현왕을 타는 데 강하게 반대할 수 없었다. 모몬이라는 모험자가 사람들 눈에 들어 확고한 지위를 다지는 데 도움이 된다면 더욱. 그래도――.

'이건 수치 플레이야…….'

아인즈의 정신은 어느 정도 높은 파도가 일면 억제하게 되어 있을 텐데도 지금은 그럴 기색이 전혀 없었다. 다시 말해 그렇게까지 강한 수치심을 느끼지는 않고 있다는 사실. 그것이 아인즈에게 한 가지 깨달음을 주었다.

'수치 플레이에 대해 내성이 있다는 건가, 이건?! ……나 혹시 M속성이 강했나……? 그동안 살짝 S라고 생각했는데…….'

옛날에 모아두었던 그런 동영상이나 이미지를 현재의 정신상태와 비교해보며 아인즈는 자신의 성벽에 대해 끙끙 고뇌했다. 그러거나 말거나 페텔과 운필레아는 이야기를 나누었다.

"일단 에 란텔에 도착했으니, 이로써 의뢰는 끝났군요."

"예. 말씀하신 대로 의뢰는 끝났네요. 그러면…… 규정 보수는 이미 마련해 두었지만, 숲에서 약속했던 추가 보수를 드리고 싶으니 이대로 가게까지 함께 가시면 어떨까요?"

운필레아의 뒤쪽, 마차 짐칸은 다양한 약초로 가득했다.

그것만이 아니라 나무껍질, 가지가 달린 기묘한 나무열매, 한 아름은 될 만큼 커다란 버섯, 키가 큰 풀 같은 잡다한 것들까지도 있었다. 지식이 없는 자가 보면 단순한 식물일 뿐이지만, 그렇지 않은 사람이 보면 빛나는 보물더미였다.

이것은 아인즈가 숲의 현왕을 복속시키면서 영역을 완전히 탐색할 수 있었던 덕이었다. 그곳에서 매우 진귀한 약초며 그 외 포션 생성에 쓸 수 있는 재료를 수없이 발견해 채집을 마친 운필레아는 모두에게 고액의 추가보수를 약속했다.

"그러면 모몬 씨는 이제부터 조합에 가셔야겠구려!"

"예, 그렇습니다. 도시에 마수를 끌고 오면 조합 측에 등록을 해야 한다고 그랬지요?"

"귀찮으시겠지만 어쩔 수 없는 일이에요."

"어쩔까? 오우거 토벌한 것도 있으니까, 우리도 다 같이 다녀올까?"

"으음, 아니야. 이번 일은 모몬 씨께 편승했던 거니, 우리는 먼저 운필레아 씨의 가게에 가서 짐을 내리는 거라도 도와드리자. 그렇지 않으면 모몬 씨와 같은 보수를 받는 게 미안해서."

페텔의 말에 칠흑의 검 멤버들이 고개를 끄덕이자 운필레아가 미안한 듯 말했다.

"그렇게까지 하지 않으셔도……."

"추가 보수도 있으니 그 정도는 서비스해 드리겠습니다."

페텔이 가벼운 어조로 웃으며 말하니 운필레아도 이 정도는 받아들여도 괜찮겠다고 생각한 모양이었다.

"그러면 저도, 앞으로 저희 가게에서 포션을 사실 때는 서비스해 드릴게요."

"그거 고맙군요. 그럼 모몬 씨는 조합에 들렀다가 가게로 오십시오. 저희는 이대로 가서 일을 마친 다음 조합으로 찾아가 이것저것 처리할 테니까요. 조합에 신청해놓으면 오우거 토벌 보수는 내일 받을 테니, 죄송하지만 내일 조합에서 다시 뵙죠. ……음, 시간은 처음 뵈었을 때와 비슷하게 잡으면 될까요?"

"알겠습니다."

아인즈는 그 제안에 다행이라 생각해 고개를 끄덕였다. 마수를 등록하는 방법은 슬쩍 물어봐서 이미 알아냈지만, 혹시나 조합에 함께 갔다가 글씨를 써 달라든가 읽어 달라는 상황에 직면하고 싶지는 않았다. 만약 그런 일이 생긴다면 이제까지의 고생이 물거품으로 돌아갈 가능성도 있다.

“그럼 부탁드립니다.”

가볍게 고개를 숙여 인사한 아인즈는 현왕을 탄 채 나베랄을 거느리고 운필레아, 칠흑의 검 멤버들과 헤어져 조합으로 향했다. 그러자 나베랄이 다가와 의문이 담긴 목소리로 물었다.

“괜찮으시겠습니까? 그들을 믿으셔도.”

“……딱히 상관없다. 배신을 당한다 해도 손실은 오우거 토벌 보수 정도일 테니. 그런 액수에 집착해 치졸한 인상을 남기면 그 편이 더 손해 아니겠느냐.”

아인즈는 이 도시에서 유명해지기 위해 온 것이다. 소인배의 낙인이 찍혔다간 앞으로의 계획에 큰 지장이 생긴다.

무사는 배를 곯아도 이를 쑤신다는 속담을 떠올리며, 아인즈는 품에 넣어둔 작은 동전자루를 만져보았다. 납작하게 눌린 자루 안에서 느껴지는 단단한 감촉은 얼마 되지 않아 액수를 파악하기도 매우 쉬웠다. 그래도 어찌어찌 오늘의 2인분 숙박비는 될 것 같았다.

식사 대금까지 계산하면 다소 부족하지만 아인즈는 언데드이기 때문에, 그리고 나베랄은 음식이 필요 없는 효과를 가진 마법의 반지를 착용했기 때문에 절약에 크게 공헌했다.

원래 나베랄은 반지를 두 개만 장비할 수 있다. 그중 하나를 이런 애매한 아이템으로 선택한 이유는 독극물을 경계했기 때문이었는데, 생각지도 못한 곳에서 도움이 되었다.

‘하지만 이 녀석이 밥을 먹지…….’

숲의 현왕을 내려다보고 있으려니, 나베랄이 다시 말을 걸었다.

“하긴…… 지고의 존재이신 아인즈 님께서 그 정도 금액에 고집하시는 것도 이상하지요. 무례를 용서해 주시옵소서."

"음."

아인즈는 다시 지갑을 만져보고 등줄기에 흐르지도 않는 땀방울을 느꼈다. 왜 자신은 올리지 않아도 되는 허들을 자꾸만 올리는 것일까. 게다가――

'또 아인즈 님이래……. 그래, 됐다, 나베랄. 아무도 안 들을 때는 허락해 주마…….'

내심 어깨를 늘어뜨린 아인즈에게 나베랄이 희희낙락 말했다.

"그러고 보니 그 쥐며느리 같은 하등생물들, 결국 아인즈 님의 압도적인 힘 앞에 무릎을 꿇더군요."

"아니, 무릎은 안 꿇었다만."

"겸손이시옵니다. 아인즈 님께야 오우거 따위 벌레만도 못할 테지만, 검으로도 일류의 실력을 보여주신 데에는 감복했나이다."

현왕이 흠칫흠칫 기괴하게 움직이는 것이 허리를 통해 전해졌다. 이를 무시하고 아인즈는 나베랄에게 말했다.

"……그건 그냥 힘으로 휘둘렀을 뿐이다."

일격필살이라고 하면 듣기에는 좋지만, 실제로는 그렇지 않았다. 얼마 전의 카르네 마을 전투에서 보았던 가제프의 움직임에는 흐름이 있었다. 그에 반해 아인즈의 움직임은 스스로 생각해도 어린아이가 마구잡이로 칼을 휘두르는 것처럼 꼴사나웠다. 그들의 칭송은 어디까지나 차원이 다른 완력에서 나온 압도적인 파괴력에 대한 것이었다. 가제프처럼 진정한 전사로서 대단하다고 칭찬한 것이 아니었다.

"역시 진짜 전사 같은 움직임은 어렵구나."

"……하오면 마법으로 전사가 되시면 어떻겠습니까?"

갑옷을 착용한 상태로도 다섯 가지 정도의 마법을 구사할 수는 있으며, 그중에는 매직 캐스터의 레벨을 그대로 전사의 레벨로 삼는 마법이 존재한다. 다시 말해 아인즈라면 단숨에 100레벨 전사가 될 수 있는 마법이다.

여기에다 특정한 클래스를 거친 자에게만 허용되는 무장을 착용할 수 있다는 이점도 생기지만, 그만큼 불이익도 크다. 우선 그 마법을 쓰는 동안에는 어떤 마법도 발동할 수 없다. 그리고 전사는 되더라도 스킬은 입수할 수 없으며, 재계산된 능력치도 순수한 전사보다는 떨어진다. 말하자면 어정쩡한 100레벨 전사가 되는 것이다. 신관 같은 준전사와 검을 겨룬다면 모를까, 순수한 전사계 클래스만 익혔던 사람을 상대해서는 승리할 자신이 없었다.

그렇다 해도 현재의 아인즈보다는 훨씬 강해질 것이다.

문제는——

"위험성이 너무나도 크다. 동격의 존재에게서 갑작스러운 기습을 받았을 때, 아주 짧은 시간이라도 마법을 쓸 수 없으면 패배는 확실하지. 설령 스크롤을 쓸 수 있고 이를 통해 마법을 발동할 수 있다 해도 준비시간을 생각하면 불이익이 지나치게 많다."

적대 플레이어가 있을지 없을지 모르는 현재는 절대 방심해선 안 된다. 그런 마법을 구사해 일부러 약점을 만들 필요는 없다.

"뭐, 전사란 것은 내 정체를 감추기 위한 연기일 뿐이니 그리 좌절할 필요도 없겠지만."

"!"

흠칫 숲의 현왕이 몸을 떨더니 놀란 것처럼 위에 앉은 아인즈를 올려다보았다.

"조금 전부터 듣고 있었소만 저, 전사가 아니었던 것이외까? 주공은?"

까만 눈을 들여다보며 아인즈가 그렇다고 천천히 고개를 끄덕이자, 나베랄이 약간의 우월감을 드러내며 설명했다.

"아인즈 님은 전사의 흉내를 내셨을 뿐입니다. 그저 유흥이나 마찬가지. 진정한 힘을 드러내고 마법을 행사하시면 하늘을 찢고 땅을 부수는 것도 별것 아닙니다."

절대적인 신뢰랄까, 그 정도는 당연히 할 수 있다고 믿어 의심치 않는 나베랄을 앞에 두고 그건 무리라고 말할 수는 없었다.

"……음, 뭐, 그런 거다, 숲의 현왕이여. 진짜 힘을 드러낸 나와 싸우지 않기를 잘했다고 생각하지 않나? 만약 그랬다면 너는 1초도 살아있지 못했을 테니."

"그, 그랬소이까, 주공. 이 햄스케는 한층 충성을 바치겠소이다!"

햄스케. 그것은 숲의 현왕이 이름이 있었으면 좋겠다고 말했을 때 즉석에서 떠오른 이름이었다. 생각 없이 붙여주었고, 숲의 현왕 자신도 매우 기뻐했으나, 냉정하게 생각해 보니 너무 센스 없는 이름이었다.

'……역시 햄스케는 좀 조급했어. 찹쌀떡……이 더 위트 있었을지도 모르겠는걸……. 길드 사람들에게도 들었지만, 난 네이밍 센스가 없다니까…….'

아인즈는 그 사실을 유감스럽게 생각하며 숲의 현왕── 햄스케 위에서 이리저리 흔들리며 조합으로 나아갔다.

*

마차는 공방 뒷문 앞에서 멈췄다. 마법의 불빛을 밝힌 랜턴을 손에 들고 마부석에서 내려온 운필레아는 문을 열쇠로 따고 활짝 열었다. 손에 든 랜턴을 벽에 걸어 실내의 어둠을 쫓아냈다.

실내에 놓여 있던 여러 개의 나무통이 빛 속에 드러났다.

그 안에서 말린 풀의 냄새가 피어나 이 방이 약초를 보관하는 곳임을 알려주었다.

"그럼 죄송하지만 약초를 날라 주시겠어요?"

흔쾌히 대답한 칠흑의 검 멤버들은 마차 짐칸에서 약초 다발을 주의 깊게 내려 실내로 가져왔다.

장소를 지정하며 문득 운필레아는 의문을 품었다.

"할머니는 안 계시나?"

운필레아의 할머니 리이지는 나이를 먹기는 했지만 귀도 눈도 나쁘지 않기 때문에 이곳에서 작업하는 소리를 들으면 분명 나타났을 것이다. 하지만 그녀는 포션 제작에 집중하면 어지간한 소리는 못 듣는다. 늘 있는 일이라 생각하고 소리 쳐 부르거나 하지는 않았다.

이윽고 모든 약초가 최적의 장소에 옮겨졌다. 살짝 숨을 헐떡이는 칠흑의 검 멤버들에게 운필레아가 말했다.

"수고하셨습니다! 안채에 차게 식힌 과실수가 있을 테니, 드시고 가세요."

"그거 잘됐네."

이마에 살짝 땀방울이 맺힌 루크루트가 기뻐했다. 다른 멤버들도 동의하며 고개를 끄덕였다.

"이쪽으로 오세요."

운필레아가 안채로 안내하려고 걸음을 내디뎠을 때, 문이 안쪽에서 확 열렸다.

"와~ 어서 와~."

그곳에 서 있던 것은 귀엽기는 하지만 어딘가 불안감이 느껴지는 여자였다. 짧은 금발이 움직임에 맞춰 찰랑찰랑 흔들렸다.

"야~ 걱정했다니깐. 좀처럼 오질 않아서. 타이밍을 이렇게 못 맞추다니. 언제 돌아오려나 싶어 계속 기다렸다니깐."

"……저, 저기, 누구세요?"

"어?! 아는 분이 아닙니까?!"

친근한 어조였기 때문에 아는 사람이라고만 생각했던 페텔이 당황해 소리를 질렀다.

"응? 에헤헤헤. 난 있지, 널 납치하러 왔어. 언데드 대군을 소환하는 마법 〈불사군세Undeath Army〉를 써야 하니까 우리의 도구가 돼줘. 이 누나가 부탁할게, 응?"

칠흑의 검 멤버들은 그녀가 풍기는 사악한 분위기를 감지하고 즉시 무기를 뽑았다. 척척 전투태세에 들어가는 일행을 눈앞에 두고도 여자의 가벼운 어조는 조금도 변함이 없었다.

"제7위계 마법이야. 보통 사람은 구사할 수 없지만, 예자의 액관을 쓰면 그게 가능하거든. 게다가 소환된 언데드를 전부 지배하는 건 무리여도 유도하는 정도라면 돼! 완벽한 계획이지? 대단하지~?"

"……운필레아 씨, 물러나십시오! 여기서 도망치세요!"
무기를 겨눈 페텔이 여자를 경계하며 딱딱한 목소리로 외쳤다.
"저 여자가 나불대는 건 확실하게 우리를 죽일 자신이 있기 때문입니다. 그렇다면 상대가 당신을 노리는 이상 현재의 상황을 바꿀 수 있는 건 당신이 도망치는 것뿐이에요."
황급히 뒤로 물러나는 운필레아의 앞으로 나선 칠흑의 검이 벽을 만들었다.
"니냐! 자네도 물러나게!"
소리를 지르는 다인에 이어 루크루트도 외쳤다.
"걔 데리고 도망쳐! 끌려간 누나를 구해줘야 할 거 아냐!"
"맞아. 너는 해야 할 일이 있어. 우리는 마지막까지 도와줄 수 없을 것 같지만…… 시간은 벌어줄게."
"여러분……."
"아~ 눈물 나는 장면이네. 나도 모르게 울겠어. 응. 하지만 놓치면 안 되니까. 놀 수 있는 사람은 한 명 정도밖에 안 되겠네."
니냐가 입술을 깨물며 망설이는 모습에 여자는 유쾌하게 웃더니 로브 안에서 천천히 스틸레토를 꺼냈다. 그에 맞춰 후방의 문이 열리면서, 병적으로 하얗고 깡말라 마치 언데드 같은 사내가 모습을 나타냈다. 협공임을 깨달은 칠흑의 검 멤버들의 얼굴에 긴장이 스쳤다.
"……놀지 말라고 했을 텐데."
"에이~ 너무 뭐라 하지 마, 카디. 그래도 비명이 새어나가지 않게 준비는 해줬겠지? 그럼 하나 정도는 천천히 가지고 놀아도 되지 않아?"

씨이익 이를 드러내며 웃는 여자를 보며 운필레아는 등에서 전율을 느꼈다.

"그러면, 도망칠 곳도 없어졌으니 한판 시작해 볼까나?"

2

햄스케의 등록 자체는 쉽게 끝났지만 1시간 반 정도를 지체했다. 무엇에 그렇게 오랜 시간이 들었느냐고 하면, 사생(寫生)이었다. 햄스케의 모습을 그리는 시간이었던 것이다.

마법을 쓰면 빨리 끝나지만 사용한 마법의 대금은 아인즈가 지불해야 하므로 이를 사양한 결과였다.

하지만 돈을 아낀다는 인상을 주고 싶지는 않았으므로 적당한 변명을 모색해야만 했다.

"이미 엎질러진 물이지만, 역시 '그림에 관심이 있다.' 는 말은 너무 궁색했을까? ……뭐, 됐다. 그러면 이제 어디로 갈까."

등록을 마치고 조합 앞으로 나온 아인즈는 나베랄에게 말하며 햄스케에게 다가섰다.

이젠 적응했다.

그렇다. 회전목마는 승자——애인이나 가족 동반으로 온 사람——에게만 허용되는 탈것이 아니다. 외톨이 아저씨가 탄다고 해도 무슨 문제가 되겠는가. 체념한 아인즈에게 망설임은 없었다. 높은 신체능력을 살려, 역사에 이름을 남긴 체조 선수처럼 멋들어진 동작으로 훌쩍 뛰어 현왕에게 올라탔다.

안장 같은 마구는 없었지만 몇 시간의 경험이 멋들어진 부드러운 탑승으로 이어졌다.

그 광경을 본 자들이 감탄성을 올렸다. 일부 여성들이 꺅꺅 환성을 지르는 것까지 들렸다. 특히 뜨거운 시선을 보내는 것은 모험자들이었다. 아인즈의 목에 드리운 플레이트를 확인하고 믿을 수 없다는 표정을 짓는다.

'믿을 수 없는 건 나라고. 너희의 센스는 정말 이상해.'

속으로 투덜거리며 출발을 명하려던 아인즈를 만류하는 자가 있었다.

"이보게, 자네. 혹시 내 손자와 함께 약초를 채집하러 갔던 자가 아닌가?"

노인의 목소리에 반응해 쳐다보니, 한 노파가 서 있었다.

"……누구요?"

물으면서도 아인즈는 대답을 예측하고 있었다. 노파의 말을 믿는다면 짐작 가는 사람은 하나밖에 없었다.

"리이지 발레아레라고 하는데, 운필레아의 할미일세."

"아아! 역시 그러셨군요. 맞습니다. 저는 운필레아 씨의 경호에 가담해 카르네 마을에 다녀온 자로, 이름은 모몬이라 합니다. 그리고 이쪽이 나베."

꾸벅 고개를 숙이는 나베랄에게 리이지가 미소를 지었다.

"거 믿을 수 없을 정도로 미인이로구먼. 그나저나 자네가 탄 마수는?"

"숲의 현왕으로, 이름은 햄스케라 합니다."

"햄스케올시다! 앞으로 잘 부탁하외다!"

"이럴 수가! 이 정강한 마수가 전설로 전해지던 그 숲의 현왕이란 말인가!"

리이지의 큰 목소리에 주위에서 엿듣던 모험자들이 한층 경악한 표정을 지었다. "저게 그 전설의 마수구나……."하고 충격을 받은 듯 자기들끼리 수군거리기 시작한다.

"그렇습니다. 손자분의 의뢰로 숲에 들어갔다가 조우해 복속시켰습니다."

"허어…… 숲의 현왕을……."

눈을 깜빡이는 리이지.

"그래서…… 손자는 지금 어디 있나?"

"아, 손자분은 약초를 가지고 먼저 귀가하셨습니다. 저희도 이제부터 보수를 받으러 댁을 방문하려던 참이었지요."

안도한 기색을 보인 노파는 눈동자에 기묘한 빛을 띠며 아인즈에게 물었다.

"흐음, 그랬군. ……그럼 같이 가지 않겠나? 자네의 모험담에도 좀 관심이 있어서 말일세."

리이지의 제안은 아인즈에게도 반가운 것이었다.

"예, 기꺼이."

일행은 리이지의 안내를 받아 에 란텔 시내를 나아갔다.

"그럼 들어오게나."

가게에 도착해 열쇠를 꺼낸 리이지는 문 앞으로 다가가더니 고개를 갸웃했다. 밀어보니 문은 아무 저항도 없이 조용히 열렸다.

"거참, 애가 조심성 없기는."

투덜거리며 들어가는 리이지의 뒤를 따라 아인즈와 나베랄도 발걸음을 옮겼다.

"운필레아~. 모몬 씨가 오셨다."

가게 안을 향해 리이지가 말했다. 그러나 가게 안은 조용했으며 인기척도 없었다.

"어떻게 된 거람."

고개를 갸웃하는 리이지에게 아인즈가 짧게 대꾸했다.

"귀찮게 됐군."

그 말에 영문을 몰라 눈을 껌뻑거리는 리이지를 무시하고, 아인즈는 그레이트 소드 자루에 손을 댔다. 그것이 무엇을 의미하는지 즉시 이해한 나베랄도 칼집을 빼들었다.

"뭐, 뭐 하는 겐가!"

"됐으니 서둘러 따라오시오."

짧게 받아치고 무기를 뽑아 단단히 쥔 아인즈는 가게 안쪽으로 걸어갔다. 그곳의 문을 날려버릴 기세로 활짝 열고, 통로를 따라 나아갔다. 구조도 잘 모르는 남의 집이지만, 아인즈의 발걸음에는 망설임이 없었다.

통로 안쪽의 문까지 도착한 아인즈는 뒤늦게 따라온 리이지에게 물었다.

"이 안쪽은 어떤 곳인지?"

"이, 이 안쪽은 약초 보관고인데, 뒷문으로 이어지는 문이 있네만."

무슨 일이 있는지 알 수 없지만 기이한 분위기를 느껴 불안해하는 리이지를 무시하고 아인즈는 문을 열었다.

코를 찌른 것은 약초 냄새가 아니라 더 비릿한——피 냄새였다.

바로 앞에는 페텔과 루크루트, 조금 떨어진 곳에는 다인, 그리고 가장 안쪽에는 니냐가 있었다. 넷 모두 벽에 기댄 채 주저앉아 있었다. 발을 쭉 뻗고, 손은 힘없이 늘어졌다. 그리고 바닥에 고인 것은 시커먼 피 웅덩이. 몸 안의 혈액이 모조리 빠져나온 것 아닐까 싶을 정도였다.

"이, 이게 무슨 일인가……."

경악한 리이지가 비틀비틀 앞으로 나가려 하는 것을 어깨를 붙잡아 제지하고, 대신 아인즈가 빠른 걸음으로 들어갔다.

그 순간, 쓰러져 있던 페텔이 갑자기 뻣뻣한 동작으로 일어나려 했다. 그러나 그보다도 먼저, 한순간의 망설임도 없이 그레이트 소드가 내달렸다.

페텔의 머리가 툭 바닥에 떨어졌다. 검은 지체하지 않고 돌아오며 마찬가지로 일어나려던 루크루트의 머리를 날렸다.

리이지가 눈앞에서 일어난 참극에 경악하는 사이에, 조금 안쪽에 있던 다인이 완전히 일어났다.

고개를 들었지만, 그 얼굴은 이미 산 자의 것이 아니었다.

핏기 없는 새하얀 안색으로, 탁한 눈동자가 아인 일행을 노려본다. 이마에는 구멍이 뻥 뚫려 한눈에도 치명상임을 알 수 있었다.

죽은 자가 움직이는 이유는 단 하나. 언데드로 전락한 것이다.

"좀비!"

리이지가 외치는 가운데 적의가 담긴 신음성과 함께 다가오는 다인에게 아인즈는 그레이트 소드를 아무렇게나 내질렀다. 거대한 칼에 목이 꿰뚫려, 고정할 곳을 잃은 머리를 대롱대롱 흔들며 다인은 바닥에 쓰러졌다.

이제는 아무도 움직이지 않았다.

아인즈는 정적 속에서 바닥에 주저앉은 채 꼼짝도 하지 않는 니냐를 가만히 바라보았다.

"운필레아!"

무슨 일이 일어났는지 겨우 이해하고 손자를 찾아 안채로 뛰어 들어가는 리이지. 아인즈는 그 뒷모습에 흘끔 눈길을 주고, 나베랄에게 명령했다.

"지켜줘라. 내 패시브 스킬 '불사의 축복' 에 반응이 없는 것을 보면 집 안에는 이미 언데드가 없겠지만, 살아 있는 누군가가 숨어 있을 가능성이 있다."

"알겠나이다."

가볍게 고개를 숙인 나베랄이 리이지를 따라 뛰어갔다.

두 사람이 멀리 떨어진 것을 확인한 후 다시 니냐에게 시선을 돌린 아인즈는 천천히 그 앞에 무릎을 꿇으며 시체를 슬쩍 건드려 보았다. 위그드라실에서 PK를 할 때 곧잘 사용하는 오브젝트 트랩은 아님을 확인한 후, 니냐의 얼굴을 들어 보았다. 물론 정신을 잃은 것이 아니라 이미 숨이 끊어졌다.

둔기로 연신 구타를 당했기 때문인지 얼굴은 퉁퉁 부어, 석류 같다는 말이 떠오를 정도로 끔찍한 상태였다. 니냐라는 사실을 몰랐다면 그것이 누구인지 판별하기도 힘들었을 것이다.

왼쪽 눈은 짓이겨져 유리체가 끈적끈적하게 흘러내렸고, 그것이 눈물을 흘리는 것처럼 보였다.

손가락은 뼈와 함께 모조리 짓이겨졌다. 피부는 찢어져 새빨간 근육이 드러났다. 어떤 부위는 살점조차 터져 있었다.

옷깃을 풀어 그 안을 엿본 아인즈는 눈을 크게 떴다.

옷을 원래대로 되돌리며 중얼거렸다.

"……그랬군. ……얼굴만이 아니었단 말이지."

몸에도 역시 처참하게 구타를 당한 흔적이 있었다. 피부가 내출혈로 시커멓게 물들어 멀쩡한 부분을 찾아보기가 힘들 정도였다.

아인즈는 조용히 니냐의 눈을 감겨주었다.

"……아주 조금…… 불쾌하군."

툭 내뱉은 말이 허공으로 사라졌다.

"우리 손자가! 운필레아가 없네!"

고함과도 같은 소리를 지르며 돌아온 리이지에게, 시체를 한곳으로 다 모아놓은 아인즈가 냉정하게 대답했다.

"……저들의 소지품을 뒤져봤지만, 노골적으로 뒤진 흔적은 없었소. 그렇다면 애초에 운필레아를 납치하는 것이 목적이었겠지."

"그럴 수가……."

"이걸 보시오."

아인즈가 가리킨 것은 니냐의 시체 뒤에 가려졌던 피로 쓴 글자였다. 시체를 움직이지 않았더라면 발견하지 못했을 것이다.

"이건…… '지하 하수도'? 지하 하수도로 납치당했다는 뜻인 겐가?!"

"……이 참극을 만들어낸 상대의 위장공작일 가능성도 없지는 않지만. 게다가 이 도시의 지하 하수도라는 것이 얼마나 큰지는 몰라도…… 수색하려면 상당한 시간이 필요할 텐데, 어떻게 생각하시오?"

"그 전에, 숫자가 적혀 있네! 2-8이로구먼. 이것이 무엇인지를 알아내야 해!"

"더 수상한걸. 그 숫자가 무슨 뜻인지도 모르겠고……. 쉽게 생각해 봤을 때는 이 도시 전역을 가로세로로 여덟 개 이상 나누었을 때 교차하는 장소, 혹은 단순히 2-8에 해당하는 장소가 있다는 뜻이겠지만…… 니냐에게 그것까지 생각할 여력이 있었는지는 알 수 없으니. ……니냐가 적었다 쳐도, 과연 상대가 얼마나 정보를 흘려줬을지? 지나치게 우리에게 유리한 정보가 아니오?"

리이지는 주름투성이 얼굴에 한층 깊은 주름을 지었다. 그 표정에 이런 상황에서도 냉정을 잃지 않는 아인즈에 대한 분노와도 같은 감정이 떠올랐다. 그러나 이내 시선을 돌리더니, 안치된 네 구의 시체를 쳐다보았다.

"이자들은 누군가?"

"……나와 함께 손자 분의 의뢰를 맡았던 모험자들이오. 나와 헤어져 약초를 내리는 작업을 거들겠다고 했지."

"이럴 수가! 그럼 자네의 동료였나?!"

아인즈는 고개를 가로저었다.

"아니오. 이번에 여행을 함께 했을 뿐이오."

그 냉혹한 말에 리이지가 당황했다.

"그보다도 그들의 시체를 앞에 두고 이것저것 생각해 봤소만, 그쪽은 좀비가 된 것에 대해 어떻게 생각하시오?"

"……〈불사자 창조〉. 상대에게는 최소한 제3위계 마법을 구사하는 자가 있다는 뜻 아니겠나? 그 외에 뭐가 더 있나."

"나는 이렇게 생각했소. 조속히 대처하지 않으면 위험하겠다고."

"그야 당연하겠지만…… 무슨 뜻인가?"

"……정신조작 계통의 마법으로 조종하거나, 혹은 시체를 숨기는 행위 같은 위장공작에는 전혀 신경을 쓰지 않고, 이런 장난을 저지른 상대요. 들켜도 문제가 없으리라 간주했거나, 도망칠 자신이 있었겠지. 흐음…… 과연 어느 쪽일지. 어차피 좀비로 만들 거라면 끌고 갔어도 됐을 텐데."

운필레아를 납치하는 것만이 목적이었다면 시체만 은폐해도 충분히 시간을 벌었을 것이다. 그럼에도 그러지 않았다는 것은 두 번째 노림수가 있거나, 혹은 리이지가 무언가 행동에 나서기를 바랐을 것이다.

후자라면 이야기가 간단하겠지만, 전자일 경우 운필레아의 목숨이나 능력에 가치가 있는, 아울러 단기간에 끝날 일일 가능성이 크다. 그리고 그 일이 끝났을 때, 이렇게나 잔혹하게 사람을 죽이는 자가 운필레아를 과연 무사히 돌려보낼까?

아인즈가 하려는 말을 이해한 리이지의 낯빛이 푸른색을 넘어 새하얗게 물들었다. 이 거대한 도시의 어디로 갔는지, 그것부터 알아봐야만 한다면 시간이 너무나도 오래 걸린다.

유일한 단서는 지하 하수도지만, 아인즈는 여기에 이의를 제기했다.

허비하는 시간은 곧 운필레아의 남은 목숨이었다.

조바심을 내는 리이지에게 아인즈가 조용히 말했다.

"의뢰를 하면 어떻겠소?"

싸늘한 목소리가 이어서 울려 퍼졌다.

"그야말로 모험자에게 의뢰할 만한 안건이 아니오?"

리이지의 눈동자에 아인즈가 무슨 말을 하려는지 깨달았다는 빛이 깃들었다.

"운이 좋군, 리이지 발레아레. 당신의 눈앞에 있는 나야말로 이 도시에서 최고의 모험자이자 손주를 데려올 수 있는 유일한 모험자요. 의뢰하신다면 받아들이지 못할 것도 없지. 다만…… 비쌀 거요. 이번 일은 매우 위험할 것이 분명하므로."

"부, 분명 자네라면…… 그 포션을 가진 자네라면…… 게다가 숲의 현왕을 거느린 이상, 실력도 보증할 수 있겠지. ……고용하다마다. 자네를 고용함세!"

"그래…… 보수는 각오했겠지?"

"얼마나 되어야 만족하겠나?!"

"——전부."

"뭐?"

"너의 모든 것을 내놓아라."

리이지가 눈을 크게 뜨고, 한 차례 크게 떨었다.

"너의 모든 것이다. 운필레아가 무사히 돌아온다면, 모든 것을 내놓아라."

"자네……."

겁먹은 듯 뒷걸음질을 치며 리이지는 힘겹게 말했다.

"돈도, 희귀한 포션도 아니로군…… 자네가 말하는 모든 것이란……. 악마는 인간의 영혼을 대가로 어떤 소원이든 들어준다지. 설마 싶기는 하지만, 자네들은 악마는 아니겠지?"

"……만일 그렇다 한들 무슨 문제가 있을까? 손자를 구하고 싶겠지?"

리이지는 아무 말도 하지 않은 채 입술을 깨물고 고개를 한 차례 끄덕였다.

"그렇다면 해답은 하나밖에 없을 텐데?"

"으음……. 고용함세. 내가 가진 모든 것을 바치지. 손자를 구해 주게!"

"좋아. 계약은 이루어졌다. 그럼 당장 시작하지. 이 도시의 지도가 있나? 있다면 빌려다오."

리이지는 의아해하는 표정을 지었지만 즉시 지도를 가져와 아인즈에게 건넸다.

"그럼 이제부터 운필레아가 있는 곳을 알아내겠다."

"그것이 가능한가?!"

"이번만은 가능하지. 적이 바보인 건지, 아니면……."

아인즈는 말을 끊더니 시체 네 구의 어느 한 점으로 시선을 움직였다.

"그러면 이제부터 시작할 테니, 당신은 다른 방에서 운필레아를 납치한 범인과 이어질 만한 단서가 없는지 찾아보도록. 운필레아를 납치한 것 자체가 양동작전이라면 일이 귀찮아지니. 이것은 집 내부를 잘 아는 당신이 적임이겠지."

이것저것 이유를 붙여 리이지를 쫓아낸 후, 아인즈는 나베랄을 쳐다보았다.

"어떻게 하시려는 것이옵니까?"

"간단하지. 봐라, 저들의 플레이트 목걸이가 없어지지 않았느냐. 아마 이곳을 습격한 놈이 가지고 갔을 게다. 문제는 금전가치가 더 높은 것은 놓아두고 그것만을 가져간 이유인데…… 무어라 생각하느냐?"

"죄송하오나, 모르겠나이다."

"그것은——."

무언가 말하려던 아인즈의 머리에 목소리가 울려 퍼졌다.

〈전언〉이었다.

『아인즈 님.』

약간 톤이 높은 목소리. 그리고 삐걱거리는 소리가 부음성처럼 겹쳐져 들렸다.

"엔토마냐?"

『예.』

엔토마 바실리사 제타. 나베랄과 같은 전투 메이드 플레이아데스의 일원이다.

『말씀드릴 것이……』

"——지금은 바쁘다. 시간이 되면 내가 연락하마."

『알겠나이다. 그러시다면 그때는 알베도 님께 연락을 주시기 바랍니다.』

마법이 사라지고, 자신을 쳐다보는 나베랄에게 조금 전 하던 이야기를 다시 이어나갔다.

"전리품이다. 수렵에 성공했다는 전리품. 범죄자가 기념품으로 가져간 거겠지. 그러나 그것이 놈의 실수였다. 나베랄, 마법을 사용해라."

아인즈는 무한가방Infinity Haversack에서 스크롤을 꺼내 나베랄에게 건넸다.

"〈물체발견Locate Object〉 마법이다. 목표가 뭔지는 더 말할 것도 없겠지?"

"알겠나이다."

동의한 나베랄이 스크롤을 펼치고 마법을 발동하려는 순간, 아인즈가 그녀의 손을 꽉 붙들었다. 놀란 나베랄에게 아인즈가 싸늘하게 내뱉었다.

"……어리석은 놈."

냉정한 목소리에 나베랄의 어깨가 크게 떨렸다.

"자, 잘못했습니다!"

"정보수집계 마법을 사용할 때는 적의 대항마법에 대책을 충분히 마련한 후에야 발동하는 것이 철칙이다. 상대가 〈발견탐지Detect Locate〉를 사용했을 가능성을 고려해 〈거짓 정보Fake Cover〉, 〈탐지대책Counter Detect〉으로 자신을 보호하는 것은 기본 중의 기본 아니더냐. 그리고——."

아인즈가 착착 꺼낸 스크롤의 수는 열 개에 이르렀다. 그대로 강사처럼 나베랄을 가르쳤다.

마법으로 정보를 수집할 때는 방어대책에도 유념할 필요가 있다. 이것은 기본이다.

아인즈 울 고운에서는 PK를 행할 때 무조건 상대의 정보를 수집하고 기습을 가해 단숨에 승부를 냈다.

『전투는 시작되기 전에 이미 끝난다.』

그렇게 단언하던 길드 멤버 '뿡실모에' 가 고안한『누구나 쉽게 따라 하는 PK술』에 따른 길드의 기본전술이었다.

그렇기에 아인즈는 나베랄에게도 이를 가르쳤다. 장래 플레이어와 조우했을 때 전투를 유리하게 이끌기 위해.

"——이상이다. 원래는 스킬로도 강화하고 대책을 세우는 것이 기본이다만, 이번의 적에게는 그렇게까지 거창한 준비는 필요하지 않을 게다. 그 이상의 대처 방법을 취할 수 있는 매직 캐스터였다면 시체에 그 정도 마법만 쓰지는 않았을 테니까. 자, 나베랄. 시작해라."

겨우 해방된 나베랄은 스크롤을 순서대로 펼치고 그 안에 담긴 마법의 이름을 외웠다.

열이 느껴지지 않는 불꽃을 발한 스크롤이 겨우 몇 초 만에 모두 타며 봉해놓았던 마법을 해방시킨다.

모든 스크롤을 해방해 무수한 방어 마법으로 몸을 보호한 나베랄은 마침내 〈물체발견〉을 사용했다. 그리고 그 손가락으로 지도의 한 점을 가리킨다.

"이곳입니다."

문자를 읽지 못하는 아인즈는 자신의 기억을 더듬어 그곳이 무엇인지를 떠올렸다.

"……묘지로군. 역시 지하 하수도는 가짜 정보였던 거야."

에 란텔은 군사거점으로 이용되기도 하므로 묘지의 크기는 유례를 찾아보기 힘들 정도이다. 마법은 그 묘지에서도 가장 후미진 지점을 가리키고 있었다.

"좋아. 그럼 다음은 〈천리안Clairvoyance〉이다. 〈수정화면Crystal Monitor〉을 동시에 발동해 내게도 주변의 광경을 보여다오."

나베랄이 다시 스크롤을 펼쳐 마법을 사용하자 공간에 떠오른 화면에는 무수한 사람의 모습이 비쳤다. 그러나 움직임은 어딘가 기묘하고 뻣뻣한 것이 많았다. 게다가 사람이 아닌 것들도 무수히 있었다.

그리고 중앙에는 한 소년. 차림새는 바뀌었지만, 틀림없다.

"확실하군. 그리고 이 근처에 플레이트가 있단 말이지……. 언데드의 무리인가."

주위에 있던 것은 언데드의 대군. 하위의 존재이기는 하지만, 숫자는 압권이었다.

"……어떻게 하시겠습니까? 전이하여 단숨에 공격을 가하거나, 혹은 비행 마법을 사용해 강습을 가할까요?"

"멍청한 소리. 그래서는 문제가 조용히 해결되지 않겠느냐."

이상하다는 표정을 짓는 나베랄을 타일렀다.

"이만한 언데드의 무리를 준비했으니, 상대는 이를 이용해 무언가 큰일을 꾸밀 게 분명하다. 그렇다면 운필레아를 구출할 겸 그건을 해결한다면 우리의 이름은 널리 퍼질 터. 문제를 비밀리에 처리했을 때 얻을 수 있는 것은 리이지의 보수뿐, 우리의 명성으로 이어질 가능성은 낮다."

말은 그렇게 했지만 경우에 따라서는 조속히 해결하지 않고선 운필레아가 목숨을 잃을 가능성도 없지 않다. 이만한 언데드를 한 번에 소환해 사역하기란 아인즈에게도 불가능하므로 모종의 트릭이 있다고 봐야 한다. 그 트릭에 운필레아의 목숨이 쓰일 가능성도 있다.

하지만 만약 그렇다면 운필레아를 희생해서라도 트릭을 알아내고 싶었다.

아인즈에게 가장 중요한 과제는 나자릭 지하대분묘의 강화였다. 운필레아의 목숨을 포기해 나자릭의 강화로 이어진다면 그쪽을 택할 것이다.

"이 이상의 정보를 모으기에는 준비와 시간이 다소 부족하군."

아인즈는 그렇게 중얼거리며 문으로 다가가 활짝 열고는 소리를 쳤다.

"리이지! 준비는 다 끝났다. 우리는 이제부터 묘지로 간다!"

"지하 하수도는?!"

멀리서 목소리가 돌아오더니 리이지가 헐레벌떡 뛰어왔다.

"지하 하수도는 상대의 위장 공작이었다. 진짜는 묘지였어. 게다가 언데드의 대군이라는 덤도 있지. 그 수는 수천을 능히 헤아린다."

"뭐야!"

물론 엉터리였다. 아무리 그래도 그렇게 많을 것 같지는 않았다.

"그리 놀라지 마라. 우리는 그 안을 돌파할 예정이다. 문제가 있다면 언데드의 군세가 묘지 밖으로 넘쳐나지 않으리라는 법이 없다는 점. 이 이야기를 다른 주민들에게 알려, 밖으로 나오려는 언데드가 있다면 막아달라고 전해다오. 증거가 빈약한 정보지만 이 도시에서도 고명한 네 말이라면 귀를 기울여 주겠지? 만일 아무 대책도 없이 언데드가 묘지 밖으로 넘쳐난다면…… 일이 귀찮아질 거다."

헬름 안에서 아인즈는 얼굴을 일그러뜨렸다.

한껏 소란을 떨어줘야만 한다. 소란이 커지면 커질수록 해결했을 때의 명성도 커진다. 그러기 위한 포석이었다.

"이야기는 끝났다. 시간이 촉박하니 당장 시작하도록."

"언데드의 군세를 돌파할 수단은 있는 겐가?!"

아인즈는 리이지를 조용히 바라보고, 등에 짊어진 그레이트 소드를 가리켰다.

"여기 있지 않나?"

3

에 란텔 외곽 성벽 내부의 약 4분의 1. 서쪽 지구 대부분을 차지하는 거대한 구획. 그곳이 바로 에 란텔 공동묘지였다. 다른 도시에도 물론 묘지는 존재하지만 이만큼 거대한 것은 없다.

이것은 언데드의 발생을 막기 위해서였다.

언데드의 발생 원인에는 불명확한 점이 많지만, 보통 산 자가 숨을 거둔 장소에서 부정한 삶을 가지고 태어나는 경우가 많다. 그리고 그중에서도 무참하게 죽은 자, 애도를 받지 못한 자들에게서 태어날 가능성이 매우 높다. 그렇기에 옛 전쟁터나 유적에서 언데드가 특히 많이 발생하는 것이다.

최근 제국과의 전쟁을 치렀던 에 란텔은 죽은 자가 언데드가 되는 것을 막기 위해 거대한 묘지—— 즉, 애도의 장소가 필요했다.

이는 이웃나라—— 제국에서도 마찬가지였다. 전쟁 중에도 협정을 맺어 서로 사망자를 정중히 애도하는 데서 그 자세가 드러난다. 설령 서로 죽고 죽이는 사이라 해도, 산 자를 증오해 덤벼드는 언데드가 산 자들의 공통된 적임은 틀림이 없는 것이다.

게다가 언데드에게는 한 가지 문제가 있다. 그것은 방치해 두면 더 강한 언데드가 발생할 가능성이 커진다는 점이다.

그렇기에 매일 밤 모험자나 위병대가 묘지를 순찰하며 약한 언데드일 때 퇴치하는 것이다.

벽이 묘지를 에워싸고 있었다. 이 벽이 바로 죽은 자와 산 자의 세계를 가로지르는 경계선이다. 높이 4미터 정도 되는 벽은 성벽만큼은 아닐지라도 매우 두꺼워 위로 걸어다닐 수 있는 구조였다. 이곳에 달린 문 또한 단단해서 쉽게 뚫을 수는 없었다.

모두 묘지에서 발생하는 언데드를 경계하는 시설이었다.

문 좌우에는 계단이 있어 벽에 인접한 감시대로 이어졌다. 그곳에는 위병이 5인 1조로 배치되어, 간간이 하품을 하며 묘지를 내려다보고 있었다.

묘지에는 〈영속광〉을 걸어놓은 가로등이 있어 밤이어도 밝다. 그렇다고는 해도 곳곳에 어둠이 도사렸으며 묘비에 가로막혀 시야는 좋지 못했다.

창을 든 위병 중 하나가 멍하니 묘지를 바라보다가 옆에서 감시하던 동료에게 하품과 함께 말했다.

"오늘도 조용한걸."

"그러게. 요전에 나온 스켈레톤은 다섯 마리 정도였지? 이제까지 나타나던 걸 생각해 보면, 단숨에 줄어들었는데."

"맞아. 죽은 자들의 영혼도 사대신의 곁으로 불려간 거 아닐까? 그랬으면 좋겠어."

다른 위병들도 그 화제에 가세했다.

"스켈레톤이나 좀비 정도라면 우리도 어떻게든 잡을 수 있으니 말야. 스켈레톤은 창으로는 해치우기 힘들어서 귀찮지만."

"내가 본 것 중에서 제일 위험한 건 와이트(Wight)였어."

"난 지네해골Skeleton Centipede. 근처에서 경계하던 모험자가 달려와주지 않았으면 죽었을걸."

"지네해골? 약한 놈을 계속 내버려두니 강한 언데드가 나오는 거야. 약할 때 깔끔하게 정리해야 강한 놈이 안 나오지."

"그러게, 누가 아니래. 그래서 지난주 묘지 순찰 부대에 우리 대장이 호통을 쳤어. 덕분에 그 친구들이 사과한다고 술을 갖다줘서 맛있게 먹기는 했지만, 그런 경험은 두 번 다시 하고 싶지 않아."

"근데…… 그렇게 생각하면 오히려 언데드가 안 나오는 게 어쩨 불길한걸."

"……왜?"

"아니, 뭔가 못 보고 넘어간 거 아닐까 싶어서."

"너무 마음에 두지 마. 사실 그렇게까지 언데드가 많이 나올 리가 없잖아. 제국하고 전쟁해서 죽은 사람들까지 매장해 놨으니 출현 빈도가 높은 거 아니겠냐고 그러던걸. 반대로 말해 전쟁이 없으면 이게 보통 아니겠어?"

위병들은 서로 고개를 끄덕였다. 마을 같은 곳에서도 사람이 죽으면 대개 매장을 하지만, 이곳만큼 언데드가 출몰한다는 이야기는 들어본 적이 없다.

"……그런 의미에선 카체 평야가 정말 끔찍하다지."

"그러게. 아예 수준이 다른 언데드가 나온다며?"

제국과 왕국이 격돌했던 평야. 그곳은 언데드의 다발지대로 알려졌으며 왕국의 의뢰를 받은 모험자와 제국의 기사들이 공동으로 토벌을 행하는 장소이다. 제국과 왕국이 공동으로 물자를 보급해 언데드 토벌꾼들을 지원하는 덕에 작은 도시가 유지될 정도로, 그 지역에서 언데드 토벌은 매우 중요하다.

"소문에 듣자 하니——."

무언가 말하려던 위병 하나가 갑자기 입을 다물었다. 그 모습에 불안감을 느낀 다른 위병이 말했다.

"야, 사람 겁주지 말고——."

"조용히 해봐!"

입을 다물었던 위병이 가만히 어둠 속을 꿰뚫듯 눈을 묘지로 향했다. 그 모습에 이끌려 다른 위병들도 묘지를 보았다.

"……무슨 소리 못 들었어?"

"기분 탓 아냐?"

"난 소리는 안 들리지만…… 뭔가 흙냄새가 나는걸. 요전에 묘지 하나를 다시 파냈잖아? 그때 비슷한 냄새가……."

"야, 이상한 농담은 하지 마."

"……응? 어, 이봐! 저기 좀 봐!"

한 위병이 묘지의 어떤 한 점을 가리켰다. 그 방향에 전원의 시선이 쏠렸다.

위병 두 사람이 문을 향해 필사적으로 뛰어오는 모습이 보였다. 두 사람 모두 요란하게 숨을 헐떡였으며, 크게 뜬 두 눈에는 핏발이 섰고, 땀 때문에 머리카락은 이마에 찰싹 달라붙어 있었다.

위병들은 그 모습에 불길한 예감을 느꼈다.

묘지를 순찰하는 위병은 적어도 열 명 단위로 행동한다. 그런데 왜 두 사람밖에 없지? 무기도 없이 필사적으로 뛰는 모습은 무언가로부터 도망치는 모습으로밖에 보이지 않았다.

"여, 열어줘! 문 열어줘!"

문 앞에서 필사적으로 외치는 모습에 위병들은 황급히 계단을 내려가 문을 열었다.

문이 다 열리기를 기다리지도 못하고 두 위병이 묘지에서 굴러 나왔다.

"대체……."

물어보려는 것도 가로막으며 묘지에서 뛰어온 두 위병은 새하얗게 질린 얼굴로 숨을 헐떡이며 외쳤다.

"무, 문 닫아! 빨리!!"

그 기이한 모습에 겁을 먹으면서 위병들은 열심히 문을 다시 닫고 빗장을 질렀다.

"대체 왜 그래?! 다른 사람들은 어떻게 됐어?"

그 질문에 한 위병이 고개를 들었다. 그 얼굴에 공포가 묻어났다.

"머, 먹혔어! 언데드에게!"

동료 여덟이 목숨을 잃었다는 사실에 위병들의 시선은 대장 위병에게 향했다. 대장은 명령을 내렸다.

"……이봐, 누가 위에 올라가서 감시해!"

황급히 한 위병이 계단을 올라가더니, 도중에 경직된 것처럼 우뚝 멈춰 섰다.

"왜 그러나!"

부들부들 떨며 그 위병이 외쳤다.

"언데드입니다! 언데드의 대군입니다!"

귀를 기울이니 꿈틀거리는 듯한 소리가 벽 너머에서 들려왔다.

다시 담장 위로 올라간 위병들은 눈앞에 펼쳐진 광경에 말을 잃었다.

입이 다물어지지 않는 수의 인데드가, 문을 향해, 묘지를 걸어오고 있는 것이다.

"뭐야, 저게……."

"일이백 마리가 아니야……. 천은…… 될 것 같아……."

불빛이 닿는 범위에서 보이는 것만 해도 헤아릴 수 없을 정도로 많았다. 어둠 속에서 꿈틀거리는 그림자까지 포함하면 숫자는 상상도 가지 않았다.

썩는 냄새와 함께 무수한 언데드가 천천히 몸을 흔들며 문을 향해 구름바다처럼 다가왔다. 좀비나 스켈레톤만이 아니라, 숫자는 매우 적지만 더 강한 언데드——구울, 가스트(Ghast), 와이트, 부푼 살가죽Swell Skin, 타락사체Corrupt Dead 같은 것들까지 보였다.

위병들의 몸이 오싹 떨렸다.

시가지는 성벽을 하나 넘어간 곳에 있으므로 그곳을 통과하지 못하는 이상 언데드가 일반시민들을 습격할 일은 없을 것이다. 그러나 위병을 총동원해도 언데드의 대군을 막아낼 수 있을지는 불안했다. 위병이라고 해봤자 일반시민보다 조금 나은 정도일 뿐이다. 이만한 언데드를 토벌할 자신은 없다.

게다가 언데드 중에는 자신을 죽인 자를 같은 종류의 언데드로 만드는 힘을 가진 것도 있다. 잘못하면 위병들이 언데드로 전락해 동료들을 습격할 가능성도 있다. 또한 지금은 비행하는 언데드의 모습이 보이지 않지만, 신속히 소탕하지 않으면 하늘을 나는 흉악한 언데드도 태어나리라는 예감이 더 큰 공포를 불러 일으켰다.

——언데드의 탁류가 벽까지 밀려든다.

쿵, 쿵——.

문 앞까지 몰려든 지성 없는 언데드들이 아픔을 느끼지 못하는 것을 이용해 문을 있는 힘껏 두드려댔다. 그 문을 부수면 산 자를 습격할 수 있음을 아는 것처럼.

쿵, 쿵——.

되풀이되는 타격성. 그리고 문이 삐걱삐걱 비명을 지르는 소리. 무수한 언데드들의 신음성.

파성퇴(破城槌) 같은 것도 필요 없다. 자신이 부서지든 말든 개의치 않고 돌격하는 죽은 이들의 무리는 그것만으로도 공성병기나 마찬가지였다.

그 광경을 눈앞에서 보는 위병들의 등은 얼음물을 끼얹은 것처럼 축축해졌다.

“종을 울려라! 위병주둔소에 원군을 요청해! 너희 둘은 다른 문에도 속히 긴급사태를 알려라!”

대장이 정신을 차리고 지휘를 시작했다.

“다른 자들은 문에 다가오는 언데드를 위에서 창으로 찌른다!”

그 목소리에 자신들이 해야 할 일을 떠올린 위병들은 아래로 몰려드는 언데드들에게 창을 내질렀다. 놈들이 대지를 가득 메웠으니 아무렇게나 찔러도 어느 한 놈은 맞았다.

찌르고, 들고, 다시 찌른다.

탁한 피가 울컥울컥 쏟아지고 썩은 냄새가 코를 마비시키는 가운데 위병들은 열심히, 그야말로 작업처럼 창질을 반복했다. 몇 마리의 언데드가 부정한 생명을 잃고 땅바닥에 쓰러져선 그 뒤를 잇는 언데드에게 짓밟혔다.

지성이 떨어지는 언데드이기 때문에 창으로 공격을 되풀이하는 위병들에게 반격하려고는 하지 않았다. 단순작업을 되풀이하던 위병들도 서서히 긴장감을 잃어갔다.

그러나 이를 노린 것처럼——

"으아악!"

비명이 터져 그쪽을 쳐다보니, 위병 한 사람의 목에 꿈틀거리는 기다란 것이 감겨 있었다.

그것은 번들번들 축축한 핑크색 광택을 띤——내장이었다.

내장이 향한 곳을 따라가 보니, 그곳에는 계란 비슷한 모습을 한 인간의 시체가 있었다. 몸 앞쪽은 크게 세로로 갈라졌으며, 그 갈라진 틈 속에서 1인분으로는 설명이 안 되는 숫자의 내장이 기생충처럼 꿈틀거리고 있었다.

내장 알Organ Egg이라 불리는 언데드였다.

내장이 꿈틀거리며 위병의 몸을 잡아당겼다.

"흐아악!"

누군가가 구해주려고 달려가기도 전에 비명을 남기며 위병은 떨어지고——

"사, 살려줘! 누가, 누그아아아아아악!"

——절규가 터지고, 어쩔 수 없이, 위병들은 자신의 동료에게 닥친 운명을 목격해야만 했다. 몰려드는 언데드에게 산 채로 온몸을 잡아먹히는 광경을. 몸은 갑옷의 보호를 받고 있으며 위병도 얼굴을 가리고자 발버둥 쳤기 때문에 오히려 잔혹한 시간이 더욱 길어

졌다. 손가락을, 정강이를, 그리고 얼굴을 뜯어 먹힌다.

"물러나라! 벽 아래로 후퇴한다!"

내장 알의 내장이 다시 꿈틀거리는 걸 확인한 대장의 명령에 전원이 황급히 계단을 내려갔다. 뒤에서 문을 두드리는 소리는 점점 강해졌으며 문이 질러대는 비명도 이제는 똑똑히 들렸다.

서서히 비장감이 더해졌다. 원군이 도착할 때까지 문이 버텨주고, 동시에 강한 언데드가 등장하지 않을 확률은 낮다.

문이 열리면 죽음의 탁류가 쏟아져 나와 얼마나 큰 피해를 낼까.

그 자리의 위병들이 절망으로 얼굴을 물들였을 때,

철컹.

금속성이 울려 퍼졌다.

모두 반사적으로 소리가 난 곳을 보았다.

그곳에 있던 것은 칠흑의 눈동자에서 지혜가 느껴지는 마수. 그리고 그 위에 올라탄 풀 플레이트 아머 차림의 전사였다. 옆에는 이 자리에 어울리지 않을 정도로 아름다운 여자가 있었다.

"이, 이봐! 여긴 위험해! 당장 물러——."

물러나라고 말하려던 위병은 그 전사의 가슴에 흔들리는 금속 플레이트를 발견했다.

모험자다!

——그러나 그 플레이트의 재질이 구리인 것을 깨닫자마자 조금이나마 부풀었던 희망의 불꽃도 꺼졌다. 최저 랭크의 모험자에게 이 상황을 타파할 힘이 있겠는가. 그 자리에 있던 위병 전원의 눈동자에 실망의 빛이 떠올랐다.

사뿐. 무게가 느껴지지 않는 동작으로 전사는 마수의 등에서 뛰어내렸다.

"못 들었나! 당장 여기서 떠나!"

"나베, 검을."

위병의 고함 소리에 비해 전사의 목소리는 작았다. 그러나 그것은 밀려드는 언데드가 지르는 소란 속에서 기묘할 정도로 똑똑히 들렸다. 미녀가 달려오고, 전사는 등에 짊어진 그레이트 소드를 뽑았다.

"너희는 뒤나 봐라. 위험하니."

전사의 목소리에 흠칫 뒤로 돌아선 위병들은 종말을 직시했다.

그곳에는 4미터 높이의 벽보다도 거대한 그림자가 있었다.

무수한 시체가 모여들어 이룬 거대한 언데드, 주검무리거인Necroswarm Giant이었다.

"우아아아아악!"

절규하며 앞을 다투어 도망치려 했을 때, 놀라운 광경이 눈앞에 펼쳐졌다. 조금 전의 전사가 창을 던지는 자세로 검을 쳐든 것이다.

——뭘 하려고?

그 의문은 다음 순간 풀렸다.

전사는 검을 투척했다. 그것도 믿을 수 없는 속도로. 날아가는 검을 황급히 눈으로 쫓아간 위병들의 앞에선 더욱 놀라운 광경이 기다리고 있었다.

주검무리거인. 절대 쓰러뜨릴 수 없을 것 같던 거대 언데드 몬스터가, 자신보다도 더 큰 거인의 일격을 머리에 맞은 것처럼 크게 뒤로 밀려나며 그대로 넘어가려던 참이었다. 거구가 쓰러졌다는 증거로 굉음과 함께 땅이 울렸다.

"——귀찮은 언데드로군."

칠흑의 전사는 그렇게만 말하곤 나머지 한 자루의 그레이트 소드를 뽑으며 걸어나왔다.

"문을 열어라."

위병들은 무슨 소리를 들은 것인지 한순간 이해하지 못했다. 몇 번 눈을 깜빡인 후에야 겨우 전사의 말이 뇌에 스며들었다.

"머, 멍청한 소릴! 저쪽에는 언데드의 대군이 있단 말이다!"

"그래서? 그것이 이 모몬에게 무슨 문제가 된단 건가?"

압도적인 자신감으로 넘쳐나는 검은 전사의 모습에 위병들은 모두 압도되어 입을 다물었다.

"……뭐, 문을 열고 싶지 않다면 어쩔 수 없지. 마음대로 들어가겠다."

전사는 뛰어나와 힘차게 바닥을 박차더니 그대로 벽 너머로 사라졌다. 4미터나 되는 벽을 도약 한 번으로 넘은 것이다. 그것도 풀 플레이트 아머를 걸친 채.

마치 신기루 같았다.

지금 일어난 일이 믿겨지지 않아 위병들은 입을 딱 벌린 채, 이제는 아무도 없는 공간을 바라보았다.

홀로 남은 미녀는 둥실 허공으로 떠오르더니 그대로 벽을 넘으려 했으나, 웬 목소리가 이를 제지했다.

"잠시만 기다리시게. 본좌도 데려가 주셔야 하지 않겠나!"

목소리의 주인은 전사가 타고 왔던 굴강한 마수였다. 풍모에서 느껴지는 대로 지엄한 어조였다.

미녀는 살짝 눈살을 찡그리더니——그래도 미모에는 전혀 손색이 없었다——마수에게 말했다.

"……그쪽 계단으로 올라오십시오. 설마 그 정도 높이에서 떨어진다고 어떻게 되는 것은 아닐 테지요?"

"물론이지! 본좌도 주공 곁으로 달려갈 걸세! 기다려 주시오, 주공!"

다다다 힘차게 위병들의 곁을 뛰어 지나가더니, 거대한 몸집으로 재주도 좋게 계단을 올라가 벽 너머로 뛰어내렸다.

정적이 장막을 드리웠다.

마치 태풍이 휩쓸고 지나간 것 같았다. 넋이 빠져나간 듯한 시간이 얼마나 지났을까. 어떤 사실을 깨달은 위병 하나가, 떨리는 목소리로 누구에게랄 것도 없이 물었다.

"이봐…… 들려?"

"뭐가?"

"언데드들이 지르는 소리 말야."

귀를 기울여도 소리는 들리지 않았으며, 빨려 들어갈 듯한 정적만이 있을 뿐이었다. 조금 전까지 무수히 들렸던 문 두드리는 소리도 그쳤다.

그 위병은 외경심에 휩싸여 몸을 떨었다.

"미, 믿겨져? 그 전사는…… 그만한 언데드를 상대로 싸우면서, 심지어 그 무리를 돌파하고…… 안쪽으로 나아간 거야."

위병들은 경악과 숭배의 심정에 사로잡혔다.

소리가 멎은 것은 이 부근의 언데드가 모조리 이곳에서 멀어져 새로운 목표에 이끌렸기 때문에. 그리고 아직까지도 조용한 것은 전투가 이어지고 있어 돌아오지 않기 때문에.

믿을 수 없다는 생각이 위병들을 벽 위로 내몰았다. 그리고 그곳에서 그들은 자신의 눈을 의심하게 된다. 누군가가 신음했다.

"이게 뭐야……. 그 전사는…… 도대체……."

그곳에 굴러다니는 것은 무수한 시체. 시체의 산. 묘지의 지면은 쓰러진 시체로 뒤덮여 있었다. 아직까지 부정한 생명이 완전히 빠져나가지 않아 꿈틀꿈틀 움직이는 것들도 보이기는 했지만 전투 능력이 남은 것은 없었다.

예측했던 대로, 썩은 냄새가 풍기는 바람에 실려 멀리서 전투 소리가 들렸다.

"……말도 안 돼……. 아직도 싸우고 있어?! 그만한 언데드의 대군을 상대로, 여길 돌파하고도?! 이럴 수가 있어……?!"

"대체 뭐야, 그 인간?!"

"……모몬이라고 했는데……. 그게 코퍼 플레이트라니, 완전히 거짓말일 거야. 그거야말로 소문으로만 들었던 아다만타이트 플레이트 아닐까?"

누군가의 중얼거림에 모두 고개를 끄덕였다. 그것이 코퍼 플레이트를 가진 모험자일 리가 없다.

최고위 플레이트를 가져 마땅한── 영웅.

그것 말고는 더 생각할 수 없었다.

"우린…… 전설을 목격한 걸지도 몰라……. 칠흑의 전사……아니, 칠흑의 영웅이야……."

문득 새어나온 목소리를 부정하는 이는 없었다.

*

오른손이 움직일 때마다 언데드가 날아간다. 왼손이 움직일 때마다 언데드가 양단된다.

일격필살이라는 이름의 회오리바람을 일으키던 아인즈의 움직임이 겨우 멎었다.

"귀찮은 놈들이로군."

아인즈는 마법으로 다시 만들어낸 그레이트 소드를 양손에 하나씩 들고, 주위를 에워싼 언데드들을 어이가 없다는 듯 쳐다보았다. 지저분한 체액이 달라붙은 검을 좌우의 언데드들에게 겨눈다.

언데드들이 술렁이더니, 아인즈에게서 멀어지려고 꾸물꾸물 움직였다. 공포라는 감정을 모르는 언데드들이 마치 아인즈의 모습에 겁을 먹은 것 같았다.

"……본좌 때문에, 송구스럽네."

목소리가 들린 곳은 아인즈의 위쪽, 꽤 높은 상공이었다.

그곳에선 숲의 현왕이 팔다리를 축 늘어뜨린 채 둥둥 떠 있었다. 수염은 힘없이 아래쪽을 향했으며 목소리에도 기운이 없다.

사죄에 대답한 것은 아인즈가 아니었다.

"좀…… 움직이지 마십시오. 뭉클거려서 들고 있기가 힘드니."

현왕의 배 언저리에서 나베랄의 목소리가 들렸다. 현왕이 날고 있는 것이 아니다. 현왕의 배에 반쯤 파묻히다시피 비행 마법을 건 나베랄이 그를 아래에서 들어 올리고 있는 것이다.

"미안하네……."

지성이 떨어지는 하위 언데드는 갑작스레 나타난 아인즈에게 즉시 적대행위를 보이지 않았다. '생명' 에 대한 감지가 예민해 아인즈를 동족이라고 느꼈기 때문이다.

그러나 그 뒤를 이어 나타난 숲의 현왕이라는 '생명' 을 내버려둘 리 없었다. 그 결과 아인즈를 에워싼 난전이 되어, 다소나마 부상을 입을 가능성이 있는 현왕은 이렇게 나베랄이 언데드의 손이 미치지 못하는 곳으로 옮겨놓았던 것이다.

아인즈는 한 걸음을 내디뎠다. 그에 맞춰 언데드의 무리도 한 걸음 물러났다. 거리는 좀처럼 줄어들지 않았으며 원진은 여전히 유지되었다.

아인즈를 중심으로 한 원진은 아인즈의 걸음에 맞춰 움직였다. 달려들 기회를 노리는 것 같지만 한 걸음이라도 내디디면 아인즈의 일격에 박살이 난다. 그렇기에 에워싸기만 할 뿐 아인즈에게 달려들려는 놈은 없었다.

생각 없이 다가갔다가 섬멸당하기를 그야말로 헤아릴 수 없을 정도로 반복한 끝에, 지성이 낮은 언데드들이 겨우 학습한 것이 이 원진이었다.

"하지만 이래서는 언제까지고 나아갈 수가 없지."

어이가 없을 정도로 언데드가 득실대는 데에 투덜거린 것이 아니다.

아인즈가 진심으로 돌파를 꾀한다면 이 정도 언데드의 무리를 뿌리치는 일은 아무 것도 아니다. 그러나 강행돌파했다가 언데드가 사방으로 흩어지면 조금 전에 본 위병들을 죽일 가능성이 있다. 그래서는 아인즈가 '사건을 해결한 모험자' 임을 증명해줄 증인이 사라지는 것 아닌가. 그렇기에 어느 정도 언데드를 끌어들여 그들의 안전을 최소한도로 확보하며 나아가야만 했다. 따라서 전진 속도가 둔해진 것이다.

하지만 나베랄은 그 말을 곧이곧대로 받아들였다.

"하오면 나자릭에서 원군을 부르면 어떻겠습니까? 수십 명이면 이 묘지에서 아인즈 님을 적대하는 모든 존재를 눈 깜짝할 사이에 말살할 수 있을 것이옵니다."

"……멍청한 소릴. 몇 번이나 말했을 텐데. 이 도시에 온 이유를."

"하오나 아인즈 님. 명성을 얻을 생각이시라면 언데드가 문을 뚫고 많은 인간에게 피해를 미칠 때까지 기다리는 것도 괜찮지 않았겠습니까?"

"그것도 이미 생각했다. 상대의 노림수, 이 도시의 전력 같은 사항을 모두 숙지했다면 그런 방법도 가능했겠지. 그러나 정보가 부족한 현재 상황에서는 이 이상 상대의 수만을 지켜보고 싶지 않다. 상황이 적의 목적대로만 돌아가는 것도 불쾌하니까. 게다가 구경만 하다가 다른 모험자 팀에게 공적을 빼앗길 가능성도 있지 않겠느냐."

"아하……. 훌륭하십니다, 아인즈 님. 이미 모든 면을 고려하셨다니, 역시 지고의 존재. 다시 한번 감복하였나이다. 헌데…… 이 어리석은 나베랄에게 한 가지 더 가르침을 주셨으면 하옵니다. 팔지도 암살충Eight-edge Assassin처럼 은신 능력이 뛰어난 서번트를 파견해 큰 변화가 일어날 때까지 멀리서 관망하셨다면, 최적의 타이밍을 가늠하실 수 있지 않았을까요?"

아인즈는 잠자코 하늘에 뜬 나베랄을 올려다보았다.

조용한 공기가 흐르고, 그것을 기회라 생각한 언데드들이 앞으로 나섰다. 그리고 모조리 베여 나갔다.

"…………하, 하나에서 열까지 내가 가르쳐 준다면, 성장할 수가 없지 않느냐. 스스로 생각해 보거라."

"예! 죄송합니다!"

살짝 동요하면서도 아인즈는 힘차게 뒤로 돌아 문에서 얼마나 떨어졌는지, 그리고 위병들의 시선은 미치지 않는지를 확인했다.

"그, 그렇다고는 하나! 시간도 아까우니 어쩔 수 없지. 길을 열기 위해 나도 움직여야겠다."

아인즈는 능력을 해방했다.

중위(中位) 언데드 작성 '면도날 잭Jack the Reaper', 중위 언데드 작성 '시체수집가Corpse Collector'.

스킬 발동에 맞춰 두 마리의 언데드가 나타났다.

한 마리는 웃는 표정을 새겨놓은 가면으로 얼굴을 가렸으며 트렌치코트를 입은 언데드였다. 손가락 대신 커다랗고 예리한 메스가 달렸다.

또 한 마리는 굴강한 체격을 가졌으나 몸에 고름이 줄줄 흐르는 언데드였다. 육체를 온통 뒤덮은 붕대는 누렇게 변색됐으며 여기에 수많은 갈고리를 박아놓았다. 갈고리에 이어진 쇠사슬의 끄트머리에는 신음을 내는 두개골이 달려 있었다.

"해치워라."

아인즈의 명령에 따라, 두 언데드는 주위에 모인 언데드 무리에게 달려들었다. 겨우 두 마리지만 힘은 압도적이다.

면도날 잭의 메스에 사지가 날아가고, 시체수집가의 수많은 사슬이 언데드의 머리를 뽑아내는 가운데 아인즈는 다음 수단에 나섰다.

"그리고 이것도 써 볼까."

하위 언데드 작성 '사령Wraith', 하위 언데드 작성 '뼈독수리Bone Vulture'. 이를 여러 마리 소환해 명령을 내렸다.

"너희는 누군가가 이 묘지 안으로 침입하면 쫓아내라. 모험자는 죽여도 상관없다만 위병은 죽이지 마라."

사령이 꿈틀거리듯, 뼈독수리가 뼈로 이루어진 날개를 퍼덕이며 하늘로 날아올랐다. 아인즈는 이로써 준비는 완벽하다고 혼자 웃었다.

하위 언데드를 보낸 것은, 비행 마법을 이용해 단숨에 적의 우두머리를 공격하려는 모험자들이 이번 일의 공적을 가로채지 못하게 하려는 사전준비였다.

"그럼 가 볼까."

아인즈는 검을 고쳐 쥐고는, 두 마리의 중위 언데드 덕분에 숫자가 단숨에 줄어든 곳으로 뛰어들었다.

나베랄만을 거느리고 가장 안쪽에 존재하는 영묘 부근에 도착한 아인즈는 그 앞에서 여러 명의 수상쩍은 자들이 원진을 짜고 무언가를 하는 모습을 발견했다.

온몸을 덮은 까만색 로브는 질이 낮아 염색이 제대로 안 되었으며 군데군데 얼룩이 보였다. 머리에는 바라클라바처럼 얼굴을 덮는 까만 삼각두건을 썼다. 손에 든 목제 스태프 끝에는 이상한 문양이 달려 있었다.

체격은 제각각 다르지만, 몸의 윤곽으로 보건대 모두 남자일 것이다.

유일하게 한가운데에 선 언데드처럼 생긴 사내만이 얼굴을 드러냈으며 제법 괜찮은 차림을 했다. 그는 손에 까만 돌을 쥔 채 정신을 집중하고 있는 것 같았다.

웅얼거리는 듯한 중얼거림이 바람을 타고 아인즈가 있는 곳까지 들려왔다. 때로는 높게, 그리고 때로는 낮게. 화음을 이루는 그 중얼거림은 기도처럼 들리기도 했다. 그러나 그것은 죽은 자에게 바치는 엄숙한 기도가 아니라 오히려 모독하는 사악한 의식인 것 같았다.

"기습할까요?"

귓가에서 나베랄이 속삭였다. 아인즈는 고개를 가로저었다.

"소용없을 거다. 상대도 우리의 존재를 알아차린 모양이니."

은신 스킬이 없는 아인즈 일행은 이곳까지 당당히 걸어왔다. 묘지의 불빛을 피해 오기는 했지만 상대가 〈암시〉를 사용했다면 이쪽의 모습을 대낮처럼 볼 수 있을 것이다. 게다가 아인즈의 경험상 소환된 몬스터와 소환주 사이에는 정신적인 연결이 있다. 아인즈에게 숱하게 쓰러졌으니, 연결을 통해 접근을 느꼈을 것이다.

실제로 몇 사람이 아인즈와 나베랄을 직시하고 있었다.

그런 그들이 공격하지 않는 이유는 상대도 이쪽과 이야기를 나누고 싶기 때문이리라 추측하고, 아인즈는 정면으로 다가갔다.

불빛 아래에 나선 아인즈 일행에게 무리는 긴장해 자세를 잡고, 그중 하나가 중앙의 사내에게 말을 걸었다.

"카디트 님, 왔습니다."

'오케이, 저놈은 바보 확정…… 아니, 저것도 거짓말일 수 있지. 반쯤 접어서 듣는 게 좋겠군.'

"여어, 좋은 밤이로군. 시시한 의식을 하기에는 좀 아깝지 않은가?"

"흥…… 의식에 적합한 밤인지 아닌지는 이 몸이 결정한다. 그보다 그대는 대체 누구인가. 어떻게 그 언데드의 무리를 돌파했지?"

원진 중앙에 선 자── 거짓말이 아니라면 카디트라는 이름의 사내가 역시 제일 지위가 높은지 대표로 아인즈에게 물었다.

"의뢰를 받은 모험자거든. 어떤 소년을 찾으러 왔는데…… 이름은 말하지 않아도 알 테지?"

무리가 어렴풋이 긴장하는 모습을 보며, 아인즈는 '확정' 이라고 입속으로 중얼거렸다. 이로써 그들이 관계없는 사람들인데 잘못 말려들었을 가능성은 사라졌다.

카디트는 주위에 재빨리 시선을 보내더니 물었다.

"그대들뿐인가? 다른 사람은?"

아인즈는 헬름 안에서 쓴웃음을 지었다.

'이봐, 이봐. 왜 그런 질문을 해? 복병을 매복시켰을 가능성을 경계하는 거겠지만…… 그래도 좀 생각을 하고 말하라고. 그렇다면 이놈도 결국 소모품이 확실하겠군.'

아인즈는 의욕 없는 자세로 어깨를 으쓱한 다음 대답했다.

"우리뿐이다. 비행 마법으로 단숨에 왔으니까."

"거짓말하지 마라. 그럴 리가 없다."

그 확신 어린 목소리에서 무언가를 느끼며 아인즈는 되물었다.

"믿고 말고는 그쪽 판단에 맡기지. 그보다 소년을 무사히 돌려보내면 죽이지는 않겠다, 카디트."

카디트는 자신의 이름을 불렀던 어리석은 제자를 흘끔 노려보고 물었다.

"——그대의 이름은?"

"그 전에 좀 가르쳐 주시지. 그쪽에는 너희 말고도 사람이 더 있을 텐데?"

카디트가 조용히 싸늘한 시선을 보냈다.

"우리뿐——."

"——너희뿐이 아닐 텐데? 찌르기 무기를 가진 자도 있을 거라 생각한다만…… 매복했다가 기습이라도 하려는 거냐? 아니면 내가 무서워서 나오지 못하나?"

"흐흥~ 그 시체를 조사해봤구나. 제법인데~."

갑자기 영묘 안에서 여자 목소리가 들렸다.

천천히 모습을 드러낸 여자에게서는 걸을 때마다 잘그락잘그락 금속끼리 마찰하는 소리가 들려왔다.

"이봐……."

살짝 험악함이 묻어난 카디트의 목소리에 여자는 쓴웃음을 지었다.

"에이, 다 들킨 모양인데 뭐. 숨어 있어도 소용없잖아. 애초에 〈생명은폐Conceal Life〉 마법을 쓸 수 없으니까 숨었던 건데."

정보를 줬는데도 운필레아를 인질로 쓰지 않는 이유는——.

이미 목숨을 잃었을 가능성에 대해 아인즈가 생각하고 있으려니 여자가 물었다.
"그래서 그쪽의 이름을 물어봐도 될까? 아, 난 클레만티느. 잘 부탁해."
"……들어봤자 별수 없다고 생각한다만, 모몬이라고 한다."
"이 몸은 들어본 적이 없는 이름이로군…… 클레만티느, 그대는?"
"나도 몰라~. 일단 이 도시에서 활동하는 고위 모험자의 정보는 다 입수했는데, 그중에 모몬이란 이름은 없었는걸? 하지만 어떻게 여길 알아냈담? 지하 하수도라고 다잉 메시지까지 남겨놨더니."
"그 망토 안에 해답이 있지. 그걸 보여주실까."
"우왕, 변태~. 엉큼해~."
그렇게 떠들어대던 여자――클레만티느는 얼굴을 일그러뜨렸다. 입이 귓가까지 찢어지는 듯한 웃음이었다.
"농담이지롱. 이거 말하는 거지?"
클레만티느가 망토를 젖히자, 그곳에서 드러난 것은 비늘 한 장 한 장의 광채가 서로 다른 스케일 아머(scale armor) 같았다. 그러나 아인즈의 뛰어난 시각은 그것이 무엇인지를 순식간에 간파했다. 그것은 절대로 스케일 아머의 금속판이 아니었다.
무수한 모험자의 플레이트를 늘어뜨린 것이다. 백금, 금, 은, 철, 구리. 개중에는 미스릴이나 오리하르콘의 광채도 있었다. 그것이야말로 클레만티느가 이제까지 죽였던 모험자들의 상징, 수렵의 전리품. 금속끼리 마찰하는 소리는 그야말로 무수한 원념의 목소리 같았다.

"그것이…… 네 장소를 가르쳐 주었다."

무슨 말을 하는지 모르겠다는 표정을 짓는 클레만티느.

그리고 아인즈도 그 이상 설명할 마음은 없었다.

"……나베. 너는 카디트를 포함한 그자들을 상대해라. 나는 저 여자를 상대하겠다."

아인즈는 거기까지만 말하고, 약간 목소리를 낮추어 위쪽을 주의하도록 경고했다.

"알겠습니다."

카디트는 쓴웃음인지 조소인지 모를 웃음을 짓고, 그를 상대할 나베랄은 재미없다는 듯 싸늘한 시선을 보냈다.

"……클레만티느, 우리는 저쪽에서 판을 벌여볼까?"

아인즈는 그 말만 남기고 클레만티느의 대답을 기다리지 않은 채 천천히 걸어나갔다. 상대가 결코 싫다고 하지 않으리란 확신이 있었으며, 그것은 아인즈의 뒤에서 태평하게 따라오는 발소리가 증명해주었다.

조금 거리를 두었을 때, 나베랄과 카디트 일행이 있던 곳에서 벼락이 터지는 눈부신 광채가 번뜩였다. 그것을 신호로 삼기라도 한 듯 아인즈와 클레만티느는 서로를 노려보았다.

"그러고 보니 그 가게에서 죽인 게 친구들이야? 혹시 동료가 죽어서 화났썽~?"

조롱하듯, 클레만티느의 말이 이어졌다.

"우푸푸푸, 대폭소였다니깐, 그 매직 캐스터. 마지막까지 도와줄 사람이 올 거라 믿었던 모양이더라고. 저질 체력 가지고, 누가 올 때까지 내 공격을 어떻게 받아내겠다고. 그래선 절대 못 살아남지. ……혹시 그게 당신이었어? 미안해~ 죽여버려서."

싱글싱글 웃는 클레만티느에게 아인즈는 고개를 가로저었다.

"……아니, 딱히 사과할 필요는 없다."

"그래? 쫌 아쉽네. '감히 동료를!' 이러면서 발끈하는 사람을 밟아버리는 게 진짜 재미있는 건데. 근데 왜 화 안 내? 재미없잖아! 사실은 친구 아니었어?"

"……나도 때와 경우에 따라서는 너와 비슷한 짓을 할 것이다. 그러니 그 행위를 책망한다면 주객전도가 되겠지."

아인즈는 천천히 그레이트 소드를 겨누었다.

"그러나 그들은 나의 명성을 높이기 위한 도구였다. 여관으로 돌아가면 수많은 모험자들에게 내 활약을 들려주었을 것이다. 숲의 현왕을 겨우 둘이서 격퇴한 영웅이라고 말이다. 그런 나의 계획을 방해한 너의 존재는 매우 불쾌하다."

아인즈의 어조에서 무언가를 느꼈는지 클레만티느가 씨익 웃었다.

"그랬구나~. 미움 받았네. 나 불쌍해~. 참고로 여기 온 건 잘못이었어. 저 예쁜 아가씨는 매직 캐스터지? 그럼 카디트에겐 못 이긴다구. 만약 반대였으면 재수가 좋아서 이겼을지도 모르겠지만 말야. 하기야 저 여자가 나한테 이기는 건 무리겠지만~."

"나베도 너 정도는 쉽게 이겼을 거다."

"바보 아냐? 매직 캐스터 따위가 나한테 어떻게 이겨? 슥 해서 푹! 이거면 끝났다구. 언제나."

"과연. 너는 그만큼 전사로서 자신감이 있단 말이지……?"

"응, 당연하지. 이 나라에서 날 이길 전사는 없거든. 아니, 거의 없거든~."
"그래……. 그렇다면 좋은 생각이 났다. 핸디캡을 주마. 그렇게 네게 복수하겠다."
클레만티느의 눈이 가늘어졌다. 처음으로 불쾌감을 드러낸 것이다.
"여보세요? 이 나라에서 나랑 제대로 맞짱 뜰 수 있는 건, 풍화 애들이 모았던 정보에 따르면 다섯뿐이거든? 가제프 스트로노프, 청장미의 가가란, 붉은물방울의 루이센베르그 알베리온, 그리고 브레인 앙글라우스, 여기에 은퇴한 베스처 클로프 디 로판. ……하지만 진짜로 나한테 이길 리가 없잖아. 설령 내가 우리 나라에서 받았던 매직 아이템을 버린 다음이라 해도."
클레만티느가 기분 나쁠 정도로 찢어져 올라간 웃음을 지었다.
"네놈 자식의 그 헬름 안에 어떤 개똥 같은 낯짝이 있는지는 모르겠다만, 바로 이 몸! 인간을 초월해 영웅의 영역에 발을 들인 클레만티느 님께서 질 리가 없다고!"
격앙한 클레만티느에게, 아인즈는 한없이 냉정한 목소리로 대답했다.
"그러니 핸디캡을 주마. 나는 절대 진심을 다해 싸우지 않겠다."

4

〈이중최강화Twin Maximize Magic: '전격구Electro Sphere'〉.
나베랄이 펼친 손바닥 안에서 보통의 두 배는 될 만한 크기로 부푼 전격구Electro Sphere가 두 발 동시에 튀어나갔다.

——착탄.

파괴력을 증대시킨 전격구가 단숨에 부풀더니 광범위하게 번개를 퍼뜨렸다. 백색광이 주변 묘지를 형형히 비추었다.

마법으로 생성한 번개는 순식간에 사라졌지만 파괴력은 절대적이었다. 효과범위에 있던 카디트의 부하들이 모조리 땅바닥에 쓰러진 것이다.

그 속에 서 있던 그림자는 하나.

"참 나……. 애벌레 같은 하등생물 주제에, 냉큼 짓밟히면 될 것을……. 〈전기속성 무효화Energy Immunity: Electricity〉라도 발동했나요?"

그렇게 물었다가, 카디트의 얼굴에 어렴풋한 화상 자국이 있음을 깨달았다.

그렇다면 〈전기속성 무효화〉보다도 하위의 방어 마법인 〈전기속성 방어Protection Energy: Electricity〉일 것이다.

나베랄은 한꺼번에 전멸시키지 못했던 데 다소 아쉬움을 품었으나, 그래도 허용범위라고 자신을 위로했다. 정말 일격에 끝내고 말면 너무 재미가 없지 않은가.

"단순한 바보가 아니라, 제3위계 마법까지 구사하는 바보였군!"

"……바보? 진드기 같은 하등생물 따위가 나더러 바보라고?"

나베랄은 미간을 꿈틀거렸다.

"어리석게도 이 몸의 계획을 방해하는 자를 바보가 아니면 무엇이라 하겠느냐. 게다가 강자를 강자라 이해하지도 못한 채 사지에 뛰어들었으니! 이 몸은 이미 준비를 갖추었다! 충분한 부정의 에너지가 모인 이 지고의 보주가 어떤 힘을 가졌는지 똑똑히 지켜보

거라!"

카디트는 손에 든 구슬을 쳐들었다.

새까만 강철 같은 광채를 가진 무미건조한 구슬이었다. 연마가 제대로 안 되었는지 모양도 깔끔하지 못했다. 차라리 원석이라 불러야 할 것 같았다.

그것이 나베랄에게는 맥동하는 것처럼 보였다.

느닷없이 전격에 온몸이 불탔던 여섯 명의 제자들이 부스스 일어났다. 그것은 생명의 의지가 있는 움직임이 아니었다. 죽음에 지배당한 움직임으로, 비척비척 나베랄과 카디트의 사이를 가로막듯 움직였다. 나베랄은 이를 기이한 표정으로 바라보았다.

"좀비 따위가 날 상대할 수 있을 거라 생각해?"

"흐하하하하. 그 말은 맞지. 그러나 상관없다. 공격해라!"

최하급 언데드인 좀비는 마법을 사용하지 못한다. 손톱을 내밀고 달려드는 제자들에게 나베랄은 마법을 발동했다.

〈전격구Electro Sphere〉.

다시 뿜어져 나간 백색구가 주위에 번개를 퍼뜨리면서 서로 멀찍이 거리를 두었던 제자들을 한꺼번에 휩쌌다. 한순간의 번개가 지나간 후 사내들은 다시 바닥에 나뒹굴었다. 쉽게 쓸어버렸음에도 나베랄의 얼굴은 밝지 못했다.

〈불사자 창조Create Undead〉는 한 번에 여러 명을 언데드로 만드는 힘은 없다. 그렇다면 지금 그것은 모종의 스킬로 지원을 받은 효과일 것이다.

나베랄의 시선이 카디트의 손에 들린 까만 덩어리로 향했다. 아마 저 아이템의 힘으로 여러 명을 동시에 좀비로 사역했으리라.

그 정도 효과를 가지고 이 무슨 거창한 수식어를 붙였단 말인가. 지고라는 단어는 나자릭 지하대분묘의 지배자이자 나베랄을 비롯한 신하들을 창조한 위대한 41인에게만 어울리는 말이거늘.

나베랄이 그 불쾌함을 곱씹고 있으려니 카디트의 환성이 울려 퍼졌다.

"충분하다! 충분한 부정의 에너지를 흡수했다!"

카디트의 손에 들린 까만 덩어리가 이 묘지의 어둠을 빨아들이며 어렴풋한 빛을 발하는 것처럼 보였다. 그것은 조금 전보다도 뚜렷이, 심장의 고동처럼 천천히 맥동했다.

——너무 마음대로 하게 내버려두면 귀찮겠어.

그렇게 판단한 나베랄이 움직이려 했을 때, 어떤 소리가 들렸다. 그것은 바람을 가르는 소리. 주인의 말을 기억했던 나베랄은 크게 뛰어 물러났다.

나베랄이 있던 곳을 헤집었던 거대한 무언가가 휙 날아오르더니 카디트의 앞에서 천천히 호버링하며 대지에 내려섰다.

그것은 거의 3미터는 될 법한 인골의 집합체였다. 무수한 인골이 이어져 이룬 것은 목이 길고 네 개의 발과 두 개의 날개를 가진 존재—— 용. 무수한 뼈를 짜 맞춰 만든 꼬리가 쿵 소리와 함께 바닥을 한 차례 두드렸다.

그것은 골룡Skeletal Dragon이라 불리는 몬스터였다.

몬스터의 레벨로 보자면 나베랄에 비해 별로 높지 않다.

그러나 이 골룡은 딱 하나, 나베에게는 치명적인 특징이 있다.

처음으로 나베랄의 얼굴에 놀라움과 분노가 떠올랐다.

"흐하하하하하!"

카디트의 광소가 주위를 흔들었다.

“마법에 절대내성을 가진 골룡. 매직 캐스터는 속수무책으로 당해야만 하는 강적이지!”

골룡에게는 나베가 사용하는 마법으로는 대미지를 줄 수 없다. 그렇다면――

만약을 위해 가지고 있으라고 주인에게 지시를 받았던 검을 칼집에 담아둔 채 꺼냈다. 칼날은 끈으로 칼집에 묶어두어 쉽게는 뺄 수 없었다.

“――때려죽이겠다.”

나베랄은 걸음을 내디뎠다.

반격하려고 앞발을 들어 내리찍는 골룡의 일격을 깔끔하게 흘리며 파고든다. 앞발이 일으킨 폭풍에 머리카락을 흩날리며 나베랄은 완전히 골룡의 품으로 육박했다.

그리고 아무렇게나 온몸의 근력을 담아―― 풀 스윙.

3미터는 되는 골룡의 몸이 크게 치솟았다.

이윽고, 쿠궁 소리와 함께 지면이 흔들리는 충격음이 울려 퍼졌다.

“이럴 수가!”

경악한 것은 카디트였다.

골룡은 뼈로 구성된 탓에 보기보다 가볍다. 그러나 어디까지나 ‘보기보다’ 였다. 매일 마법의 힘만을 추구해야 하는 마력계 매직 캐스터의 근력으로 할 수 있는 일이 아니었다.

황급히 이동해 골룡의 거구 뒤로 숨으며 카디트가 외쳤다.

"——그, 그대는 대체 무엇인가! 혹시 미스릴…… 아니, 오리하르콘 클래스 모험자인가?! 이 도시에는 존재하지 않을 텐데, 나나 클레만티느를 쫓아왔나?!"

카디트는 어금니가 부서질 정도로 이를 악물었다.

"하아……. 그렇게 흥분하니 방아벌레 같은 하등생물이라는 말이 어울리는 거야."

"네, 네 이놈!"

부정의 에너지를 대량으로 소비해, 지난 두 달에 걸친 대형 의식으로 만들어낸 골룡. 그것이 이리도 쉽게 패할 수 있단 말인가. 몇 년 이상에 걸친 계획의 마무리 단계에서.

카디트가 분노로 얼굴을 붉으락푸르락 물들이는 가운데 골룡이 삐걱삐걱 소리를 내며 천천히 일어났다. 가슴을 구성하는 뼈에 큰 금이 가 뼈의 잔해가 후두둑 떨어졌다. 여기서 더 공격을 당하게 놔둘 수는 없다.

"그렇게는! 안 된다!"

〈부정한 광선Ray of Negative Energy〉.

카디트의 손에서 뿜어져 나간 까만색 광선이 골룡에 맞자, 부정의 에너지가 손상을 급속히 회복시켜나갔다.

"마법에 절대내성이 있다면서, 마법으로 회복도 시킬 수 있군."

비아냥거리는 나베랄을 무시하고 카디트는 잇달아 마법을 발동했다.

〈갑주강화Reinforce Armor〉.

〈하급 근력증대Lesser Strength〉.

〈죽은 자의 불꽃Undead Flame〉.

〈방패벽Shield Wall〉.

카디트는 골룡을 강화하는 마법을 연달아 써댔다.

골룡의 뼈로 만든 몸이 단단해지고, 마법적으로 근력이 증대했으며, 생명을 빼앗는 어둠의 흑염(黑炎)이 온몸을 감쌌다. 그리고 눈에 보이지 않는 방벽이 방패처럼 몸 절반을 감쌌다.

"그렇다면 나도."

〈갑주강화〉.

〈방패벽〉.

〈부정속성 방어Protection Energy Negative〉.

나베랄도 잇달아 방어 마법을 걸었다.

이윽고 충분히 마법을 사용한 두 사람은, 마치 공이 울린 것처럼 다시 전투에 들어갔다.

나베랄은 검을 휘둘렀다.

골룡의 앞발을 강타하면서 살짝 눈살을 찡그렸다.

조금 전에는 잘 통했지만 상황은 결코 좋다고 할 수 없었다. 육탄전은 특기분야가 아니었으며 무기도 나쁘다.

골룡은 뼈로 만들었기 때문에 찌르거나 베는 무기로는 대미지를 주기 힘들다. 가장 좋은 것은 타격무기인데, 나베랄에게는 없다. 그렇기에 현재는 칼집을 사용하는 상황이었다. 그래도 전황 전체를 보자면 밀어붙이고는 있지만 사실은 검을 휘둘렀을 때 균형이 좋지 못해 골룡에게 효과적으로 대미지가 전해진다고는 할 수 없었다.

전업 전사였다면 능숙하게 균형을 잡을 수 있었을지도 모르지만 나베랄은 매직 캐스터. 그런 부분까지 기대할 수는 없었다.

골룡의 앞발이 몸을 숙인 나베랄의 머리를 옆으로 후려갈기려 했다. 골룡을 에워싼 새까만 불꽃이 회피한 나베랄의 몸에 달라붙었지만 〈부정속성 방어〉의 방어효과에 가로막혀 금세 꺼졌다. 막아내지 못했다면 회피했다 한들 추가효과에 대미지를 입었을 것이다.

〈부정한 광선〉.

카디트에게서 마법의 광선이 날아들어 다시 골룡의 상처를 치유했다.

이 또한 나베랄이 눈살을 찡그리는 원인이었다. 다소의 대미지를 주어도 후방에 대기한 카디트가 즉시 치유해버리는 것이다. 그렇다면 카디트를 먼저 공격하면 어떨까 해도, 카디트와 나베랄의 일직선상에 골룡이 있으니 나아갈 수가 없다.

〈뇌격〉처럼 관통하는 마법을 사용해봤자 골룡의 마법 절대내성 때문에 가로막히고 만다. 범위계 마법인 〈전격구〉는 카디트의 방어 마법 때문에 거의 효과가 없다.

그렇다면 정신조작처럼, 저항만 뚫으면 단숨에 승부가 나는 마법——.

〈——인간종 매료〉.

〈——불사의 정신Mind of Undeath〉.

나베랄과 카디트가 동시에 마법을 발동했다. 나베랄은 인간종을 매료하는 마법을 카디트에게, 그리고 카디트는 정신계 마법을 무효화하는 방어 마법을 자신에게.

그 결과—— 카디트는 자랑스럽게 씨익 웃고, 나베랄은 혀를 찰

듯 얼굴을 찡그렸다.

카디트의 웃음에 너무 마음을 썼던 것이리라. 나베랄의 얼굴 위로 그림자가 드리워졌다. 시야 전체로 펼쳐지는 새하얀 덩어리.

——회피는 어렵다.

창졸간에 판단을 내려 칼끝을 어깨에 대 검을 방패처럼 들었다. 검과 접촉한 어깨와 손부터 시작해 온몸까지 저릿저릿해지는 충격이 퍼져나가고 나베랄의 몸이 크게 공중으로 떠올랐다.

안면을 노린 골룡의 꼬리공격에 날아가버린 것이다.

"읏, 차차."

균형을 잃지 않고 멋진 움직임으로 발부터 정확하게 착지하기는 했지만 나베랄은 비틀거리며 후퇴했다.

절호의 기회를 얻었는데도 골룡은 추격하지 않았다. 카디트를 지키려면 너무 멀리 가선 안 되기 때문이다. 그런 골룡을 관찰하며 나베랄은 저릿저릿한 손을 몇 번 흔들어 마비감과 아픔을 떨치려 했다.

그런 가운데 카디트가 골룡의 뒤에서 얼굴을 내밀더니——

〈——산성투창Acid Javelin〉.

〈뇌격〉.

카디트에게서 날아든 창 모양의 녹색 물체가 나베랄의 몸에 부딪쳤다. 원래는 산성을 띤 물거품으로 피해를 입히는 그것은 나베랄의 몇 센티미터 앞에서 터지더니 마법의 효과를 잃고 사라졌다. 그와 동시에 나베랄의 손가락에서 뿜어져 나간 뇌격은 골룡이 앞으로 나서면서 무효화되었다.

카디트와 나베랄은 서로를 노려보았다.

"……방어 마법을 걸어놓았구나. 번잡한 짓을 하다니."

"……그건 내가 할 소리다, 도롱이벌레 같은 하등생물. 뒤에 숨어 있지 말고 나오시지?"

"내가 왜 그래야 하나?"

"가만히만 있으면 계획에 차질이 생기지 않아?"

정곡을 찔린 카디트가 날카롭게 노려보았지만 나베랄은 태연히 웃었다.

"……어쩔 수 없지."

각오를 다졌다는 듯 다시 카디트는 기괴한 구슬을 움켜쥐었다. 그리고 이를 높이 들었다.

"보라! 죽음의 보주가 가진 힘을!"

나베랄의 몸이 휘청 흔들렸다. 대지가 진동하고 있다는 증거였다. 거대한 것이 모습을 드러내려는 조짐이었다.

다음 순간, 대지가 갈라지며 허연 것이 천천히 모습을 드러냈다.

"……두 마리."

동요를 보이지 않는 나베랄에게 카디트는 분노의 감정을 목소리에 담아 외쳤다.

"흥! 이제 부정의 에너지는 텅 비었다. 그래도 네놈과 네놈의 동료를 죽이고, 그대로 이 도시에 죽음을 퍼뜨린다면 다소는 본전을 찾을 수 있겠지!"

"핫!"

나베랄은 날카롭게 숨을 내뱉으며 도약했다. 보통 사람은 생각할 수도 없는 스피드. 허를 찔린 카디트는 아무 반응도 보이지 못했다.

골룡은 자신의 공격범위에 들어온 나베랄에게 앞발을 내리찍으려 했다. 나베랄은 몸을 틀어 오른쪽에 선 골룡의 앞발 일격을 빠져나갔다. 그러나 그곳에 기다리는 것은 또 한 마리의 골룡이 휘두른, 땅을 헤집듯 낮게 깔리는 꼬리 공격이었다.

나베랄은 크게 뛰어 물러났다. 눈 바로 앞의 공간에서 소리를 내며 거대한 꼬리가 쓸고 지나갔다. 그리고 도중에 움직임을 바꾸어 위로 튕겨 올라간다. 뒤로 물러난 나베랄을 내리치려는 것이다.

대지가 흔들릴 만큼 무거운 일격. 나베랄은 왼쪽으로 회피했다. 그러나 오른쪽의 골룡이 달려들어 앞발을 내리쳤다.

"큭!"

기세 좋게 날아든 앞발을 검으로 막았다. 어마어마한 무게가 실렸지만 나베랄은 버텨내고, 오히려 되밀었다. 공격했던 골룡이 후퇴해 아주 조금이지만 전투에 공백시간이 발생했다.

"……네놈은 대체 뭐냐? 무투기도 쓰지 않고 그 공격을 막아내다니……. 어떻게 그런 육체능력을 얻은 것이냐!"

"지고의 존재, 신마저도 능가하는 분들께서 창조하셨기 때문이지."

"나를 놀리나!"

"진실을 들어도 이해하지 못하고, 지고의 존재라는 이름을 말한 나를 의심하다니……. 인간이 플라나리아 같은 하등생물인 이유가 있군."

나베랄은 눈을 부릅뜨고 카디트를 노려보았다. 한기를 느끼고 한 걸음 물러나버릴 정도로 강한 시선이었다. 공포를 느낀 카디트가 이를 불식하려는 듯 명령을 내렸다.

"해치워라, 골룡들아!"

다시 두 마리의 골룡이 카디트에게서 지나치게 떨어지지 않을 정도의 거리를 유지하며 나베랄에게 달려들었다.

골룡의 공격을 피하고 안으로 파고들려 해도, 다른 한 마리의 공격을 회피하기 위해 그 기회를 잃고 만다. 그런 공방을 되풀이하다 마침내 결정타가 나왔다.

〈산성투창〉.

안면을 향해 날아든 마법의 창. 나베랄은 자신도 모르게 고개를 돌려 피하고 말았다.

그것이 실책이었다. 맞아도 효과가 없으니 신경을 끄면 그만이었다. 그러나 얼굴을 향해 날아들었기 때문에 반사적으로 피하고 말았다. 이것은 직접전투능력에는 힘을 쏟지 않았던 매직 캐스터다운 실수였다.

그 실수의 대가는 컸다.

쩌적, 커다란 소리와 함께 나베랄의 시야가 급격히 변화했다. 단숨에 옆으로 쓸려나간 것이다.

한순간의 무중력을 맛보며 지면에 내동댕이쳐졌다. 지면을 휩쓴 골룡의 꼬리공격을 왼쪽 위팔에 받은 것이다. 땅바닥을 데굴데굴 굴러갔다. 지금 자신이 어떻게 됐는지도 인식할 수 없었다.

다양한 방어 마법으로 몸을 지켰기 때문에 심하게 아프지는 않았다. 지면에 몸을 댄 나베랄의 눈앞에 두 마리의 골룡이 보였다. 양쪽 모두 앞발을 들고 있다.

절체절명이었다. ——보통 사람이었다면.

"항복한다면 살려줄 수도 있다만?"

승리를 확신한 카디트가 나베랄에게 잔인한 미소를 지었다.

물론 그럴 마음은 없을 것이다. 목숨을 구걸한 후 짓밟히는 여자의 표정을 즐겨주겠노라고, 말보다도 표정이 잘 말하고 있었다.

상반신만을 일으킨 나베랄이 분노로 얼굴을 일그러뜨렸다.

"……간…… 제에."

"……뭐?"

나베랄이 카디트를 노려보았다.

"인간 주제에 나를 우습게 보지 말라고 했다, 쓰레기."

눈을 크게 뜬 카디트는 몸을 떨고 궁지에 몰린 것처럼 외쳤다.

"짓밟아라, 골룡들아!"

두 개의 앞발이 움직이는 가운데, 나베랄은 웃었다.

숭배하는 분의 목소리는 아무리 거리가 멀어도 놓치지 않는다.

"나베랄 감마! 나자릭의 위엄을 보여라!"

"……분부하신 대로. 하오면 이로써 나베가 아니라 나베랄 감마로서 대처하겠나이다."

골룡의 뼈로 만든 앞발이 바닥에 쓰러진 나베랄을 짓이길듯이 날아들었다. 눈 깜짝할 사이에 납작해졌으리라 예상하는 가운데, 나베랄의 마법이 발동했다.

〈전이Teleportation〉.

순식간에 나베랄의 시야가 바뀌었다.

그녀가 날아간 곳은 상공 500미터 지점.

물론 날개가 없는 나베랄은 대지를 향해 낙하한다.

울부짖는 바람이 온몸을 휩쓸고, 지면이 육박한다. 나베랄은 소리 높여 웃었다.

〈——비행Fly〉.

서서히 낙하속도가 떨어지더니 나베랄의 몸은 공중에 고정되었다. 아래를 보면 조금 전의 전장이 있다. 카디트와 두 마리의 골룡. 나베랄의 모습이 갑자기 사라지자 놀랐는지, 주위를 두리번거리며 열심히 찾고 있다.

*

"하아~ 나 피곤해."

클레만티느의 가벼운 말투가 아인즈에게 들렸다.

몇 분의 공방을 거치고도 아인즈의 그레이트 소드는 한 차례도 클레만티느의 몸을 건드리지 못했다.

"아니 그보다도~ 그야 신체능력이 대단한 것 같긴 한데, 물론 그 정도면 자랑도 하고 싶겠지. 그래도 말야~."

육식짐승의 웃음으로 바뀌었다.

"——바보 아냐, 너? 그건 그냥 그 육체능력으로 검을 휘둘러대는 것뿐이라고. 페인트도 모르면서. 그게 애들 막대기 휘둘러대는 거랑 뭐가 달라? 애초에 말이지, 양손에 무기를 하나씩 드는 것도 그래. 그걸 제대로 휘두르지 못할 거면 그냥 한 손에만 드는 게 현명하다고. 전사가 만만해 보이냐?"

"그렇다면 공격해 봐라. 아까부터 계속 회피만 하지 않았나. 시간이 지나면 불리해지는 것은 그쪽일 텐데?"

아인즈는 냉소를 섞어 되받아쳤다.

클레만티느의 얼굴이 흐려졌다. 분명 클레만티느는 한 번도 아인즈에게 공격을 가하지 않았다. 아인즈의 공격을 회피할 뿐이었다. 아인즈의 차원이 다른 신체능력을 앞에 두고 클레만티느도 공격의 타이밍을 잡기가 어려웠던 것이다.

그녀도 자기 말만큼 여유가 있는 것은 아니었다. 파고들지 못하는 자신에게 조바심을 냈던 것이 조금 전에 목소리를 높인 이유였다.

"자신에게 이길 수 있는 전사는 없다던 자신감은 어디로 갔지?"

"…………."

클레만티느가 아인즈의 도발을 받아들이듯 드디어 무기를 꺼냈다. 허리에 스틸레토라 불리는 찌르기 전용 무기를 네 자루 걸쳤으며 그 이외에도 모닝스타를 가졌다. 그중에서 꺼낸 것은 스틸레토 한 자루였다.

모닝스타에 혈액으로 보이는 얼룩이며 살점으로 보이는 물체가 달라붙은 것을 초인적인 시력으로 확인한 아인즈는 두 팔의 그레이트 소드에 한층 힘을 주었다.

두 사람이 발을 내디디려 한 그 순간, 대지가 흔들렸다.

공격태세에 들어간 클레만티느에게서 크게 시선을 돌리지는 못한 채 곁눈으로 흘끔 바라보니, 나베랄이 전투를 하던 주위에 거대한 뼈로 만들어진 용이 두 마리 있었다.

"……골룡……인가?"

"정답~. 용케도 아네. 맞았어~. 매직 캐스터에게는 최악의 적이라구."

"그렇군. 저것이 나베가 이기지 못할 거라던 이유였나?"

"그런 거지 뭐."

골룡의 등장을 보고 냉정함을 되찾은 클레만티느의 어조는 조소로 돌아왔다. 아인즈는 헬름 안에서 환영의 얼굴을 일그러뜨렸다.

매직 캐스터에게 골룡은 강적이다. 그것도 두 마리가 상대라면, 지금의 나베랄에게는 승산이 없는 거나 마찬가지다.

그런 초조한 마음을 간파했는지 클레만티느는 슬쩍 움직였다.

견제의 의미도 있었겠지만 그것만으로 끝나진 않을 것이다. 전사의 역량에선 훨씬 뛰어난 적에게 허점을 보이면 확실하게 공격을 당한다.

나베랄을 의식 한구석으로 밀어내고, 아인즈는 위협하는 의미에서 왼손의 그레이트 소드를 창처럼 내밀면서 천천히 오른손의 그레이트 소드를 위로 들었다.

클레만티느가 든 무기는 찌르기 무기이며 참격무기처럼 다채로운 공격 수단은 없다. 찌른다. 그 한 가지에만 특화된 무기이다. 그리고 스틸레토는 가늘어서 결코 그레이트 소드와 맞부딪칠 만큼 튼튼하지 못하다.

그렇기에 아인즈는 왼손의 그레이트 소드로 간격을 견제해 클레만티느가 앞으로 나서지 못하게 했다. 다만 그것은 상대도 잘 알고 있을 것이다.

"그 거리를 좁힐 수단이 있나?"

"글쎄~."

가볍게 종알거리는 클레만티느의 여유 있는 모습, 그리고 얼굴에 떠오른 경박한 웃음이 결코 방책이 없지 않음을 알려주었다.

클레만티느가 천천히 자세를 바꿔나갔다. 달리기의 크라우칭 스타트 포즈에 가까웠지만 몸은 여전히 서 있었으므로 기이한 자세가 되었다. 어떤 의미에서는 웃기는 포즈였다.

그러나 그것은 결코 방심할 만한 자세가 아니었다.

그리고── 클레만티느가 움직였다. 경계하던 아인즈의 눈앞에서 한계까지 움츠러들었던 용수철이 튄 것 같았다.

얼굴부터 일직선으로 달려온다.

그것은 차원이 다른 육체능력을 가진 아인즈가 보기에도 믿을 수 없는 질주였다.

폭풍이 순식간에 모든 것을 집어삼키듯 순식간에 간격을 좁힌 클레만티느는 스피드를 유지한 채 아인즈가 내민 그레이트 소드의 아래쪽으로 미끄러지듯 파고들었다.

사냥감을 해치우려는 뱀과 같은 움직임. 당혹감을 느낀 아인즈는 강한 힘을 담은 오른팔을 휘둘렀다. 공기를 가르는 강렬한 수평베기가 상상을 초월하는 파괴력을 수반하고 클레만티느에게 쇄도했다.

아인즈는 여자의 균열 같은 웃음이 한층 뚜렷해지는 것을 찰나에도 미치지 못하는 시간 속에서 확인했다.

〈──불락요새(不落要塞)〉.

있을 수 없는 광경을 눈앞에 두고 아인즈는 경악에 휩싸였다.

가느다란 스틸레토가, 열 배도 넘는 중량을 가진 그레이트 소드의 일격을 그대로 받아낸 것이다.

원래는 아인즈의 호쾌한 일격을 정면으로 받아낸 검이 부러져야 한다. 기적적으로 받아냈다 쳐도 여기에 담긴 파워에 날아가야 한다. 그러나 무시무시할 정도로 강건한 성벽에 부딪친 것처럼 오히려 아인즈의 검이 크게 튕겨나고 말았다.

활짝 열린 아인즈의 품속으로, 연인을 끌어안듯 클레만티느가 뛰어든다. 아인즈의 시야에 만면의 웃음을 띤 클레만티느의 곱상한 얼굴이 크게 비쳤다.

아인즈가 후퇴하는 것보다도 그녀가 날린 일격이 훨씬 빨랐다. 온 힘을 다한 질주에서 얻은 힘을 온몸의 근력과 함께 한 곳으로 모아 내지른 일격은 유성이라는 표현이 어울렸다.

한 줄기 광채가 치솟고, 금속이 금속을 깎아내는 불길한 소리가 묘지 내에 크게 울려 퍼졌다.

아인즈가 조바심을 내며 되는 대로 휘두른 왼손의 그레이트 소드 밑을 뚫고 클레만티느가 뒤로 물러난다.

클레만티느가 사용한 마술의 트릭은 아인즈도 알고 있었다.

"——무투기!"

위그드라실에는 없는 기술. 전사들의 마법—— 경계해야 할 스킬이었다.

효과는 검격을 방어하고 위력을 무효화하는 것일 터. 그것을 사용해 아인즈의 일격을 튕겨낸 것이 분명하다.

"……딴딴하네~. 뭘로 만든 거야, 그 갑옷? ……아다만타이트?"

아픔은 전혀 없었지만, 마찰음과 함께 왼쪽 어깨 주변에 끄트머리가 날카로운 것이 박힌 감촉이 있었다.

아인즈는 충격이 느껴진 어깻죽지를 바라보고 살짝 들어간 부분이 있음을 확인했다. 특수한 마법의 힘은 없으나 이래 봬도 100레벨 매직 캐스터가 만들어낸 갑옷이다. 갑옷의 경도는 레벨에 비례해 올라간다. 그럼에도 손상을 입혔다는 것이 클레만티느의 일격이 얼마나 대단한 파괴력을 지녔는지를 말해주었다.

"뭐, 됐어. 그럼 다음에는 방어가 얇은 곳을 공격하면 되니까. 아이참~ 쬐끔씩 깎아내서 꼼짝도 못하게 됐을 때부터 괴롭혀줄까 했는데 말이지~. 아쉽네, 아쉬워."

어깻죽지를 공격한 것이 우연이 아니라 팔을 못 쓰게 만들려는 속셈임을 알고, '전사 클레만티느'에게 처음으로 약간의 경의를 느꼈다.

아인즈는 그저 단순히 검을 휘둘러 상대에게 대미지를 주는 것만을 생각했다. 일격이라도 확실하게 맞추면 살아남을 적이 없으니 그 정도면 충분하고도 남았다. 그러나 강자를 상대할 때는 공격 후 이어질 전투의 흐름까지 계산할 필요가 있다.

'좋은 걸 배웠군…….'

"그럼 또 갑니다~."

아인즈가 감탄하는 동안 클레만티느는 조금 전과 똑같이 구부정한 자세를 취했다. 그 기묘한 자세를 보며 아인즈는 오른손의 그레이트 소드를 쳐들었다. 하지만 이번에는 왼손에 쥔 검을 내밀지는 않았다.

아인즈의 그런 자세에 클레만티느는 웃음을 짓더니, 파고들었다. 아인즈의 동체시력으로도 포착할 수 없을 정도의 스피드. 만일 일직선으로 달려들지 않았다면 시야에서 놓쳤을지도 모른다.

온 힘을 다해 뛰어드는 클레만티느라는 이름의 흉흉한 화살을 떨어뜨리기 위해 아이즈는 공격을 시도했다. 오른손의 그레이트 소드를 휘두르고——

〈불락요새〉.

——다시 무투기 발동에 튕겨나갔다. 그러나 이 결과는 아인즈가 예상한 대로였다. 지난 공방에선 온 힘을 다했기 때문에 검이 크게 튕겨나가 자세가 흐트러졌다. 그렇기에 이번 일격에는 그렇게까지 힘을 들이지 않았다.

단단한 벽에 부딪친 듯한 충격을 완력으로 억누르며 아인즈는 왼손의 그레이트 소드를 휘둘렀다. 온 힘을 다한—— 초월의 일격을 두 번이나 막아내지는 못하리라 확신했다.

그러나 그보다도 먼저 클레만티느의 다른 무투기가 다시 발동되었다.

〈유수가속流水加速〉.

그 무투기의 발동은 눈을 크게 뜰 만한 결과를 낳았다.

마치 누군가가 조작한 것처럼 시간이 느려진 공간—— 점성 높은 액체 속에 빠진 것처럼 모든 움직임이 둔중해진 가운데, 아인즈가 휘두른 그레이트 소드의 속도도 느려졌다.

그러나 클레만티느만은 이 완만한 세계 속에서도 똑같은 속도를 유지하며, 여유롭게 반격의 틈을 빠져나가더니 아인즈의 정면으로 파고들었다.

이것은 아인즈의 기분 탓일 것이다. 아인즈는 시간대책, 이동저해 대책으로 마법의 반지를 끼어 외적요인——미지의 가능성이 없지는 않지만——에 의한 행동 둔화를 막고 있다.

전투상황에 따른 정신의 고양감이 급격히 빨라진 클레만티느를 보며 그렇게 체감했을 뿐이리라. 무엇보다도 그 무투기는 예전에도 본 적이 있었지만 그때는 이런 감각을 느끼지 못했다.

"가제——."

가제프 스트로노프가 사용했던 무투기.

그렇게 외치기도 전에 스틸레토가 박혔다. 노린 곳은 헬름의 얼마 안 되는 틈——눈이었다.

아인즈는 크게 고개를 젖혀 슬릿에 박히는 것만은 회피했으나 헬름이 금속과 마찰하는 기분 나쁜 소리를 냈다. 운 좋게 회피할 수 있었던 데 안도하기도 전에 클레만티느가 다시 스틸레토를 쥐어짜듯 쳐드는 것이 시야 한구석으로 들어왔다.

"쳇!"

육체능력의 차이가 있다 해도 아인즈가 검을 휘두르는 원의 움직임보다는 클레만티느의 직선적인 일격이 더 빨랐다.

이번에는 빗나가지 않고 슬릿에 검이 박혔다.

"응—?"

"큭!"

수상쩍게 여기는 목소리와, 당황하는 목소리는 동시였다. 아인즈는 검을 쥔 손으로 헬멧을 누르며 후퇴했지만 추격은 없었다.

의아한 시선으로 스틸레토의 끄트머리를 바라보던 클레만티느는 익살을 떨듯 웃었다.

"핸디캡이니 뭐니 집어치우고 진심으로 싸우시지? 안 그러면 죽을 것 같은데~."

입을 다물고 아무 말도 하지 않는 아인즈에게, 클레만티느가 자신의 의문을 불식하기 위해 질문을 던졌다.

"근데~ 어떻게 이 일격에 대미지를 안 입었어? 그거라면 대미지 확정 코스라고 생각했는데."

"……나 원. 이 전투는…… 이것저것 배울 게 많군. 우선 무투기라는 것의 존재, 나아가 단순히 무기를 휘두르는 것만이 아니라 온몸을 사용해 균형 있게 공격을 하는 것의 중요함."

"……앙? 바보 아냐? 새삼스럽게 무슨 소릴…… 전사 실격이네. 하기야 어차피 여기서 죽을 테니 상관없겠지만. 그래도 질문에는 쫌 대답해줬으면 좋겠는데…… 방어계 무투기야?"

클레만티느의 어이없다는 말투에, 이번만큼은 그녀의 말이 옳다고 아인즈는 헬름 안에서 쓴웃음을 지었다.

"아니, 정말로 공부가 부족했거든…… 고맙다는 인사를 하지. 다만 시간도 촉박하니, 장난은 이쯤에서 끝내기로 하자."

클레만티느의 얼굴에 떠오른 의문을 무시하고, 아인즈는 소리를 질렀다.

"나베랄 감마! 나자릭의 위엄을 보여라!"

손 안에서 칼자루를 빙글 돌려 칼날을 밑으로 하고 대지에 양쪽 모두 박는다. 빈 손 하나를 앞으로 내밀고, 아인즈는 부드럽게 말하며 손짓을 했다.

"자, 결사의 각오로 덤벼라."

*

"……〈비행〉 마법을 정말 쓸 수 있을 줄이야. 허풍이 아니었군.

하지만 그 일격을 어떻게 피했지? 골룡에게 가려서 보이지 않았다만……."

상공에서 천천히 내려온 나베랄에게 묻는 그 목소리에 담긴 감정은 경계였다. 〈비행〉 마법으로 도망치지 않는 이유를 떠올릴 수 없었다. 골룡과 조우하자마자 도망칠 수도 있었을 텐데, 왜 그러지 않았단 말인가.

"흥. 승산이라도 있다는 게냐? 마법에 절대내성을 가진 골룡을 상대로?"

"이길 방법이라면 얼마든지 있지만…… 그 전에……."

나베랄은 로브의 어깻죽지를 움켜쥐더니 잡아당겼다.

"기뻐하거라. 인간이라는 하등생물 주제에 나자릭 지하대분묘의 절대지배자, 지고의 존재이신 아인즈 울 고운 님께 충성을 맹세한 전투 메이드 플레이아데스의 일원, 나베랄 감마를 상대할 수 있었다는 사실에."

몸에 걸친 것이 완전히 바뀌었다. 손발에는 은색과 금색과 검은색을 띤 금속제 건틀릿과 그리브. 몸에는 만화 같은 메이드복을 모티브로 한 갑옷. 머리에는 헬름 대신 화이트브림. 그리고 손에는 금색 심을 은색 껍질로 둘러싼 지팡이를 들었다.

위그드라실의 자작 아이템은 내장된 데이터 크리스탈에 따라 성능이 바뀐다. 나베랄의 로브에는 속공탈의(速攻脫衣)라는 크리스탈이 있어 현재의 장비와 미리 세팅해놓았던 장비를 순식간에 교체할 수 있다.

벗어던진 로브가 허공에서 펄럭이며 떨어지는 가운데, 느닷없이 눈앞에 나타난 메이드를 본 카디트는 눈을 몇 차례 깜빡거렸다. 그리고 겨우 상황을 파악해——

"엉?!"

——경악해 소리를 질렀다.

눈앞의 매직 캐스터가 느닷없이 메이드가 되었으니 당연한 노릇이다.

장난과도 같은 그 모습에 한순간 강한 불쾌감을 품었으나, 여유 넘치는 나베랄의 표정에 위기감을 느낀 카디트는 즉시 골룡에게 공격을 명했다. 두 마리의 골룡은 생각보다 가벼운 몸놀림으로 나베랄에게 접근해 무수한 뼈로 이루어진 거대한 앞발을 내리쳤다. 그 공격을 받기 직전, 나베랄은 마법을 발동했다.

〈차원이동Dimensional Move〉.

"또냐!"

다시 나베랄의 모습이 사라졌다.

모습이 사라진 나베랄을 좇아 카디트의 시선이 하늘로 향했다. 조금 전의 상황을 떠올렸던 것이다. 그러나 나베랄이 어디로 갔는지, 카디트는 고통과 함께 깨닫게 된다.

"——커억!"

묘지 내에 카디트의 비명이 울려 퍼졌다. 갑자기 왼쪽 어깻죽지에 뜨거운 느낌이 들더니 둔중한 통증이 심장 고동에 맞춰 온몸으로 퍼져갔다.

카디트가 놀라며 그 부위를 쳐다보니 날카로운 칼날이 튀어나온 것이 보였다.

"——크, 허억!"

다음 순간, 검이 아무렇게나 뽑혀나가 다시 격통이 내달렸다. 뼈를 깎아내는지 드득드득 하는 감촉이 몸 안에서 전해져 격통과 함께 불쾌감까지 높여주었다. 검에 생긴 상처에서 울컥울컥 피가 솟아나 까만 로브를 적셨다.

카디트는 극심한 고통에 입에서 침을 흘리며, 무슨 일이 일어났나 황급히 뒤로 돌았다.

그곳에는 나베랄이 기묘한 표정을 지으며 서 있었다.

"그렇게 아파?"

"————!!"

나베랄은 지팡이를 들지 않은 손으로, 까만 검신에 선혈이 묻은 단검을 만지작거리고 있었다.

카디트는 고통에 말도 나오지 않았다.

전열에 나서지 않는 매직 캐스터이며, 나아가 수많은 사람들에게 시중을 받던 카디트는 남에게 고통을 주는 경우는 있어도 받는 경우는 거의 없었다. 그 때문에 고통에 대한 내성이 없었다.

이마를 비지땀으로 적시며 머릿속으로 골룡에게 명령을 내렸다. 다가서는 골룡에게서 도망치려는 듯 나베랄은 후방으로 뛰어 물러났다. 〈비행〉으로 이동하면 그냥 뛰는 것보다도 빠르다.

그 빈 공간에 두 마리 골룡이 파고들듯 자리를 잡았다.

골룡의 뒤쪽, 안전한 위치를 확보하며 냉정함을 다소나마 되찾은 카디트는 나베랄이 썼던 마법이 어떤 의미를 가졌는지를 겨우 이해했다.

그것은——

"……저, 전이마법?!"

〈차원이동〉이라는 마법이 제3위계에 있기는 하지만, 매직 캐스터에게는 이는 상대와의 거리를 벌리거나 하는 데 쓰는 도주용 마법이라는 인식이 있었다.

다만 그것은 신체능력이 떨어지는 매직 캐스터의 경우이다. 전사 빰치는 자에게 그 마법은 공격 마법과 동등한 가치가 있고도 남는다. 아니, 막을 도리가 없는 만큼 어설픈 공격 마법보다도 강하다고 할 수 있다.

카디트는 어깨를 움켜쥔 채 나베랄을 노려보았다.

"그렇군. 그대가 숨겨두었던 비장의 카드는 전이해서 나를 죽이는 거였어! 그리고 조금 전의 공격도 그 마법으로 회피했던 거야!"

분명 성가신 공격이었다. 골룡에게 마법이 듣지 않는다면 술자를 죽이면 그만이다. 당연한 작전이다. 그리고 전이마법을 유효하게 활용한다면 카디트가 이를 막아내지 못할 가능성도 크다.

그러나 나베랄의 대답은 가벼웠다.

"비장의 카드는 무슨."

카디트는 한순간 나베랄이 무슨 소리를 했는지 알아듣지 못해 눈을 깜빡거렸다. 이를 보충해주듯 나베랄이 움직였다.

"이렇게 해서 죽이는 것도 쉬운 일이라고, 시범을 보여줬을 뿐이지."

압도적으로 불리한 입장이었던 나베랄이 역전의 한 수를 드러냈다 싶었더니, 스스로 이를 포기했다. 그것이 무엇을 뜻하는지 카디트는 도저히 짐작도 가지 않았다.

"……미친 거 아니냐?"

"벼룩 같은 하등생물이라고는 해도 그 대답은 너무하지 않아? 조금만 더 머리를 써 보시지 그래?"

나베랄의 싸늘하기 그지없는 시선에 카디트는 몸을 부르르 떨었다.

분노 때문이 아니다. 그것은—— 공포에서 나온 것. 불안이 카디트의 뇌리를 스쳤기 때문이다.

"이제 그만 끝내자. 아인즈 님을 너무 오래 기다리게 해드리면 부하로서 예의에 어긋나니까. ……골룡에게는 마법이 듣지 않는다고 생각하는 모양이니, 소금쟁이 같은 하등생물에게 지혜를 얻을 기회를 주지. 대가는 네 목숨이야."

지팡이를 놓고 짝 손을 마주치는 소리가 울려 퍼진 후—— 살짝 뗀 두 손 사이에서 새하얀 벼락이 호를 그렸다. 용처럼 물결치는 번개에 반응해 주위의 공기가 찌릿찌릿 방전하며 빛났다.

마치 나베랄이 하얀 빛에 휩싸인 것 같았다.

"……컥!"

카디트가 눈을 크게 떴다. 이제는 말도 나오지 않았다. 자신의 인식을 아득히 넘어선 마법이 발동한 것임을 이해할 수 있었다. 눈이 타들어가는 듯한 백광 속에서 나베랄이 옅게 웃음을 짓는 것이 보였다.

앞을 가로막고 선 골룡의 거구. 이를 떠올리고, 마음속에서 요란하게 울려 퍼지는 경종에 등을 떠밀린 듯 소리를 질러댔다.

"——마, 마법에 절대방어를 가진 골룡을 어떻게 쓰러뜨리겠다는 거냐! 가라! 죽여라!"

감출 수 없는 공포에 뒤집어진 목소리로 명령을 내렸다.

두 마리의 골룡이 접근하는 가운데, 나베랄은 어리석은 제자를 가르치는 냉혹한 스승의 미소를 보였다.

“마법에 절대방어? 물론 골룡은 마법에 내성이 있지. 하지만 그것은 제6위계 이하의 마법을 무효화하는 능력.”

골룡이 나베랄 바로 앞에 도착할 때까지는 조금 더 시간이 걸린다. 그런 가운데, 카디트는 싸늘하게 식은 머릿속으로 나베랄의 발언에 담긴 의미를 이해했다.

“——다시 말해 그 이상의 마법을 사용할 수 있는 이 나베랄 감마의 공격은 무효화하지 못한다는 거야.”

결코 거짓이 아니다. 카디트의 직감이 인정했다.

다시 말해 이 여자의 마법은 골룡을 없애고, 나아가 카디트까지도 죽일 것이다——.

“어떻게 이럴 수가!! 어떻게 이 몸이 5년 걸려 만들어낸 노력의 결정이, 모든 것이, 한 시간도 되지 않아 무너진다는 거냐!!”

비명을 지르는 카디트. 눈앞을 주마등처럼 수많은 영상이 흘러갔다.

카디트 딜 바단텔.

그는 마을 일로 단련된 굴강한 체구를 가진 아버지, 온화한 어머니의 외아들로 슬레인 법국 변경 마을에서 태어나, 그곳에서 ‘평범한’ 소년 시절을 보냈다.

그런 그가 지금의 자신이 된 계기는, 어머니의 주검을 본 것이었다.

어느 날—— 저녁놀이 뚜렷이 모습을 드러냈을 무렵, 카디트는 집을 향해 서둘러 뛰어가고 있었다. 어머니는 일찍 귀가하라고 했지만 이제는 기억도 희미해진 어떤 이유로 시간이 늦어졌던 것이다. 마을 변두리에서 멋있는 돌을 찾고 있었다, 막대기를 주워 영웅 놀이를 했다, 그런 정말로 시시한 이유였다.

어머니에게 꾸지람을 들을 거라 생각하며 집으로 뛰어들어가 본 것은 바닥에 널브러진 어머니였다. 놀라서 황급히 어머니를 만졌을 때의 그 따스한 감촉은 아직까지도 기억한다.

장난이 아닐까 생각했던 기대는 배신당했다.

어머니는 이미 숨이 끊어진 후였다.

성직자들은 사인을 '뇌에 핏덩어리가 생겼기 때문' 이라고 했다.

다시 말해 그 누구의 탓도 아니었다. 아무도 잘못이 없다.

아니, 책임을 물을 사람이 단 하나 있다고 카디트는 생각했다.

그것은 자신이다. 만약 그때 좀 더 일찍 집에 갔더라면 어머니를 구할 수 있었을지도 모른다.

슬레인 법국에는 신앙계 매직 캐스터가 매우 많아 카디트의 마을에도 몇 사람 있었다. 만일 자신이 그들에게 달려가 도움을 청했더라면 어머니는 지금도 건강하게 웃고 있지 않을까.

사랑했던 어머니의, 고통에 일그러진 얼굴. 그것은 자신에게서 태어난 죄.

카디트는 결심했다. 자신의 잘못을 바로잡기 위해—— 다시 말해 어머니를 되살리기 위해 살아가겠노라고.

마법의 지식을 얻으면 얻을수록 큰 문제에 직면했다.

신앙계 마법 제5위계에는 부활 마법이 존재했다. 그러나 그것으로는 어머니를 부활시킬 수 없었다. 죽은 자는 부활하면서 막대한 생명력을 소모하므로, 생명력이 부족한 죽은 이는 부활하지 못한 채 재가 되고 말기 때문이다. 어머니에게는 이를 견뎌낼 만한 생명력이 없었다.

그렇다고 새로운 부활 마법을 개발하기에는 시간이 부족했다. 그렇기에 인간을 그만두고 언데드가 되어, 새로운 부활 마법을 개발할 때까지 시간을 벌어야 한다. 그것이 카디트가 내린 결론이었다.

그때까지 걸어왔던 신앙계 마법을 버리고 마력계 마법을 익혀 언데드가 되는 길을 걸었으나, 다시 벽에 부딪치고 말았다.

마력계 매직 캐스터의 길을 걷고, 인간을 그만두어 고위 언데드가 되려면 이 또한 매우 시간이 걸렸다. 게다가 재능 같은 능력의 벽은 당연히 존재했으며, 어쩌면 언데드가 되지 못할 수도 있다.

그것을 돌파할 방법으로 고안한 것이 막대한—— 그야말로 한 도시에 살아가는 모든 인간을 죽이고 언데드로 만들어 발생하는 부정의 에너지를 모으는 것이었다.

그것이 이루어질 순간에 이르러, 왜, 방해를 하는 것이냐.

"네놈에게, 내가 이 도시에서 준비한 5년을! 30년도 넘도록 잊을 수 없는 마음을! 이 모두를 무(無)로 돌려버릴 자격이 어디 있단 말이냐!! 갑자기 나타난 네놈들 따위에게——!!"

나베랄은 카디트의 포효에 냉소를 머금은 목소리로 받아친다.

"너 같은 하등생물의 마음 따위 관심도 없어. 하지만 그렇게 웃기는 노력을 했던 네게 해줄 말은 있지. ……아인즈 님의 발판이 되느라, 정말 수고했다."

〈이중 최강화Twin Maximize Magic: '연쇄용뢰Chain Dragon

Lightning'〉.

나베랄의 두 손에서 각각 한 줄기씩, 꿈틀거리는 용과도 같은 뇌격이 뿜어져 나갔다.

인간의 팔뚝보다도 훨씬 굵은 벼락을 맞아 골룡의 크고 하얀 몸뚱이가 발버둥 쳤다. 용이 휘감기듯 골룡의 온몸을 타고 흐르는 번갯불은 시체를 움직이는 거짓된 생명력을 모조리 태워버렸다.

결과는 순식간에 나타났다.

마법에 절대내성을 가져야 할 골룡은 마법의 뇌격에 맞아 너덜너덜하게 무너져내렸다.

골룡이 완전히 붕괴된 후에도 뇌격은 사라지지 않았다. 두 줄기의 뇌룡(雷龍)은 사냥감을 찾는 것처럼 고개를 쳐들더니 마지막으로 남은 먹이를 향해 허공을 내달렸다.

카디트의 시야 전체를 새하얀 뇌광이 가득 메웠다.

도움을 청할 시간도, 비명을 지를 시간도 없었다.

눈가에 떠오른 눈물은 한순간에 증발했으며, 조그맣게 "엄……." 이라는 중얼거림만을 남긴 채, 카디트는 빛에 빨려들듯 뇌격에 꿰뚫렸다.

근육이 경련을 일으켜, 기괴한 춤을 추듯 카디트의 몸은 선 채로 발버둥을 쳤다.

몸속부터 급격히 타들어가, 뇌격이 사라진 후, 화상을 입어 온몸에서 연기를 뿜어내며 카디트는 땅바닥에 나뒹굴었다.

살이 타는 냄새가 주위 일대에 퍼져갔다.

나베랄은 어깨를 으쓱하더니 근육이 타들어가 몸을 웅크린 채 쓰러진 카디트에게 말했다.

"버러지 같은 하등생물이라도 태우면 좋은 냄새가 나는구나. ……엔토마에게 선물로 가져갈까?"

인간을 포식하는 동료의 이름을 떠올리며, 나베랄은 조소를 지었다.

*

눈앞의 전사가 포옹을 하듯 크게 팔을 벌린다.

"……너 뭐 해? 포기했어?"

"아니, 뭐랄까. 나베랄에게 명령을 내린 이상 이쪽도 슬슬 결판을 내볼까 해서 말이지."

"아앙? 너 그거 진심으로 하는 소리야? 무투기도 별거 없는 주제에 이 클레만티느 님께 이기겠다고? 짜증나게 만드는 것도 정도가 있거든?"

"약자의 헛소리도 그쯤 되면 대단하군."

그건 내가 할 소리지! 라고 격앙할 뻔하다가 클레만티느는 끓어오르려는 마음을 억눌렀다.

눈앞의 사내는 전사로서 기량이 떨어지지만 신체능력은 일반인의 영역을 훨씬 능가했다. 그것은 그녀가 아는 한 신인(神人)에 해당하는 두 사람──칠흑성전 번외석차와 대장인 제1석차 다음으로 높은 것이었다. 그러기에 감정에 떠밀리는 대로 검을 휘둘렀다가는 잡스러운 공방이 되어 치명적인 일격을 받을 위험을 낳는다.

클레만티느는 여느 때처럼 조소하는 표정을 지으며 도발했다.

"……뭐, 결판을 내자는 데에는 찬성이야."

모몬이라는 전사는 대답 대신 어깨를 으쓱했을 뿐이었다.

클레만티느는 냉정하게 사내의 몸놀림을 관찰했다. 허점투성이였지만 그럴 리가 없다. 분명 함정일 것이다.

그러나 클레만티느에게는 선택할 수단이 없다. 가볍게 입에 담기는 했지만 정말로 결판을 내고 싶은 마음이 있었다.

골룡만 빌리면 도망칠 수는 있겠지만 그래도 시간을 더 낭비할 수는 없었다. 이 도시에 들어온 풍화성전 멤버들을 끌어들이기 위해서라고는 해도 시시한 장난에 시간을 너무 허비했다.

클레만티느는 천천히 몸을 낮추며 스틸레토를 쥔 손에 힘을 주었다.

단기결전. 그것도 가능하다면 일격에 해치우고 싶었다.

시간이 없기도 했지만, 눈앞의 전사가 펼치는 공격과 방어가 조금씩 맞물려 들어가기 시작했다. 대처할 수 없는 괴물로 성장하기 전에 밟아버리는 것이 안전하다.

크게 숨을 내뱉은 클레만티느는 돌진했다. 〈질풍주파(疾風走破)〉, 〈초회피(超回避)〉, 〈능력향상(能力向上)〉, 〈능력초향상(能力超向上)〉. 조금 전과 마찬가지로 네 개의 무투기를 동시에 전개해 신체능력의 차이를 조금이라도 줄이고자 했다. 다만 모몬이 무슨 짓을 하더라도 무투기를 쓸 수 있는 여유는 남겨두었다.

가속하는 세계 속에서 상대의 움직임은 완전히 포착했다.

검을 대지에서 뽑아 공격할 생각이다. 혹은 무투기, 혹은 격투술, 아니면 암기, 아니, 투척무기일 수도 있다.

클레만티느는 상대가 취할 수단을, 수십 종류나 되는 공격 방법을 떠올렸다. 그러나 그중 어떤 것이라도 깨뜨릴 자신이 있었다.

그런 클레만티느의 예측은 배신당했다.

——아무것도 하지 않는다.

칠흑의 전사는 그 공격을 받아들이려는 것처럼 팔을 벌리고만 있었다.

오싹 등줄기가 떨렸다. 클레만티느의 상상을 넘어섰기 때문에, 미지에 대한 공포가 내달렸다.

이대로 파고들까? 아니면 후퇴할까?

선택할 수 있는 길은 두 가지뿐.

클레만티느는 잔인하며 냉혹했지만 결코 바보는 아니었다. 찰나에도 미치지 못하는 시간 속에서 무수한 가능성과 대처 방법을 재빨리 계산해나갔다.

클레만티느의 등을 마지막으로 밀어준 것은 자신의 능력에 대한 자부심과 프라이드였다.

배신했다고는 하지만 슬레인 법국 최강의 특수부대—— 칠흑성전에도 속한 적이 있으며, 자신에게 이길 실력을 가진 전사는 두 손으로 헤아릴 정도밖에 없다. 그런 자신이 모몬이라는, 지명도도 없고 전사로서 능력도 빈약하기 짝이 없는 자에게서 도망친다는 것은 말이 안 된다.

결단한 뒤로는 빨랐다. 망설임은 사라지고, 일류 전사에게 어울리는 냉정하고도 침착한 마음을 되찾은 클레만티느는 모몬의 가슴팍—— 밀착하는 거리로 뛰어들었다.

"죽어——!"

온몸의 근육을 총동원해 내지른 스틸레토가 클로즈드 헬름의 틈새에 박혔다. 클레만티느는 그대로 칼을 비틀었다.

두개골 안쪽까지 박히도록 힘을 주고, 심지어 주위의 기관까지 파괴하도록 휘저어댔다. 확실하게 치명상이 되도록.

갑옷에 싸인 팔이 클레만티느를 끌어안듯 감겼지만 신경쓰지 않고 추격타를 가했다.

확실하게 해치우겠다는 클레만티느의 의지에 따라 스틸레토에 담긴 마법의 힘이 해방되었다. 그 안에 담겼던 마법은 〈뇌격〉.

벼락이 아인즈의 온몸을 후려쳤다.

클레만티느가 가진 무기에는 마법축적Magic Accumulate이라는 부여효과가 있다. 담을 수 있는 마법의 종류도 다양하고, 사용한 다음에는 몇 번이든 넣을 수 있다. 무기에 담은 마법은 한 번 해방되면 사라지고 말지만 다양한 상황을 상정하고 준비할 수 있으므로 매우 활용도가 높다.

스틸레토는 두개골까지 박혔고, 뇌격은 보너스였다. ——확실하게 죽였다.

하지만——

"아직 끝난 게 아니란 말씀!"

〈유수가속〉.

가속해서 순식간에 또 다른 스틸레토를 뽑아들고는 다시 한번 헬름 틈에 박았다. 그리고 이 스틸레토에 담겼던 〈화염구〉가 해방되었다. 클레만티느는 모몬의 육체가 내부에서 타들어가는 광경을 보고, 살이 타는 냄새를 맡은 기분이 들었다.

그러나—— 클레만티느는 자신의 상상이 빗나간 데 경악해, 눈을 크게 떴다.

"흐음, 그렇군. 이런 마법무기는 위그드라실에는 없었는데. 좋은 걸 배웠군."

두 눈에 스틸레토를 박은 채 느긋하게 말하는 사내를 보며, 클레만티느는 조금 전 슬릿을 꿰뚫었을 때 피가 묻어나오지 않았던 것이 우연이 아님을 깨달았다.

"이게 뭐야! 말도 안 돼! 왜 안 죽어!"

무적이라는 무투기는 들어본 적이 없다. 아니면 찌르기에 무언가 대책을 세워놓은 것일까? 만약 그렇다 해도 추가타로 나갔던 마법은 어떻게 막았단 말인가.

역전의 전사인 클레만티느조차 그 해답은 알 수 없었다.

"?!"

클레만티느의 몸이 조여들었다. 모몬과 클레만티느의 몸이 맞닿고 모험자의 플레이트가 절그럭 소리를 냈다.

"답 맞추기 해볼까?"

칠흑의 갑옷이 안개처럼 사라져가고, 그 안에서 끔찍한 얼굴이 모습을 드러냈다.

그것은 살도 가죽도 없는 두개골. 그 공허한 눈구멍에는—— 얼굴에 썼던 미러셰이드를 꿰뚫고 스틸레토 두 자루가 깊이 박혀 있었으나, 아픔을 느끼는 기색은 조금도 없다.

클레만티느는 그 외견을 보고 떠오른 것을 외쳤다.

"언데드…… 엘더 리치!"

"음……? 이것저것 물어보고 싶은 것은 있다만, 뭐, 됐다. 정답에 가깝다고 해 두지. 그러면——."

클레만티느는 눈앞에 있는 괴물이—— 피부도 살점도 없는 얼굴에 표정이 떠오를 리가 없는데도, 만면에 미소를 지은 것처럼 느꼈다.

"이봐, 기분이 어때? 매직 캐스터와 검으로 싸웠던 기분이? 今해서 푹으로 끝내지 못했던 기분은?"

"사, 사람 우습게 보고 있어!"

클레만티느는 필사적으로 벗어나려고 힘을 주었으나, 마치 튼튼한 쇠사슬에 구속된 것처럼 떨어지질 않았다.

엘더 리치는 분명 강대한 언데드이며 마력 등 온갖 능력에서 뛰어난 존재이다. 그러나 신체능력은 그렇게까지 높지 않으며, 양자를 비교하면 클레만티느가 더 우수할 것이다. 그런데도——

"왜, 왜 이래!"

——벗어날 수가 없었다.

조금 전의 완력이—— 높은 신체능력이 갑옷의 마법효과가 아님을 깨닫고 온몸이 얼어붙었다. 머릿속에 스쳐 지나간 그림은 거미줄에 사로잡힌 나비. 무력한 존재였다.

"……이것이 핸디캡의 정체다. 말하자면 너 따위 상대는 내가 진심으로—— 마법을 사용해서까지 싸울 만한 적수가 아니었다는 뜻이지."

"빌어처먹을!!!"

"하면, 트릭도 공개했으니 시작……하기 전에, 이건 거추장스럽군."

한쪽 손을 풀더니, 엘더 리치는 눈에 박힌 스틸레토를 뽑아 이를 내팽개쳤다. 언데드가 이를 되풀이하는 동안에도 클레만티느는 필사적으로 벗어나려 안간힘을 썼지만 한 손으로도 그녀의 완력을 훨씬 능가하는지 품에 안긴 몸은 조금도 움직이질 않았다.

두 자루의 스틸레토가 사라지고 공허한 눈구멍이 드러났다. 사악함이 느껴지는 붉은빛이, 힘을 쥐어짜낸 탓에 호흡이 거칠어진 클레만티느를 향했다.

"그러면, 시작한다."

뭘 시작하겠다는 건가 경계한 순간, 클레만티느와 엘더 리치 사이의 연인과도 같던 거리가 더욱 좁아졌다. 그리고 귀에 들린 것은 우드득, 하는 불쾌한 소리.

클레만티느는 엘더 리치가 무엇을 하려는지 깨닫고 등줄기에 고드름이 꽂힌 기분을 맛보았다.

"……설마…… 설마, 너어어어어어어어!!"

그 소리는 찌그러지기 시작한 갑옷이 지르는 비명.

——이놈이 자기 가슴팍으로 날 짓이기려 한다.

엘더 리치도 갑옷에 압박을 당하겠지만 모종의 수단으로 육체를 단단하게 바꾸어놓았을 것이다. 그 몸은 꼼짝도 하지 않아 두꺼운 벽을 연상케 했다.

"네가 좀 더 약했더라면……"

엘더 리치가 어디선가 단검을 꺼냈다. 검신이 새까맣고 자루에는 네 개의 보석이 박힌 것이었다.

"이것으로 숨통을 끊어주려 했다만…… 뭐, 검에 죽는 것도, 몸이 꺾여 죽는 것도, 짓이겨져 죽는 것도 별 차이는 없겠지? 똑같은 '죽음' 이니."

온몸이 오싹 떨렸다.

농담 같은 말이 들리는 동안에도 압력은 점점 강해졌다. 흉부의 기이한 압박감은 점점 견디기 힘든 것으로 바뀌었다. 이제까지 죽였던 모험자들의 플레이트가 힘을 견디다 못해 갑옷으로 파고들었다가 툭툭 뜯겨나가 매장되듯 묘지 위로 떨어졌다. 처음 떨어진 것은 가장 최근에 입수한 실버 플레이트였다.

점점 호흡이 가빠지는 것이 두려웠다.

등에 감긴 팔이 미웠다.

회피력을 높이기 위해, 모험자의 플레이트를 달아놓기 위해 가벼운 차림을 했던 것이 원망스러웠다.

날붙이 무기는 효과가 없음을 깨달은 클레만티느는 주먹을 들고 반쯤 미친 듯이 엘더 리치의 안면을 내리쳤다. 때린 클레만티느가 더 아플 정도로. 그러나 고통을 느낄 여유 따위 없었다. 이번에는 필사적으로 모닝스타를 뽑아 그것으로 후려쳐댔지만 자세를 제대로 잡지 못해 오히려 자신만 다쳤다.

이 앞에 기다리고 있을 운명을 상상하기는 쉬웠다. 가빠오는 호흡, 압박에 시달리는 복부, 그리고 부서져가는 갑옷. 그것들이 자신의 운명을 여실히 전해주었다.

"그렇게 날뛰지 말라고. 팔이 누르는 부위가 어긋나면 너무 쉽게 끝나잖아? 너도 그자를 죽일 때 시간을 들였을 테니, 나도 천천히 해 보겠어."

클레만티느는 필사적으로 공격을 되풀이했다.

얼굴에 손을 대고 밀어내고, 손톱이 빠질 정도로 긁어대고, 앞니로 물어뜯고—— 그 모든 것이 통하지 않은 채 압박감만 이어졌다.

아무리 버둥거려도 이제는 짐승의 턱 같은 두 팔에서 벗어날 수가 없었다. 그래도 클레만티느는 저항했다. 숨이 막혀 시야가 좁아지는 가운데, 살아남을 가능성에 모든 것을 걸고.

"죽음의 무도로군."

작은 속삭임을 들을 만한 여유는 일절 없었다.

울컥 소리와 함께 아인즈의 몸에 토사물이 쏟아졌다. 아인즈의 공허한 눈구멍 속에 깃든 붉은빛에 거무스름한 것이 스쳤다.

팔다리를 휘저어대며 필사적으로 도망치려던 클레만티느의 몸은 이제 꿈틀꿈틀 경련을 되풀이하는 물체로 전락했다.

아인즈는 그래도 팔을 풀지 않고 오히려 더욱 힘을 주었다. 이윽고 굵은 뼈가 우드득 짓이겨져 부러지는 것이 아인즈의 팔에 전해졌다.

이제는 경련조차 하지 않는 몸을, 아인즈는 내팽개쳤다.

털썩 소리를 내며 클레만티느의 몸이 쓰레기처럼 묘지에 버려졌다. 얼굴은 고통과 공포에 크게 일그러져 처참했다. 심해에서 단숨에 끌어올린 물고기처럼 입에서는 내장이 드러났다.

무한의 물병Pitcher of Endless Water을 꺼내, 그곳에서 넘쳐나는 신선한 물로 몸에 들러붙은 토사물을 씻어내며 이제는 대답도 할 수 없는 클레만티느에게 아인즈는 조용히 말했다.

"말하는 걸 깜빡했군. ……나는 매우 제멋대로다."

5

더러워진 몸을 씻은 탓에 옷이 젖어 진저리를 치고 있으려니 무언가 거대한 것이 쪼르르 뛰어오는 기척이 느껴졌다.

아니나 다를까 햄스케가 달려오고 있었다.

햄스케의 전투능력은 아인즈, 나베랄에 비해 압도적으로 떨어진다. 전투에 참가시켜 괜히 부상을 입혔다간 쓸데없는 지출로 이어질 테니 조금 떨어진 곳에 대기시켜 놓았는데, 전투의 소음이 사라진 것을 알고 달려온 것이리라.

초거대 햄스터의 귀여운 얼굴에 떠오른 미묘한 표정 변화——아인즈의 안부를 걱정하는——를 읽을 수 있게 된 자신에게 아인즈는 조금 침울한 기분이 들었다.

주인이 그런 기분인지는 생각하지도 못하고, 거대한 햄스터는 의외로 기민하게 뛰어와 주위를 둘러보더니, 아인즈의 시선과 교차한 순간——

"우엑!"

배를 보이며 벌러덩 뒤집어져 그대로 소리를 질러댔다.

"……뭔가 엄청난 괴물이 있소이다! 주공! 주고옹!"

온몸을 뒤덮는 탈력감에 시달리면서 아인즈는 머리를 싸쥐었다. 그러고 보니 햄스케에게는 진짜 얼굴을 보여주지 않았다. 그렇다고 이대로 내버려둘 수도 없다. 멀리 성벽에 시선을 돌리니 사령과 싸우는 모험자들이 보였다. 거리상 들릴 리는 없을 거라 생각하고 싶지만 반드시 그렇다고 단언할 수도 없다.

아인즈는 무거운 목소리로 질타했다.

"……개그로밖에 안 보이는 행동은 그만해라."

"엥? 그 웅혼하고 멋들어진 목소리는…… 설마 주공이외까!"

"……그렇다. 그러니 조금 더 목소리를 낮춰라."

"이럴 수가! 상상을 초월하는 그 모습…… 강대한 힘을 가진 분이라고는 생각했소이다만…… 이 햄스케, 더더욱 충성을 다하겠소이다!"

"어, 그래. 그보다 다시 한번 말하겠는데, 목소리 낮춰."

"너, 너무하외다, 주공! 본좌가 충성을 맹세하는데 어찌 그리 가볍게 넘어가신단 말이외까!"

"……아인즈 님의 말씀이 들리지 않습니까, 어리석은 것."

햄스케가 한순간 찌그러지나 싶더니 멀리 튕겨나갔다.

그리고 햄스케가 있던 그 자리에서 나베랄이 천천히 발을 내리고 있었다.

"아인즈 님. 저런 우열한 생물을 기르실 가치는 없지 않겠나이까? 뇌격으로 구워버릴 것을 윤허하여 주시옵소서."

"관둬라. ……숲의 현왕을 사역한다는 평판의 가치는 크다. 저건 살려서 데려가야 이익이 있지. 그보다 나베랄. 시간이 별로 없다. 놈들의 소지품을 회수하는 작업에 들어가라. 이 도시의 치안기관이 제출을 요구할 때를 대비해 미리 가치를 알아볼 필요가 있을 테니까."

"알겠사옵니다."

"나는 영묘 안에 있겠다. 뒷일 부탁하마."

"예! 하오면 시체는 어찌하는 것이 좋겠나이까? 나자릭으로 운반할까요?"

"아니다. 이번 사건의 주모자로 내세워야 할 테니, 그냥 장비품만 벗겨내도록 해라."

"알겠사옵니다."

"아프지 말이외다……."

날아갔다 돌아온 햄스케에게 나베랄은 여봐란 듯 크게 한숨을 쉬며 싸늘하게 쳐다보았다.

"자기 자신의 모든 것보다도 아인즈 님의 말씀에 주의를 기울이세요. 그것이 서번트 된 자의 책무입니다. 당신 같은 생물이라도 일단 서번트는 서번트니, 충분히 유념해 행동해야 하지 않나요? 그렇지 못할 경우 즉시 죽여버리겠습니다."

햄스케가 몸을 부르르 떨었다.

"다음에는 물리공격이 아니라 마법으로 벌을 내리겠어요. 아인즈 님의 의지에 따르고자, 죽지 않을 정도로만 아프게."

"알았네……. 그렇게 무서운 얼굴 하지 말게나……. 그건 그렇다 쳐도 주공의 위광 찬란한 새 모습에는 경악했네. 이 얼마나 훌륭한 모습인지."

나베랄의 표정이 조금 풀어졌다.

"그건 그렇죠. 아인즈 님의 모습은 정말 훌륭하니까요. 그 점을 이해하는 걸 보니 당신도 다소 보는 눈이 있군요."

"고맙네. 헌데 주공이 저런 모습이라면, 혹시 나베랄 씨도 다른 모습을 가졌는지?"

"……나는 도플갱어(Doppelganger). 이 얼굴은 그저 바뀐 모습일 뿐. 보십시오."

건틀릿을 벗어 드러난 손가락은 세 개뿐이었다. 인간보다 긴 그것은 마치 자벌레 같았다.

"그, 그랬군."

"뭘 놀라나요? 당신도 영예로운 나자릭 지하대분묘의 말석 서번트가 되었으니 이 정도로 놀라면 안 되죠. 그보다도 시체에서 아이템을 회수하는 작업이나 도와주세요."

"음! 알았네!"

영묘 안에는 운필레아가 있었다. 모습을 발견한 아인즈의 눈구멍에 깃든 붉은 광채가 어두워졌다.

기이하게 비치는 의복을 걸친 것도 그랬지만, 아인즈가 주목한 것은 얼굴이었다.

얼굴에는 일직선으로 검상이 났으며, 그것이 눈꺼풀 아래의 안구까지 미쳤음은 검붉은 눈물처럼 굳은 피의 흔적이 증명해 주었다. 분명 실명했을 것이다.

"뭐…… 실명 정도라면 치료가 되겠지만……. 마법이란 편리하지."

그보다도 문제는 현재 운필레아의 상태였다.

뻣뻣하게 선 채, 아인즈에게 반응하는 낌새를 보이지 않는다. 아무리 눈이 보이지 않는다 해도 누군가가 앞에 서 있음은 충분히 느꼈을 것이다. 그럼에도 전혀 반응을 보이지 않는 이유는—— 정신지배를 받는 것이다. 문제는 무엇에게 지배를 받고 있는가 하는 점이었다.

"분명 이거겠지."

아인즈가 바라본 것은, 운필레아의 머리를 덮은, 거미집처럼 생긴 서클릿이었다. 아니, 그 이외에는 수상한 물건이 없었다.

아인즈는 서클릿을 벗기고자 손을 뻗었다가 멈추었다. 어떤 원인으로 이렇게 되었는지 불명확한 이상 함부로 손을 대선 안 된다. 아인즈는 서클릿을 향해 마법을 사용했다.

〈도구 상위감정All Appraisal Magic Item〉.

위그드라실에서는 제작자나 효과를 판명하는 마법이었다.

그리고 그것은 이 세계에서도 문제없이 발동했다. 아니, 그이상이라 해도 과언이 아니었다. 위그드라실에서는 볼 수 없었던 정보까지 면밀하게 아인즈의 머릿속에 흘러든 것이다.

"……예자의 액관…… 그렇군. 하지만…… 성능으로 봤을 때 위그드라실에서는 있을 수 없는 아이템이야……. 그곳에서는 재현이 불가능한 아이템."

대체적인 지식을 얻고 잠깐 감탄을 머금은 목소리를 냈다가, 아인즈는 어떻게 할지 생각에 잠겼다.

가장 중점적으로 생각한 것은 이대로 운필레아를 나자릭 지하대분묘에 데려갔을 때의 메리트였다. 레어 아이템과 레어 탤런트를 얻는 것은 매우 큰 이득이다.

하지만 망설임은 한순간이었다.

"의뢰 때문에 왔으니, 고의로 실패했다간 아인즈 울 고운의 이름이 울겠지. ——부서져라. 〈상급 도구파괴Greater Break Item〉."

아인즈의 마법을 받은 서클릿은 가느다란 빛을 무수히 뿌리며 터져나갔다.

아인즈는 휘청 쓰러지는 소년의 몸을 부드럽게 받아 안았다. 그리고 그대로 조용히 눕힌 다음 얼굴을 들여다보았다.

"이제 남은 건 눈을 치료하는 것뿐인데…… 여기서는 하지 않는 편이 좋겠지."

아인즈는 자신의 해골 얼굴을 쓰다듬고는 천천히 일어났다. 소환한 언데드는 전멸되지는 않았으나 몇 마리가 파괴된 것은 사실이다. 언젠가 원군—— 귀찮은 모험자들이 이곳에 도착할 것이다. 그 전에 다시 환술을 걸고 갑옷과 검을 창조해야 한다.

그리고 회수작업 또한 필요하다. 아인즈는 위그드라실에서 PK를 했을 때와는 달리 모든 무장을 한 번에 빼앗을 수 있다는 당연한 행위에 어두운 기쁨을 느꼈다.

부하들에게 시켜놓은 그런 일을 자신도 거들까 돌아보았을 때, 타이밍 좋게 나베랄이 영묘 입구에 나타났다.

"아인즈 님."

"무슨 일이냐? 상대의 무장을 모두 빼앗았나? 금전도?"

"예. 그것에 대해 상담드릴 것이 있사옵니다. 이것을 봐주시기 바랍니다."

영묘에 들어온 나베랄이 내민 것은 까만 오브(orb)였다.

제대로 세공이 되지 않은 듯 볼품이 없어, 강가에만 가도 비슷한 것들을 찾을 수 있을 것 같았다. 도저히 가치가 있어 보이지는 않았다.

"……뭐냐, 이것은?"

"예. 제가 상대했던 회충 같은 하등생물이 이 아이템을 소중히 여기는 듯했습니다. 어떤 효과가 있는지는 모르겠사오나……."

"그랬군."

NPC인 나베랄이 습득한 마법은 아인즈에 비해 수가 적었으며 주로 전투에 쓰이는 것들이었다. 그렇기에 가치를 판단할 수 없었던 것이리라.

아인즈는 보주를 손에 들고 조금 전의 마법을 다시 외웠다.

〈도구 상위감정〉.

아인즈의 눈에 빛나던 붉은 광채가 선명해졌다.

"뭐지…… 이것은? 죽음의 보주? 게다가…… 인텔리전스 아이템(Intelligence Item)?"

거창한 이름을 가진 것치고는 별로 대단할 것이 없었다.

언데드에 대한 지배력을 보조하는 힘과, 사령계 마법 몇 종류를 하루에 몇 번 쓸 수 있게 해 주는 효과가 있지만 모두 아인즈에게는 별다른 매력을 주지 못했다. 이에 대한 페널티로 소유한 인간을 지배하고 조종하는 힘이 있지만, 아인즈나 나베랄처럼 정신조작 대책을 세워놓은 존재나 아인종, 이형종까지 조종하지는 못한다.

"애매한 아이템이다만……."

단 한 가지 아인즈의 흥미를 끌었던 것은 인텔리전스 아이템, 즉 지성이 있는 아이템이라는 점이었다.

아인즈가 무언가 말해 보라는 듯이 가볍게 쥐어박자 갑자기 머릿속에 목소리가 울려 퍼졌다.

——처음 뵙겠나이다, 위대한 '죽음의 왕' 이시여.

그런 목소리였다. 아인즈는 보주를 빤히 바라보았다. 마법이나 몬스터가 존재하는 세상이니 이 정도 일은 있어도 당연할지 모른다.

"흐음. 그야말로 인텔리전스 아이템이로군."

아인즈는 손 안의 보주를 자신의 손바닥 위에서 이리저리 굴렸다. 그리고 빤히 바라보았지만 무언가를 말할 기척은 없었다. 대체 뭐냐고 생각하다가, 혹시나 싶어 말해보았다.

"발언을 허하노라."

——감사드리옵니다, 위대한 죽음의 왕이시여.

그 반응에 나자릭 NPC들의 열광적인 충성을 떠올리며 아인즈는 미미하게 웃음소리를 냈다.

——당신의 절대적인 '죽음' 의 기운에 경의와 숭배를 표하나이다.

오라 계통의 능력은 모두 해제해놓았을 텐데, 이 아이템은 무슨 근거로 자신을 '죽음의 왕' 이라 부른단 말인가. 그래 봤자 언데드인 자신에 대한 아부가 아닐까.

"허하노라."

——감사드리옵니다, 깊은 죽음을 관장하시는 이여. 숭고한 분을 배알하게 되어 이 세계에 존재하는 모든 죽음에 감사하나이다.

아인즈는 아부치고는 본격적인 말에 등줄기가 근질거리는 것을 느끼며 당당히 가슴을 폈다.

"그래서? 아부 말고는 하고 싶은 말이 없느냐?"

——예. 불경함은 잘 알고 있사오나, 부디 이 몸의 원을 들어주시옵소서.

"무엇이냐?"

——예. 저는 이제까지 수많은 자에게 죽음을 안겨주기 위하여 이 세계에 태어났다고만 생각했나이다. 하오나 위대한 '죽음의 왕' 을 앞에 두고서야 처음으로 제가 태어난 이유를 깨달았나이다. 저는 당신을 섬기기 위해 이 세상에 태어났음을.

"……허어."

——위대한 '죽음의 왕' 이시여. 저의 충성을 받아주시옵소서.

그리고 충실한 종복들의 말석에나마 설 수 있도록 허하여 주시옵소서.

머리가 있다면 땅에 닿도록 숙였을 것 같은 진지한 목소리였다. 아인즈는 왼손을 입가에 가져다대고 생각에 잠겼다.

부하로 삼을 경우의 이점과 결점. 신뢰성의 여부.

아인즈는 이윽고 천천히 아이템을 바라보았다. '안전' 을 취한다면 파괴해야겠지만, 위그드라실에 없는 아이템을 또 파괴하긴 너무 아까웠다.

오브에 몇 가지 방어 마법을 건 아인즈는 영묘 입구에 있던 거대 햄스터에게 말했다.

"햄스케."

"무슨 일이외까?"

"너 가져."

아인즈는 손에 든 오브를 휙 던졌다. 햄스케가 이를 준민하게 캐치했다.

"이것이 대체 무엇이외까, 주공?"

"마법 아이템이다. 쓸 수 있겠나?"

"흐음? ……쓸 수 있겠소이다! 그런데 시끄럽소이다! 주공에게 돌려달라고 시끄럽게 굴고 있소이다!"

나베랄이 그런 햄스케에게 눈을 크게 떴다.

"이런 신참에게 하사하신단 말씀입니까?!"

미미하게 뒤틀린 억양이 나베랄이 얼마나 경악했는지를 나타내주었다.

"탐지 마법 대책은 세워두었다만, 그걸로 완전히 안전하다고는 단언할 수 없지 않느냐. 그렇기에 햄스케에게 주었다."

"그렇군요! 역시 아인즈 님. 그 어떤 방심도 허용하지 않으시는 훌륭한 판단이십니다."

이해한 나베랄. 그리고 한쪽 볼주머니가 주먹만 하게 부푼 채 무겁게 고개를 끄덕이는 햄스케.

아인즈가 두 사람에게 철수 지시를 내리려 했을 때, 자신의 진홍색 망토가 눈에 들어왔다. 약간의 장난기가 동한 아인즈는 망토 깃을 잡았다.

"회수작업이 끝났다면 운필레아를 데리고——."

진홍의 망토를 요란하게 펄럭이며 선언했다.

"——개선한다."

Epilogue

얼마 전에 머물렀던 여관 문을 밀어젖혔다.

그 순간 완전한 정적이 여관을 에워쌌다. 무수한 시선이 아인즈와 나베랄에게 쏠린 가운데, 이번에는 아무에게도 방해를 받지 않고 가게 주인 앞에 설 수 있었다.

"자……네……."

주인과 손님들의 시선이 향한 것은 목에 걸린 플레이트.

아인즈는 웃음을 짓듯 가벼운 어조로 한 마디만 했다.

"2인실."

은화를 건네고, 아무 말도 하지 못하는 여관 주인에게서 열쇠를 받아든다.

그대로 객실에 들어간 아인즈는 마법을 해제하고 진짜 모습을 드러냈다.

목에 건 미스릴 플레이트가 네메아의 사자와 접촉해 맑은 소리를 냈다. 바로 조금 전까지는 조합에서 어젯밤 묘지에서 있었던 사건에 대해 청취를 받았다. 그곳에서 서둘러 만들어 준 물건이었다.

여관의 정적은 말할 것도 없이 이것이 원인이었다. 며칠 전까지만 해도 코퍼 플레이트였던 자가 두 번째로 나타났을 때는 갑자기 랭크가 몇 단계나 올라갔으니, 이제까지 배운 상식이 파괴당한 느낌이었을 것이다.

그 솔직한 반응은 아인즈에게 우월감을 주었으나, 불만 또한 있었다. 단숨에 오리하르콘까지 갈 거라고 지레짐작하고 있었는데 그보다 하나 아래였으니까. 만일 플레이트가 오리하르콘이었다면 그들은 어떤 반응을 보였을까.

아니, 가능성이 없는 것은 아니다.

아직 사건에 대해서는 극히 일부밖에 모른다. 그러나 조합에서 청취를 받았을 때의 이야기에 따르면 아인즈가 세운 공적은 믿기 어려운 것이었으며, 원래는 아다만타이트 클래스의 모험자로 인정을 받아도 좋을 정도였다. 그것이 허용되지 않았던 이유는 어디까지나 이제까지 실적이 없었으며 나아가 사건 조사가 불충분하다는 점에서 신중을 기했던 것이었다.

다시 말해 조합 내부에서는 아인즈를 왕국 전체에 2개 팀밖에 없다는 아다만타이트 클래스로 보고 있다는 뜻이다.

게다가 시간이 경과함에 따라 묘지에서의 일전과 아인즈——모몬이라는 모험자의 이름은 온 시내에 널리 퍼질 것이 분명했다. 살아남은 위병들이 아인즈에 대해 분명 화제로 삼을 테니까.

너무 계획대로 진행되어 아인즈는 미소를 지었다. 순조로운 정도가 아니라 완벽한 출발이었다.

아인즈가 미스릴을 손가락으로 튕기자 나베랄이 이상하다는 듯 말했다.

"그 두 사람은 어떻게 되는 것이옵니까? 보수에 대해서는 후에 연락을 주겠다고 하셨사옵니다만."

나베랄이 말하는 두 사람이란 운필레아와 리이지——두 명의 약사였다. 그들을 어떻게 다룰지, 아인즈는 이미 마음속으로 정리를 해 두었다.

"리이지는 모든 것을 지불하겠다고 했으니, 손자와 함께 카르네 마을로 이주시킬 생각이다. 그곳에서 나를—— 아니, 나자릭 지하대분묘를 위해 포션을 만들게 하겠다."

"……포션이라면 나자릭에도 만들 수 있는 자가 있나이다. 어째서 그런 개불 같은 하등생물들에게 맡기시려는 것이옵니까?"

"내가 원하는 것은 새로운 힘이기 때문이다."

나베랄은 멍청한 표정만 지을 뿐 반응이 없었다. 아인즈는 자세히 설명했다.

"위그드라실의 포션 생성 방법에는 없는 새로운 방법의 개발은 장래 포션의 재료가 고갈될 가능성을 염두에 두고 추진해야 할 안건이다. 게다가 이 세계와 위그드라실의 기술을 융합하는 등, 새로운 힘도 개발해야 하지 않겠느냐. 우리는 어쩌면 600년 뒤처졌을 가능성조차 있으니 말이다. 물론 그들이 만들어내는 포션이 외부로 흘러나가는 일이 없도록 엄중히 경계해야겠지만…… 그 모습을 보면 문제는 없겠지."

아인즈는 운필레아를 데려갔을 때 리이지가 보인 모습을 떠올렸다.

운필레아의 눈은 치료했지만 정신적인 부담이 컸던 탓인지 혼수상태에서 깨어나질 못했다. 그래도 손자가 무사하다는 것을 알자 리이지는 굵은 눈물을 흘리며 깊은 사의를 표함과 동시에, 약속한 보수는 반드시 지불하겠다고 확언했다.

“일단 리이지와 운필레아는 뒤로 미뤄놓겠다. 그보다 먼저 해야 할 일이 있지.”

아인즈는 〈전언〉을 발동했다. 상대는 알베도였다.

엔토마에게서 〈전언〉을 받았음에도 이제까지 시간이 없어 연락을 미뤄놓았던 것은 큰 실수였지만, 다망했으니 용서를 구할 수밖에 없다.

그리고 〈전언〉이 이어진 직후 날아든 알베도의 첫 목소리는 상상의 범주를 아득히 넘어서는 것이었다.

『――아인즈 님. 샤르티아 블러드폴른이 반기를 들었습니다.』

그 말을 한동안 이해하지 못한 채, 겨우 발언의 내용이 뇌에 스며든 아인즈는 얼빠진 목소리를 냈다.

“……에엥?!”

OVERLORD
Characters

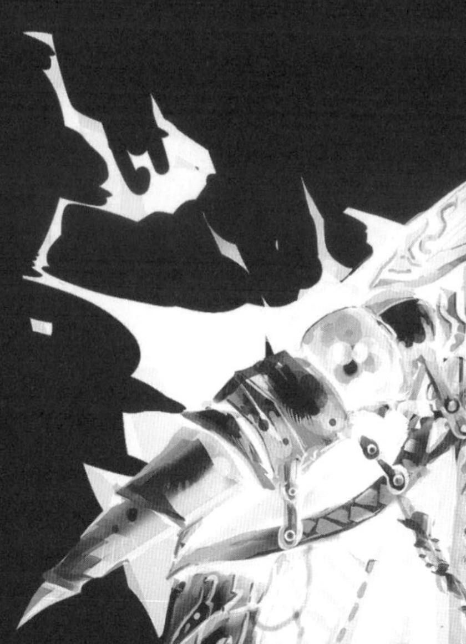

캐릭터 소개

Character 5

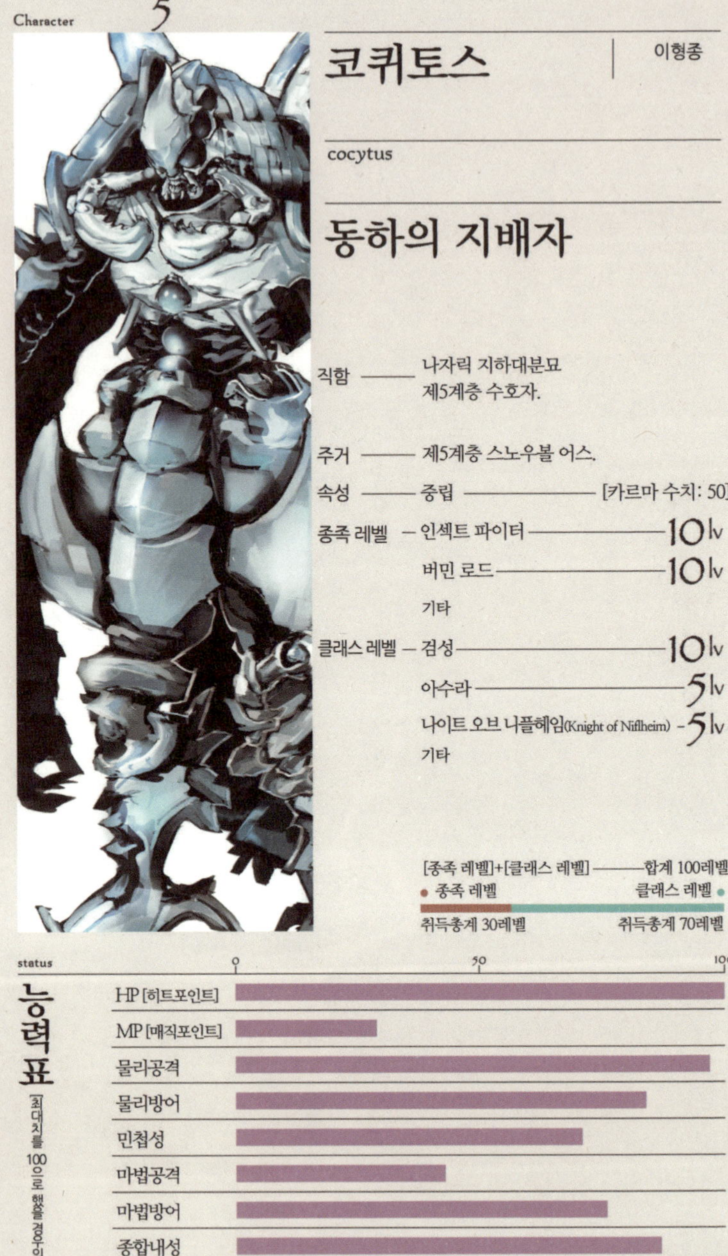

Character

코퀴토스

이형종

cocytus

동하의 지배자

직함 —— 나자릭 지하대분묘 제5계층 수호자.

주거 —— 제5계층 스노우볼 어스.

속성 —— 중립 —— [카르마 수치: 50]

종족 레벨 — 인섹트 파이터 —— 10 lv

버민 로드 —— 10 lv

기타

클래스 레벨 — 검성 —— 10 lv

아수라 —— 5 lv

나이트 오브 니플헤임(Knight of Niflheim) — 5 lv

기타

[종족 레벨]+[클래스 레벨] ——합계 100레벨

● 종족 레벨 / 클래스 레벨 ●

취득총계 30레벨 / 취득총계 70레벨

status

능력표

[최대치를 100으로 했을 경우의 비율]

0 / 50 / 100

HP [히트포인트]

MP [매직포인트]

물리공격

물리방어

민첩성

마법공격

마법방어

종합내성

특수

Character 6

데미우르고스 | 이형종

demiurge

염옥의 조물주

직함 — 나자릭 지하대분묘 제7계층 수호자.

주거 — 제7계층 적열신전.

속성 — 극악 — [카르마 수치: -500]

종족 레벨 — 임프(Imp) — 10lv

아크 데블(Arch Devil) — 5lv

클래스 레벨 — 카오스(Chaos) — 10lv

프린스 오브 다크니스(Prince of Darkness) - 10lv

셰이프쉬프터(Shapeshifter) — 10lv

기타

[종족 레벨]+[클래스 레벨] — 합계 100레벨

●종족 레벨 취득총계 35레벨

클래스 레벨● 취득총계 65레벨

status

능력표

[최대치를 100으로 했을 경우의 비율]

0 50 100

HP [히트포인트]

MP [매직포인트]

물리공격

물리방어

민첩성

마법공격

마법방어

종합내성

특수

Character 7

나베랄 감마

이형종

narberal·Γ

동글동글 계란형 전투메이드

직함 —— 나자릭 지하대분묘 전투메이드.

주거 —— 제9계층 하녀실 중 한 곳.

속성 —— 사악 —— [카르마 수치: -400]

종족 레벨 도플갱어(Doppelganger) —— 1lv

클래스 레벨 — 파이터 —— 1lv

워 위저드(War Wizard) —— 10lv

엘리멘탈리스트(에어) (Elementalist (Air)) — 10lv

아머드 메이지(Armored Mage) —— 10lv

기타

[종족 레벨]+[클래스 레벨] —— 합계 63레벨

종족 레벨 / 클래스 레벨

취득총계 1레벨 / 취득총계 62레벨

status

능력표 [최대치를 100으로 했을 경우의 비율]

0 / 50 / 100

HP [히트포인트]

MP [매직포인트]

물리공격

물리방어

민첩성

마법공격

마법방어

종합내성

특수

Character 8

햄스케

이형종

hamusuke

숲의 현왕 (명칭이 과장됨 by 아인즈)

직함——— 아인즈의 애완동물?
(이의 있음 by 일부 여성 NPC)

주거——— 아인즈의 방?

속성——— 중립————— [카르마 수치: 0]

종족 레벨 – 위그드라실에 같은 종족이 없으므로 불명.

클래스 레벨 – 위그드라실에 같은 종족이 없으므로 불명.

※추정 30레벨대.

status

능력표 [최대치를 100으로 했을 경우의 비율]

항목	0 — 50 — 100
HP [히트포인트]	
MP [매직포인트]	
물리공격	
물리방어	
민첩성	
마법공격	
마법방어	
종합내성	
특수	

후기

여러분, 오랜만입니다. 마루야마 쿠가네입니다.

전투 장면을 수정할 때의 이야기인데요, 직접 몸을 움직여 연기를 해보던 도중 휘두른 왼손과 카페오레가 듬뿍 든 컵이 격돌해, 주위에 갈색 액체를 흩뿌려 눈물을 글썽거렸습니다.

침대에 쏟은 양이 얼마 안 됐던 것과 원고에 히트하지 않았던 것이 그나마 다행이었죠……. 어느 장면에서 카페오레를 엎었는지 찾아보셔도 좋을 것 같습니다. 이쯤에서 우유 냄새가 나는군! 하고.

그런 고생이 있었던 「오버로드 2 칠흑의 전사」, 재미있게 읽어주셨으면 좋겠습니다.

이번 이야기는 여성 캐릭터를 구하러 가는 패턴에는 싫증이 났다는 분들께 권할 만했을까요? 남녀평등이니까 남자를 구하러 가는 주인공이 있어도 되지 않을까요? 금방 자신의 이익을 생각하는 야비한 주인공이라도 좋아해 주시면 고맙겠습니다.

그러면 여기서부터는 감사 인사를.

이번에도 미려한 일러스트를 그려주신 so-bin 님. 작가의 머릿속 그림보다도 그려주신 것이 더 훌륭했습니다. 완성된 일러스트에서 자극을 받아 전투장면을 꽤 많이 고쳤습니다.

또한 멋들어진 커버와 띠지를 만들어주신 코드 디자인 스튜디오. 읽기 힘든 문장을 첨삭해주신 교정 오오사코 님. 이번에도 고맙습니다. 편집 F다 님. 여러 방면에서 폐를 끼쳤습니다. 앞으로도 더더욱 빨간펜을 내려주시길! 아니, 없는 편이 좋은 건 저도 알지만요…….

또한 대학 시절의 친구인 하니. 이번에도 고마워~.

그리고 무엇보다도 이 책을 사 주신 여러분, WEB 연재에서 감상을 써주신 여러분. 정말 고맙습니다. 여러분의 감상에 언제나 기력을 얻고 있습니다.

그러면 다음은…… 이번보다도 편하게, 쓸 수 있을까요……? 다시 보니 별로 그럴 것 같지도 않지만…… 아니, 재미있는 걸 만들기 위해서라면 이 정도는……. 어이쿠, 푸념은 그만하고 이쯤에서 작별하고자 합니다.

열심히 노력할 테니 3권에서도 함께해 주시면 기쁘겠습니다.

이만 총총.

2012년 11월 마루야마 쿠가네

청춘이란 좋네요.
3장 그림은 싱글싱글
웃으면서 그렸습니다….
젊다는 건 좋군요….
So-Bin
青春
っていいですね
3章の絵は
ニヤニヤしながら
描いてました…
若いってイイなぁ…
So-Bin

역자 후기

햄스케를 햄토리라고 번역할까 잠깐 고민했다는 것은 비밀입니다.

안녕하세요, 역자입니다.

스포일러가 나베랄과 햄스케의 푼수 짓처럼 여기저기 널려 있는 후기이므로 본문을 읽지 않으신 분은 1페이지로 전이해 주시기 바랍니다.

드디어 고대하시던 오버로드 2권이 나왔습니다. 소심하지만 최강의 마법사가 이제는 전사로도 짱을 먹는 이야기 되겠습니다.

1권은 아무 것도 모르고 이세계에 떨어진 우리의 해골 주인공이 세계로 발을 내디디겠노라 선언한 내용이었다면, 2권은 그 첫걸음이라고 할 수 있겠습니다. 첫걸음치고는 뭐랄까, 자신의 가장 큰 무기인 마법은 거의 감춘 채 100레벨 동안 쌓았던 능력치만을 가지고 전사 짓을 하겠다고 나섰으니, 조심스러운 건지 과감한 건지 애매하네요.

아마 1권에서 양광성전과의 전투를 통해 자신의 강함을, 정확하게 말하자면 이 세계의 일반적인 수준과 자신의 수준 차이를 대략 파악했기 때문에 취할 수 있었던 적절한 모습이었다고 생각합니다.

게다가 클레만티느도 느꼈다시피 실전을 통해 전사로서의 실력도 조금씩 갖춰나가는 것 같으니, 이 녀석이 과연 어디까지 성장할지 궁금하네요. 아인즈 본인은 자신의 레벨이 더 이상 늘어나지 않으리라 생각했지만 그건 어디까지나 '해골 마법사' 의 레벨캡이었으니 어쩌면 '전사' 로서는 더 성장하지 않을까…… 그런 먼치킨 같은 생각도 좀 해봤더랬습니다.

글쎄요, 앞으로 내용이 어떻게 전개될지……는, 웹 소설판을 읽어봐도 이제는 잘 모르겠습니다. 내용 전개가 상당히 달라졌거든요. 여기서 달라진 부분이 앞으로의 전개에서 반영될 수도 있으니, 아무리 스포일러를 무차별 살포하는 역자 후기라 해도 언급할 수 없겠지만.

어느 정도로 달라졌냐 하면…… 작가 마루야마 쿠가네 선생님은 후기에서 '편하게 쓰고 싶다' 고 언급하셨는데, 웹 연재분을 수정해 책을 만든다는 의미로 말씀하신 거라면, 제가 보기엔 이미 틀렸습니다(물론 좋은 의미에서). ^^; 그만큼 많이 다릅니다. 아마존의 서평에서는 '이건 오버로드 2라고 해야 한다' 는 의견도 보였는데, 과언이 아닙니다. 그저 많은 독자들이 기다리는 만큼 늦지 않게만 내주시길 바랄 뿐입니다.

다만 이름만 언급되었던 몇몇 NPC들의 설정은 거의 답습이 된 것 같으니, 그런 부분을 잘 기억해 두시면 후속편을 읽으실 때 "아, 얘가 거기서 말한 개였군!" 하고 재미있게 보실 수 있을 겁니다.

개인적으로는 아인즈가 '감정' 에 관한 언급을 자주 한 것이 눈에 뜨였습니다. 언데드의 몸을 얻으면서 감정의 기복이 매우 엷어졌으며, 악의 조직을 유지하기 위해 극악무도한 짓도 서슴지 않는 아인즈. 하지만 그가 말하는 '인간의 잔재' 같은 것이 남아, 행동에 미미하나마 감정적인 압박을 주는 장면이 많았던 것 같습니다. 자신은 어디까지나 나자릭 지하대분묘의 강화를 위해, 이 세계의 정보를 얻기 위해서라고 말하면서도 인간적인 감정에 떠밀려 행동하는…… 아, 이건 혹시 츤데레? "딱히 니냐가 죽었다고 화가 난 건 아니지만, 내 계획을 방해했으니 벌을 내려주마." 이런 건가? 이놈의 해골바가지는 대체 얼마나 더 모에해지려는 걸까요!

……각설하고.

아무튼 웹 연재분을 읽었어도 이제는 예측하기 힘든 수준이 되었기 때문에 저도 여러분과 비슷한 심정으로 다음 권을 기대할 수 있을 것 같습니다. 1권과 2권의 발매 간격이 4개월 정도였으니, 예고편에서 말한 것처럼 3권은 내년 봄쯤에 나올 거라 생각하면 될지. 벌써부터 기다려지네요.

그럼 저는 다음 작품에서 뵙겠습니다.

2012년 12월

김완

아인즈가
모험자로서
잠입한 동안 과연 무슨 일이
일어났던 것인가?

샤르티아
예상치 못했던
반역.

제3권.
Volume Three

지하대분묘가 뒤흔들리는

행동은? 나자릭

최강의 존재인 알베도

"천적"의 배신에 수호자

오버로드 3

선혈의 여전사(가칭)

OVERLORD *Kugane Maruyama* illustration by so-bin

마루야마 쿠가네 —— 지음

김완 —— 옮김

2013년 봄

오버로드 2 칠흑의 전사

2025년 12월 05일 제2판 인쇄
2025년 12월 10일 제1쇄 발행

지음 마루야마 쿠가네 | **일러스트** so-bin

옮김 김완

제작 · 편집 노블엔진 편집부

발행 데이즈엔터(주)
등록번호 제 2023-000035호
주소 07551 서울특별시 강서구 양천로 570 NH서울타워 19층
대표전화 02-2013-5665

ISBN 979-11-380-6360-9
ISBN 979-11-380-6265-7 (세트)

OVERLORD Vol.2 SHIKKOKU NO SENSHI